刑侦笔记

Detective Notes

初墨不姓熊 著

北京出版集团
北京出版社

图书在版编目（CIP）数据

刑侦笔记 ／ 初墨不姓熊著 . -- 北京：北京出版社，2024.3

ISBN 978-7-200-18252-1

Ⅰ. ①刑… Ⅱ. ①初… Ⅲ. ①侦探小说—中国—当代 Ⅳ. ①I247.5

中国国家版本馆 CIP 数据核字（2023）第 160525 号

刑侦笔记
XINGZHEN BIJI
初墨不姓熊　著

*

北　京　出　版　集　团
北　京　出　版　社　出版
（北京北三环中路 6 号）
邮政编码：100120

网　　址：www . bph . com . cn
北 京 出 版 集 团 总 发 行
新 华 书 店 经 销
旭辉印务（天津）有限公司印刷

*

710 毫米 × 1000 毫米　16 开本　19.25 印张　400 千字
2024 年 3 月第 1 版　2024 年 3 月第 1 次印刷
ISBN 978-7-200-18252-1
定价：69.80 元
如有印装质量问题，由本社负责调换
质量监督电话：010-58572393
责任编辑电话：010-58572473

目录
CONTENTS

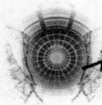

简介

二十年前，S市发生多起震惊全市的诡异凶杀案。

二十年后，受害者后人意外相遇，在经历了荒野别墅案、鹦鹉说话案、神算师骗术案之后，付瑶瑶与江左岸建立了深厚的情谊。

从陌生到相识，相识到熟悉，两人向着共同的目标进发。

楔 子

"这里是十号，十号已经发现别墅位置，目测失联人员就在别墅里面……"

"五号收到，正在赶往你处……"

赵李新放下对讲机，他正前方是一片绿油油的草地，草地上，坐落着一座几乎被藤蔓苔藓覆盖住的别墅，从别墅里透出微微红光。

赵李新是 S 市里疾风救援队的一名队员。一个月前，有一个直播公司组织平台里的主播到 S 市录节目，后来主播失联。

最后经过调查得知，节目组将拍摄节目的目的地选在了 S 市郊区的一座深山里，在深山里有一座荒废的别墅，节目的拍摄将在那里进行。

当救援队赶往那座荒废别墅的时候，却因为山体滑坡被阻挡了进山的路，他们花了好几天的工夫清理了滑坡，之后在山里一座破庙里找到了节目组。

然而，破庙里的人告诉救援队，在破庙里等候救援的人并不是他们此次出行的所有成员，他们只是节目组的工作人员，节目嘉宾在另一辆车上，因为突遇山体滑坡，载着六名嘉宾的车辆驶向了大山深处，而跟在他们后面的节目组工作人员乘坐的车辆则被挡在了滑坡的这一边，他们彻底走散了。

于是救援继续进行，只是救援队发现，前方的路何止是滑坡，整个山体几乎都坍塌了，如果要清理出一条供车辆行驶的路段，至少要一个月的时间。

而此时，距离他们失联，已经过了二十多天。

如果继续把时间花费在通路上，找到人时，或许他们早就饿死了。

救援队当机立断，派队员携带定位装置，分散徒步进山，寻找那连同司机在内的失联的七个人。

赵李新朝着别墅走去，越靠近越觉得不对劲。

别墅门前，停着一辆丰田汽车，而那几个人，乘坐的正是一辆丰田牌商务车。

但是，那辆车已经被烧毁了，只剩下了一个车架子。

别墅的大门虚掩着，大门外侧，有很多触目惊心的砸痕，从门缝里透出一道黯淡的光，里面静悄悄的，一点声响也没有，透过门缝，他看到里面坐着一个人。

他大踏步上前，推开了别墅的大门，大门发出了一声很难听的怪响。

兴许是年久失修的缘故，这声响把赵李新吓了一大跳，同时也惊动了里面坐着的那个人。

那是一个女人，她头发凌乱，脸色苍白，尽管如此，也可以看出她是一个很漂亮的女人。

只是四目相对的一刹那，赵李新不由自主地后退了一步。

因为她的那双眼睛，空洞无神，目光呆滞……

赵李新看着她，她也看着赵李新。

但与赵李新慌乱的内心不同，那个女子显得相当平静，她似乎在等赵李新开口。

赵李新看过照片，一眼就认出来了，她就是那六名嘉宾中的一个。

"其……其他人呢？"赵李新咽了下口水，开口问道。

"你能答应我一件事吗？"那女子声音嘶哑，仿佛好久都没有开口说话了。

赵李新一愣，几乎没有任何犹豫，便点了点头道："可以。"但好像又觉得哪里不对，于是补了一句，"你别害怕，我是 S 市疾风救援队的，我们的队员很快就到了，你得救了……"

女子咧开嘴笑了笑。赵李新看着那女人的笑容，有种说不出来的感觉，她笑得很诡异，又好像是带着嘲讽。

"这正是我想要跟你说的，别害怕。"

赵李新又是一愣，这绝对是他从业以来见过的最奇怪的被救者。

"什么？"

女子站起身，转身往楼上走去，头也不回地说："你不是想知道其他人在哪儿吗？跟我来，他们都在这儿，一个都不少，只是有些已经不够整齐了……"

我害怕？我害怕什么？我受过严格的专业训练，没有什么是可以让我感到害怕的。

只是她这话怪怪的，又是什么意思？

赵李新不假思索地跟了上去。

两分钟后，寂静的别墅里，响彻了赵李新惊恐的尖叫声。在尖叫声中，又掺杂着一阵阵阴冷诡异的女人的笑声……

第一章　新人

墙壁上的挂钟指针指向凌晨两点一刻的时候，付瑶瑶刚从浴室出来。

桌子上的手机已经连续响了五次，每一次都一直到最后一秒才停下来。大有不接就会一直打下去之势。

在执着地响起第六次时，付瑶瑶随意擦了擦湿漉漉的长发，将浴巾扔到一边，拿起手机接了起来。

她还没来得及"喂"一声。

手机另一端便响起了尖厉的嗓音，吓得付瑶瑶不由得将手机拿开离耳朵远一点。

"付瑶瑶，你怎么那么长时间不接电话，发信息也不回，现在几点了？我不相信你还在忙。"

付瑶瑶唉声叹气，道："大哥，你还知道现在几点钟啊？"

打来电话的人，是她的哥哥，付文。

"我当然知道现在几点，我还知道你每天都是忙到这个点才回家……"

付瑶瑶赶紧让他打住，说道："有事说事，没事我挂了，很困的好吗？！"

"你……"付文似乎气得不轻，"我昨天给你介绍的那个海归博士，你们见面了没有？"

又是这事，一提到这事付瑶瑶就头痛。

"我再跟你说最后一遍，你妹妹我貌美肤白，聪明机智，文武双全，没有那么差。以后你再给我介绍相亲对象，我就把你拉黑。"

咬着牙说完，付瑶瑶正准备挂电话。

付文感受到付瑶瑶的怒气，慌忙变换了一副口气，道："好妹妹，行行行，现在咱们不说相亲的事，行了吧？主要是还真有一件事想问问你。"

付瑶瑶心里暗暗叹了一口气，知道这事肯定还会有下一次，她太了解自己这个哥哥了。

"有话快说，有屁快放。"

付文讪笑了两声，问道："你们局里是不是调来了一个新人，还是调到你的部门？"

付瑶瑶想了想，道："好像是。不是，你怎么突然问起这个来了？"

付瑶瑶是 S 市市警局里刑侦小队的队长，付文比较传统，一直不同意她做刑侦，觉得一个女孩子，早点结婚生子在家相夫教子才是上乘之选。

因此，平常付瑶瑶的工作他从不过问。

事出反常必有妖。

付瑶瑶没好气地说："付文，你是不是忘了刚刚我跟你说了什么了？别再给我介绍相亲对象，尤其是我的同事。"

付文连忙解释道："没说给你介绍对象，怎么还急眼了？人家也未必看得上你……"

付瑶瑶秀眉微蹙："你说什么？"

"没……没什么，那个新调去你部门的是我的一个校友……"

昨天确实是有一个新同事空降到了他们刑侦小队，算是副队长，事实上，这件事在前几天就已经传得沸沸扬扬了。

说新调来的这个同事，年轻有为，刚刚留洋归来，是市里引进的高智商人才。

副队长这个位置原来是老赵的，老赵前段时间检查出了肺癌，现在不得不提前"退休"入院接受治疗。

付瑶瑶能够当上队长，离不开老赵这个老刑警狠辣的眼光及丰富的经验，他们一起合作破获了很多的疑案。

虽然她也明白，老赵现在生了这个病，当务之急就是要先接受治疗，但突然调来一个人接替老赵的位置，还是个年轻人，她心里多少会有些抵触。

所以，昨天一整天她都没回局里。

"你的朋友？"付瑶瑶声音提高了八度，"付文，你的手伸得可够长的啊！是不是你找关系帮他走的后门？"

付文正色道："你在胡说什么？江左岸可是我们学校的风云人物，著名推理社社长，十大杰出青年……"

付瑶瑶有气无力道："停，再说下去是不是要把他幼儿园获得的奖项都搬出来了？你到底想说什么？"

付文道："江左岸刚回国不久，对国内的生活习惯都还不太适应，你得多照顾照顾他。"

付瑶瑶冷笑道："不如再给他请个保姆好不好？"

付文还想要再说什么，付瑶瑶直接挂断了电话！

刚刚扔下手机，手机又响了起来。

付瑶瑶拿起手机不耐烦地说："你今晚再给我打一次电话，我就把你拉黑。"

电话那端沉声道："听你这意思，是被骚扰了？谁吃了熊心豹子胆？敢半夜三更骚扰我们付队？”

付瑶瑶打了个激灵："张局？"

这声音是市局局长张局的声音，她还以为是付文又打过来。

"有案子？"

付瑶瑶也懒得解释了，这个时间张局打电话来，肯定不是嘘寒问暖！

"什么事都瞒不住付队。"张局轻咳了一声，客套了一句，随后接着道，"前段时间在南郊深山失联的节目组找到了，现场情况很复杂，电话里说不清楚，你现在叫上你的人赶紧到局里来一趟。"

失联的节目组？付瑶瑶放下电话，她依稀记得前段时间有个节目组为了猎奇，跑到南郊深山野林里录制节目，最后失联。

但这件事不是交给市里疾风救援队处理了吗？难道其中又发生了什么变故？

付瑶瑶没有多想，直接拨通了黄欣的电话，一边穿衣服，一边往楼下走。

他们这个刑侦小队之前由四个人组成，她本人、法医英子、老刑警老赵，以及痕检员黄欣。

英子今晚在局里值班，她给黄欣打了电话。

电话刚刚响起一声"嘟"声，便传来了黄欣的声音："头儿，什么情况？"

"暂时还不清楚，现在赶紧来局里一趟。"

"收到，半个小时后到。"

他们几个人这几年来早就形成了很好的默契，像这种突发情况不知道发生了多少次了，早就习惯了。

到了楼下，付瑶瑶觉得好像忘了点什么。

很快，她就想起来了，于是，再次掏出手机拨通了黄欣的电话。

"昨天新调过来的那个家伙，你见着了吗？"

听筒传来噔噔噔的下楼声，黄欣道："你是说江左岸吗？"

"是……是吧，你有没有他的联系方式？"

"有，我刚好存了。"

"你给他打个电话，顺便也把他给叫上。"

放下电话，付瑶瑶便匆匆赶往车库。

她倒要看看这个来接替老赵位置的年轻人，所谓的高智商人才，有没有这个本事成为他们小队的一员。

第二章　荒废别墅

付瑶瑶到的时候，黄欣跟英子已经在办公室等她了。

办公室还有第三个人，付瑶瑶看了他一眼，身材修长，长相清秀，黑色的眼眸里很平静，有那种邻家小哥哥的感觉，只是那一张白皙的脸，冷若冰霜，让人不想接近。

付瑶瑶看到他独自靠在办公桌旁站着，英子和黄欣坐在另一边办公桌有说有笑，大概就知道了他是什么类型的人，要么很内向不爱说话，要么就很孤傲！

"头儿。"

黄欣跟英子看到付瑶瑶进门，站起来打了声招呼。

付瑶瑶点了点头，算是回应了。

那个江左岸张了张嘴，似乎想说什么。

付瑶瑶又瞥了他一眼，不等他开口，转向英子问道："张局呢？"

上来之前，付瑶瑶先去了一趟张局的办公室，但是并没有看到张局。

英子道："张局等不及已经先走了，他说等你们到了，让小王带我们一起去现场，小王就在楼下。"

付瑶瑶道："那走吧！"

到了楼下，小王刚上完厕所回来，正好撞到他们下楼，便道："付队，你什么时候来的？"

付瑶瑶问道："你知道地方？"

小王知道付瑶瑶做事雷厉风行，不敢耽搁半分，连忙从办公桌上拿起帽子，道："知道……我刚从那里回来，现在就带你们过去。"

出了大门，小王发动了车子，载着几人一路驶出市局大门。

付瑶瑶坐在副驾驶座上，问道："现场什么情况？"

小王摇了摇头，道："具体的我也不知道，失联的有两拨人。山体出现了坍塌，其中一拨人被困在了山里一座破庙里，还有一拨人进山了。疾风救援队前几天找到的是被困在破庙里的那拨人，他们并无大碍。进山的那拨人昨晚才找到，情况很糟，七个人，有六个人死了。

"我只到过破庙，山体坍塌很严重，车子进不去，所以并不是很清楚具体的现场情况，我最多也只能送你们到破庙的位置，余下的，你们得徒步进山。"

付瑶瑶点了点头："预计要走多久才能到事发地点？"

小王道："疾风救援队已经清理出来了一条最近的供人走的小路，徒步的话，也有半天左右的路程。"

"知道了。"付瑶瑶转头看向坐在后座的三人，"大家都听到了，具体发生了什么事，我们得到事发地点才知道。到破庙就没时间休息了，趁这个时间，大家先休息会儿。这种特殊情况，以后还会经常遇到，要学会习惯。"

这最后一句话，是说给新来的江左岸听的。说的时候，付瑶瑶还特意看了他一眼。江左岸眼睛看向窗外，一副淡然的样子，也不知道到底有没有在听。

付瑶瑶不再说话，转过脸，闭上眼睛开始闭目养神。

车子到达破庙时已经是凌晨五点半了，空中露出了鱼肚白。

下车之后，付瑶瑶在破庙里见到了不少人，大部分都是疾风救援队的队员。现场灯火通明，机器轰鸣，正在清理坍塌的泥土。

有两辆越野车停在破庙旁，上面贴满了花里胡哨的车贴，应该就是那个节目组的车子。除此之外，还有几辆警车，并没看到张局。

付瑶瑶瞅了一眼破庙，见里面东倒西歪地搭了好些个帐篷。在如此吵闹的环境中，里面的人估计也睡不着觉，一个个都探头往外看。

付瑶瑶前脚刚下车，便跑过来一个黝黑的小个子，身上穿着疾风救援队的队服，满头大汗。

"付队长是吗？我叫李军，张局长已经先进山了，他交代我，让我等你们来了就带你们进山。"

付瑶瑶笑了笑，道："那有劳了。"

李军随后取来了一个背包，背在身上，打着手电筒在前面带路。

比小王说的时间长，一直走到傍晚六点多才到事发地点，也就是那栋荒废的别墅！

别墅据说是 S 市一个罗姓富豪厌倦了城市的生活，特意找了这么个偏僻的地方建的，建成后主人倒也住了一段时间，后来不知道为什么精神失常，别墅就此荒废了。

节目组不知道从哪里打听到了消息，不惜千里迢迢从外地赶来。

别墅外面已经拉了警戒线，局里的同事正在拍照，张局还有其他同事正坐在两张临时搭建的审讯桌前问话。两张桌子隔着一段距离，分别坐着两个人，一个长得很漂亮的女子，还有一个二十多岁的年轻人。

看到付瑶瑶他们到了，张局起身，招呼着几个人领着他们往别墅二楼走去。

别墅外面虽然很荒凉，里面倒是保存得很好，除了角落及窗户缝隙长了点苔藓之外，并没有看到太多荒废的痕迹。

张局边走边说："节目组计划到这栋别墅来拍摄节目，但是因为山体滑坡坍塌，载着六名嘉宾的车辆独自驶向了目的地。车子你们也看到了，就是门口被烧毁的那一辆，连同司机，车上总共七个人，救援队找到这栋别墅的时候，发现就剩一个人还活着，其他六个人都死了！"

上了二楼，是一条长长的走廊，走到走廊尽头，有一间小房间。张局推门进去，顿时一阵寒气迎面扑来。

房间里放着一个大冰柜，冰柜共有六层！每一层就好像抽屉一样！

张局率先走过去，将每一层冰柜都拉开，一阵阵雾气从拉开的冰柜里升腾起来，雾气散去，露出了在冰柜里的东西！

那是六具尸体，每一层大抽屉里就放着一具，有的面容安详，就好像睡着了一样，有的面目惊恐，仿佛看到了世界上最恐怖的事，有的整个脑袋被砸开了一个窟窿，面目全非！

六具尸体，死状各异。

张局看着付瑶瑶说："情况，就是这么一个情况。"

付瑶瑶忽然看向江左岸："那个……新来的，你怎么看？"

江左岸上前两步，盯着冰柜里的几具尸体，脸色如常，淡淡地说："从表面上来看，很显然，这几个人并非正常死亡，别墅里活下来的那个人，有最大的行凶嫌疑。"

张局道："正好相反，她一口咬定，这些人，不是她杀的。"

第三章　意外

"那张局您相信她的话吗？"

江左岸的视线最终落在那具面目全非的尸体上，平静的脸上隐隐现出了一抹不易察觉的怒色。

张局道："我现在还不能辨别她说的话是真是假，但从她的叙述来看，她详述的每一件事，每一个细节，都非常完美，天衣无缝，这些事皆指向一件事，她与这六个人的死无关。"

江左岸道："荒郊野岭，封闭别墅，这里究竟发生了什么，不止她一个人可以说话，现场任何的蛛丝马迹，乃至这几具尸体都可以说话，现场的蛛丝马迹、尸体都不会说谎，但是，她会。"

付瑶瑶"哦"了一声，问："那依你之见呢？接下来又该如何？"

江左岸道："勘查现场，验尸，以及审讯那个活下来的人，她将会是最大的突破口。我们也需要知道，他们被困在这里这么多天，究竟发生了什么。"

付瑶瑶眼含笑意地说："不愧是高智商人才，思路逻辑果然清晰。"

江左岸看了付瑶瑶一眼，不卑不亢地说："付队长过奖了，不过只是办案的基本流程。"

张局也是老油条了，自然看得出来付瑶瑶对江左岸有些不满。而江左岸也感受出来了，对于付瑶瑶不知道哪里来的不满，有点莫名其妙，从付瑶瑶直接叫江左岸"新来的"就可以看得出来。

平常的付瑶瑶可不是这样没有礼貌的人。

现在张局可没空做他们的思想工作，当务之急是先把案子破了。这几个受害者，在网络上有不少粉丝，舆论已经开始发酵了。于是他说："这件案子就交给你了，稍后我会留下几个人来配合你们，疾风救援队正在抓紧时间通路，在路通之前，这里将作为临时的办公点。我还要赶回局里，还有很多善后工作要做。"

几人均点了点头。走之前，张局又说："小江刚来，你们要多照顾照顾，都是自己人。"

只是，对于张局临走前交代的这句话，付瑶瑶自然是当作没听到。

张局走后，付瑶瑶开始布置工作："英子，你负责验尸。黄欣，现场勘查就交给你了。新来的，你跟我来，我们得好好了解一下，究竟发生了什么。"

两个人一前一后，走出了房门。

江左岸淡淡地说："付队长，我叫江左岸，不叫新来的。你可以直呼我的名字，江左岸。"

黄欣本来跟着出去了，但走了两步后又折了回来，凑到英子耳边说："英子，问你个事。"

英子个子不高，长得斯斯文文、白白净净，绑着很规矩的马尾辫，又戴着一副很书生气的眼镜。走在大街上，更多人愿意相信她是一个邻家小妹妹，而不是一个拿着锋利的解剖刀面对各种各样的尸体面不改色的法医！

而黄欣正好相反，长着一副吊儿郎当的模样，更像是一个小流氓。

黄欣跟英子若是一起走在大街上，甚至让人有一种邻家清纯小妹被小混混欺骗的即视感。

跟黄欣共事多年，英子自然对他很了解，他还没开口，她就知道他想问什么。

黄欣除了长得不像好人之外，还有一个特点，就是八卦，简直比女人还八卦。

英子取出手套，一边戴上一边说："你又想八卦什么？"

黄欣一副好奇宝宝的样子："你觉得这个江左岸长得怎么样？"

英子手上的动作顿了顿，道："我觉得很帅啊，如果他去做明星的话，可能会火，就是有点太冷了些。"

黄欣觉得更加好奇："虽然我是一个男的，但我也觉得这个江左岸挺帅的啊，怎么我觉得头儿好像看他不顺眼呢？"

英子道："帅怎么了？你觉得头儿缺帅哥吗？"

黄欣摸着下巴嘀咕道："也是啊，头儿她哥可没少给她介绍帅哥！那这是为什么啊？难道他们以前就认识？江左岸辜负过头儿？"

英子白了黄欣一眼，道："你这想象力，不去写小说可惜了。我觉得吧，可能还是因为老赵的事，头儿是怕他没接替老赵的资格吧，毕竟又年轻又帅，很难让人相信，他是靠的真本事。"黄欣还欲再说，英子将他不客气地推出去，"行了行了，干活去，你不干活我还要干活呢。"

别墅一楼。为了防止串供，他们将所有人分开询问，两张审讯桌前坐着的人，分别是直播平台老板何华开，以及幸存者夏渔。

两个人先来到何华开面前。

何华开长相斯文白净，虽然自己的公司出了那么大的事，但是仍然很平静。

付瑶瑶问道："深山老林录节目，亏你们想得出啊，是谁策划的？"

何华开开口回道："是我策划的。"

"为什么要策划这种节目？"

"不知道这位警官有没有关注过最近的娱乐圈，现在综艺真人秀节目盛行，特别是户外综艺，每一个都获得了极大的关注度。我们做直播的，最近行情不是特别好，所以想拓展一下其他业务。"

"为什么取这个名字？"

付瑶瑶继续翻看他们先前做的笔录，节目名暂拟为《谁能成为大主播》，参与节目的有六名主播，五名都死了。这个名字现在再看，就有点耐人寻味了。

"取这个名字，主要是为了贴合我们节目的内容。如果警官你关注过直播，就应该知道，一些大的直播平台，都会有几个非常出名的主播，他们是直播平台的顶梁柱，每一个都能独当一面，我们称之为大主播。我们野猪直播目前还没有一个大主播，正是打算借这个节目，培养出属于我们野猪平台的大主播。"

好像没什么问题，但是付瑶瑶觉得还是有些不舒服，因为他的态度波澜不惊。

"出了这么大的事，你看起来倒是一点也不担心啊。"

何华开摊开双手，轻松又略带着一丝无奈："出了这样的意外，我也不想的。"

付瑶瑶紧紧地盯着何华开，过了好一会儿才说："意外？你以为这是个意外？我什么时候告诉过你，这是一个意外了？"

第四章　山体滑坡了

何华开诧异道："我们开着车，行驶在大山的山路上。忽然，山体开始出现滑坡，幸亏我们刹车及时，才免遭被埋。在我们前面的车，他们想停已经来不及了，为了躲避滑坡，只能踩下油门，加速驶向大山深处。

"他们失联了，我们自己也被困在了山里的破庙里，谁能想到，他们抵达别墅后竟发生了这样的事。

"警官，这对于我们来说，不是意外是什么？"

付瑶瑶站起身来，走向另一张桌子，江左岸看了一眼何华开，拿着本子跟了过去。

眼前的女子，头发凌乱，惊魂未定，但是难掩其倾城容姿。

付瑶瑶翻看手里的笔录，看向夏渔："夏渔，我要你把这些天发生的所有事，一件不落地说给我们听。"

夏渔眼眸微抬，正准备开口。

付瑶瑶轻轻叩了叩桌子，提醒她道："不要说谎。"

夏渔缓缓开口，说："事情，还得从一个月前那天中午说起，我们正在赶往深山别墅的途中……"

她开始恍恍惚惚地回想起了当天发生的事情的经过。

"那天中午，因为高兴，中途休息的时候，我们喝了不少酒。

"以至于后面发生了什么，我们都不记得了，因为我们喝醉了。醒来的时候，就已经在别墅里了。

"司机李哥告诉我们，有一个好消息和一个坏消息。好消息是山体坍塌了，有惊无险，我们逃出来了。坏消息是，路彻底被封死了，节目组没能跟着我们一起进来，并且李哥不小心将别墅的门反锁。不知道什么原因，别墅主人把所有的窗户都封死了，别墅里只有大门这一个出入口，我们被困在这栋别墅里了。"

闻言，付瑶瑶顺势往大门口看去，她注意到，别墅大门的锁采用的是密码指纹锁，不禁皱了皱眉，这和夏渔所说的显然有矛盾。但她没打断她，让她继续说下去。

夏渔继续说："你们知道我们的第一反应是什么吗？李哥他撒了谎。

"山体坍塌，与节目组失联，反锁别墅大门，被困在别墅里。这些事的发生如果单个拿出来，都可以理解，但是所有的事都凑到了一起，就太巧合了。

"最让我们无法信服的就是反锁别墅大门这件事，这栋别墅是由一个富豪建造的，所采用的是最先进的指纹密码锁。想要从外面打开，或者从里面打开，要么需要密码，要么需要指纹。

"李哥怎么可能从外面打开却从里面开不了呢？"

这也正是刚刚付瑶瑶觉得夏渔自相矛盾的地方。

夏渔说着说着，竟变得有些愤慨起来。

"他能打开大门，就说明他有密码，有密码，我们就能出去。他却跟我们说，我们被困在里面了。

"我们问他，假如他没有密码，那我们是怎么进的别墅？

"他说，到别墅大门的时候，他本来想打电话问何总密码是多少，但是这里根本没信号，他是瞎按的，没想到就按开了，因为是瞎按的，所以没记住密码。

"这个解释没有人相信，我们都一致认为，他骗了我们，因为他不想让我们离开别墅。"

付瑶瑶看了一眼江左岸。江左岸会意，起身走到何华开面前，随后返回，附到付瑶瑶耳边，耳语道："何华开说了，知道密码的只有他一个人，李哥不知道密码。因为他认为能顺利到达目的地，所以就没告诉其他人，没想到出了这样的意外。"

付瑶瑶点了点头，示意夏渔继续说下去。

"出发前，我们只知道要到一座偏远深山的荒废别墅录制节目，最后所呈现出来的内容大致就是在这座别墅生活时发生的一切趣事。

"录制节目的地方之所以选在这座荒废别墅，是因为现在的观众都有猎奇心理，而且对于我们来说，这样的地方，会有无限可能的事情发生，最后拍摄出来的东西会比在都市里更有趣。

"所以我们当时就觉得，李哥之所以不让我们出别墅，可能就是录制中的一个环节。除了我们六个主播嘉宾蒙在鼓里，其他人都知道，他们联合起来演了一场戏，为的就是营造一种我们手忙脚乱的假象，从而增加节目效果。

"所以没有所谓的山体滑坡，没有所谓的失联，一切都有序地进行着。节目组的其他人，说不定就在门外正窃笑着看我们的反应。

"他们或许早就在别墅的隐蔽处装好了摄像头，我们的一举一动，都在他们的视线之内。

"那天中午喝酒的时候，我们还觉得奇怪，为什么他们滴酒不沾？只有我们六个人喝，对此他们的解释是，他们是工作人员，不能在工作期间喝酒，他们跟我们不一样，我们的工作还没开始，自然可以喝。原来，趁我们喝醉之际，偷偷地安排好了这一切，就是他们所谓的工作。

"所以李哥一口咬定，山体坍塌，路被封死了，别墅大门的密码锁密码他根本不知道。

"我们无所谓，因为我们都相信，这只是一个节目组的恶作剧。"

听到这儿，付瑶瑶忍不住打断夏渔："你们觉得这是节目组瞒着你们设计的一切，甚至怀疑他们在别墅里偷偷装了隐蔽的摄像头，那你们找到摄像头了吗？"

夏渔摇了摇头："当时我们也是这么想的，其实要证明这是节目组为了增加热度所设计的恶作剧很简单，只要找到了摄像头就行了，我们也第一时间就在别墅里找了，但是最后并没有找到。"

第五章　不是恶作剧

付瑶瑶继续问道："那你们还相信这是节目组的恶作剧吗？"

夏渔苦笑了一声，道："信啊！为什么不信？"

付瑶瑶有点无法理解。

夏渔继续说："既然他们已经决定了这么做，肯定会准备得很充分，那么这个摄像头肯定会藏得很隐蔽，岂能让我们轻易找到？别墅这么大，说不定他们就藏在别墅顶上呢？我们没梯子也上不去，诸如此类的我们到达不了的地方太多了。

"所以我们只找了一会儿，便没再找了。

"既来之，则安之，虽然被困在了这栋别墅里，但是我们根本不害怕，甚至还有些小兴奋。

"而且，虽然我们被困，但是我们的行李都被李哥拿了进来，这又是一个巧合？这么巧刚好把我们所有人的行李都搬了进来之后，才不小心把门给反锁上了？

"也有一些我们不满意的地方。这地方没有手机信号，我们也不知道这栋别墅到底荒废了多久，虽然有发电机发电，但是没有水，也没有吃的。

"对此我们也并不太担心，因为我们每个人或多或少都带了点饮料和零食。

"而且我们这六个人当中，还有一个美食主播，她原本打算在录节目之余，可以做做直播。美食主播的唯一特点就是喜欢吃东西，所以她带了很多吃的。

"最重要的是，我们深信这只是节目组的恶作剧，就算我们弹尽粮绝，没有任何一点吃的了，节目组会看着我们饿死吗？绝对不会。

"所以除了没有水不能洗澡、通信设备用不了之外，我们并没有什么不满意的，别墅里有很多古香古色的房间，住在这样的别墅，也别有一番风味。"

听到这儿，付瑶瑶忍不住又问道："那司机李哥呢？他作何反应？"

夏渔想了想，道："还能怎么样？非常无语吧，他努力跟我们解释说这不是节目组安排的，但是并没有人相信他。

"再后来，我们就去挑选房间了，他也去了。

"我记得，我们七个人，每个人都挑了一间，二楼三楼都有房间，但为了能相互有个照应，大家都住在二楼。

"因为别墅荒废了挺久的，房间里都落满了灰尘，所以选好之后，大家就在各自的房间整理。因为没水，擦拭这些灰尘更加费时费力。整理完，大家都累得不行，直接就睡下了。

"第二天早上，我是被一阵大笑声吵醒的，笑声中充满了戏谑。声音是从一楼传来的，我到一楼的时候，发现他们几个人围在一起。

"就在那个位置。"

夏渔指了指不远处，付瑶瑶和江左岸同时转头望去，看到那有一小截树根，树根将周边几块地板顶了起来，还有半截埋在土里。

夏渔收回手，道："这别墅或许真的荒废了太久了，里面都长树了。那是一棵只有半米高的小树，周平就蹲在那棵小树旁，其他人则围在周平身边。

"周平手里拿着一个小果子，那是那棵树上结的果子。那棵树我不认得，从来没见过，所以也不知道周平拿着那棵树上的果子干什么。

"那果子先不说有没有毒，看着就还没成熟，还是青色的，而且那么小，还不够塞牙缝呢。

"周平的表情相当惊恐，与其他人的嘲笑声格格不入。

"我下来后，只听到他说了些莫名其妙的话：你们以为我在开玩笑？我跟你们说，我是认真的，我没开玩笑。

"他既激动，又惊恐。

"我还不知道发生了什么事，只听陆径大声嘲笑他：周平，你不去演戏真是可惜了，奥斯卡欠你一座小金人，说完，又是一阵大笑声。

"刚才的笑声中，陆径的最大。他是一名游戏主播，平常在直播中，向来口无遮拦。在现实中，他也是一个大嘴巴，非常爱表现自己，咋咋呼呼的，还特别爱管闲事。

"周平直接站起来，手里捏着那个青色的果子，指了指那棵小树说，这棵小树上结了七个果子。说完，他又指了指三楼的方向说：'三楼走廊的尽头有一个房间，你们知道那个房间里有什么吗？

"'那房间里有一个大冰柜，大冰柜有六层小柜子，每层柜子刚好能容纳一个人。你们知道那是做什么用的吗？

"'那是装死人用的，那个大冰柜还有一个名称，叫作尸柜。知道我做直播之前是做什么的吗？我是一个人殓师，专门给遗体化妆的，我对那东西再熟悉不过了，不会认错的。

"'七个小果子，六层尸柜，这棵小树上，每掉一个果子，就会死一个人，那六层尸柜就是为我们这七个人中的六个人准备的。这棵小树上的果子会慢慢掉下来，直至剩下最后一个。谁能成为大主播？显而易见，活下来的那个人，就能成为大主播。'

"周平的那番话，让我感到非常吃惊，不知道他哪里来的歪理。看着他既认真又惊恐的表情，以及陆径他们对周平嘲笑的样子，一时之间，我竟不知道该相信谁了。

"周平之前是干什么的，我还真不知道，我只知道他是一个户外探险主播。说是探险，其实专挑一些比较瘆人的地方直播，比如，夜半三更的荒郊野岭，无人涉足的阴冷山洞，他以胆子大著称。

"我第一次见他的时候，才知道他胆子为什么那么大。周平长着一张毫无血色的脸，整个人骨瘦如柴，眼窝深陷，长这副样子，鬼见到了都怕他。

"所以，虽然他说得这么可怕，面部恐怖的表情也非常到位，但就是没人愿意相信他，因为他平常的风格就是故弄玄虚。

"他曾干过一件很出名的事，在坟地里直播看恐怖电影，看直播的观众没被恐怖电影吓到，倒是被他吓得不轻。

"所以陆径他们嘲笑他，并不是没有理由的，都觉得周平是在演戏，目的不言而喻，不过是为了配合节目组增加节目效果，只是他编的这个故事太让人啼笑皆非了，怎么会死人呢？死人了，这个节目还怎么录呢？

"然而，让我们都没想到的是，最后竟让周平一语成谶，第二天就死了人，死的不是别人，正是周平！"

第六章　他很不对劲

"那天早上发生的事，不过是一个小插曲，大家都保持着极高的兴致，除了周平。

"他上楼后一整天都将自己锁在房间里，陆径事后可能觉得自己做得有点太过了，还特意去敲门让他出来一起打牌，他也没来。

"我们也没在意，就这样吃吃玩玩过了一天。

"第二天早上，还是没见周平出门，我们开始觉得有点不对劲了。陆径去敲门，里面根本没有人应答，因为怕周平出事，我们便将门给撞开了。但是房间里空荡荡的，周平根本不在房间里。

"我们一开始怀疑周平是不是离开别墅了，但是李哥一口咬定，他不知道大门密码，根本没开过门，而且周平也不像离开了的样子，因为他的背包行李还在。

"周平还在别墅里，我们四散开来找人，最后在三楼走廊尽头的一个房间里找到了他。

"原来，那个房间里真的有一个大冰柜，也就是周平所说的尸柜，周平就躺在第一个尸柜里，他面色安详，双手交叉环抱于胸前，就仿佛睡着了一般。

"他死了！

"气氛就好像冰柜里的寒气一样冰冷。

"没有人知道周平是怎么死的，他身上没有任何的外伤，死之前，也不像遭受过痛苦折磨的样子。

"一直到我们在他的行李箱中，发现了一张医院的诊断书。

"原来，周平早已身患绝症，时日无多。那张诊断书，就是最后的死亡通知单。

"周平是自杀，很难想象他得有多大的决心，将尸柜拉开，然后钻进去，再一点点合上，活生生地把自己给冻死。

"至于他为什么自杀，没有人知道，或许是不敢去猜。他就算不自杀，也没几日可活了，但他家里还有一个老母亲要养。

"他也许是想趁机讹节目组一把，但是他似乎没弄明白，他这是自杀，并不是意外，理论上，他除了能拿到一点人道主义的抚恤金之外，什么也拿不到。

"他或许是跟节目组做了某种交易，可是如果节目组采用这种方式来提升热度，无异于吃人血馒头，没有哪个节目组敢这么做。

"那一整天，别墅里的气氛都很压抑，根本没有人想到会有人死在这里。

"我们各自回房待了一天，根本就没缓过神来。就好像，你早上刚起床，快递来电话了，让你下楼去取快递，你来不及换衣服，只穿了一件睡衣，脚上踩着拖鞋，匆匆下楼，你到了楼下，因为赶时间，快递员迎面向你跑来，忽然驶来一辆汽车，将快递员给撞飞了。

"当时你的第一反应就是，怎么会这样？

"我们当时就是这种感觉。

"就这样浑浑噩噩地过了两天，还没缓过来，第三天，又出事了。出事的是邵年，他跟陆径一样，也是一名游戏主播，但是比陆径小，刚成年没多久。

"因为沉迷于游戏无法自拔，导致荒废了学业，做直播后，变得更加肆无忌惮。他跟陆径相比，除了年纪比较小之外，其他的都没法比。

"就比如说，陆径是把直播当成一项工作，游戏不过是工作的内容罢了，到点了就下班。

"而邵年正好相反，怎么说呢？直播合约里有规定，每个主播每天必须直播够多少个小时，邵年播完了规定的时间之后，依旧不下播，因为他太喜欢游戏了。长年累月地熬夜玩游戏，导致他的身体抵抗力非常差。

"我们这几个人里，他是最瘦的，可能是因为他的身体抵抗力很差，他发烧了。

"发烧在我们平常生活中很常见，但是在这栋别墅里，几乎可以说是致命的事态。

"因为我们没有退烧药，甚至没有饮用水给他物理降温，我们只有饮料和啤酒，这些对他根本没用。

"所以，邵年那天晚上就撑不住了，烧得特别厉害，整个身子都是滚烫滚烫的，意识已经开始模糊了。

"但我们对此毫无办法，陆径他们在别墅客厅里大声吼叫，试图让摄像头那头的人看到，有人生病了，再继续玩下去，又要出人命了。

"但是我们没有收到任何回应，终于我们反应过来，逼问李哥，他一直坚持最初的说法，他没有骗我们。根本就没有什么隐藏摄像头，一切都是我们一厢情愿的想法罢了。我们是真的被困在这栋别墅里了，孤立无援。

"直到那时，我们才相信李哥说的话是真的，因为在这几个人当中，李哥和邵年的关系最好，他们经常在一起打游戏，不可能邵年这个样子了，他知道大门密码却还故意不开。不管他们关系好不好，这都是人命攸关的事。

"到了晚上，邵年烧得越来越严重，我们只能轮流守护他。除此之外，只能替他祈祷，希望睡一觉起来后，他的烧就退了。

"前半夜，一直没有什么意外发生，直到后半夜，我们忽然被一声尖叫声惊醒。

"一股不祥的预感笼罩在我们的心头，因为尖叫声是从三楼传来的，而我们所有人都住在二楼。

"我们跑上三楼，便看到李哥正哭喊着拍打着走廊尽头的一间房门：'你快开门啊，开门……'

"我们跑到李哥身旁，连忙问他发生了什么事。

"就在这时，我们忽然听到从房间里传来了一声吼叫声：'好爽啊！'随后，声音就慢慢弱了下去：'好热，热死我了，现在好了，不热了，终于不热了……'

"李哥惊慌失措地对我们说：'快，快把门打开，邵年进去了，把自己反锁在了里面。'

"那间房间，正是那间冰柜房，此时周平的尸体还躺在第一层冰柜里。

"于是，我们合力冲撞着那扇门，但是那扇门显然跟其他的房门构造不一样，它更结实、更厚重。

"我们撞了好久才将门撞开，撞开门进去的时候，我们都傻眼了，里面根本没看到邵年的影子。

"但是在第二层柜子的缝隙，我们发现了一块衣角。"

第七章　第二个意外

"我们将柜子拉开，在柜子里，看到了邵年。

"他的头发上、眉毛上，已经结了一层薄薄的冰霜，他的脸上，挂着一抹淡淡的笑容，一副如释重负的样子。

"就好像，他前一秒还承受着非常大的痛苦，但是在下一秒，就解脱了。

"我们都看呆了，万万想不到他会采用这样的方式，结束了自己的性命。

"每个人的脸上都挂着异样的表情，有的人脸上表情凝重，有的人脸上挂着可惜，有的人脸上则带着愤怒。

"李哥捂着脸，瘫坐在地上，一边哭着一边喃喃地说：'我真不知道居然会发生这样的事，轮到我照顾小年的时候，他并没有什么异常，一直在昏睡，似乎做噩梦了，开始胡言乱语，一直在半梦半睡的状态。刚好我尿急，就趁着他没完全醒，赶紧去上了个厕所，我不过是上个小号，根本没花很长的时间，没想到等我回来时，房间里的小年却不见了踪影，我瞬间就慌了，四处找他。最后，我在楼下找到了小年，他正背对着我蹲在那棵小树前。我顿时松了一口气，他能在这么短的时间内自己走下楼，是不是烧已经退了？我就走过去，正准备问他怎么样了，但瞬间我就呆住了，因为我看到了似曾相识的一幕。'

"李哥定了定神继续说：'小年手里拿着一个青色的果子，那个果子，就是那棵小树上长的果子。他的表情非常惊恐，直盯着那个青色的果子。眼前这一幕，不正是前几天发生的那一幕吗？周平拿着从小树上掉下来的青色果子，预言了自己的死亡。现在，又轮到小年了！我整个人都僵住了，站在他面前，不知道该说些什么，他脸上惊恐的表情，跟周平那天的太像了，简直就像是一个模子刻出来的。过了一会儿，小年开口了。他说，周平说的是对的，我们这几个人，只有一个人能活下来。这棵小树上的小果子又掉下来了一个，我刚刚听到了它掉下来的声音，就下来了。每掉下一个，就意味着会死一个人。隔着一层楼的距离，他是怎么听到的呢？我虽然内心十分疑惑，但是也只能安慰他，周平那根本就是自己瞎编的，故弄玄虚，根本没有可能发生这样的事……'

"李哥顿了顿说道：'我话还没说完，他就跑开了，他的速度非常快，我稍微一愣神，他就已经跑上了二楼，我看他往二楼跑，速度又那么快，还以为他的烧已经退下来了，所以也没有立刻追上去。但很快，我就发现我错了，他跑上二楼，根本不是回自己的房间，而是跑向了三楼。直到这个时候，我才发觉不对，于是连忙追上去。追到三楼的时候，发现他已经进了那间冰柜房，并且将门给反锁了。我不知道他进去竟然是要躺进冰柜里，直到听他说，他太热了……怪我，这一切都怪我，是我害死了他……'

"但是没有人责怪李哥，因为我们都知道，邵年的死，不是李哥的问题。

"根本没有人会想到，邵年居然会这么极端，他的体温是降下来了，但是他再也醒不过来了。

"潘良气得一拳砸在了那扇铁门上，他很生气，但不是生李哥的气，他叫骂着，气冲冲地往楼下走去。

"潘良是个户外健身主播，一身的肌肉，身体素质非常好，他那一拳砸在铁门上，再配上他那狰狞的面容，把我们所有人都吓了一大跳。

"他说：他根本不信什么果子掉下来就会死一个人这种毫无逻辑的事，他现在就要下去把那棵小树连根拔起，看看会发生什么？他才不相信我们的命运居然会掌握在一棵小树的果子上。

"我们反应过来之后，也跟着他下去，听他这么一说，似乎也有些道理。

"我们的命运，是掌握在我们的手中，而不是一棵小树的果子上，如果是，这何其荒唐？

"当时我没有想那么多，事后想起来，潘良之所以这么说，一副很认真的样子，根本就不把周平他们说的那番话当一回事，更大的目的，是觉得我们当时的气氛太压抑了，想给我们吃一颗定心丸，停止恐慌，不要自己吓唬自己。

"但是潘良最后到底还是做过头了，他的莽撞行为，让他失去了生命。

"下来到大厅的时候，潘良直接一把将那棵小树硬生生给折断了，小树上的果子散落一地。

"潘良又将那棵小树扔在地上狠狠地踩了几脚，冷笑了两声，看向三楼的方向，就好像是对周平他们说：'现在树上所有的果子都没了，我还断了它的根，不光如此，我还要吃掉这果子，我倒要看看，它能把我怎么样？'

"潘良说着，便将手上的小果子扔进了嘴里，小果子将他的嘴巴塞得满满的，潘良就好像在吃没吃过的人间美味一样，非常享受。

"他嚼了好久，才咽下去。

"'看，还不是什么事也没有？'他冲我们摊了摊手，'什么玩意？完全是故弄玄虚！'

"我们也不知道该说什么，气氛非但没有好转，反而更加压抑。

"只有潘良看起来是非常轻松的，他嘴上的笑意一直就没停过，嘴角甚至还残留着一抹青色的汁液，那是果子的汁。

"但很快，潘良脸上的笑容就凝固了，他在我们面前直挺挺地倒了下去。

"我们吓坏了，不知道发生了什么，好好的一个人，怎么瞬间就倒地了呢？

"我们手忙脚乱地把他扶了起来，只见潘良双目狰狞，额头上的青筋暴起，仿佛在刚刚的一瞬间，见到了什么恐怖的事。

"我们呼唤他，但是他没有反应，去探他鼻息的时候，却发现他根本已经没了呼吸。

"潘良死了，就在我们面前，众目睽睽之下，死了。"

第八章　第三个意外

"潘良千不该万不该，就不应该吃那棵小树上的果子，那果子有毒，潘良中毒死了。

"没有人认得那棵树，我们也不知道那个果子有毒，所以没有人能阻止他。

"随后，我们守在潘良的旁边，守了很长时间，多希望他只是跟我们开了一个玩笑，忽然之间就跳起来，然后大笑着对我们说，逗你们玩的，哈哈哈……

"但是事实上，潘良不可能醒过来了，他死了，真的死了。

"我们将他的尸体扛到了三楼的冰柜房间里，将他放进第三层冰柜里，我们能做的，也只能如此，总不能让他的尸体在外面腐烂吧。

"看着那个大冰柜，六层的冰柜，现在有三层都装了人。难道真像周平说的，这个大冰柜，是为我们准备的？我们七个人，真的只能活下来一个人？

"我们从房间里退出来，回到一楼，心情越发沉重。

"我们有足够的理由相信李哥所说的一切，我们真的被困在别墅里了。

"七个人，只剩下了我们四个——我、司机李哥、游戏主播陆径，还有吃播小美酱。

"接下来，我们根本不知道该怎么办，李哥自告奋勇，又开始去试开密码锁，但是一整天下来，一点用也没有。

"潘良他们的死，对我们的打击很大，以至于让我们都丧失了最基本的思考能力。

"现在想起来，如果当初我们能团结一致，就不会发生后面的悲剧了。

"他们的死没能让我们团结起来，反而让我们的关系变得更加疏远。

"李哥几乎每天都把时间耗费在大门的密码锁上，我反正是害怕极了，小美酱估计也一样，我们躲在各自的房间里，几乎不出门。

"别墅里，只能偶尔听到陆径和李哥有气无力的交谈声。

"我们当时犯了一个致命的错误，当时的明智之举，就应该是把所有的物资都集中起来，一起等待节目组。等他们找到我们，就可以获救了。

"几天后，我们之间爆发了新的矛盾，矛盾点，就是物资。

"别墅里没有食物和水源，这些天以来，全靠我们带的零食和饮料维持生活。

"但是我们带的毕竟有限，总有吃完的时候。

"我们之中，有一个人带了很多吃的，那就是吃播小美酱。她本来是这么打算的，节目组包吃包喝，那么她带的东西，就可以拿来做直播。

"所以她一个人带的吃的喝的，远比我们所有人带的加起来都要多。

"当有的人带的食物吃光之后，首先想到的就是小美酱。第一个吃光自己所带食物的人，是陆径。

"那天我在房间里，听到外面起了很大的争执声，我赶紧出去看。

"刚出房门，便看到陆径指着小美酱的鼻子大骂：'你带了那么多吃的，为什么不肯分一点给我，我所有的吃的都吃完了，没有吃的，我会饿死。'

"原来是陆径的食物吃光了，来找小美酱要。

"但是小美酱似乎并不愿意给陆径，她是这样反驳陆径的：'我是吃播，我带得多，

是因为我吃得多，我的饭量，比你们所有人都要大，所以本质上，我并没有多少吃的了。'

"陆径非常生气，这叫什么逻辑？吃播食量大不假，但那都是吃给观众看的，在平常生活中，根本没有那么大的食量。所以，陆径坚定地认为，小美酱就是故意不分享她的食物，她是想让他去死。

"最后还是李哥说，他那里还有一点吃的，这才将气冲冲的陆径拉走，两个人不欢而散。

"我原本以为，这件事就告一段落了，或是就这么过去了。但是让我没想到的是，悲剧才刚刚开始。

"这件事过了两天后，半夜，一声凄厉的尖叫声划破了夜空。我被惊醒了，慌忙跑出去看，只见小美酱房间里的灯亮着，房门大开。

"一股很浓重的血腥味从房门里飘了出来，李哥也被惊醒了，我们两个人并排朝小美酱的房间跑去。

"刚到门口，我们便如五雷轰顶一般，愣在了当场。

"只见小美酱倒在血泊里，整个脑袋就像被砸坏的西瓜，血肉模糊，面目全非。在她面前，是一面落地镜，此时，落地镜已经摔得粉碎，小美酱的脸也如那面镜子一般，被割得七零八乱。

"一块锋利的玻璃刺进了她的脖子里，几乎穿透。

"陆径失魂落魄地瘫在地上，看到我们，像疯了一样朝我们爬过来，冲我们解释：'不是我，我只不过想来找点吃的，没想到被她发现了，她还要打我。我不过是轻轻一推，没想到她竟撞到了那面镜子，我不是故意的，真的，你们要相信我，我没有想过要杀她。反倒是她，她想我们死，因为她不肯给我们食物……'

"陆径说着，像发了疯一样钻进房间里，紧接着，他从里面搬出来一个登山包，包里吃的喝的应有尽有，非常多。

"他将登山包扔到我们面前，问我们：'如果你们身上的食物也吃完了，小美酱不愿意分享食物给我们，那该怎么办？'

"我不知道该怎么办，因为我根本没有想过这个问题，也不敢想。

"不过是转瞬间，陆径似乎变了一个人，他看着倒在血泊里的小美酱，变得非常冷静。他说，小美酱这件事，确实是个意外，出去后，他会跟警方解释，以后怎么处理，那就留到以后再说吧，但是当务之急，是要活下去，今天这个恶人，他来当了。

"然后，他就把小美酱的食物分给了我们。

"做完这些，陆径就抱起小美酱的尸体，朝着三楼的冰柜房走去。

"那个冰柜房，又多了一具尸体，六层柜子，还剩下两层空柜子。

"周平的话又在我的耳边萦绕，七个，真的只能活一个？

"我们还有三个人，那么下一个，将会是谁？"

第九章　彻底乱套了

"事情发生到这种程度，我更加害怕了，不管怎么样，陆径杀了人，他杀了小美酱。

"在房间里，他们究竟发生了什么争执，我们不知道，我们什么也做不了，只能继续等待救援，然后报警。

"陆径已经不再是那个喜欢多管闲事、喜欢八卦的陆径了，他完全变了一个人。

"清理完小美酱的尸体后，他看到我们似乎很害怕的样子，忽然问我们：'如果今晚没有发生这个意外，小美酱又不肯给我们食物该怎么办呢？

"'食物是她带的，她愿意给，说明她好心，宅心仁厚，如果她不愿意给呢？那我们也根本说不得什么，毕竟是她的私人财产。

"'如果她一直不给呢？救援又一直没到呢？我们与节目组失联，他们肯定会想办法找我们，只是不知道什么时候才能找到我们。换言之，找到我们，不过是时间早晚罢了。

"'如果他们能够早点找到我们还好，但是长时间救援不到，我们又没有食物了呢？将会发生什么？那我们将会活活饿死，活活渴死。

"'你们有想过这个问题吗？'

"我不知道李哥有没有想过，他一直沉默着不说话。我是没有想过，因为我觉得，我们几个人被困在这儿，就算是陌生人，都应该互相帮助，何况还是相熟的人，但是也不能排除陆径说的那种情况。

"绝大多数人都是自私的。如果小美酱将她的食物分给我们，最后我们谁也活不了，但是如果她不将食物分给我们，我们会死，她却能活下来。她肯定会选第二种。

"这是陆径没说出来的后半段话，也是我不敢想的。

"他是想跟我们说，他只是做了一件好事，但是他很难再冠冕堂皇地说出来，毕竟小美酱已经死了。

"他想说，是他牺牲了自己，救了我们，我们可以不感激他，但是也没必要把他当成杀人犯。

"不管怎么说，我对陆径已经彻底失去了信任，在我眼里，他就是一个凶手，我会远离他，离他远远的。

"接下来，又过了漫长的几天。那几天，别墅更加安静，我除了出来上厕所，根本不会出房门。因为我要远离陆径，我不想看到他，我不想像小美酱一样，跟他起争执，然后发生谁也不知道的意外。

"那几天，我不知道陆径都在干什么。倒是每次走出房门时，都能看到李哥站在大门前，捣鼓那个密码锁。

"救援迟迟没有来，食物越来越少，也不知道能不能撑到等来救援的那一刻。我每天将自己锁在房间里，都快疯了。

"又过了两天？还是三天？或者更长的时间？我已经忘记了，我几乎感觉不到时间的变化和存在。

"那一天，李哥敲响了我的房门。

"密码锁被他按开了，这么多天，他终于再次试对了密码。

"这算是被困这么多天以来，唯一一个好消息了。

"我赶紧收拾了自己的东西，跟着李哥准备出门，但就在我们走出别墅大门准备上车之前，陆径追了出来。

"我不知道李哥有没有告诉陆径别墅大门开了，因为那个时间正好是晚上，而陆径出来的时候，什么都没带。

"门开了，他似乎不是很高兴，我一开始还以为是李哥没告诉他，但是后来发现不是，李哥试对密码时，他刚好就在客厅里，他都看到了。

"我不知道为什么，门开了，他表现得居然没有半点高兴。

"他出门之后，先是不慌不忙地点了一支烟，然后问李哥：'这是打算去哪里啊？'

"我因为对陆径有阴影了，所以就站在一边，没说话。这些天，我见陆径的次数少之又少，见到了，也不敢和他说话。

"李哥跟他说，门开了，当然是离开这里，他不想再待下去了，这还用问吗？

"从李哥对陆径说话的语气，我发现李哥对陆径也不怎么友好，显得很不耐烦。

"陆径就问李哥：'离开这里？去哪里？'

"李哥看我傻站着，就帮我把我的行李往车上放。

"他对陆径说，不知道，总之不想待在这里了。

"可能是李哥的语气有点生硬，有点不耐烦，还有点敷衍，让陆径非常不满。

"趁李哥转身拿包裹的时候，陆径一脚将车门给关上了。

"李哥就问他，想干什么？

"陆径的脸色冷了下来，他说，你不是说山体坍塌了吗？既然山体已经坍塌了，你能去哪里？

"李哥就说，说不定路已经通了，出去走走总比在这儿好。

"陆径就骂李哥，说如果路通了，节目组早就来找我们了，既然节目组没有来，就说明路没有通。

"李哥顿时也不爽了，既然不能原路返回，我们可以继续往山里开，又不是只有一条路。

"陆径骂李哥没脑子，也不想想这条山路是怎么来的，这条山路是因为建造这栋别墅才修建的，再往里，就是没人涉足的深山老林，那不是更危险。

"李哥就说，那也没关系，没路大不了就回来，就当出去散散心。

"陆径不让李哥出去，李哥偏要出去，两个人就起了争执。

"吵着吵着，陆径就将打火机点燃，扔进了车里。车座上有坐垫，正好扔到那上面，很快就燃烧起来。

"李哥想要去将着火的垫子扯出来，却被陆径阻止了。他个子比李哥大，力气也比李哥大，将李哥按在地上，李哥根本动弹不得。

"就这样，整辆车在我们眼前燃烧殆尽，我过去抢救，也只来得及扔出行李，最后车子烧得只剩下个车架子。

"其间，李哥一直挣扎着试图站起来。我害怕极了，什么也做不了，再说没有水，车子燃烧起来之后，火势非常迅猛，根本灭不了。

"一直到车子烧干净了，陆径才让李哥起来，还叫道：'现在车子给你烧了，我看你还能去哪儿？山体坍塌是你说的，路被封死了也是你说的，现在你想离开？你走不了！'

"这句话彻底将李哥给激怒了。他骂陆径，说他心怀鬼胎，他不想让我们离开别墅，真正的目的是想要耗死我们。只要我们死了，就没人知道他杀害小美酱的事实了。

"陆径更加愤怒，他说他为了我们都有吃的，都能活下去，才跟小美酱起了争执，导致小美酱出了那样的意外，我们却这样想他。

"如果他想我们死，大可不把小美酱的食物分给我们，让我们活活饿死就行了，何必费那么大的力气？兜一大圈子来害我们？

"李哥反驳说，那是因为他当时害怕了，害怕到根本就来不及思考，只能先跟我们示弱，这些天他肯定想了很多，想到最好的脱身之计就是让我们永远闭嘴。

"两个人谁也不让谁，最后竟然打了起来。

"我去劝架，但是根本就劝不住，他们打得越来越厉害，开始是用手，你一拳我一拳，慢慢地又演变成了用脚，打得越来越凶。

"我在一边哭喊，让他们不要再打了，但是他们根本就不为所动。

"最后，他们居然拿石头互砸，你们看到别墅大门上的砸印，就是他们砸的。

"事情已经到了无法控制的地步，他们把对方砸得头破血流。我在劝架的时候，也被一块飞来的石头砸中额头，我被砸晕了！

"再醒来的时候，他们两个人都倒在地上，现场非常惨烈，空气中四处弥漫着一股非常浓重的血腥味！他们两个人都没了呼吸，他们死了。

"我哭了很久很久，不知道事情怎么会演变成这个样子。

"车子被烧了，人也死光了，救援不知道什么时候才能来。

"我崩溃了，在门口坐了一整夜，才终于缓过来。

"冷静下来之后，我将他们两个人拖到了三楼冰柜里，搜集了所有的吃的喝的，坐在大厅里，一直等到救援队的到来。

"这就是这些天，发生的所有事情的经过。"

夏渔说完，眼泪又流了下来。

付瑶瑶用余光瞥了旁边一眼，江左岸的笔这时候也刚好停了下来。

付瑶瑶开口道："我算是听明白了，你的意思就是说，他们的死全都跟你没关系？"

夏渔抬了抬双眸："事情的经过就是这样，警官，他们的死或多或少都跟我有点关系，但是，我真的没有杀人。"

第十章　分析

别墅外，付瑶瑶靠在院墙上，抽出一支烟点上，狠狠地吸了一口。

实际上，付瑶瑶并没有烟瘾，甚至不喜欢吸烟，只是尼古丁的味道能够让大脑快速地清醒过来！

夏渔的话毫无破绽，至少目前看起来是这样的，但是她不相信。

江左岸随后也跟了出来，他刚看到付瑶瑶不言不语地出门，还以为是有什么事。出来一看，正好看到付瑶瑶在悠闲地抽烟，那张帅气的脸上，表情顿时变得很复杂！

付瑶瑶吐出一口浓重的烟，不偏不倚地，正好打在江左岸的脸上。

"要不要来一根？"

江左岸还没来得及说话，便开始剧烈咳嗽起来。

他用手扇了扇，将眼前的浓烟扇去，说了一句："吸烟有害健康。"转身便准备进去。

付瑶瑶冲他"哎"了一声，抬了抬下巴，示意他自己身边的角落还有一个位置。

江左岸看了一眼付瑶瑶叼在嘴里的烟，似乎在做思想斗争，最后迟疑了一下，走到付瑶瑶边上的角落，僵硬地站在她旁边。

付瑶瑶微微摇了摇头，有点想笑。

"刚刚听完了夏渔的陈述，说说你的看法。"

江左岸想也不想，说："我还是那句话，当时发生了什么，只有她自己知道。换句话说，谁也不知道当时发生了什么。"

付瑶瑶又吸了一口，将烟屁股随手扔到地上。

江左岸诧异地看了付瑶瑶一眼，见她没反应，伸出一只脚，将烟给踩灭了。

付瑶瑶扯了扯嘴角，道："你的意思是说，夏渔撒谎？她编了一个故事来糊弄我们？"

江左岸谨慎地说："她可以撒谎。"

付瑶瑶没有反驳，而是说："那动机呢？因为那几个人跟她有竞争关系？她杀了那六个人，难道就能成为大主播了？就算成了大主播又如何？无非是能多赚点钱，为了这点钱，只要她稍微有点脑子，就应该会想到，这根本就不是一笔值得冒险的买卖。"

江左岸说："所以我们需要揭穿她的谎言，人，只要说了一个谎言，就会用其他谎言去圆，这样谎言才不会被揭穿。但是她忘了一件事，会说话的，不止她一个人。"

付瑶瑶饶有兴趣地说："那接下来怎么揭穿她的谎言呢？愿意洗耳恭听。"

江左岸沉思片刻，缓缓地说："首先就是尸检，夏渔详述了每个人的死亡经过，那这些人的死亡原因，是否如同她说的那样呢？还有现场的所有痕迹，也可以找出一些端倪来，譬如她描述了陆径杀死小美酱的过程，还有陆径和李哥就在这扇门前打斗最后同归于尽的场景，我们都可以还原，其中只要有一个环节跟夏渔描述的不一样，就能证明她在撒谎。"

付瑶瑶不置可否，又问道："那假如所有调查结果都不能证明夏渔说谎呢？"

江左岸意味深长地看了付瑶瑶一眼，道："调查这个节目组跟这些人有关的所有人际关系，看看谁跟他们有仇，杀人动机是什么。"

付瑶瑶站起身来，向前两步，站到江左岸面前。江左岸比她还要高一个头，他不知道付瑶瑶要干什么，只能居高临下地看着她。

付瑶瑶轻轻地踮起脚尖，凑到江左岸耳边，幽幽地吐了一口气，道："你来之前，他们一直说你聪明，在我看来，也不过如此。"

江左岸皱了皱眉，疑惑道："怎么？难道我说得不对吗？"

付瑶瑶落下脚后跟，后退了一步，似笑非笑地说："对，怎么会不对呢？"

说完，她转身进入了别墅。

只留下江左岸一人在风中凌乱，随后，他咬咬牙，也跟了进去。

刚进门，只听到付瑶瑶大声说："小谭，去给他们几个准备三间房，今晚没我的允许，谁也不许出这栋别墅。"

吩咐完，付瑶瑶转身就上了三楼，直奔那间临时"验尸房"。

验尸房里，只有英子一个人，地上摆着工具箱，每一层柜子都被拉开了。英子因为个子不高，只能站在凳子上观察最上面一层柜子里的尸体。

付瑶瑶进门之前，先敲了敲门，看到英子那么认真，她真怕把她给吓到了。

"怎么样？有结果了吗？"

"付队，江队。"英子从凳子下来，扶了扶眼镜，"初步的结果已经出来了。"

付瑶瑶指了指身后："那说说，我们的江大神探想知道这些人的死因。"

英子的视线在两个人身上来回打量了两遍，幸亏黄欣不在这儿，不然心里肯定又要乱想了，江大神探，这顶高帽戴的……

六层柜子上，都贴上了小标签，标签上写着每个人的名字。

英子再次扶了扶眼镜，道："详细死因还要经过更进一步的化验，甚至解剖才能确定，现在只能说个大概。"

付瑶瑶摆了摆手，道："大概也可以，你说吧。"

英子特意拉开了第一层柜子和第二层柜子，"这两个死者全身粉红，肢体外露部分可见鸡皮疙瘩，初步断定，是长时间低温冻伤所致的死亡。

"但两个死者表情却大不相同，死者周平的脸色平静安详，仿佛睡着了一般，再结合其死因，倒像是他自己躺进冰柜里，然后活活冻死的。死者邵年面带笑容，似笑非笑，但可以基本确定的是，他的死因与周平无异，他临死前有脱衣动作，所以可以排除他是被人关在冰柜里冻死的，只是奇怪的是……"

付瑶瑶接口道："他发了高烧，也是自己躺进去的。"

英子脸上露出了诧异的表情，摇了摇头，继续说："死者潘良，疑是中毒身亡，但是中了什么毒，还得要进一步的化验。死者小美酱，伤口有两处，脸上大范围割伤，但只是皮外伤，致命伤是在脖子上，一块玻璃插进了她的喉咙，要了她的命。死者陆径、李哥，身上多处伤口，两个人的致命伤都在头部，死因为失血过多。"

付瑶瑶问道："这里的条件能够得出详细的死因吗？"

英子摇了摇头："不行，但是真正的死因，跟我说的这些也八九不离十了。"

付瑶瑶坚持说："我需要详细的死因，明天我让张局想办法把这些尸体运回局里。"

英子应了一声，又继续埋头工作了。

出了"验尸房"，付瑶瑶脚步不停，边走边道："江大神探，至少现在看来，这些人的死因，跟夏渔描述的一模一样啊。"

江左岸跟在付瑶瑶身后，道："那又如何？这就能证明夏渔的清白吗？这栋别墅那么大，我们肯定能找到些蛛丝马迹。"

付瑶瑶忽然停了下来，跟在身后的江左岸猝不及防地直接撞到了付瑶瑶的后背上。

被撞的没事，反倒是江左岸一个趔趄，差点跌倒。

这时，一直都表现得温雅和煦的江左岸终于忍不住了，他那张似乎永远不会生气的脸上第一次出现了怒容："你干什么？"

付瑶瑶咧开嘴笑了笑，侧了侧身，主动让出一条道，笑道："我差点忘了，江大神探先请，现在就请你带着我去找那些蛛丝马迹吧。"

第十一章　蛛丝马迹

江左岸憋着一口气："你……"

付瑶瑶依旧保持着那个手势："请吧。"

"痕检员呢？我需要他配合。"

江左岸并不相信付瑶瑶会相信夏渔的叙述，表面上，她似乎深信不疑，但实际上，她的疑惑不会比自己少。

只是他不知道为什么，她好像对自己有什么误解。

"这个当然。"付瑶瑶扯着嗓子大喊了一声，"黄欣，听到老娘的话赶紧给老娘滚过来。"

江左岸微微摇了摇头，不注重仪容仪表，抽烟，说话还那么粗鲁，人长得是挺漂亮，但是没有一点儿淑女样。

没一会儿，黄欣就拿着证物袋出现在他们面前，嬉笑道："头儿，来了，来了。"

付瑶瑶一本正经地说："现在江大神探打算验收你的成果，你准备好了吗？"

黄欣"啊"了一声，似乎没听懂："什么？"

江左岸解释道："就是想看一些你们整理出来的东西，看看能不能找到些蛛丝马迹。"

黄欣"哦"了一声："只是做了初步整理，大致分为三类，死者遗留下来的物品、别墅里的打斗痕迹，以及疑似凶器的物件。"

江左岸道："那先带我们去看看遗物吧。"

在一个单独的房间里，黄欣及其他同事将每一个受害者的遗物都贴上了标签。

"全都在这儿了？"

"全都在这儿了。"

江左岸向黄欣要了一双手套，开始逐一翻看每个人的行李。

黄欣在一旁小声地问付瑶瑶："头儿，这……"

付瑶瑶目光在江左岸身上，头也不回地说："这什么这，好好看着。"

江左岸将所有人的背包行李都翻了个遍，里面基本都是些生活必需品，唯独没有食物。

江左岸最后着重翻看了周平的背包，在那个背包里，他找到了周平那张癌症晚期诊断书，但是只看了两眼，就装了回去。

付瑶瑶饶有兴趣地问道："看完了？"

江左岸点了点头："看完了。"

"那张诊断书是假的？"

"诊断书是真的。"

"那就是没有任何收获了？还是跟夏渔说的一模一样。"

江左岸没有回答付瑶瑶，而是问黄欣："怎么没见夏渔的行李？"

黄欣略一迟疑，道："我们只是收集了死者的遗物，这个夏渔，她并没有死……"

江左岸脸上没有表现出一丝尴尬，继续问道："那你们有查看过她的行李吗？"

黄欣点了点头，道："有的，她的行李没什么东西。"

江左岸问："都有什么？"

黄欣想了想："一些生活用品，衣服鞋子袜子，还有化妆品，以及两个面包，半瓶果汁。"

"确定吗？"

"确定！"

江左岸看向付瑶瑶，问："付队，不知道你看出些端倪没有？"

付瑶瑶露出一副茫然的样子："没有啊，哪里有问题？"

江左岸扯了扯嘴角，对黄欣说："现在带我们去有打斗痕迹的现场。"

黄欣还没有看过笔录，表情比付瑶瑶还要蒙。这件案子，他知道很复杂，尽管满脑子疑惑，还是忍住了没有追问。

他带着两个人到了二楼一个房间，房间里随处可见散落了一地的玻璃，那是一面落地镜的残渣。

根据夏渔的叙述，这个房间里曾发生过一场打斗，陆径来找小美酱索取食物不成，最后恼羞成怒，与小美酱发生了争执，然后失手将小美酱给杀了。

那些沾血的玻璃碎片都用证物袋装了起来。

江左岸在房间里转了一圈，最后站在那个镜框面前，问黄欣："假如我与人发生了争执，愤怒之下，我将那个人推向这面镜子，他撞碎了镜子，并且被一块尖锐的玻璃刺穿了喉咙，有没有这种可能？"

黄欣迟疑了片刻，然后说："有这种可能，但是概率会很低。"

江左岸若有所思地点了点头，问："还有其他地方吗？"

黄欣说："有，楼下别墅的大门，那儿有一场非常激烈的打斗。"

随后，三个人一起来到楼下，大门前，黄欣介绍道："至少有两个人在这里互殴，泥土上大范围的已经发黑的血痕就是最好的证明，他们采用的武器是石头，我们发现了好几块石头上都沾有血迹。"

江左岸继续问："根据痕迹，你能给我们还原他们的打斗场景吗？"

黄欣说："这没法详细地还原出来，只能还原个大概。"说着，他走到那辆已经烧成架子的汽车旁，"血痕是从这儿开始的，甚至车子上还沾了一点。

"根据我的猜测，应该是因为什么事起了争执，一人先从地上拿起石头砸向了另一个人，然后两个人就打了起来。打斗的过程中，因为地上有很多碎石，便随手拿起来互砸，战况一直从车子这边持续到门前。

"根据地上的血迹分布，这块泥土被大量的鲜血浸透，应该是有一个人倒在了这里，然后失血过多死亡。"

黄欣走到烧毁的汽车与大门的中间位置，用脚画了一个圈。

随后，他又沿着大门的方向比画了一条线，一直差不多到大门前才停下来，然后同样画了一个圈。

"从那儿到这儿有一条血痕，一直延续到我脚下这个地方，同样有大片的血痕浸透了这块泥土。这说明另一个人没有当场死亡，但是同样也受了致命伤，他往前爬了一小段距离，才彻底停下来。"

江左岸点了点头："我明白了，他是想爬进别墅里，对吗？"

黄欣略一思考，道："看起来，是这样的。"

"但是他为什么要这样做呢？"

"什么……什么为什么要这么做？"黄欣不解地问。

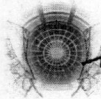

然而，江左岸这句话并不是对黄欣说的，而是对付瑶瑶说的。

付瑶瑶轻咳了一声，道："想说什么你就说吧。"

"付队，你可还记得夏渔当时是怎么说的吗？"

付瑶瑶皱了皱眉："她说，陆径和李哥打架的时候，飞石击中了她，她晕了过去，后面的事她就不知道了。"

江左岸一口咬定："不，她撒谎！"

第十二章　谎言

"理由呢？"

江左岸解释道："我们先不管想要爬进别墅的人是谁，我们关注的重点是，他为什么第一时间想要爬进别墅里？

"如果真如夏渔所说，他们两个在进行殊死搏斗，夏渔被打晕，后续发生了什么事她都不知道。

"那么，那个打赢的人，第一时间不应该是爬向她吗？伤得那么重，第一时间应该是要求救才对，而此时，别墅里已经没有人了。"

付瑶瑶摊了摊手，道："所以呢？你的结论是什么？"

江左岸说："他不是自愿爬进别墅的，他是被迫的，因为身后有人在追他，那个人手上拿着石头，想要杀了他。因为受了伤，他只能拼命往前爬，眼前的别墅，是他唯一的去处，只要爬进别墅里，关上别墅的大门，他就能获救了。

"但他注定进不了别墅了，身后的人追上了他，举起了手中的石头，照着他的脑袋一下又一下地砸下去，直到他不再动弹。

"那个拿着石头的人不是别人，正是夏渔。她没有晕过去，自始至终，她都是清醒的。"

付瑶瑶问："证据呢？"

江左岸肯定地说："证据？我一定会找得到的！楼上那几名死者的遗物，你难道没注意到吗？"

付瑶瑶不知道他指什么，刚刚看了半天，她没看出哪里不对，便问："注意到什么？"

"他们的遗物里，并没有食物。"

付瑶瑶真想去摸摸江左岸的额头，看看他是不是发烧了。

"所以没有食物，你觉得不正常？陆径为了食物，甚至不惜杀人，你觉得他们会不去翻其他人的行李，不将他们行李里的食物拿走吗？"

江左岸反驳道："这正是不正常的地方。按照夏渔的说法，小美酱死后，陆径、李哥和夏渔他们瓜分了小美酱的食物，之后没多久，李哥打开了别墅的大门，随后，李哥和陆径起争执打了起来，最后同归于尽。

"我们也没在陆径和李哥的行李里找到食物，说明夏渔将他们的食物搜刮了去。

"那么，那些收集起来的食物呢？难道就只剩两个面包和半瓶果汁了吗？"

付瑶瑶疑惑地说："也许吃完了呢？有什么问题吗？"

江左岸摇了摇头："太巧了，我们不知道小美酱带了多少食物，不知道陆径和李哥死后还剩下多少食物，为什么救援队找到夏渔的时候，她的食物不多也不少，两个面包，半瓶果汁，差不多是夏渔一天的量。"

付瑶瑶直视着江左岸："然后呢？你想说这不是巧合？"

江左岸说："如果夏渔是凶手，这就不是巧合。

"如果夏渔是凶手，那么她就会保证自己肯定能活下去，保证自己活下去的前提是什么呢？充足的食物，因为她知道救援必定会到，只不过是时间的问题。

"如果她有充足的食物，哪怕救援队再晚来一个月，她也不会担心。

"但是如果只依靠她搜刮来的食物，这些食物是有限的，如果她搜刮来的食物够吃十天，救援队十五天才找到她，那她必死无疑。

"救援队到达的时间不可控，但是食物的量是可控的。如何控制？很简单，只要事先藏足够的食物，就可以解决这个问题。"

付瑶瑶若有所思："你的意思是她还有很多存粮？那她的存粮放在哪里呢？别墅里并没有发现其他多余的食物和饮料。"

江左岸指了指别墅大门："大门已经开了，她可以随意进出，她收集来的食物和饮料不会藏在别墅里，只会藏在别墅外面。她说她不知道密码锁的密码，你怎么就知道她不是说谎呢？

"食物吃完了，她就出去取。她取食物的量也是有讲究的，每一次，只取一两天的量。

"当救援队找到她的时候，如果还有很多食物，那她的故事在逻辑上就解释不通。

"为什么食物多会解释不通呢？我再来分析分析，根据夏渔的叙述，我们知道，除了小美酱之外，他们每个人所携带的食物，没几天就吃完了，而从他们失联到被救援队找到，足足过了一个月的时间。

"他们大部分时候，都是靠小美酱的食物支撑着。

"但是小美酱所带的食物有多少呢？这个是可以粗略计算的。

"根据遗留下来的食物包装袋可以知道。

"很多食物都是袋装食品，就算一个大箱子，其实根本装不了多少。我不知道你刚刚在楼上注意到没有？小美酱只带了一个行李箱和一个背包，而行李箱里，衣服化妆品鞋子占了一半。

"就算剩下的空间全部用来装吃的，也装不了多少。

"小美酱带的零食和水固然多，但也只是相对于其他人而言，她所带的食物的总量，最多只有半个行李箱和一个背包的量。

"而这些食物，在经过小美酱本人消耗了一部分，又经过李哥、陆径和夏渔的消耗后，必然所剩无几。

"所以，不管救援队哪一天找到夏渔，她身上只允许有少量的食物。只有这样，她才可以完美地做出解释。

"但是为了保证自己活下去，她肯定私下藏了食物。"

"你要的证据，就是夏渔藏起来的食物。只要找到这些食物，就能证明她撒谎。"付瑶瑶沉思片刻，"这还远远不够，谁能证明，是她藏的呢？"

江左岸往里看了一眼，他嘴上虽然没说，但心里也默认了付瑶瑶的说法，确实还不够。

"我还有几个问题想问夏渔，有关于陆径和司机李哥的搏斗，我想让她再给我详述一遍。"

第十三章　无获

"可以。"

江左岸转身回了别墅里。

付瑶瑶没跟着，而是在外面抽烟。

黄欣觍着一张脸过来要烟，付瑶瑶没给，直接将笔录本甩到他身上。"什么都别问，好好看完，先等我把这支烟抽完。"

黄欣接过笔录本，蹲在一旁仔细地看了起来。

付瑶瑶抽完烟，黄欣也看完了。

黄欣忍不住问道："头儿，你觉得这个新来的刚刚的推论是真是假？为什么你不跟着进去看看！"

付瑶瑶将烟屁股扔到脚下，狠狠地踩灭，道："这几个人的死，肯定跟活下来的夏渔脱不了干系，关于发生在别墅里的事，并不完全是假的！江左岸一口咬定，所有的故事都是夏渔编造的，我不这么认为，但有一点我跟他的看法是一致的。

"那就是这个夏渔，绝对不是表面上看到的这副楚楚可怜的模样。

"假如这几个人的死，就是夏渔策划的，那么在开始之前，她必定进行过数次推演，想让她轻易露出破绽，很难。而且，在别墅的这段时间，尤其是后面她一个人独处的时间，足够她把所有对她不利的痕迹都抹去。

"江左岸再进去问，恐怕也问不出什么了。

"你难道没注意到吗？这个夏渔，除了精神萎靡一点，哪里像是经历了一场重大事故的样子？普通人遇到这样的事早就崩溃了。"

黄欣"啧"了一声，道："我还以为你让他负责这个案子了呢。哎，头儿你说，要是交给他，他有能力破案吗？"

付瑶瑶瞪了黄欣一眼："你问我，我问谁去？"

"那你觉得这个江左岸怎么样？"

付瑶瑶冲黄欣勾了勾手指："你过来呀，过来我就告诉你。"

黄欣下意识便躲得远远的，娴熟的反应让人心疼，他很清楚过去后会是个什么下场。付瑶瑶的身手，他可是领教过很多次了。

黄欣呵呵笑道："言归正传，江左岸问不出来什么，那他推论的有关夏渔藏起来的存粮，能找到吗？"

付瑶瑶摇了摇头："还是那句话，一个月的时间，足够她藏任何东西，而且会藏得很隐蔽。与她相比，我们初来乍到，岂能轻易找到？现在我们的当务之急不是找那些东西，还有更重要的事情要做，那就是杀人动机。"

刚刚说完，江左岸便黑着一张脸走了出来。

付瑶瑶似笑非笑地问："怎么样江大神探，问到些什么了吗？"

江左岸摇了摇头："关于陆径和李哥的打斗，她坚称自己被砸晕了，醒来之后又慌又怕，具体细节已经不记得了。"

"那关于那两个面包和半瓶果汁呢？"

"她说，所有的东西都吃完了，就剩那两个面包和半瓶果汁。如果救援再晚几天，她也要饿死了。你信吗？"

付瑶瑶没回答。

江左岸深吸了一口气，继续说："付队，我要求局里的同事一起跟我搜寻别墅的周边区域，她将存粮藏起来肯定不会藏得很远，就在附近。"

付瑶瑶爽快道："准了，黄欣，你带队跟江大神探一起去。"

虽然她嘴上说难找，但是心里还是认可了江左岸的推论。

黄欣不知道嘀咕了一句什么，转身便回别墅召集其他警员。

江左岸随后带领着众人，分散着前往别墅的四周，展开地毯式搜查。

付瑶瑶则回到别墅里，审讯台处，两个人依然分别坐在后面的椅子上。

他们俩的神态大不相同。夏渔又变成了一副无精打采的样子，目光呆滞。何华开很平静，脸上依然看不到有任何紧张，他非常淡定，大有一股天塌下来都不惧的气势。

现在已经是晚上了，后续的痕检工作也都基本完成，剩下的，就得等天亮想办法回局里。

接下来，采集这些人的人际关系，也是他们开展案情的重点！

付瑶瑶坐到夏渔面前，问道："死去的那几个人，你对他们的了解多吗？在平常生活工作中。"

夏渔捂着脸说："在参加这次活动之前，我根本没见过他们，对他们的了解也只是局限于见面之后。我对他们的了解都跟你们说了。"

显然她不愿意再回想，在她的叙述里，也差不多能简单地了解那几个人。

而现在付瑶瑶想要知道的是，他们平常生活工作中的为人。

"谁对他们了解更多一些？"

夏渔把目光投向了何华开。

付瑶瑶起身，走到何华开面前，问道："说说你公司的这几个主播，平常生活工作中，他们是什么样的人？"

何华开面色平静，也没什么异议，开口道："他们都是我们公司的顶梁柱，明日之星。"

喝了一口水之后，何华开娓娓道来。

"周平，户外探险主播，胆子很大，直播内容稀奇古怪，名气虽然不大，但是拥有一众铁杆粉丝。对于周平我是了解的，因为他是我签下的第一个主播，我很感谢他。

"他在做直播前，是在殡仪馆工作，在那种地方工作多年，使他看起来不苟言笑，甚至有些死气沉沉的，导致他平常生活中并没有什么朋友。实际上，他是一个很老实的人。"

听到这儿，付瑶瑶打断他，问道："那你知道他身患绝症的事吗？"

何华开点了点头："知道，当初检查报告出来的时候，他第一个告诉的就是我。他生活中除了一个老母亲，再也没有其他能说得上话的人了。"

付瑶瑶好奇地问："既然你知道他没多少时日了，为什么不让他在家好好陪他的老母亲呢？为什么还要让他来参加节目的录制？"

何华开摇了摇头："我觉得我没有做错，让他来参加录制，我觉得是一件很正确的事，至少对于他来说，是正确的。"

第十四章　好老板

付瑶瑶"啧"了一声："在他生命的最后时刻，你在明知道他已时日无多的情况下还让他继续工作，怎么就是一件对的事？好像你做了一件好事？"

何华开道："我就是做了一件好事。我让他继续工作，让他有钱赚，他出事了，我给他算工伤，我会给他赔一笔钱。他还有一个老母亲，他的老母亲还需要生活下去，他在家陪着老母亲有什么意义？还是一样等死。人，还是要讲究点实际的东西，他能给老母亲留下一笔钱，我觉得就是最大的意义，我觉得我就是做了一件好事。我完全可以在得知他身患绝症的时候跟他解约，但是我没有。"

付瑶瑶问："现在呢？你也听到夏渔说的了，他甚至还没开始为你工作就自杀了。这个钱，你还赔吗？"

何华开大方地说："当然！让他来录制节目，不过是走个流程罢了，就算他不肯来，我一样会给他一笔钱。但他是个倔强的人，我不想让他觉得，这笔钱是施舍给他的。"

付瑶瑶又问："对于他的死，你有什么想说的？"

何华开想了想，道："他多半也以为被困在别墅是我策划的，那棵小树上的果子跟他们每个人的生死一点关系都没有，是他故意那么说的，就是想要增加节目效果，他很擅长这种事，但是这次，要付出他的生命为代价，我不赞成他这么做。"

付瑶瑶和江左岸对夏渔详述的这一个月以来发生在别墅的事有异议，分歧点就在这个周平身上！

付瑶瑶认为，夏渔说的这些事有真有假，而江左岸以为，这压根就是夏渔编造的故事，让所有人都觉得这就是一场意外。

付瑶瑶认为，夏渔说的关于周平的事是可信的，基本可以断定周平是自杀。周平是一个将死之人，她完全没必要去杀一个将死之人。

而关于果子与他们生命挂钩的言论，付瑶瑶更愿意相信是夏渔怂恿周平这么做的，因为根据何华开所言，只要他来录制节目，不管怎么样，他都能得到何华开的赔偿。

如果这时候有人中途跟他做交易，给他一笔钱让他早一点死，他是会同意的。

说完周平，何华开继续说下去。

"小美酱，真名叫徐小美，她是一个吃货，真真正正的吃货。网上有很多吃播其实都是假的，他们根本吃不了那么多，都是吃撑了然后转换镜头背地里用手抠，抠吐了再吃，如此反复，给人制造一种能吃很多的假象，但是徐小美不一样，她是真能吃。

"她可以一餐吃十几碗牛肉面，十几笼小笼包，外加二十个包子。你可能不知道，做吃播的成本非常大，你不能每天都吃一样的东西，你得变着法子吃。可能今天你吃了牛肉面，明天你就要想着是吃烤鸭还是吃牛肉火锅。因为吃得多，每一顿都要花好多钱。

"刚开始直播的时候，徐小美没什么收入，花费又大，根本就是入不敷出。她原本有一个男朋友，但因为这件事老是吵架，最后她男朋友觉得实在养不起她，就离她而去了。她之后一直专心做直播，再也没有交过男朋友。

"关于做吃播，不只她男朋友反对，她的家人也很反对，在经过无数次的争吵之后，她搬出了家。也就是在这个时候，我签下了她，给了她一份高于身价的合约，使她可以继续这份职业。我是比较看重她的，因为她很真实，我相信再过一段时间，她一定能成为直播界里非常有名的吃播。没想到她居然跟陆径起了争执，我甚至可以想象陆径跟她起争执时的画面，对于吃的，徐小美看得比自己的命还重要。

"在平常生活中，她可以为了一点吃的斤斤计较，大打出手。

"如果换作另一个人，或许就不会发生这样的悲剧。"

何华开比他们先到达别墅，在他们到来之前，夏渔可能跟何华开说了这些天发生的经过，所以付瑶瑶倒不意外他了解得这么清楚。

付瑶瑶问道："如果是其他人，也不会带这么多吃的，对吗？"

何华开脸上的表情终于有了些变化，他叹了一口气，道："是的，她太敬业了，录节目的时候，也还想着直播。"

付瑶瑶一针见血地说："如果她没带那么多吃的，别墅里所有人都会饿死。"

何华开看向付瑶瑶："警官，我不知道你这是什么意思。"

付瑶瑶头也不抬，道："没什么，你继续说下去。"

"邵年，一个刚刚高中毕业没多久的学生，他是个游戏迷，为了游戏，彻底荒废了学业，高中毕业后书也不读了。在签下他的时候，我特意去了解过他，他父母早在他很小的时候就离异了，他跟着妈妈生活。后来他妈妈改嫁，前几年，继父对他们母子还挺好的，但是后来不知道怎么染上了赌博瘾，还酗酒，赌输了钱，或者喝多了，就对母子俩又打又骂。

"邵年刚开始接触游戏，只是用游戏来麻痹自己，没想到上手之后，就彻底沦陷了。

他最初学习成绩还挺好的，然而，继父沉迷于赌博酗酒，母亲忙于逃离这个家，这种种原因叠加起来，导致他的学业一落千丈。

"我本来不想签他的。但是他生活在那样的家庭，再加上长期沉迷游戏，导致他的身体素质非常差，他又没文化，出去打工也只能从事体力劳动，他这样的身体能扛得住吗？

"我是看他实在可怜才动了签他的念头。而他沉迷游戏，也不是一点收获都没有，他的游戏技术非常好，如果能把身体调养好，精神样貌再好一点，绝对是一个非常出名的技术流游戏主播。

"原本我已经有了针对他加强身体素质的计划，准备这次节目录制完后就开始，但是没想到，居然出了这样的事，一场高烧竟然要了他的命。"

付瑶瑶停下笔，道："我能不能问你一个私人问题？"

何华开说："当然可以。"

付瑶瑶说："你是看他可怜才签下他呢？还是因为他有技术？"

何华开说："两者都有吧，如果只是看他可怜我不会签他，天底下可怜的人那么多，我又不是救世主，不可能每一个可怜人我都要帮吧。

"但是如果单纯因为他技术好而已，我也不会签，你知道玩游戏的好手有多少人吗？签下邵年的风险很大的，因为他太痴迷游戏了，可以连续打一天一夜不睡觉，我很害怕哪一天他猝死了，决定加强他的个人身体素质也是基于这个原因。"

付瑶瑶冲何华开竖了竖大拇指，道："你是个好人。"

何华开叹了一口气，感慨道："我或许不是个好老板，但是我对他们几个，是真的好。"

第十五章　差员工

"潘良。"何华开继续说下去，"这几个人里，他和我的关系算是最好的了，他是我的兄弟、铁哥儿们。他原本并不是做直播的，而是一个健身教练。

"野猪直播创建之初，平台还没有签下什么主播，我就把他拉来了。原本只是想让他来凑个数，但是没想到，他的直播效果还挺不错的。

"他长得帅，身材好，虽然不怎么会说话，但是衣服一脱，往镜头前一站，露出他那结实的肌肉，就能吸引很多观众。

"慢慢地，他的粉丝越来越多，他自己也喜欢上了这份职业，就辞去了原来健身教练的工作，专心做直播。

"对于我这个兄弟，我是最用心的。他现在粉丝虽然很多，但是还不够多，他还可以做得更好，究其原因，就是在他的'软件'方面。'硬件'方面的条件，他绝对没问题，要样貌有样貌，要身材有身材。

"唯一美中不足的就是他的口才，他不太会说话，没有幽默感。如果能把这方面加强起来，他绝对能红。

"对此，我专门给他请了口才老师，教他怎么说话，请了心理老师，让他学习大众心理学，好能够抓住观众的心理，学会什么样的场合说什么样的话。

"事实证明，我是对的，不过是上了几堂课，他的直播效果就突飞猛进，又收获了不少粉丝。

"然而，他还有一个缺点，就是脾气暴躁。前段时间，他跟上课的老师起了冲突，还动了手，为此，我没少头疼。本来这次录节目不打算叫他的，毕竟刚出了这档子事儿，便想先让他停播一段时间，但是怕他多想，干脆就叫他来了，权当让他散散心了。

"你说好端端的，为什么要多此一举吃那个果子呢？唉，我早就跟他说过，那个脾气得改，就是不听。"

按照夏渔的叙述，其实没潘良什么事，如果他不做出头鸟吃掉那个果子的话。

说到潘良，何华开变得伤感起来。

付瑶瑶手中的笔在此时顿了顿，倒不是因为说到潘良停下来，而是脑海里闪过一个念头。

潘良误吃了毒果子毒发身亡。他是这几人里身体最强壮、最厉害的，要论起来，恐怕所有人加起来都不是他的对手。

如果是其他人误吃了毒果子，可能会被怀疑是被人强迫吃进去的。

倘若是潘良，就没有这种怀疑了，因为根本没有人能强行把毒果子塞他嘴里。

潘良的死，到底是意外？还是故意为之？

付瑶瑶在潘良名字的前面，打了个问号。

"警官！警官！"看到付瑶瑶在发呆，何华开伸出手在付瑶瑶面前晃了晃，"你在听吗？"

付瑶瑶回过神来，道："在听，你继续。"

何华开调整了一下坐姿，继续说："李哥，这不是他的绰号，而是他的名字就叫李哥。是我们野猪直播创始人之一，也是我的亲戚，他是我表弟。

"关于他，我觉得没什么好说的，挺老实的一个人，很能吃苦，任劳任怨。公司创立初期就跟我一起干，虽然他只是个司机，但是公司股份我也给了他一份。"

听到这里，付瑶瑶又想起来什么，问："你说他不知道别墅大门的密码，他是不是真的不知道？"

何华开肯定地说："除了我，没有人知道，我觉得这也不是什么大事，大家都在一起，所以也没有跟其他人说。"

付瑶瑶笑了笑，继续刚才的话题："看不出来，你还挺大方的，公司股份想给就给，给得多吗？"

何华开摇了摇头："我这个人做人是有自己的原则的。李哥他任劳任怨，不离不弃，公司创立之初困难重重，甚至连工资都发不出来，看不到未来和希望，但他依然跟着我，没有功劳也有苦劳，那股份是他应得的。股份不多，一点点心意而已。

"陆径，这几个人里，我最看好他。他跟邵年一样，也是游戏主播。游戏主播一般分为两大类，一类是技术流主播，主要给观众直播游戏教学，看这类主播的直播，往往能学到很多打游戏的技巧，像邵年就是技术流主播。

"还有一类呢，就是娱乐型主播，娱乐型主播就是字面上的意思，直播以娱乐为主，游戏为辅，游戏技术在其次，反倒成了不怎么重要的东西。陆径就是一个娱乐型主播。

"陆径那张嘴非常会说，每一次直播，都能把直播间效果拉满。近两年来，各大平台的主流主播都在往这种风格靠拢，因为看起来比较轻松，观众都爱看。

"所以陆径会有很广阔的发展前景，本来我还决定，录完节目后，就给他引流造势。没想到，竟然出了这样的事。

"除了直播之外，陆径在日常生活中很爱玩，是酒吧、KTV 的常客，朋友很多，但是有没有真正的朋友我就不知道了。"

付瑶瑶最后将视线转到夏渔身上，问："这位夏小姐呢？"

何华开看了一眼夏渔："夏渔，大学刚毕业，这算是她的第一份工作！警官你也看到了，她的优点，就是长得漂亮。她是我们平台的颜值主播，颜值主播的特点就是必须要漂亮。在公司里，她是颜值担当。既然要外出录节目，当然要把她带来撑场面了！"

漂亮？不可否认，这个夏渔确实漂亮。

何华开说的也没有什么问题，付瑶瑶却总是觉得似乎哪里不对，究竟是什么，她也说不上来。

经过何华开的介绍，她算是大致了解了这几个人。

总的来说，这几人的个人背景都很简单，没什么复杂的人际关系，就是简简单单、普普通通的几名网络工作者。

那么，如果在别墅发生的这一切都不是意外，夏渔为什么要杀他们呢？她的动机是什么呢？

这虽然是一档竞争类节目，《谁能成为大主播》，节目的最终目的就是选出一个大主播，但节目根本就还没开始，谈不上有竞争。

付瑶瑶幽幽问道："他们几个人，平常有什么矛盾吗？"

何华开摇了摇头，道："在这档节目开始之前，他们都没见过面，各自直播的领域也大不相同，没什么矛盾！可以说，他们之前除了都签约我们公司之外，根本就没有其他交集！"

第十六章　下一步

随后付瑶瑶又问了其他的事，并没问出什么关键点。

没过多久，江左岸他们就回来了。眼看着时间也不早了，付瑶瑶吩咐其他警员将他们带到房间里休息。

对于搜查存粮一事，他们空手而归。

江左岸挺郁闷的，回来之后脸色显得很不好。

付瑶瑶将刚才记的笔录本丢给他："看看，有没有觉得不对的地方？"

然后，便招呼黄欣去门口抽烟。

黄欣这回虽然要到了烟抽，但是注意力并不在烟上。

"头儿，我觉得江左岸的推论没错啊，虽然现在还没有找到实质的证据，但是夏渔的嫌疑绝对是最大的，所以她绝对有存粮。你说的也没错，如果她真的有存粮，肯定会藏在一个隐蔽的地方。但是这里就这么大，能有多隐蔽呢？我们几乎把四周都翻了个底朝天，依旧是什么都没找到。"

付瑶瑶说："这地方说大不大，说小不小，四周都是杂草丛林，你们都找了吗？"

黄欣皱眉道："江左岸说，她不可能将存粮藏得很远的，如果太远了，她出去拿会花太长时间，万一碰上救援队的人怎么办？她没法解释。

"所以她肯定是藏在附近，不会太远。"

付瑶瑶说："可是你们没有找到。"

黄欣叹了一口气："一定是漏掉了哪个地方，离别墅近，又隐蔽，又出乎人意料的地方。

"什么样的地方能符合这样的条件呢？"

付瑶瑶想了想，忽然想到一个问题，道："他们的食物基本上都是零食，那些零食的包装袋……"

黄欣摆了摆手，道："全部收集起来了。刚刚我又特意上去查看了一番，那些所有的零食包装袋上都干干净净的。"

付瑶瑶思索着说："那这是不是意味着，夏渔的存粮，根本就不是藏在别墅外？"

如果藏在外面，包装袋上势必会沾上东西，而别墅里没有水源，如果沾上东西，根本无法清洗掉包装袋上的污垢！就算强行将污垢擦掉，也会留下痕迹。

黄欣摇了摇头："难道藏在别墅里？别墅能藏什么东西？这可不是针线大小的东西啊，那些存粮的体积可是很大的，但我们最先查看的就是别墅里，就差把地板掀起来翻个底朝天了，根本没有。"

说完，两个人都沉默了。

江左岸这时候走了出来："或许我们都犯了一个错误，我们把事情想复杂了。事实上，夏渔根本就没有存粮。"

两个人都惊讶地看着江左岸。这个推论是他提出来的，刚刚他们都还觉得，这个推论挺有道理，还在想，究竟有什么地方能满足那几个条件而不被他们发现。

现在，江左岸自己否定了这个推论。

付瑶瑶轻咳了一声，道："如果没有存粮，那是不是意味着你的所有推论都被推翻了呢？"

"别墅里死的这些人都是意外，夏渔剩下的那两个面包和半瓶果汁都是硬生生省下来的，那么，假如救援队晚一点发现这栋别墅，夏渔也将会饿死……"

"是这样的吗？"

"那你怎么解释关于李哥和陆径那场打斗结束之后，有一个人却是想往别墅爬呢？"

江左岸疲惫的脸上慢慢地又有了神采："付队长，我说夏渔没有存粮，并不是默认在别墅里发生的都是意外，我依然坚持我的猜想，夏渔就是凶手。

"夏渔策划了这场谋杀，她当然不会让自己饿死，我想得太单一了，她没有存粮，并不意味着她就会饿死。也许，她没东西吃了，天上会掉下馅饼呢？"

付瑶瑶和黄欣面面相觑。

江左岸看两个人的神情，尴尬地说："开个玩笑，缓解一下气氛。"

两个人顿时有了想将江左岸打一顿的心思，这个江左岸看起来是个挺严肃的人，突然转换了风格，让他们极其不适应，而且，他们才刚刚认识还没到两天。

再加上付瑶瑶先前犯了先入为主的错误，对他有点偏见，便不客气地说："开什么玩笑，现在是开玩笑的时候吗？"

江左岸挠了挠头，一副无语的样子。

"那我言归正传，我刚才想了一下，还有一种可能，那就是夏渔早已经算好了，别墅里剩下的食物和饮料够她吃到什么时候，等她吃完了，救援也就到了。"

付瑶瑶倒吸了一口冷气，道："喂，你觉得这种可能性大吗？我怎么觉得你是在异想天开呢？"

黄欣对此也质疑："这个夏渔是神吗？她怎么知道她手上的存粮吃完了，救援就一定到呢？"

江左岸肯定地说："肯定有误差，但是这个误差不会超过三天，因为人三天三夜不吃不喝，也就离死不远了。

"要不然你怎么解释，夏渔有存粮但是我们根本找不到的事实？并不是我们找不到，而是根本就没有。"

付瑶瑶说："好，我们先不讨论这个，你来告诉我，夏渔是怎么断定她吃完了手上的粮食，三天之内，肯定有救援到？"

黄欣突然说："或许，她藏有通信设备？"

付瑶瑶冷声道："你觉得如果这里能跟外界联系，还会发生后面的事吗？"

江左岸说："不是靠通信设施，但是肯定是有别的方法，这件案子的复杂程度超乎我的想象，不单单是这一件事，还有很多事需要我们去弄明白。"

付瑶瑶点点头："这我倒是很赞同。"

黄欣问道："那接下来我们……"

付瑶瑶想了想说："今晚要把所有的证物都打包好，我明天让张局想办法把东西都带回去，包括那几具尸体。

"黄欣，你回去之后，要把凶器上、尸体上的指纹都提取出来，配合英子，我要一份详细的死因报告。"

黄欣点了点头。

付瑶瑶看向江左岸，脸上略带疑色，问道："你对我们市了解吗？"

江左岸如实说："算是有点了解吧。"

付瑶瑶有点惊讶地看着江左岸，付文不是说他刚从国外回来吗？

江左岸脸上的肌肉抽了抽，解释道："我小时候就是在 S 市长大的。"

付瑶瑶"嗯"了一声："那就好，回去之后，可有得跑呢。既然我们都觉得，这六个人的死没那么简单，绝对不是意外，那我们就得先找出杀人动机。为什么要杀这六个看起来毫不相干的人？"

第十七章　直觉

江左岸点了点头，不过还有个疑问，他扬了扬手里的笔录本，那是从外边搜查回来时，付瑶瑶交给他的。

前半部分关于夏渔详述别墅里发生的案件的笔录是他记的，江左岸没理解错的话，付瑶瑶是想让他看她刚刚记的后半部分。

"刚刚你让我看看有没有什么问题，是吗？"

付瑶瑶"嗯"了一声："那你看出什么问题没有？"

江左岸摇了摇头："我不觉得有什么问题？不就是那几个死者简单的背景吗？"

付瑶瑶长出了一口气，道："或许是我想多了吧，我总觉得那个何华开有问题。"

江左岸扯了扯嘴角："付队长，办案可不能凭直觉，就像你说的，需要证据。"

付瑶瑶"啧"了一声，不就是之前埋汰了他两句，这就还给她了。

付瑶瑶说："你说得对，不过，我也很相信自己的直觉。回去后，就先从这个何华开查起。"

江左岸问道："你真觉得这个何华开有问题？可是从你的笔录来看，这个何华开可算是个大好人，是个为员工处处着想的好老板啊。"

付瑶瑶反驳道："什么好老板，互惠互利罢了。我不是说了吗？我不知道他哪里有问题，是直觉，直觉懂吗？就是觉得他未免对员工也太好了吧。他这个年纪，有着与他年纪不符的气度。"

江左岸也忍不住反驳道："怎么，年轻老板就不能对员工好了？他年纪轻轻就开了一家直播公司，普通人有几个能像他一样？这样的人，本身就不能按照一般人的思维来衡量他。"

付瑶瑶秀眉微蹙："我有说年轻老板就不能对员工好这种话吗？什么叫一般人的思维？我告诉你，我还没以最大的恶意去揣测他，商场如战场，你以为年纪轻轻就有这么大的事业的人，是靠仁慈？"

江左岸正想反驳，忽然一个警员急匆匆地跑下来，道："付队长，夏渔想要见你。"

"什么事？"

两个人异口同声地问道。

说罢，两个人同时转过头，看向对方。

看着付瑶瑶嫌弃的眼神，江左岸讪讪地退让道："你问你问……"

"她找我什么事？"

那名警员含糊道："没说，说是忽然想起了什么，想跟你说。"

付瑶瑶转身就往楼上走去："她在哪个房间？"

到了夏渔休息的房间，她正在房间的床上坐着，整个人看起来非常颓废，却没有一丝的睡意。她连鞋子都没脱，身上的衣服也没换过。

房间里一下子拥入了三个人，似乎吓了她一跳。

付瑶瑶用眼神示意那名警员，他点了点头，退了出去。

"说吧，你想起了什么。"

付瑶瑶尽量让自己的声音听起来平和一些。她曾认为夏渔的惊魂未定也许是装的，但是现在看起来就是真的惊魂未定。

夏渔咬了咬牙，缓缓开口："警官，我也不知道这件事说出来还有没有意义，但是我觉得还是有义务要告诉你。

"邵年发烧的那个晚上，最后给邵年守夜的人，是李哥。其实，李哥瞒了我们一件事，这件事，也是后来李哥偷偷告诉我的。

"那天晚上，邵年烧得很厉害，意识都已经模糊不清了，他半梦半醒，一直说着胡话，说着一些根本听不懂的语言。

"有时候安静一会儿，但是下一秒又会大喊大叫，或者是忽然从床上坐起来，手舞足蹈。

"刚开始，李哥还能够忍受，但是慢慢地，邵年的这种情况越来越严重，一惊一乍的，有好几次，李哥都被吓到了，并且每一次都吓得不轻。

"最后，李哥受不了了，接着，他偷偷去了一趟周平原来住的房间。"

江左岸这时候忍不住打断她问："去周平房间？去周平房间干什么？"

夏渔用手捂了捂脸，一脸痛苦地说："他去周平房间拿一样东西，周平的包里有一样东西，他前一天翻周平背包的时候发现的，但是他没跟我们任何人说。"

第十八章　安眠

"周平死后，是李哥先去翻周平的背包的，那张癌症诊断书就是李哥翻出来的。

"当时，我们都陷入周平死亡的震惊中，除了李哥之外，没有人碰过他的背包。第一次翻周平背包的时候，他就在背包里发现了一瓶安眠药。"

付瑶瑶皱着眉问："安眠药？为什么我们没看到？"

夏渔说："警官，你先听我继续说下去。"

付瑶瑶做了继续的手势。

夏渔深吸了一口气，继续说："他当时看到安眠药，也没怎么注意，就是在翻背包的时候无意中翻到的，他没跟我们说，自己也没放在心上。在找到了那张医院诊断书时，我们所有人的注意力都被那张诊断书吸引了，他的背包也没什么其他的对我们有用的东西，所以就没人再去碰了。

"一直到邵年发烧的那个晚上，那天半夜给邵年守夜，他在被邵年吓了好多次之后，忽然就想到了周平包里的安眠药。"

江左岸疑惑地说："安眠药是处方药，普通人根本接触不到，他怎么随意看一眼就知道那是安眠药？"

夏渔摇了摇头："这我就不清楚了，李哥没跟我说。但是根据我对李哥的了解，他以前患过抑郁症，我也有朋友患抑郁症，发病的时候根本睡不着，必须得服用安眠药才能入睡。所以我想，李哥应该也服用过吧。不然，他不会随意看了一眼，就知道那是安眠药了。"

周平得了绝症，时日无多，可能还伴随着癌痛，身上带一瓶安眠药助眠，非常符合逻辑。

"李哥将安眠药从周平的房间偷偷拿了出来，然后私自给邵年喂了几颗。他说，邵年那个样子，太可怕了，如果任由他继续那样，他都要被邵年折腾出病来了，而且，邵年睡着了，对谁都好。

"邵年是李哥很好的朋友，他也不忍心看他那个样子。

"再后来，就发生了后面的事，邵年将自己反锁在了冰柜房里，躺了进去，把自己给冻死了。

"这件事，李哥只跟我说过。他觉得邵年的死跟他有很大的关系，他觉得是他害死了邵年。他开始很害怕，害怕出去之后，警方会调查他。为了销毁证据，他将那瓶安眠药偷偷给烧了。"

付瑶瑶疑惑道："奇了怪了，这种事，李哥怎么会跟你说呢？"

"他在烧安眠药的时候被我看到了，他的情绪很糟，我看他那副样子，害怕他再出什么事。因为当时就剩我、他和陆径了，如果他再出什么事，陆径手上又有了人命，我根本不敢想象只剩我和陆径两个人的场景。

"所以，我一定要知道他在干什么，只有这样，我才有机会帮助他。在我的一再追问下，他才说出了实情。"

江左岸发现疑点，忙问："你不是说是邵年自己躺进了冰柜里的，他不是自杀吗？为什么李哥会认为，是他害死了邵年？"

夏渔解释道："李哥喂邵年吃安眠药之后，就去上了一趟厕所，回来后就发现邵年不见了。当时，安眠药的药效还没有开始发挥作用。

"邵年最后躺进冰柜，一直到死，都没发出一点声音。李哥觉得，邵年身体太热了，或许只是想让体温降下来，但是当他躺下去之后，安眠药开始发挥作用了。所以，李哥觉得是他害死了邵年。"

"还有……"夏渔说到这里变得支支吾吾起来。

看夏渔似乎有什么顾忌，付瑶瑶安慰她："你不用有什么顾忌，想起什么就说什么。"

夏渔继续说："还有李哥觉得，邵年之所以会胡言乱语，是因为吃了周平的药，他觉得，那瓶药不单单是安气宁神这么简单，周平的那瓶安眠药有问题。"

"有什么问题？"

夏渔摇了摇头："我不太清楚，李哥已经把药都烧得一干二净，不然你们还可以拿去化验！但是听他说，邵年跟周平的行为举止那么像，是他们都吃了同一种药的原因。"

江左岸表情严肃地问："为什么这么重要的事，你之前不说？"

夏渔低声说："我一开始没想起来，而且李哥也死了，如果想要追究他的责任，怕是也追究不了。"

江左岸还想要再说什么，付瑶瑶将江左岸推了出去，出门前，她叮嘱道："你要是再想起什么，一定要记得跟我说。"

夏渔点了点头，一副我见犹怜的样子。

将房门关上后，付瑶瑶交代在外面值岗的警员，道："今晚你们轮流看守他们几个，不允许她跟其他人单独相处，晚上他们有什么动静，一定要及时跟我说。"

到了楼下，付瑶瑶问江左岸："你怎么看？"

江左岸略一思索，道："首先，关于邵年的尸检报告，胃里肯定有安眠药的成分。"

付瑶瑶赞同道："我也是这么想的，但是对于刚刚夏渔说的那番话，你没有什么疑问吗？"

江左岸说："除了邵年被喂安眠药这一件事，其他的我都不相信。什么忘了？根本就是担心我们回去后进行尸检，一定能查出邵年体内有安眠药，她没法解释，每一个环节该做什么，她早就都计算好了。

"这个女人，相当不简单，看她那副可怜兮兮的模样，太能装了，简直是影后。"

付瑶瑶轻咳了一声，现在还没证据，这家伙有点太过于愤愤然了吧。

"我还是得提醒你一句，我们办案讲究实事求是，不必要掺杂太多的私人感情。"

江左岸哼了一声："得了吧，付队长，你心里怎么想你比我清楚。正是因为要实事求是，我才忍着，我没在夏渔面前拍桌子已经算是客气了。"

付瑶瑶一双美眸瞪得偌大，江左岸这斯斯文文又带着一脸严肃的不苟言笑的样子，令她之前还一直以为他是那种内向孤傲的性格，没想到才接触几天，就感觉到他或许并不像表面上看到的。

"邵年不是自杀，他是被喂了很多安眠药之后，放进了冰柜里，活活冻死的。"

"可是邵年脸上的表情相当放松，还带着笑容，这点是装不来的，而且冰柜里并没有挣扎的痕迹！还有，如果是冰柜里那种温度，邵年即便吃了安眠药，在熟睡状态下，难道醒不过来吗？"

第十九章　另一个猜测

"如果量很大的情况下，完全有这个可能。"

两个人往别墅外走。

"至于邵年为何脸上还挂着笑容，柜子里也没有挣扎的痕迹，我猜测邵年是自愿服用安眠药的，陷入熟睡之后才被人放进了冰柜里，这种可能性很大。

"邵年不过是个涉世未深的小青年，再加上高烧，意识模糊时很容易做出那样的冒险行为。"

付瑶瑶很快就否定了江左岸的推论："那照你这么说，岂不成了李哥想要杀他？"

江左岸道："我说了，这个夏渔满嘴谎言，怎么就不能是夏渔骗邵年吃下安眠药呢？"

付瑶瑶理了理思绪，觉得很乱，她使劲拍了拍额头，道："在我们认定夏渔有最大嫌疑时，就犯了一个先入为主的错误，那就是认为夏渔说的都是假话，哪怕有时候她说的是真话，也被我们当成了假话对待，这点非常不可取。

"你有没有想过？如果夏渔说的大部分是真话呢？或者根本就是真话呢？只是在有些细节的处理上，她说了假话。

"周平死于自杀，邵年死于安眠药和处于冰柜的低温，潘良死于毒果子，小美酱死于脖子上一块镜子碎片刺出来的致命伤，陆径和李哥死于互殴造成的失血过多。"

江左岸问道："所以，你相信夏渔说的这些话？"

付瑶瑶点了点头，但随后又摇了摇头："他们几个人的死因，我们很快就能查出来，如果夏渔够聪明，她就绝对不会如此编造与事实相悖的故事来糊弄我们。

"你一直说，别墅里只剩下夏渔还活着，这些天发生了什么，除了她，没有人知道，她说什么就是什么，其实不然，就算还有其他人活下来，所看到的，或许也会和夏渔描述的一模一样。

"周平死于自杀，这基本上是可以确定的，因为夏渔没必要去杀一个已经身患绝症的人。

"邵年死在冰柜里，但真正的死因，恐怕和他服下大量的安眠药脱不了干系，就算没被冻死，那些安眠药的剂量也可以要了他的命。但是在他们发现邵年时，看到他在冰柜里，如果有人在旁边往特定的方向引导，很容易让人相信，他是自杀的。

"潘良中毒而亡，但是原因未必像夏渔所说。根据何华开的描述，潘良是个脾气很火暴的人，让他吃下一颗不知名的果子，有很多种方法，比如打赌。他吃下毒果子的原因，夏渔可以随便编一个合理的理由，过程并不重要，重要的是，潘良最后吃毒果子而亡。因为潘良是这几个人中最强壮的，没有人能强迫他把果子吃下去，除非他自愿，事实上，他就是自愿吃下去的。

"小美酱是被人杀死的，何华开说，小美酱对食物的执念很深，在陆径去向小美酱索求食物的时候，两个人大打出手，最后失手。并不是没有这个可能，如果有人挑拨离间，这种可能性会更大。

"至于李哥和陆径，到底是什么原因让他们打起来的，我们不知道，但是事实是，他们肯定打了一架，有一个当场死亡，另一个，就算没死，当时也身负重伤，最后也逃不过死亡的结局。"

江左岸认真思考付瑶瑶的话，然后道："说了这么多，不知道我有没有理解错你的话，夏渔的详述清楚地表明了，她跟这几个人的死一点关系也没有，他们的死，要么死于意外，要么死于他杀，反正就跟她没关系。而你的推论，是想说夏渔跟那几个人都有关系，但她并不是凶手。如果说那几个人的死是源于一把火，那么，她只是在里面起了一个煽风点火的作用。"

付瑶瑶摇了摇头："还有两点没弄明白，邵年服下的安眠药到底有多少，到底是不是夏渔让他服下的，还有最后在别墅大门外想爬进别墅的是谁？他往别墅的方向爬，是不是夏渔拿着石头在他身后想砸死他，他才想往里爬？"

江左岸说："照你这个推理思路的话，邵年服下安眠药肯定是李哥干的，因为当天最后为邵年守夜的人，是李哥。"

付瑶瑶摇摇头："为什么不可以是夏渔？也许最后值班的不是李哥，而是夏渔呢？我说夏渔为了不露出破绽，基本上按照这里每天发生的事如实跟我们说，但是很显然，她不可能真正按照这里发生的每一件事告诉我们。"

江左岸道："不对，不可能是夏渔，如果是她的话，没有说服力。所有人都知道李哥跟邵年的关系最好，夏渔和李哥，你觉得他们两个人，谁能让邵年自愿服下安眠药的可能性大一些？而且邵年吃的安眠药剂量可不小，想让他乖乖地服下去，必然是他最信任的人，很显然，李哥可能性更大。"

"所以，李哥是凶手？可是连他自己都死了。"付瑶瑶反问。

"至于别墅大门口的爬痕，我的看法跟你是一致的，但这也仅限于猜测而已，我们并没有证据。"

付瑶瑶觉得自己的猜测已经是八九不离十了，但是听江左岸这么一说，还是有漏洞。

她从江左岸的推论可以推翻他的推论，江左岸也可以从她的推论推翻她的推论，最后是谁都不能说服谁。

究其原因，不管是江左岸的猜测，还是付瑶瑶的推论，都不能百分百完美解释这件事，一定是还漏了什么，还是最关键的一点。

到底是什么呢？才能使得这些猜测无法串联起来？

难道说，他们的死，跟夏渔真的没有关系？

两个人坐在大门外的门槛上，外面一片漆黑，今天的月色并不好，天气也有些燥热。

付瑶瑶又掏出烟来，给江左岸递过去一根，自己叼了一根。

江左岸一脸嫌弃地拒绝。

付瑶瑶直接扔到他身上："抽一口，能让你大脑清醒点。"

江左岸将信将疑地捡起来，付瑶瑶给他点上，但是只抽了一口，他便开始剧烈咳嗽起来。

付瑶瑶摇了摇头，自顾自地吞云吐雾。

江左岸冷不丁地说了一句："喂，你有没有想过，或许凶手是李哥呢？"

第二十章　回局

就在这个时候，黄欣从里面走了出来，道："头儿，该拍照的都拍了，该取证的也取了，门口的爬痕，我根据李哥和陆径的衣服与地面摩擦的痕迹作了对比，往别墅里爬的人，是陆径。"

付瑶瑶点了点头，道："知道了，早点休息去吧。"

付瑶瑶不说，黄欣还没觉得困，但话音刚落他就打了个哈欠，道："那我先去睡了。"

付瑶瑶挥了挥手，从昨晚到现在，他们就在车上睡了两个小时，又走了一天的路程，这个工作强度不算低了。

黄欣刚走，付瑶瑶便对江左岸说："现在猜再多也没用，回去之后，我们得好好查查这些人的底，看看能不能将这里发生的事联系起来。时间也不早了，你也早点回去休息吧。"

江左岸也不矫情，站起身来，拍了拍身上的泥土。

"哎——"在江左岸进门之后，付瑶瑶叫住了他，"你今天的表现还算不错，关于别墅大门的爬痕推论，很可能是这个案子的破案关键。"

其实，付瑶瑶一直以来都秉承公事不掺私的原则，不掺杂个人感情，任何事都公平对待。但是对待江左岸这件事上，她确实掺杂了太多个人感情。不管以后怎么样，至少现在他是自己的搭档。

江左岸微微回了回头，还是那张似乎永远不会笑的脸："还有什么吗？"

付瑶瑶翻了个白眼："你还想有什么？"

江左岸扭头往别墅走去："付大队长，你也早点睡吧，女人熬夜不好，熬夜会让人变丑。"

"你……"

只是付瑶瑶手上没有砖头，否则她一定会扔过去，刚刚那句话，他知道她能说出来有多不容易吗？

但是看他略显疲惫的身影，还是忍住了。

他们做了很多条推理猜测，唯有一条是一致认同的，便是关于这个爬痕的推论。

这是唯一一个跟夏渔的描述有出入的地方，或许是夏渔露出的破绽，也是目前为止唯一的破绽。

抽完最后半支烟，付瑶瑶将烟蒂踩灭，回到了别墅里。

一夜无话，第二天一大早，付瑶瑶便让警员回去，联系张局，想办法把这几具遗体运回去，如果等疾风救援队将坍塌的山体全部清理干净，要到猴年马月了。

继续耗在这里，显然是不现实的。

接下来的等待时间里，他们又仔仔细细地将别墅里里外外翻找了一遍，但并没找到什么有用的线索！

因为通信不通，那警员回到市局已经是晚上了，回来最快也得等到明天了。

然而，让付瑶瑶没想到的是，晚上十点钟，就有回信了！

两架直升机直接停在了别墅门外的空地上。

张局也来了，在他们转移那几具遗体之际，张局将付瑶瑶拉到一边："瑶瑶啊，这件案子的影响力远远超乎我的想象，压力很大啊。现在情况怎么样？查出点什么没？"

看着这两架直升机，付瑶瑶大概就能猜到张局有多急。昨天临走前，张局还说打算将别墅作为他们的临时大本营，这也不是不可以，只是各项工作会开展得很慢。

现在不过一天的时间，付瑶瑶原以为张局会拒绝让他们回到市局继续工作，但没想到，他连夜将直升机都调过来了。

新闻通报肯定已经发出去了，付瑶瑶甚至可以想到现在网上舆论发酵成什么样子，这几个主播，每一个都有不少的粉丝啊。

而且野猪直播也算是一个不小的直播平台了，从节目开始筹划到实行，再到现在的结局，肯定有不少关注的人。

付瑶瑶如实回复道："没什么进展，我们初步怀疑，夏渔有很大的嫌疑。"

张局瞪大着一双眼睛："就这？别说你们了，傻子都看得出来，七个人，死了六个，就剩她一个人还活着，她的嫌疑不大谁的嫌疑大？"

付瑶瑶挠了挠头："张局，你最先接触这件案子的，你也知道这件案子有多……邪门，现场根本找不到夏渔行凶的证据。"

张局将付瑶瑶拉到更隐蔽的角落里，小声问："这个案子你估计需要多长时间？夏渔是凶手的可能性有多大？"

付瑶瑶摇了摇头，斟酌着说："我可说不准，只能一步一步来，至于夏渔是不是凶手……我觉得是可能性很大。如果说夏渔不是凶手，那么这就是一场意外，很显然，目前我们都不相信这是意外。"

张局一拍脑门，原地转了几圈，随后说："一定要尽最快的速度调查清楚，需要什么，所有人都可以配合你。"

付瑶瑶叹气道："知道了张局，我这不是也着急吗？不然怎么会连夜让你想办法把我们带回去？"

"时间不早了，抓紧时间吧。"张局一脸疲惫，看起来比他们还要累。

随后，两个人一起去帮忙搬东西，一行人坐着直升机离开了别墅。

回到局里，忙活完所有的事时，已经很晚了。

在短暂的歇息之后，众人又投入紧张的工作中。

黄欣要提取带回来的可疑物上的指纹，英子要解剖验尸。

张局和其他几名警员，付瑶瑶让他们先回去了。明天还要通知家属，家属认尸时基本上都会情绪崩溃而大哭，付瑶瑶受不了这些场面，一般都交给那几名警员去做。

二楼临时会议室，付瑶瑶和江左岸面对面坐在会议桌前。

两个人的面前放着张局查到的一些简单的资料。

付瑶瑶又问了江左岸一遍："你确定不回去吗？"

已经凌晨了，这个时间，早就过了下班点了！

昨天在荒野别墅是因为出案发现场，今天晚上，最多也只能把整个案子再捋一捋，也没什么特别急的事。

江左岸反问道："你怎么不回？"

付瑶瑶摇了摇头："我习惯了，你想回去休息的话现在就可以走了。"

江左岸也摇了摇头，道："不着急，我们先把整个案子从头到尾捋一遍，厘清了，才知道方向在哪儿。"

第二十一章　谁能成为大主播

付瑶瑶一边看着手中的资料，一边讲道："一个月前，野猪直播平台组建了一个节目组，前往郊区的一栋深山别墅拍摄一档名为《谁能成为大主播》的综艺节目，但是在半途中，突遇山体坍塌，节目组嘉宾和节目组工作人员走散。

"根据野猪直播平台上的通告，此次拍摄，采用全封闭式拍摄手法。平台上的通告明确显示，节目组将会消失一个月，一个月后，会带着录好的节目重新出现在大众面前，对此，野猪平台给出的解释是，他们想要给观众制造神秘感，这也属于一种营销模式。

"所以，节目组从出发的第一天起，也就是消失的这一个月，没有人质疑他们去了哪儿，因为有明确通告，也没有人去打听，所有人都认为他们是在录制节目，但殊不知，他们此时正被困在深山里。

"S市多雨，现在又是S市的雨季，经过多年雨水的冲刷，山体早已有了松动的迹象，只是好巧不巧，他们赶路到一半的时候，山体出现了大规模的坍塌。根据节目组的人确认，山体出现坍塌的那天，是中午时分，天空乌云密布，雨不算大，但是一直下着，还伴随着雷声。那一天，是一个雷雨天气。

"他们意外发现了山中有一座破庙，便在破庙里休息。那天空气湿度很大，有些寒意，休息的时候，周平提议大家喝点酒御寒。

"节目组一共有十六个人，六名主播，司机李哥，负责人何华开和莫非，莫非是兼职化妆师，还有摄像大哥、后勤、厨师、以及四名助理。共有三辆车，其中一辆商务车、两辆SUV，商务车由李哥开，车上坐着六名主播，其他节目组工作人员坐SUV，其中一辆SUV装摄像设备，另一辆装他们一个月的食物和生活用品。

"最开始，何华开不同意他们喝酒，因为是工作时间，工作时间是不允许喝酒的。

"但是潘良抓到了何华开的漏洞，他认为，节目组的工作人员或许是在工作，但是他们这几名主播现在还没到工作地点，理论上，现在不是他们的工作时间，何华开不得不应允。最后，只有六名主播喝了酒，因为尽兴，氛围好，大家有说有笑，又是第一次参加这样的活动，能喝的不能喝的，每个人都喝了不少酒。

"最后导致上车的时候，一个个都醉得不省人事。

"何华开对此也没有办法，因为潘良确实说得也没错，何况，他们又不需要开车，也就只能由着他们了。

"根据节目组的工作人员讲，李哥平常就喜欢开快车，以前没少被开罚单，为此，何华开不止一次地公开训斥过他，后来收敛了不少。但是自从上了山路，没有了摄像头和红绿灯，压抑了许久的他顿时像一匹脱缰的野马，从出了郊区开始，跟在后面的车，都看不到他的车尾灯。

"所以山体出现坍塌的时候，商务车和两辆SUV之间其实已经拉开了好长一段距离。

"进了深山，手机就没有信号，所以当他们被困之后，没法跟外界取得联系，再加上一直连绵不断的阴雨天气，他们不敢冒险徒步出山，因为此时距离都市已经很远很远了。

"其中，何华开曾试图徒步往回走，想要寻求救援。但是几个小时之后，他便一身狼狈地回来了，身上满是泥垢，还摔伤了脚，从而放弃了走回去的想法。

"走回去的风险太大，还不如在破庙里安全。

"他们车上有很多粮食物资，有破庙暂时落脚，在这里待两个月都没有问题。而实际上，他们最多待一个月，一个月之后，外界还没有他们的消息，肯定会有人来找，到时候就会发现他们出事了。

"至于驶入深山的李哥等人，何华开等人一致认为，他们车速那么快，坍塌的山体只是在他们前后的路段，李哥他们早就不知道开到哪里去了。除非整座山体都坍塌了，否则他们肯定没事，而他们先到了别墅，正好可以在那里等候救援，在别墅里待着，比他们还舒服。

"而且他们的行李都在商务车上，每个人都带了不少食物和饮料，特别是小美酱，何华开知道她肯定带了很多，省着点吃的话，也没什么好担心的。别墅里有发电机，外面有水井，似乎问题并不大。

"早在一年前，何华开就有了这个拍摄计划，他找了很多场地，最终找到了那栋荒野别墅。他曾亲自去实地考察过，据他说，当他到别墅的时候，一眼就看上了那里，别墅被层层苔藓、绿色植物所笼罩，面前有一大片草地，简直就像是童话中的场景一样。

"他当时去的时候，确认了别墅里的发电机及外面的水井都还可以使用。所以，何华开并不担心他们，别墅的条件比他们在破庙里还好。

"但是没想到的是，一年后，可能是水井上的抽水装置年久失修的原因，竟掉了下去，以致李哥他们赶到别墅时，别墅只有电，并没有水。

"而且谁也没想到，他们被困在了别墅里面。

"从夏渔讲述来看，水源，也是他们矛盾爆发的关键点之一。

"何华开挑选的六名主播，都是野猪平台各个领域很有潜力的主播，也是野猪平台人气最高的六名主播，这从挑选规则上就可以体现出来，挑选规则是根据观众投票，投票时间历时了一个月，完全遵从了公平公正公开的原则。他们六个人，拿下了前六名。

"节目组从Ｓ市出发的第二天就被困了，一直到第二十三天才被疾风救援队发现。第二十四天，又刮起了大风下起了暴雨，救援被迫中止。暴雨一直下了三天三夜，三天后，天气终于放晴。又过了两天，疾风救援队的队员找到了别墅。

"找到别墅的时候，别墅里就剩夏渔一个人还活着，其他人都死了。

"最初发现何华开他们出事的是野猪平台的一个负责人，因为公司有一些紧急事需要处理，他打电话联系何华开，但是手机打不通，连续打了好几个人的手机都是如此，他意识到可能是手机没信号的原因，便驱车前往，但是进山后就发现山体坍塌了。于是，回到市里报警。"

付瑶瑶放下资料，揉了揉太阳穴，道："整个案子，从开始到经过再到结尾，就是这样子的。"

江左岸脸上没有一点疲意，反而更加精神，问："如果抛开别墅里发生的一切，你觉得谁最可能会是凶手？"

第二十二章　谁是凶手

付瑶瑶手上的动作停了下来，以为自己听错了："什么？抛开别墅里发生的一切，也就是说先排除夏渔？难道你觉得夏渔不是凶手？夏渔不是凶手，那还会有其他人是凶手的可能吗？这直接被定义为意外了。"

江左岸摇了摇头，站起身来，去倒了两杯水，递了一杯给付瑶瑶。

付瑶瑶喝了一口，不冷也不热，正好合适，顿时又清醒了几分："我有点不明白你的意思。"

江左岸说："我觉得，现在我们一直把目光放在夏渔身上，就像进入了死胡同一样，有可能一点线索也找不到。试着拓展其他的思路，也许会有意想不到的收获。"

付瑶瑶想了想，道："我觉得抛开夏渔不谈，没有人会想杀那六个人，而且，也没有办法做到，山体坍塌，节目组的负责人和工作人员都被困在破庙里。

"要说唯一可疑的就是何华开，中途以寻求救援的理由消失了几个小时，但是我们从破庙出发，还是在晴天，在疾风救援队临时清理出一条捷径的情况下，也花了一天的时间才走到别墅，这还只是去的路程，一来一回，不休息也要一天一夜。

"所以，何华开消失的那几个小时，不可能是去别墅，或许真的只是想去寻找救援。

"除了那几个小时之外，二十多天的时间里他们都在一起，他们所有人都没有作案时间。

"按照凶杀案定律，凶杀案的发生一定有两个很重要的因素，凶手的作案动机、死者与凶手的矛盾关系。凶手是谁我们暂且不可得知，但就目前所掌握的信息看来，他们跟节目组的人，没有这种足以置人于死地的矛盾。"

江左岸放下手里的一次性杯子，拿起笔在纸上涂涂画画，道："我想到了另一种可能，他们被困在深山的破庙里，确实没有作案时间，但是并不意味着他们就能跟这次凶杀案脱得了干系。"

付瑶瑶精神一振，道："什么意思？"

　　江左岸手上的笔在纸上停了下来，他在纸上画了几个人，不过画工显然不怎么样，那几个人画得非常丑。

　　"我们想错了，当见到夏渔的时候，我们就犯了先入为主的错误，都认为她一副可怜兮兮、我见犹怜、惊魂未定的模样是装出来给我们看的，我们都觉得，她是一个城府很深的人，漂亮的脸蛋之下，藏着一副蛇蝎心肠。

　　"但其实并不是，她实际上就是我们看到的那副样子，害怕、没主见、心情复杂、受了很大的惊吓，让人看了忍不住会心疼、可怜。"

　　江左岸在那几个人旁边又画了一个圈，道："因为他们可能是团伙作案，夏渔，其实只不过是扮演了一个辅助的角色。"

　　"团伙作案？"付瑶瑶的眉头拧成了一个疙瘩，她之前没往这方面想过。

　　江左岸继续分析道："其实想一想，如果从一开始我们就定义其为团伙作案的话，很多疑点就解释得通了。

　　"首先就是夏渔，她不过是个刚出大学校门的女生，有那么大的能力去策划这一切吗？这个案子可以说天时、地利、人和都占据了，普通人不可能有那么大的能力。

　　"这从何华开对夏渔的介绍就可以看得出来。介绍其他几名主播时，何华开说他们每个人在各自的领域里，都是有真才实学的，唯独夏渔，只是说她长得很漂亮，其实说白了，就是花瓶。花瓶是什么意思？就是中看不中用。

　　"这也从侧面上反映出了一点，夏渔的能力不行，所以我们高估她了，她根本没有那个智商来策划这一切。"

　　付瑶瑶点了点头，道："你说的有道理，这样是比较合乎逻辑。还有其他的疑点呢？"

　　江左岸继续说："再来说李哥，李哥的疑点是除了夏渔之外最大的。我刚刚说，夏渔没有能力设计这个案子，也没有能力执行计划的各个步骤，至少没有能力完全执行。

　　"其他六个人里，谁会是夏渔的同伙呢？李哥的可能性是最大的。

　　"从以下几点可以看出，六名受害者相互之间并没什么关联，但其中五名和夏渔都有一个共同点，那就是都是主播。虽然现在我们暂时不知道，他们的死跟他们的主播身份有没有关系，但这也是他们跟李哥有区别的地方，李哥不是主播，而是司机。

　　"第二，和邵年最后相处的人是李哥，凭借着邵年对他的信任，他完全有理由让邵年吃下过量的安眠药。假如他是夏渔的同伙，那他做这一切就可以说得通了。

　　"第三，假如李哥也是这件案子的参与者，那李哥最后应该会活下来，但是他最后也死了……即便是这样，也不能完全排除他不是参与者，他是最后一个死的，这一点很重要。如果他是第一、第二、第三个死亡的，几乎就可以排除他不是参与者，他不可能把自己也设计死。所以，他最后的死应该并不在计划之中，或许只是个意外。

"夏渔说，陆径和李哥之间起了争执，最后打了起来。至于打起来的原因，是李哥想开车离开，陆径不同意最后演变成了生死搏斗。其实仔细想想，这个理由根本站不住脚，这能是多大的事啊，根本就不到要置对方于死地的程度。

"我们是不是可以这么理解，最后只剩下他们三个人的时候，陆径发现了李哥和夏渔的阴谋，同时知道了李哥他们也想要自己的命，再制造成像其他人一样的意外，最后陆径先发制人，只有在这样的情况下，才会以命相搏。

"夏渔没撒谎，她确实被石头砸到了，但是晕没晕，晕了多久，我们不知道，因为当时的情况陆径以一敌二。

"结果是陆径赢了，但是跟李哥搏斗已经耗尽了所有的体力且身负重伤，夏渔还活着，于是才会有他往别墅里爬的痕迹。他为什么要往别墅爬？不去找夏渔求救？因为夏渔是李哥的同伙，所以他想要躲开夏渔，但是很显然，他失败了。

"如果李哥是夏渔的同伙，那么这些疑点都可以解释得通，并且合乎逻辑。"

第二十三章　并不是意外

付瑶瑶举手说："我有一个疑问，小美酱是死在陆径的手上，对此你怎么解释？"

江左岸说："很简单啊，如果我是凶手的话，目的就是想让那几个人死，他们死于意外或他人之手，不都是凶手最想要的结果吗？

"如果他们死于意外，那最好不过了，如果不是意外，那就想办法假借他人之手把它变成意外，如果意外制造不出来，也无法假借他人之手，最后才会亲自动手。他的最终目的，只是想让他们死！

"凶手制造了一个封闭的环境，在这个封闭的环境里，断水断粮，本来就能发生很多意料之外的事。设计这个局的人很聪明，但他唯一没想到的是，李哥会死。

"李哥的死，使他们露出了破绽。"

付瑶瑶觉得江左岸说得也有道理："那么这个团伙里除了夏渔、李哥之外，还有谁？按照你的分析，李哥也不大可能是主谋，一个连开车都无法克制经常违章的人，不会有这么缜密的心思。"

江左岸肯定地说："当然，主谋不是李哥，而是何华开。只有这样，这一切才解释得通。"

付瑶瑶皱眉道:"何华开?为什么偏偏是他?他为什么要这么做?那六名主播可是他们野猪直播平台的顶梁柱啊,他对那几个人那么好,我还质疑过。对此,你不是还反驳我说觉得很正常吗?一个老板,怎么会想杀了手底下最出色的员工?"

江左岸说:"那个暂且不论,你想啊,李哥是何华开的亲戚,除了何华开,他是主谋的可能性最大。节目策划是他,老板是他,所有事情的决定权都在他手上,别墅也是他找的,只有作为老板的何华开才能最大限度地安排所有事。还有一件事情,你不觉得可疑吗?"

付瑶瑶摇了摇头,但这并不是意味没有觉得可疑的事,相反,她现在满脑子都是各种各样的疑惑。她不知道江左岸想说哪方面的,便示意他继续说下去。

江左岸继续说:"当然是别墅密码锁的密码,密码锁的密码是九键四位数。他们醒来之后,就已经在别墅里了,夏渔说是李哥将他们一个个背进去的。可她还说在醒来之后,别墅门就关上了,他们被困在了别墅里。顺理成章地被困了。

"至于别墅大门为什么会被反锁,李哥的解释是不小心反锁了。好,就算不小心反锁了其实也没什么,对吧,只要知道密码就行了,但是李哥偏说他不知道密码,之所以他们能进别墅,是因为李哥瞎按按对了!

"九键四位数密码有多少种组合?瞎按就能按对密码的可能性有多大?几乎为零。

"可是他说他按对了,你相信吗?"

付瑶瑶只是听着,没回话。

江左岸冷哼了一声:"这种几乎为零的概率,好吧,我们姑且相信他瞎按按对了,毕竟瞎猫还能碰上死耗子呢。

"但是第二次呢?他又试对了密码,他是幸运男神吗?为什么运气老是集中他身上?第一次试对了就算了,为什么第二次还能猜对?"

付瑶瑶说:"也许他真的运气好?"

江左岸摇头道:"这运气得多好才能两次蒙对?干脆全职去买福利彩票算了,还做什么司机啊?运气好,这话说出来恐怕你自己都不相信吧。"

付瑶瑶反问道:"那你以为呢?"

江左岸伸出了一个手指,道:"只有一种可能,那就是,他是装的,他撒了谎,他根本不是猜的密码,而是他根本就知道密码。

"什么试密码,猜密码,都是胡扯。

"而何华开是怎么说的?他说他是唯一一个知道密码的人,并没告诉李哥,但是李哥知道密码,而这个密码只能从何华开处获得,所以可以断定,何华开说谎了,他肯定告诉过李哥密码，何华开就是李哥的同伙，也就是主谋。"

付瑶瑶皱眉沉思，如此分析下来，是挺合乎逻辑的，但是她总觉得还有哪里不对。

想了想，她终于知道哪里不对了，于是问："你是从哪里推断出李哥是知道密码的？"

江左岸不知道为什么付瑶瑶会这么问，难道他说得还不够明显吗？但他还是如实回道："太明显了，九键四位密码锁，怎么可能两次都猜对？他猜对一次还能理解，但是两次，就不得不让人怀疑了。"

付瑶瑶说："对啊，两次确实会让人起疑心，但是为什么你能想到的事，何华开想不到呢？这不是故意露出破绽吗？

"想不让人通过这个细节怀疑到他们身上，其实也不难，李哥完全可以这样说，到达别墅的时候，别墅大门本来就是开着的，后来不小心门关上了。

"后面夏渔说李哥试了很多天密码，最后意外地试开了，这种可能性就很大了，也就很难再通过这个细节怀疑到他们身上了！"

在付瑶瑶看来，按照江左岸这个推论思路，主谋何华开是非常聪明的，他怎么会犯这么低级的错误呢？

江左岸理了理思路，道："我觉得很正常啊，夏渔这么说，其实并不矛盾。你忘了一件事，当山体开始出现坍塌，他们走散之后，何华开的反应是什么？他对此并不担心，既不担心他们，也不担心李哥等人！

"按照他的说法，他觉得李哥等人出现意外的概率很低，而且，他们只要顺着山路前行，就一定能抵达别墅，他很肯定，他们会住进别墅里，在别墅里，会比他们在破庙里还要舒服，所以他没什么好担心的！

"但是根据夏渔的说法，别墅大门是锁着的，在李哥不知道大门密码的情况下，他们怎么住进去呢？

"按照他们设计的剧情，原本应该就是像你说的那样，众人醒来之后，李哥告诉他们，他开车到别墅时，别墅大门是敞开的，后来不小心关上了，他不知道密码。

"但是为什么最后夏渔说是李哥瞎按按开的，没有按照何华开设计的剧本走呢？"

第二十四章　完美推论

付瑶瑶愣愣地问道："那是为什么呢？她为什么这么说？"

江左岸说："我认为，李哥的死不是他们意料中的事，何华开设计的这一切，并没有将李哥的死计算在内，所以这对于夏渔来说完全是个意外。"

江左岸又拿起笔在纸上画了起来，他画了个花瓶，不得不说。他的画工是真差。付瑶瑶很佩服自己，画成这样居然都还能认得出来。

"在计划做这些事情之前，何华开肯定跟夏渔、李哥反复演练过，怎么设计针对警方的说辞，肯定都安排得妥妥当当。"江左岸指了指自己刚刚画的那个花瓶，"可惜的是，夏渔是个花瓶。李哥的死，让她彻底慌了，何华开教她说了很多话，但唯独没把李哥的死考虑进去。所以针对李哥的部分，并不是何华开教她的，何华开也没机会教她，都是她自己组织的语言。但是她显然没有何华开那么聪明，以致出现了破绽。

"邵年的死，大门不符合常规的爬痕，以及别墅门密码锁，这些我们最先怀疑的地方，通通都跟李哥有关。"

付瑶瑶说："那照你这么说，救援队找到夏渔的时候，她还有两个面包、半瓶果汁，也没有藏余粮，何华开肯定不会让她死的，她又怎么知道她在吃完手上的食物之前，救援会到来？如果救援真晚来几天，吃的喝的都没了，她真的会饿死。"

江左岸道："如果按照我这么推论的话，事情就变得简单了，何华开只需要计算他们带的食物量大概能撑到什么时间就够了。这里的量，是指夏渔额外偷偷带的食物量。他算定了那些食物，比如说够她吃二十五天，或二十七天，到了约定天数，何华开可以以担心他们为由，自己徒步前往别墅。节目组的人，除了何华开之外，没有人知道别墅的具体位置在哪里。"

付瑶瑶对此有些异议："当初，何华开试图返回市里去寻找救援的时候，还把自己弄伤了，往深山里面徒步行走可比原路返回市里危险得多，他执意要这么做的话，不一样会引起人怀疑吗？"

江左岸说："会，但是失联了那么长时间，他作为老板，冒着生命危险去找人，也是他的责任。不过他心思很缜密，我觉得这应该是他的第二套方案，他还有第一套方案，就是他卡了节目拍摄时间的点。你别忘了，他们对外宣称，秘密拍摄为期一个月。在这一个月的时间里，他们是消失于外界的，外界也不会因此有疑问，但是一个月之后呢？一个月之后还没有他们的消息，肯定会有人来找，这样就能知道他们出事了。他们只需要带够维持一个月的粮食，省着点吃，就可以撑到救援到来。"

付瑶瑶想到了周平的自杀，顺着说下去："还有周平，根据何华开的介绍，周平其实在现实生活中没什么朋友，而且按照何华开所说，他跟周平的关系非常好，唯一一个能跟周平做成交易的，也只有何华开。那这一切都顺理成章了！"

江左岸点了点头："所以当我们把目光转移到其他人身上，就能得到不一样的结论。

何华开有充分的不在场证明。他的目的，就是想让我们把目光聚焦到夏渔身上，最后什么也查不出。但是，李哥的死，让他措手不及，所以让他露出了破绽。"

付瑶瑶说："你这个推论很完美，但是……"

江左岸打断付瑶瑶，说："付队长，你的意思我当然明白，推论再完美，再合乎逻辑，没有证据，都是胡扯。其实我也不是新手了，还没正式给你做自我介绍，现在可以重新做个自我介绍了吗？"

付瑶瑶有点恍惚，不得不承认，他的逻辑能力非常强。

"这个……当然……"

江左岸正襟危坐，认真地说："我叫江左岸，有一年刑侦经验，去年在西北一个小县任职，基层刑警。以后还请多多关照。"

说完，江左岸就停了下来。

付瑶瑶以为后面还有，但是等了大半天，也没见他有想继续说下去的意思。便瞪大眼睛问："没了？"

江左岸"呃"了一声，道："没了，还有什么？"

付瑶瑶憋了一口气，这就算自我介绍了？她没好气地说："没什么。"

正在这时，江左岸的手机响了起来。

他看了一眼，道："不好意思，接个电话！"

于是，起身走到门外，足足过几分钟才回来。

一进来，他就拿起自己搁在椅子上的衣服，道："付队，还有什么事吗？我有点事要先回去了。"

付瑶瑶"哦"了一声："也没什么事了，既然我们确定了方向，那就早点回去休息吧，明天好好去查查何华开和几名死者的关系，看看你怀疑的何华开有没有杀人动机。"

付瑶瑶也站起身来，伸了个懒腰，随口道："你住哪儿？我也正准备回去，顺路的话，我可以送送你。"话刚说完，付瑶瑶就后悔了，她又尴尬地补了一句，"我的意思是说，顺路的话，反正顺路也是顺路……"

江左岸笑了笑："不用了，那个……有朋友来接我。"

付瑶瑶暗暗"啧"了一声，她还以为他不会笑呢，一直是一张严肃脸，没想到笑起来还挺好看。

江左岸冲付瑶瑶招了招手，道："那付队，我先走了。"

付瑶瑶也拿起了自己的外套，反应过来说："走吧，我也回去了。"

两个人并排往楼下走去。

第二十五章　直播间

下楼的时候，付瑶瑶看了一眼楼下的挂钟，不知不觉已是凌晨两点了。

刚刚走出市局大门，便看到一辆骚气的红色大奔停在门口。

付瑶瑶不由得多看了一眼，笑道："看不出来啊，你朋友还挺阔气。"

但是在看了第二眼之后，她不禁疑惑起来，眼前这辆车似乎有点眼熟啊。

江左岸不好意思地挠了挠头，道："这个朋友我也好多年没见了，没想到他……"

他话还没说完，大奔车门开了，从车里走下来一个西装革履、戴着眼镜的男子。那男子身穿红西装，红衬衫，扎着红领带，脚上还蹬着一双红皮鞋。全身上下就剩下头发不是红色的。

那人下车便冲江左岸伸开了双手，然后朝着江左岸走来。

这意思，是要抱一抱？

付瑶瑶整个人都看呆了。

江左岸似乎无比尴尬，解释道："我这个朋友，比较喜欢红色，但是我们的取向完全正常，你别误会……"

付瑶瑶意味深长地看了江左岸一眼，然后看向来人，冷声道："付文？"

来人不是别人，居然是付文，付瑶瑶的哥哥。

他不是说江左岸只是校友吗？校友居然好到这种程度？现在可是凌晨两点钟啊。

付文的爱好非常特别，喜欢红色到了一种痴迷忘我的境界。

正是因为如此，付瑶瑶工作后，索性搬了出来，她实在忍受不了家里都是红色的装饰。

但是现在是什么时间啊？凌晨两点啊！付瑶瑶工作到凌晨两点是很正常的事，但是付文是在国企上班，朝九晚五。这大晚上的，不就接个人吗？穿那么骚气干什么？还西装革履的。

这回轮到江左岸诧异了，愣愣地看着付瑶瑶问："怎么？你们认识？"

付瑶瑶冷哼了一声，道："不认识。"

说完，便气冲冲地走了。

刚好付文迎面走来，付瑶瑶经过的时候，狠狠地踩了他一脚，然后扬长而去。

身后，付文痛得大叫："小妹，你要死啊，痛死我了，哎哟……"他转过头，又对江左岸说："江哥，嘿嘿，好久不见！"

江左岸惊呆了，问："你们认识？"

"啊？认识，她是我小妹啊。怎么样，长得漂亮吧，我不是跟你说过我有个妹妹吗？"

"唉，可愁死我了，脾气暴得要命，你刚刚也看到了，这样子可怎么嫁得出去……"

身后，付文絮絮叨叨的声音不断传来，付瑶瑶不得不捂起耳朵，一路狂跑起来。

幸亏江左岸刚刚跟她做了介绍，要不然，她肯定又要以为是付文通过关系让江左岸进来的。

她的这个哥哥，能耐大得很。

付瑶瑶之所以从家里搬出来住，除了付文的特殊爱好之外，就是他每天都因为她的婚姻大事不停地念叨。

她不止一次怀疑，付文上辈子是不是和尚，太能念了。

按照他的说法，爸妈不在家，长兄为父，那自然得替你张罗。

付瑶瑶去停车场取了车，回去洗了个澡，煮了碗面条，趁着头发还没干，便打开了电脑，然后，登录了野猪直播的网页。

付瑶瑶知道，最近直播比较火热，那些主播为了吸引粉丝，什么千奇百怪的事都做。

有唱歌的，跳舞的，打游戏的，教学的，什么都有。

付瑶瑶以前无聊的时候曾看过直播，但是觉得没什么意思，大多数主播都没什么内涵，也没什么文化，说句不好听的，大部分都是哗众取宠罢了。

周平那几个人虽然出事了，但是平台还是正常运作。

野猪平台不是什么大直播平台，按照等级划分的话，最多只能划分为二流直播平台。

现在是凌晨两点多，更显得冷冷清清。

付瑶瑶在搜索栏里输入了"周平"两个字，然后进入他的直播间，直播间现在处于关闭状态，但是并不影响粉丝在里面发弹幕。

付瑶瑶主要是想看看那些粉丝对此有什么想说的。

点进去之后，只有寥寥几人，没几条弹幕，有的人甚至还不知道周平出事了，问主播怎么最近都不播了。

付瑶瑶再搜索下一个人名，一连搜了三个，都没什么人。偶尔有讨论关于节目组出事的，也只是惋惜怎么会出现这样的意外。

基本上都没什么有用的信息，打广告的倒是一大堆。

付瑶瑶没有兴趣再看下去了，最后搜了邵年的直播间。

跟其他人也差不多，寥寥几人。

直播间现在是关闭状态，没什么推荐曝光率，得靠搜索才能找到，又是这个时间点，没人也很正常。

付瑶瑶本想关掉电脑，但这时候，一行弹幕引起了她的注意。

"真搞不懂，野猪有什么好的，垃圾平台，要是去龙行，就不会意外死亡了。"

龙行是国内最大的直播平台，付瑶瑶当初进直播平台的时候，看的就是龙行直播。

付瑶瑶连忙放下面条，赶紧也发了一条弹幕："兄弟，此话怎讲？"

但是过了一会儿，并没有看到回话。

她看下面的消息框，发消息的是一个昵称叫吉吉国王的人，正准备点进去看他的信息。

这时候，弹幕回她了。

"怎讲？还能怎么讲，这么简单的事你看不出来吗？"

付瑶瑶抹了抹嘴，直接输入弹幕跟他聊了起来。

"兄弟，真不懂，还请告知一二。"

"野猪直播就是个垃圾直播平台，直播间从不优化，人数一多就卡得要死，画质差得要命，跟龙行直播比简直是一个天上，一个地上。"

付瑶瑶很想说，然后呢？这到底跟邵年他们的死有什么关系啊？

但是她又怕气跑他，只能顺着他。

"谁说不是呢？垃圾野猪，野猪垃圾。"

"确实垃圾，说它垃圾，还是侮辱了垃圾，呸，垃圾都不如的玩意儿。"

付瑶瑶满脸黑线，难道这就是传说中的网络键盘侠？

客观一点来说，任何一样东西，你可以喜欢，也可以讨厌，你看它不顺眼，不看它不就行了？付瑶瑶实在是很难理解这些人的思想。

第二十六章　朋友

付瑶瑶觉得，不能再这么顺着他，不然一会儿什么脏话都出来了。

于是，赶紧岔开话题，往她想要了解的话题上引导。

"你说野猪平台垃圾，跟小年的死有什么关系？"

小年，是邵年粉丝对邵年的昵称，这一点付瑶瑶事先了解过了。

"有什么关系？野猪这么垃圾，小年这么优秀，就不应该继续待在这儿，他不待在这儿，就不会去参加什么破节目的拍摄，也就不会出事。"

付瑶瑶觉得有点那个意思了，继续聊下去。

"他不待在这儿，应该待哪里？"

"自然是龙行直播。"

"国内最大、最有名的那个龙行直播？"

"不然还有哪里？"

"谁都想去最好的平台，问题是，不是你想去就能去吧。"

"你新来的吧？"

"啊？呃……差不多吧，我看小年直播没多久。"

"我就说呢，你要是铁粉怎么会不知道？"

"那你快跟我说说，这究竟是怎么一回事？你都勾起我的好奇心了。"

"其实也没什么，小年的技术很好，这个你承认吧。"

付瑶瑶想起了何华开对邵年的介绍，顿了顿，很快就敲了一行字回过去。

"当然，技术主播嘛，技术怎么会差？"

"嗯，当时有龙行直播的人过来挖小年，小年并不是不能去龙行直播，他那个技术，去打职业比赛都没问题。他当时就应该跳槽，去更广大的平台发展。"

"这个你怎么知道的？"

"小年在直播间里说的。"

"龙行直播的人来挖他？龙行直播财大气粗，资源丰富，他为什么不愿意去呢？"

"谁知道啊，真不知道野猪直播哪里好？如果不是因为小年在这里直播，我才懒得来，现在好了，留在这儿，把自己的命都搭进去了！"

"会不会是因为念旧情啊？据我所知，这是小年的第一个直播平台，可能他舍不得这里呢？"

"旧情，旧情能当饭吃吗？在龙行直播能比在野猪多挣十倍的钱！人，都是要吃饭的，还是要现实点。"

"没人知道小年为什么有更好的选择却还要继续留在野猪的原因？"

"别人我不知道，反正我不知道，玩游戏去了，你玩吗？"

付瑶瑶看再也不能从他这里问出什么了，就只能作罢。

"不玩。很晚了，我要睡觉了。"

吉吉国王没再说话。

接着，付瑶瑶就看到消息栏显示，吉吉国王已经退出了直播间。

付瑶瑶将最后一口面送进嘴里，将碗放到一边。这个吉吉国王看似无意义地吐槽了一大堆，但是对于付瑶瑶来说，是一个很重要的信息。

何华开说的不假，邵年是游戏技术型主播，粉丝也都认可他的技术。

邵年很优秀，优秀到足以吸引其他大型直播平台的注意。但是不知道为什么，邵年最后没有去，反而留在了野猪直播。

从吉吉国王的话可以猜测出，龙行直播花了很大的价钱来挖邵年。邵年不过是个刚满十八岁的青年，究竟是什么原因让他放弃了这个拿高薪的机会，从而留在了野猪直播呢？

付瑶瑶一直觉得这几个主播没什么关联，毕竟没有确实证据证明究竟是随机杀人，还是特定杀人。

被别的平台挖墙脚，会不会是他们几个人的共同点呢？

如果是，但是显然最后他们都留了下来。

他们几个人都是野猪平台的顶梁柱，流量最大的主播。优秀员工想要跳槽，作为老板，肯定会费尽心思挽留，不知道何华开用了什么方法，让他们留下来了。但是，为什么好不容易留下他们，最后想要他们的命？

这其中究竟有什么不为人知的隐情？

付瑶瑶又再输入其他主播的名字，进入他们的直播间，想看看还有没有像吉吉国王这样的粉丝，想再问出点有用的信息。

可惜的是，什么也没有。

她又翻看了很多评论，都是评论"一路走好""愿天堂没有户外拍摄"之类的悼词。

一直看到三点多，也没能再得到什么有用的信息。

付瑶瑶便睡觉去了。

刚关灯，手条件反射地往床头柜摸去，手机正放在床头柜上充电。

这两天的超负荷使用，手机早就因电量耗尽而自动关机，回来后才充上。

刚开机的时候，跳出来无数个付文的未接电话，她懒得看，直接越过这些未接来电的通知。

付瑶瑶有个习惯，睡觉之前，一定会翻翻手机。

她打开微信，便看到有一条请求添加好友的消息。

付瑶瑶打开一看，有点哭笑不得。

那条备注的好友验证信息上，写着四个字：江大神探。

这本来是付瑶瑶为了揶揄江左岸起的称呼，没想到他倒冠冕堂皇地用上了，他是认真的吗？

不用怀疑，肯定是付文把自己的微信号推送给他了。

付瑶瑶想了想，至少这个案子结束之前，他们还是搭档，总要有联系方式，便选择了同意。

刚加上，便有一条信息发了过来："睡了吗？"

这个点儿，也不早了，她是看直播间看到现在才没睡，要不然早就睡了。

这问的不是废话吗？

自己刚刚同意他的添加好友请求，转眼就问她睡了吗？

睡了难道还能点同意吗？神经病啊！

付瑶瑶没好气回了一句："我睡着了。"

"不可能，睡着了怎么还能回我消息。"

然后，后面加了一个惊讶的表情。

付瑶瑶不知道他是真傻还是装傻，不过现在，她只想睡觉。

"有事？"

"那个……你知不知道哪里有合适的房子出租？我想租个房子。"

付瑶瑶手指飞快地在屏幕上打字。

"租什么房子？付文不是把你接去我家了吗？我家房子不够你住吗？"

"你家房间确实很多，但是……没有人说你家不正常吗？"

"你什么意思？你家才不正常呢！"

"不是，我的意思是说，你家怎么什么都是红色的啊？墙壁是红色的，天花板是红色的，家具也是红色的，整个空间都被红色所充斥……这就算了，你知道刚刚发生了什么吗？刚刚停电，你知道你哥做了什么吗？他拿出了一支蜡烛点上，你知道这场景像什么吗？就好像电视剧里的鬼新娘的房子，太诡异了，我都要吓死了。"

第二十七章　死亡原因

付瑶瑶没忍住，"扑哧"一声笑了出来。

"我说，我哥哥把你当朋友，你就这样对我哥啊？精心准备好的房子给你你不住，非要出去租房，我哥知道了岂不是要伤心死？"

"你哥哥的好意我心领了，只是我确实不习惯。这你可别跟他说啊。"

付瑶瑶有心要逗他。

"我就要跟他说。"

"你这人怎么这样啊？"

"怎样啊？我真为我哥哥感到不值，人家掏心掏肺地对你，结果换来的却是疏远。"

"好好好，你就当我今晚什么都没跟你说过。"

"不可能，你都跟我说了，我不可能当作什么都没发生过。"

"那你到底想要怎样？你就非得告诉你哥哥吗？"

"除非你答应我一件事。"

"什么事？"

"以后不许再提出去租房这件事，接受我哥的心意，以后就住在我家。"

"还有别的选择吗？"

"没有。"

"那……行吧，不过你要答应我，别跟他说。"

"知道了，早点休息，我有新的线索，明天细聊。"

付瑶瑶简直要笑死了，一想到江左岸以后每天都要住到付文那套红彤彤的房子里，不知道为什么，她就感到心情舒畅。

红房子、红地毯、红墙壁、红床、红被子，付瑶瑶当然知道被红色包围是一种什么感觉。

又过了一会儿，没再看到江左岸回复的消息。

她将手机锁屏，丢到一边。她已经困得上下眼皮都打架了。

第二天，付瑶瑶起晚了，醒来时都已经十点了。

她匆匆洗漱，赶往市公安局。

到单位时，江左岸已经到了。

付瑶瑶看到他时，又忍不住想笑。只见江左岸顶着一双熊猫眼，不用猜就知道肯定是没睡好。

付瑶瑶早餐还没来得及吃，泡了一杯速溶牛奶。江左岸正在整理资料。

付瑶瑶靠过去，调侃说："哎，你跟我哥是什么关系？怎么没听他提过你？"

江左岸没什么兴致，头也不抬："校友而已，以前在国外留学的时候，帮过他一个忙。"

正在这时，楼上突然爆发出一阵凄厉的哭声。

付瑶瑶听到哭声，顿时也没心思和江左岸开玩笑了。她抬头往上看了一眼，问："家属都来了吗？"

江左岸点了点头："都来了，我挨个问了，死者这段时间有没有什么反常的地方。"

说着，他递过来一份笔录。

付瑶瑶放下杯子，接过来仔细看。

江左岸说："周平来的家属是他的叔叔，小美酱的父母都来了，邵年家是他的妈妈，陆径的家人都来了，潘良家只来了一个弟弟，李哥来的是他的父母。现在在楼上的就是李哥的父母，其他人都暂时回去了。

"他们都说，最近都没觉得他们有什么反常的地方。他们做直播的，几乎每天都把自己关在房间里，很少跟家里人有什么沟通。家里人也都习惯了，所以并没有注意到他们有什么反常。

"其他重要的信息也没问到，他们的亲人基本都认为，他们搞这些是不务正业，更不会去关注这些事情了。

"鉴定科结果还没出，昨晚黄欣忙了一个通宵，早上才回去休息。"

付瑶瑶点了点头，又问："尸检报告出了吗？"

江左岸摇了摇头，道："我还没去问呢，一早上光顾着接待死者家属了。"随后，他又问，"对了，你昨晚不是说有新线索吗？什么线索？"

付瑶瑶说："不急，先去看看英子的尸检有结果没？"说着，她将杯中的牛奶一饮而尽，招呼江左岸："你去不去？"

闻言，江左岸放下资料，跟着她上去了。

在二楼走廊处，有一对老夫妇正在痛哭，肩膀一抽一抽的，看得付瑶瑶心里很不是滋味。

两个人也不知道能劝慰什么，便直奔验尸房。

验尸房里，只有英子一人。昨晚她也忙了一个通宵，一般有命案的时候，英子没验完尸是不会回家的，困了就随便趴在验尸房的角落里休息一会儿，起来了继续工作。

"头儿，你们来了。"

即便知道英子习惯如此，付瑶瑶还是关心地问："累不累？累的话先回去休息。"

英子笑着摇了摇头："不碍事，呀，江队长这眼睛……昨晚也没睡吗？"

江左岸尴尬地说："睡了……睡了……"

"结果出来了。"英子走到停尸台旁，掀起了第一张台子上盖着的白布。

"死者小美酱，死于利器所刺出的外伤，利器切断了颈动脉，但是这伤口有些蹊跷，你们仔细看——"英子将小美酱的脖子露出来，又用工具把脖子上的伤口撑开，"伤口的伤痕有断层，断层位置在皮肤表皮一厘米处。

"利器刺中了死者的脖子，没入皮肤表皮1厘米，这个时候，有一个停顿的过程，接着利器再被大力地推进，从而割断了死者颈动脉。"

江左岸接着英子的话说："小美酱被陆径猛地一推，撞到了镜子上，镜子瞬间碎了，镜子的碎片割伤了小美酱的脸，还有一块刺进了她的脖子，但是这块碎玻璃并不致命。陆径吓坏了，以为自己杀了人，他惊恐地尖叫着跑出了房间。李哥被陆径的尖叫声吸引，第一个跑进了小美酱的房间，看到小美酱的脖子上扎着一块碎玻璃。他快速上前，将那块玻璃推进了她的脖子里。"

英子瞪大着一双大眼睛，愣愣地看着江左岸。

付瑶瑶摆手，道："你别理他，继续。"

英子接着走向下一张停尸台："死者周平，死于低温导致的器官衰竭，也就是被冻死的。

"死者邵年，体内发现有安眠药成分，主要死因是服用过量的安眠药。除了安眠药之外，他的胃里还有大量的……垃圾食品。譬如饼干、瓜子、薯片，都是一些高热量的东西。"

江左岸接口道："邵年是所有人中体质最弱的，且因为常年熬夜打游戏，导致他身体非常差。在没有大量饮用水的情况下，还吃大量的高热量食物，就算不发烧，身体也会出现其他问题。他的抵抗力非常弱，再加上别墅里缺医少药的，邵年出事也是迟早的事。"

第二十八章　死因报告

英子小声问付瑶瑶："头儿，他是在……"

付瑶瑶解释道："他在试着还原现场，不用管他，你继续。"

英子同时将两张停尸台上的白布掀开："李哥和陆径都死于头部外伤，头部遭受不同程度的重物重击，昨晚黄欣带回来几块石头，细致对比了砸痕，都对得上。他们身上的伤痕，都是石头砸出来的。"

江左岸道："这两个人经历了一场生死搏斗。"

英子走到最后一张停尸台前，道："死者潘良，死亡原因为中毒引起呼吸困难，窒息而死。别墅里的果子我拿回来化验了，果子名为山菅兰，有毒，潘良就是因为吃了山菅兰引起中毒，而后引起呼吸困难，窒息而亡。山菅兰虽然有毒，其果子晒干之后磨成粉，却是一种治疗跌打损伤效果非常好的外敷中药。"

付瑶瑶问道："如果误吃了这种果子，会即刻死亡吗？"

英子摇了摇头，道："应该没那么快，但是在引起呼吸困难之后，又得不到有效治疗的话，必死无疑。"

付瑶瑶看向江左岸："你怎么看？"

江左岸问道："山莨菪的种子哪里有卖？"

英子说："我查了资料，山莨菪是中药，但是因为有毒，市面上没有卖山莨菪种子的，都是卖山莨菪果子磨成的粉。

"如果非要找山莨菪种子的话，唯一可能有的地方，就是中药供应商那里。"

江左岸长长出了一口气，道："这就好办了。一年前，何华开开始策划《谁能成为大主播》这档节目，据他交代，他看了很多地方，最后决定，将荒野别墅作为最终的拍摄现场。然后，他曾到过别墅实地考察了一次。

"那次考察中，主播谋杀案其实已经开始策划了。在去之前，他就已经有了一个计划，一个可以把谋杀变成意外的计划，他带去了一颗山莨菪种子，到别墅后做的第一件事，就是将山莨菪种在别墅里。一年后，山莨菪开花结果。

"没人认得这棵树，它孤零零地生长在那儿，好像是意外长出来的，让人觉得荒废别墅长出来这么一棵小树，不是很正常吗？其实仔细想想，这种可能性大吗？

"别墅虽然因长久没人居住导致荒废了，但是这毕竟是室内啊，怎么会无缘无故长出山莨菪？还是有毒的东西！"

付瑶瑶点头赞同："嗯，确实有道理。但是你怎么能确定这是何华开种的呢？"

江左岸说："刚刚英子不是说了吗？山莨菪很少有人能接触到，只有中医药馆才有，而山莨菪种子，只有中药供应商能搞到。一座城市的中药供应商有多少？其实这是一个很小的圈子。

"我们可以从源头查起，很容易就查到了，如果你只是单纯要买山莨菪磨成的粉，可能没有人记得，但是你要买山莨菪种子，肯定会让卖方记忆深刻，因为这种需求太少见了。"

付瑶瑶当即掏出电话，拨通了张局的电话："张局，有新线索，您帮忙去查一下本市及邻市的中药供应商，一年前左右，有谁找他们买过山莨菪种子。"

放下电话，付瑶瑶说："张局现在就着手去查，但是有结果可能没那么快。"

走出验尸房，江左岸问付瑶瑶："你刚在楼下不是跟我说有新线索吗？什么线索？"

付瑶瑶看了一眼走廊，李哥的父母已经不在了，应该是回去了。

付瑶瑶这才说："我也只是怀疑，还没有去证实。我昨晚上网，去野猪直播平台逛了逛，遇到了一个邵年的粉丝，他说，龙行直播曾想要挖邵年去他们平台。"

"龙行直播？是不是那个国内最大的直播平台？"

付瑶瑶啧啧称奇："这你都知道？"

江左岸汗颜道："拜托，我平常也上网的好不好？"

付瑶瑶继续说："但是邵年拒绝了，这很不正常。

"你还记得何华开是怎么介绍这几名主播的吗？"

江左岸点了点头，道："他们每个人都是各自直播领域的佼佼者，并且有很大的潜力。"

付瑶瑶说："对于何华开来说，他们就是非常优秀的员工，并且发展空间很大，还有一个很重要的原因，他们是何华开培养起来的，又是平台的流量担当。何华开肯定不舍得他们离开。

"邵年被龙行直播用高薪挖墙脚，他最后却没有走。一定不是因为他念旧情，而是何华开用什么方法让他留了下来。

"其他人我不知道是不是也像邵年一样，被其他平台高薪挖过。但是他们每个人都很优秀，完全有这个可能，也有这个能力吸引其他大平台的注意。

"如果他们这五名主播，每一个都被其他大平台挖过，但是最后又都留了下来，你觉得何华开会用什么方法让他们留下来？"

江左岸摇了摇头："用了什么方法我不知道，应该是开出了比其他平台承诺他们的还要高的薪资好吧。"

付瑶瑶补充道："龙行直播给邵年开出了比野猪直播高十倍的薪酬。"

江左岸说："理论上，何华开想要挽留他们，就只能开高于十倍的薪酬。"

付瑶瑶说："这相当于直接涨了十倍以上的工资。"

江左岸否认道："何华开不会这么做的，先不说他有没有这么雄厚的资产，你见过哪个企业涨工资一下子涨十倍以上的？都是宁可高工资从外面引进一个新员工，也不愿意给老员工涨工资。"

付瑶瑶点头道："所以他生气了。他很生气，他们每个人都是他挖掘，花了很大心思尽心尽力地培养出来的，现在翅膀硬了，就想飞往更大的平台。他们并没有意识到，如果他们集体出走，那么将会带走野猪直播最大的流量。野猪直播短期之内，肯定会损失重大，甚至可能会倒闭。"

第二十九章　动机

随后，两个人来到会议室。

付瑶瑶继续刚才的话题："根据粉丝的反映，野猪直播的观看体验并不好，为什么？因为平台维护需要钱，优化需要钱，有很多需要用到钱的地方。顾客是上帝，他们并不是不想改善，而是他们没有更多的钱来改善这些问题。可以查查野猪平台的储备资金。"

江左岸突然说："我似乎知道了何华开用什么方式将他们留下来了。"

江左岸在纸上画了一个圆圈。

付瑶瑶疑惑地问："这个是……鸡蛋？"

江左岸无语道："这是一个饼，大饼。"

江左岸的画工，付瑶瑶不是第一次领教了，他说是饼就是饼吧。

"好吧，是饼。你的意思是，何华开给他们画了一个大饼？"

江左岸点了点头，道："我们刚刚提到了，理论上，何华开想要留住他们，就必须付出高于龙行直播开出的十倍薪酬，这一点还是成立的。但如果何华开想让他们死心塌地地留下来，只有开出二十倍甚至三十倍的薪酬。

"他答应了他们，但是最后他并不打算支付，他只是给了他们一张空头支票。

"《谁能成为大主播》这档节目永远不会播出，这只是给他们的一颗定心丸，先稳定他们的情绪。

"这样他们才会愿意留下来，才会愿意去参加节目的拍摄。

"但实际上，何华开只是想借这个机会，要他们的命而已。"

付瑶瑶问："他们的背叛，就是何华开的杀人动机？"

"完全有这个可能，但这一点还需要确定。"江左岸道，"从他们亲人这里得不到相关信息，我们可以从他们的社交关系上找，还有直播平台，只要他们有过跟邵年一样的经历，就能找到蛛丝马迹。"

付瑶瑶认同道："那我们兵分两路。他们这些主播，平常都不出门，网络朋友肯定比现实中的朋友还要多，他们的手机都在这儿，一会儿找技术科的人来恢复数据，你就负责找他们手机上的信息，看他们有没有跟谁聊过跳槽之类的事情。

"我去龙行直播跑一趟，看看他们是否私下联系过他们。"

确定了调查方向之后，江左岸从鉴定科将他们的手机都拿了出来，挨个充上电。

付瑶瑶给他联系了技术科，一会儿会过来帮他恢复数据。

然后，付瑶瑶便驱车出门，龙行直播刚好在 S 市有一家分公司。但分公司在城东，市公安局在城西，开车过去至少要一个半小时。

付瑶瑶开了大约一个小时，江左岸便打来电话。

"手机里的数据已经恢复了，我翻了他们与常用联系人一年前的聊天记录，邵年、潘良、陆径、小美酱都曾收到过龙行直播的邀请，他们都有意跳槽，后面又都说不去了，想继续留在野猪直播，也没说为什么。"

半个小时后，付瑶瑶赶到了龙行直播在 S 市的分公司，直接找到了负责人，说明了来意。

那位负责人想必也听说了荒野别墅的事情，相当配合，立刻就打电话去查这件事，打了几通电话之后，让付瑶瑶等等。等了半个小时，匆匆赶来一个人。

这个人，正是一年前负责和野猪直播平台那几名主播商谈跳槽的签约经理。

"野猪直播是一个小直播平台，我们在考察的时候，发现他们有几名主播很有潜力，就想把他们挖到我们平台来。"

付瑶瑶问："你还记得都有谁吗？"

"记得，因为当时已经关注了他们挺长时间，我们看上了五个，野猪直播也就那五个人拿得出手，多的也没有了。包括了两个游戏主播，一个叫陆径，一个叫邵年，一个吃播小美酱，一个户外健身主播潘良，一个唱歌主播夏渔。"

付瑶瑶心想，这五个人果然都包括了。她问："你跟他们联系的时候，他们态度怎么样？"

"都很有意向想要来……"负责人想了一下，又说，"不对，夏渔是一口就回绝了，态度很坚决。其实，我们给夏渔开的价钱最高，后面又加了两次价，但是她就是铁了心不愿意来。其他四个人则比较顺利，什么都谈妥了，我都准备拟合同了，没想到最后他们就像商量好了一样，一致反悔说不来了。"

"你知不知道为什么？"

"知道啊！我当时气得不行，费了好大的劲儿，跟他们讨价还价这么多天我容易吗？而且龙行是国内最大的直播平台，有多少人挤破了脑袋还进不来呢。我说你们要是不来，应该一开始就拒绝我，像夏渔一样，干干脆脆的多好。就算你们不来也行，起码得告诉我为什么，我回去也能有理由交差。结果你猜他们怎么说？他们说，野猪直播的老板不舍得他们离开，承诺了一份他们无法拒绝的工资，还会斥资为他们量身打造一档综艺节目，以此来增加曝光率，可比龙行直播开的条件好多了。虽然他们这几个人有潜力，但是我们龙行直播也不缺主播，此事到这儿就结束了。"

付瑶瑶从龙行直播分公司离开后，立马给江左岸打了个电话："果然跟你分析的一模一样，何华开开出了非常丰厚的条件，以此来挽留他们。不过，有点出入的是，龙行直播并没有邀请周平，他们邀请的是夏渔，夏渔态度很坚决，一开始就拒绝了。"

江左岸了然地说："这个正常，周平一个将死之人，龙行直播不邀请他，可能是看他一副病恹恹的样子也没什么未来。至于夏渔，她拒绝龙行直播再正常不过了，你知道我刚刚在李哥的手机里发现了什么吗？根据李哥和一个朋友的聊天记录显示，夏渔居然是何华开的地下情人！而且，我还得到了一条很重要的信息，野猪直播早就入不敷出，每个月都在亏钱，已经快要到破产的边缘了，所以不可能付得起高额的薪酬，何华开承诺给他们的，确确实实是一张空头支票。"

第三十章　证据

江左岸一条条地摆出来，说："所有的推论都成立了。何华开有杀人动机，因为手下的主播想要背叛他集体跳槽，挽留之后需要花费很高的代价，再加上他的公司濒临破产。故而，心生怨恨之下，他策划了这场荒野别墅主播谋杀案。"接着，他下了结论，"何华开是主谋，夏渔是他的地下情人，也是他的帮凶！"

付瑶瑶说："关键还是证据。推论很完美，但如果我们拿不出证据，何华开一口咬定不是他干的，谁也奈何不了他。现在想想，我们要怎么找到证据。"

江左岸沉思了两秒，道："现在就等鉴定科的鉴定结果了。不过，凶器、可疑物都是我们从别墅带回来的，如果发现有问题，那也只是跟夏渔有关。何华开有充分不在场证明，查不到他身上。等等看张局的调查结果，何华开是否去买过山菅兰的种子。"

付瑶瑶否定道："就算查到了是他去买的，我们也缺乏证据证明别墅里那棵山菅兰是他种的。"

江左岸说："我再从头到尾分析一下这个案子，看看能不能再找出点蛛丝马迹。"

和江左岸交流得差不多了，付瑶瑶挂断电话，往市公安局里赶。

刚回到局里，便看到有个女人在大喊大叫，几个警员将她围在中间。

"什么情况？"付瑶瑶问一旁的警员。

"付队，这人是何华开的女朋友，她问我们为什么关何华开，他犯了什么事？"

付瑶瑶随口说："没什么事啊，他想走随时可以让他走。"

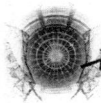

警员说："可是江队长不让。"

"江左岸？"

警员点了点头，他也不知道怎么说，正在这时候，看到江左岸从办公室出来，便道："江队长来了，你问他吧。"

看着那女人一副撒泼的架势，江左岸解释道："这位小姐，我们完全是遵循规定办事，我们有权盘问他二十四小时。"

"盘问的理由是什么？"

"我跟你说过了，协助我们调查案件。"

"什么案子？那案子跟他有什么关系？"

"该说的都跟你说了，不该跟你说的，你问了也不会告诉你。小姐，你再无理取闹的话，我们只能告你妨碍公务了。"

"哼，你们要关他多久？"

"到晚上十一点，就满二十四小时了。"

"好，如果到了晚上十一点还不放人，你们给我等着瞧！"撂下这句话，女子便气冲冲地扭头往外走去，高跟鞋踩在地板上的声音格外响亮。

付瑶瑶走向江左岸，问："为什么不让何华开走？找不到证据的话，我们也不可能一直关着他。难道你还想着这几个小时能找到证据？"

江左岸却说："不能让他走，他现在走的话就麻烦了，我们就找不到何华开谋杀的铁证了。"

付瑶瑶狐疑道："真的假的？"

江左岸点了点头："你觉得我像是开玩笑的样子吗？"

付瑶瑶说："但是，那个女人说得没错，我们只能留他二十四小时，今晚还找不到证据的话，就得把他给放了，那也没几个小时啊。这点时间，我们能做什么？"

江左岸笑了笑："现在我们还有六个小时，可以说是非常关键的六个小时。六个小时，能做很多事了，我已经知道去哪里找证据了。但在此之前，我们还需要做一些准备。"

付瑶瑶眼睛一亮，问："你是不是又发现了什么？"

江左岸道："算是吧。"

"你发现什么了？"

江左岸神神秘秘地说："今晚你就知道了。当务之急，是让张局通知疾风救援队的负责人，把救援队的人撤回来。"

付瑶瑶说："不用通知了，我们昨晚离开别墅之后，张局就让他们撤回来了，他们也没必要再浪费资源去修一条不会有人走的路。"

江左岸又说："还要找一个人，局里有没有身手特别好的同事？"

付瑶瑶满脸疑惑地看着他："这是要干什么？打架啊？"

江左岸说："还真是打架，有没有？"

付瑶瑶指了指自己，道："当然有啊。"

江左岸上上下下打量了一番，难以置信地说："你？"

付瑶瑶反问道："怎么？不相信？"

江左岸无奈地说："别闹了，我跟你说正经的……"

话还没说完，江左岸直接闷哼了一声，瞬间被付瑶瑶一个扫堂腿加擒拿手放倒在地，疼得他哇哇叫。

这个动静引得在场的人纷纷侧目，看到此情此景，都忍不住偷笑起来。似乎这种场面，已经不知道见过多少次了。

"放手……放……"

付瑶瑶放手，顺便将江左岸拉了起来，兴许是因为用力过猛，这一拉之下，又疼得江左岸嗷嗷叫。

"你哥说得没错……你真的是暴力……"

付瑶瑶佯怒道："还赖我喽？现在相信了吧？"

江左岸服气道："相信了！相信了！"

付瑶瑶认真地问："你今晚到底要干什么？抓贼吗？"

江左岸说："不是跟你说了吗？打架。"说着，他看了一眼手上的腕表，道："时间差不多了，走吧。"

付瑶瑶跟在他身后，疑惑道："到底去哪里？"

"朱大师面馆。"

付瑶瑶不明所以："在朱大师面馆能找到关于何华开谋杀的证据？"说完，她才反应过来：朱大师面馆，不正是他们对面的面馆吗？于是她怒骂道："江左岸，你耍我？"

江左岸说："怎么是耍你？不是说了要去打架吗？不吃饱喝足怎么打架？"

付瑶瑶瞬间有种想要揍他一顿的冲动。

到了面馆，江左岸点了一碗牛肉面，付瑶瑶刚吃完没多久，压根不饿，但是江左岸强行给她点了一碗。

朱大师面馆的面味道不错，再加上离得近，付瑶瑶经常来吃，和面馆老板非常熟。

看到付瑶瑶和一个年轻帅哥来吃面，这还是头一遭。因此，趁着没人，老板也忍不住调侃道："哟，男朋友吗？挺帅啊。"

付瑶瑶瞪了老板一眼，道："胡说八道什么？新同事。"

这面馆老板也是八卦："害羞啊？要真是，今天这顿我请了。"

付瑶瑶把筷子往桌子上一拍，道："滚！老娘我像是差钱的人吗？"

第三十一章　面馆

从朱大师面馆出来，江左岸满意地打了几个饱嗝。

付瑶瑶对此很鄙视，明明长得还可以，却要做这么没有形象的事，还是在一个大美女面前，太没形象了。

江左岸问："你刚刚为什么拒绝面馆老板的好意？"

付瑶瑶愠怒道："什么意思？你又不是我男朋友！"

江左岸懊恼道："你怎么就不懂得变通呢？你这么多年来这家面馆吃过那么多回，照顾他那么多年的生意，他请你吃一顿不应该吗？"

付瑶瑶哼了一声，道："我鄙视你啊，下一次还要不要去了？让他误以为我们是男女朋友关系，然后我下次和别人去，他该以为我分手了，又或者脚踏两条船。"

江左岸摇了摇头，嘟囔道："还会有其他异性和你去吗？"

江左岸以为付瑶瑶听不到，但是付瑶瑶的听力不是一般的好，她直接揪起江左岸的衣领，怒道："你说什么？老娘我这么漂亮，会没有人愿意跟我出门吃饭？"

江左岸领教过付瑶瑶的身手，生怕她一怒之下给自己来个过肩摔，连忙道："别误会，这不是我说的，是你哥说的，你哥说你不喜欢男的……"

他不解释还好，或许说点别的也行，但是偏偏说了这句，反而让她更加生气，手上的力道不由得加重了几分。

"放他的狗屁，我什么时候说过我不喜欢男的了？"

江左岸哆哆嗦嗦地说："是他说的，我只是转述而已。他说你如果喜欢男的，怎么总是拒绝他给你介绍的相亲对象……"

付瑶瑶气得牙痒痒，但是转瞬间，便心平气和起来，松开了抓住江左岸衣领的手，甚至还帮他细心地抚平刚刚被她弄出的褶皱："他倒是什么都跟你说啊，看来你们的关系真不一般啊，我懂的。"

然后，还俏皮地冲江左岸眨了眨眼睛。

江左岸仍心有余悸，但是语气瞬间就变得强硬起来了："我……我警告你不要多想啊，不是你想的那种关系。"

付瑶瑶忍住笑，道："哎呀，那种关系是哪种关系啊？"

江左岸刚想张嘴。

付瑶瑶接着将食指放到嘴边，做了个嘘声的手势："不用解释，我懂的。"

这下子，轮到江左岸慌了，他越想解释，付瑶瑶越不让。

"你在这儿等我，我去开车过来。"

"等等……"

然而，付瑶瑶就像没听到一样，哼着小曲往车库走去。

不一会儿，她将车开过来，招呼江左岸上车。

江左岸张嘴又想说什么，付瑶瑶以为他又想解释，不给他机会，直接说："快上车，磨叽什么呢？"

上车之后，付瑶瑶就将车载音乐打开，并且将音量开到最大。

开了一会儿，江左岸忍不住将车载音乐关掉了。

付瑶瑶问："怎么？你不喜欢听音乐啊？"

说着，又伸手去开开关，同时江左岸也将手伸出去，两只手触碰到一起，然后闪电般地迅速弹开。

两个人瞬间觉得都有点说不出的尴尬。

过了好一会儿，两个人都没说话。

也不知道多久，江左岸率先打破了沉默："那个……你有没有带武器啊？"

付瑶瑶说："啊？是应该带的，你怎么事先不跟我说……"

江左岸一张苦瓜脸："我倒是想提醒你来着，但你给我机会说了吗？"

付瑶瑶翻了个白眼："其实也用不到，我一个可以打十个，你就说要去跟谁打架吧。不是要去找证据吗？怎么还要打架啊？"

江左岸将了将额前的头发，道："我还没说要去哪儿，你知道地点吗？"

付瑶瑶说："我又不傻，你刚刚让张局撤回疾风救援队，我就知道你想要去那里。再说了，想要找到证据的话，只能去何华开待过的地方，被困的这一个月，何华开就待过一个地方，就是深山中的破庙。"

"只是我不知道，你去那里找什么？那里能有什么证据？像何华开心思这么缜密的人，怎么会大意地把罪证落在那里？"

江左岸依旧卖着关子："今晚你就知道了。"

付瑶瑶幽幽地吐出一口气，认命地说："好好好。"

江左岸忽然来了一句："你今晚可要保护好我啊！"

付瑶瑶咽了咽口水，不可思议地看着江左岸："不是吧？你一个大老爷们儿，让我一个弱女子保护你，你还是不是男的啊？"

江左岸涨红了脸："你身手好，不代表我的身手也好啊！我刚才就跟你说过了，要找身手好的同事，你非说自己身手好，你不保护我谁来保护我？"

付瑶瑶拍打着方向盘："难道我的身手不好吗？"

江左岸理所应当地说："好得很啊，所以让你保护我有什么问题吗？"

"好像是没什么问题……不过，怎么听起来怪怪的。"

"别纠结这些了，看车，好好开车。"

"我开得好着呢，别叽叽歪歪的，要不你来开？"

"我不开。"

"为什么？"

"因为我没驾照啊。"

"……"

一直到天色暗下来，付瑶瑶才开到山脚下。

疾风救援队已经清理出了前半部分，到破庙的山路已经被打通了。付瑶瑶本想直接把车开上去，但是江左岸让她停在山脚下了。

从山脚到破庙，还有很长一段路程。

付瑶瑶把车子停下来，问："不去破庙吗？"

江左岸说："去。"

"那为什么停在这里？走路上去至少一个小时呢。"

江左岸说："够了，来得及。"

"真的走路上去？为什么不开车？"

江左岸意味深长地看了付瑶瑶一眼，道："你傻啊，这车子怎么能开上去？停在上面，何华开不就能看到了吗？看到了不就都知道了吗？距离何华开被释放还有三四个小时，咱俩走两个来回都够了。"

付瑶瑶吃惊地说："你的意思是，我们今晚要在这里等何华开？你确定，何华开出来后，第一时间会来这里？"

第三十二章　追踪

江左岸说："不然，你以为我为什么不让何华开先离开？"

"这六个小时，足够我们隐藏了。他最好是个聪明人，如果他足够聪明，那他从局里出来后的第一件事就是到这儿来。"

"万一他不来呢？"

江左岸觉得这不可能："不来？他现在比我们还急，怎么会不来？你以为他那个女朋友会无缘无故地来局里跟我们要人？"

一想到何华开在有女朋友的情况下，还跟夏渔搞到一起，付瑶瑶瞬间有点同情那个大闹警局的正牌女友了，感慨道："那也是个可怜人。"

江左岸倒不这么认为："哼，可怜人，可怜之人必有可恨之处。"

"你这是一杆子打翻一船人。"

江左岸反驳道："你看她在局里说话的语气，像是个好人该有的样子吗？"

这么一想，似乎也是啊。不过，付瑶瑶还是觉得，在她没回去之前肯定还发生了什么，江左岸肯定吃了亏，心里有点不平衡才会这么说。

付瑶瑶拍了拍方向盘："不说她了。听你的，那我这车藏在哪儿？"

江左岸四处看了看，指着斜对面尽头的角落，说："就藏那儿吧，把车开进去，用杂草盖住。"

付瑶瑶撇了撇嘴，发动汽车："回去之后，你帮我洗车。"

江左岸指的地方，车子可以开进去，山脚处刚好有杂草伸展开来，杂草底下有不小的空间。两个人下车后，用那些茂盛的杂草将车子全部盖住，不凑近了细看，根本看不出这里藏了一辆车。

按照江左岸的猜测，何华开晚上肯定是开车来，不可能像他们一样，徒步上山，肯定是开车上去，那他自然不会在山脚多做停留，很难发现他们的汽车。

藏好车之后，两个人便往山上走。

走到第一处坍塌的地方，还没到破庙，江左岸便停了下来。

付瑶瑶很是疑惑，问："怎么？我们不是要去破庙吗？"

江左岸摇了摇头，道："一会儿可能要去，但是现在不去。"说着，就往坍塌的山体上爬。

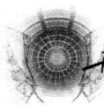

"你要干什么？"

付瑶瑶没有动。

江左岸爬了一点，脚下一滑，身上瞬间就沾满了黄泥。

"当然是爬上去等何华开啊。别问了，快上去找地方吧。"

得，今晚回去肯定一身烂泥了。

付瑶瑶三步并作两步，一下子就蹿到了江左岸头顶，再伸手拉了他一把。

一直爬到坍塌山体上方的断层处，再往上就是不曾滑落的山体。断层处刚好有一条小沟，两个人跳进去，坐在里面刚刚好。

付瑶瑶拿出手机，但在这儿就已经没信号了，她看了一下时间，快八点了。

"何华开大概会在十一点离开市局，开车过来，怎么着也得凌晨两点了。我们要在这儿等那么长时间？"

江左岸说："既来之，则安之。来都来了，只能等下去。"

付瑶瑶还是有点不情愿："我们完全可以晚点出发啊，是不是？"

江左岸耸了耸肩，一副反正都这样了的态度。

"其实来早一点，也是有好处的。你看看你，每天只睡四五个小时，都没时间好好休息。倘若我们晚点来，你在来之前会去休息吗？在这儿你什么也做不了，不过可以好好休息休息。"

付瑶瑶冷哼了一声："那我是不是还要谢谢你啊？"

江左岸云淡风轻地说："不用客气，你哥让我多照顾照顾你，这都是应该的。睡吧，一会儿何华开来了我叫你。"

付文还好意思让他照顾自己？前两天，不是还特意嘱咐自己要多关照他吗？

江左岸不说还好，听他一说，付瑶瑶倒是觉得真的有点困了。

她靠在小沟上，眯着眼睛嘟囔着："那我睡会儿，你要是困了就叫醒我，别都睡着了。"

江左岸摸出手机来，打开了单机游戏玩了起来，头也不抬："你睡你的。"

尽管此时躺在一个冰冷的小沟，环境有些恶劣，但闭上眼睛之后，付瑶瑶瞬间觉得阵阵困意袭来，没一会儿就睡着了。

也不知道睡了多久，付瑶瑶听到一阵微弱的声音："喂，起来了。"

付瑶瑶迷迷糊糊地醒了过来。

天色已经完全黑了下来，只有一层朦胧的淡淡的月光。

付瑶瑶下意识地想起身，但是江左岸按了按她的肩膀，示意她不要动，同时做了个噤声的手势。

借着朦胧的月光，付瑶瑶看到江左岸的外套正披在自己身上，不由得心里一热。

还没来得及感动，江左岸便指了指下方的山路。

只见一辆小轿车正沿着崎岖的山路缓缓而行。

付瑶瑶顿时清醒了过来，真让江左岸猜对了，但是下面那个人，真的是何华开吗？

她揉了揉眼睛，那辆小轿车最终在离他们不远的下方山路停了下来，紧接着下来一个人，因为隔得有点远，看得不是很清楚，但是看体形，倒是跟何华开有几分相像。

他下车之后，靠在车门点了一根烟，打火机冒出火光的一瞬间，两个人终于看清了他的脸。

来人，正是何华开。

他靠在车门上吞云吐雾，一副心事重重的样子，跟白天在市局里表现出来的样子简直判若两人。

一根烟他抽了好久，抽完之后，他便手脚并用地往坍塌的山体上方爬去。

很快，就爬到了跟付瑶瑶他们同样高的位置。

然后，一头扎进山里。

江左岸做了个跟上去的手势，两个人蹑手蹑脚轻轻地跟在他身后。

山上有各种鸟叫声，再加上两个人跟得不算紧，所以何华开一路上来，并不曾回头或者是察觉到什么异样，根本就不知道后面有人。

两个人小心翼翼地，尽量不发出多余的响声。

这样持续了半个小时左右，何华开在前面忽然停了下来，紧接着蹲下身子，似乎在挖什么东西。

第三十三章　追凶

"就是现在！"

何华开蹲在那儿挖了大约一分钟，江左岸忽然起身冲了过去。

付瑶瑶一时间没反应过来，心中暗骂，这家伙怎么一点预警都没有？

"何华开，你被捕了！"江左岸大声喊道。

何华开听到身后的声响，迅速回头，看到身后有人，猛地转过身来。借着朦胧的月光，付瑶瑶看到何华开脸上的表情变了又变，最后竟然闪过一丝狰狞之色。

付瑶瑶有一种不好的预感，暗骂了两声，也跟着冲了上去。幸亏这是山上，江左岸跑不快。

然而，江左岸跑到一半就停了下来。

付瑶瑶跟在他身后也很快追了上来，接着，也硬生生地止住了脚步，他们此时距离何华开不过一米而已。

地里似乎埋了什么东西，已经露出一个黑色的角，何华开的手上都是泥，还有一把短刀，短刀上沾着黄泥，露出来的部分，闪着寒寒白光。

六目相对，空气仿佛一下子凝固了。

何华开忽然咧开嘴笑了："两位警官，你们吓死我了。"

他嘴上虽然挂着笑，但是付瑶瑶注意到，他丝毫没有松开短刀的迹象，反而握得更紧了。

付瑶瑶喝道："何华开，把你手上的刀放下！"

何华开脸上的笑意更浓了，山风阵阵袭来，让人忍不住打了个寒战，而何华开似乎变得更兴奋了。

"警官，我不知道你是什么意思？"

江左岸喝道："什么意思？既然我们出现在这里，你就应该知道，你的事已经败露了，还不束手就擒？"

何华开的脸上满是惊讶的表情："什么事？我真的不知道你在说什么。"

付瑶瑶说："你不知道？那我就来告诉你，你涉嫌指使他人谋杀，因为你旗下的几名主播想要跳槽，你顿觉被背叛，心生怨恨，于是起了杀心。

"夏渔是你的地下情人，李哥是你的表弟，也是公司股东，他们都对你死心塌地，这两个人是你的同伙。

"你试图把别墅里的命案伪造成意外，可是你千算万算，没算到你的表弟会死在别墅里，他的死，使得你们的计谋露出了破绽。我说得没错吧？"

何华开一副惊讶至极的样子："警官，别墅里死的那几个人关我什么事？我公司的那几名员工都可以为我做证，被困在破庙的这段时间，我可是一步也没离开过。

"警官，你们破案要讲究证据，不能你说是我干的就是我干的吧，这叫什么事？"

江左岸冷声道："你并不是没有离开过破庙，其间你离开了几个小时，你承不承认？就算你不承认，破庙里的其他人也可以做证。"

何华开笑了一声，说："我承认，其间我是离开过破庙几个小时，我的员工都看到了。但我是往回走，是回去找救援，最后因为太危险了，我走到一半就又折回来了。

"我就算离开，也没有往别墅的方向去啊，而且几个小时，根本都到不了别墅，他们的死跟我有什么关系？"

江左岸死死地盯着何华开："你不要以为你有不在场证明，这件案子就跟你没有关系。几个小时，你当然到不了别墅，但是你可以去干其他的事，就比如来这里。

"你不是要证据吗？我没说错的话，证据就在你的脚下。你被我们羁押了二十四小时，出来后做的第一件事，果然是来毁掉证据。"

何华开脸上仍挂着笑意："警官，那不如你来说说，我脚下是什么东西？什么证据不证据的，我真听不懂。"

江左岸冷笑一声："都到现在了，还死不承认。我不知道你脚下埋的是什么东西，但我知道那东西，肯定能定你的罪。

"我一直怀疑，怎么会有那么多的巧合，山体早不塌晚不塌，偏偏在你们来的时候坍塌，而且坍塌的位置还那么巧，刚好将你们分成了两批人，你们又是如此幸运，没被埋在下面。"

何华开淡淡地说："警官，这座山你注意看了没，山上的树早被砍光了，没什么植被，下雨本来就很容易发生滑坡。可能是我们运气不好，所以碰上了滑坡，又或者是我们运气够好，没被埋在山下。警官，你居然去怀疑运气？"

江左岸也笑了："何华开，不用挣扎了，没有任何意义。是不是运气，看看你脚下的东西就行了，如果没有你脚下的东西，我不信这是运气也得信。"

何华开不说话了。

江左岸继续说："有一句话怎么说的来着，没有困难，就制造困难，这句话放到你身上同样适用，只不过要改改，没有滑坡，那就制造滑坡。

"滑坡是你人为制造出来的，制造山体滑坡的东西，就在你脚下。

"你早就在山体埋下了炸药，你看好了天气预报，知道哪一天是雷雨天气，然后利用雷雨天气做掩护，用遥控器引爆了早就埋在山上的炸药。

"你说得没错，山体上根本没什么植被了，本就容易发生滑坡，被你这么一炸，肯定直接坍塌，坍塌的山体又很容易发生连锁反应。你知道炸药埋在哪里，只需要控制车速，就能规避滑坡。

"那天刚好是雷雨天气，炸药炸开的响声被你的同事误以为是雷声，而且那天本来就打雷。不会有人怀疑，那是炸药爆炸的声音。

"雷雨天气可以掩盖爆炸声响，但是掩盖不了炸药爆炸后的残留物。

"李哥要开车，他没有机会去清理炸药炸开后散落的残留物，但是这残留物必须有人去清理，你离开破庙的那几个小时，根本就不是想要返回去寻找救援，而是去清理残留物。

"清理完之后，你也带不走，只能就近藏起来，事后，再找个时间偷偷摸摸地回来取走。这样一来，就不会有人怀疑山体滑坡是人为制造的，就算怀疑，证据也已经被你取走了。

"你的计划很周密，只可惜，百密一疏。你知道你输在哪儿吗？我比你更聪明。"

第三十四章　交战

付瑶瑶无语地看了江左岸一眼，都什么时候了，还在这儿自恋。

"不管你埋在山体的东西是什么，想要让它启动，只有一种方式，遥控器操控。如果我没猜错，现在你脚下埋的东西就是遥控器，还有那东西启动后散落的残留物。遥控器上面，有你的指纹，这就是证据。"

何华开忽然哈哈大笑起来，他越笑越大声，笑得歇斯底里，笑得上气不接下气。

付瑶瑶跟江左岸面面相觑，不知道他在笑什么，难道是精神错乱了？

"有什么好笑的？很好笑吗？"

何华开笑得都快直不起腰了，但他忽然停了下来，脸色恢复如常，就像什么事也没发生过一样。

"真没想到啊，你们这么快就查到我头上了。如果不是小李死在了别墅，夏渔没脑子，你们想查到我头上，简直是妄想。"

付瑶瑶长出了一口气："你的意思是说，你承认这个案子是你作的了？"

何华开用脚踢了踢脚下的东西："一步，就差那么一步，我没想到你们察觉得那么快，真是可惜了。我就算不承认，箱子里的东西也会替我承认的。这位警官说得没错，在按遥控器的时候，我没戴手套，也没想到这东西居然会被你们发现。上面，确实有我的指纹。"

江左岸说："就算李哥没死，夏渔没露出破绽，我们也有办法把你揪出来，天网恢恢，疏而不漏，你以为你能逃得掉？"

何华开边摇头边笑："警官啊，我不是跟你抬杠，如果夏渔能再聪明一点，小李不死在别墅打乱了我布置的一切，你们或许真的拿我没什么办法。算了，现在说什么都没有意义了，我承认我输了，输得很彻底。"

案子到这时候总算是真相大白了，但是付瑶瑶还有疑惑，虽然江左岸已经推论了出来，但她还是想听何华开亲自说出来。

"你为什么要这么做？一定要他们死？好聚好散不好吗？"

"好聚好散？"何华开一脸的嘲讽之意，"我何曾不想好聚好散，但是他们欠我的还没有还清，怎么能好聚好散？当初签下邵年的时候，你知道我承担了多大的风险吗？没有人愿意签他，都怕他猝死在电脑前，是我给了他饭碗。我每天打电话询问他的身体状况，给他寄营养品，手把手地教他怎么做直播……你以为龙行直播为什么能看上他？是我啊，手把手地把他培养成了一位优秀的技术主播！

"潘良，我最好的兄弟，当初在健身房当健身教练一个月才赚多少钱？跟我做直播之后收入翻了几倍，他能有今天的成就，靠的是他吗？不是我的话，他投进这个行业，就是万千主播中极其普通的一员。

"还有小美酱，吃的比自己赚的还多，家人甚至不惜将她赶出了家门。是我收留了她，每个月给她倒贴钱。

"陆径，呵呵，我最看好的一个员工，平台的好福利，好资源，全都是往他身上倾斜。

"对于他们几个，我付出的实在是太多了，可是结果呢？说走就走，平台现在正是最艰难的时候，不管我怎么放下面子哀求，我想让他们留到我培养出其他主播后。但是结果呢，他们一点旧情都不念。我养只狗都会摇尾巴，可他们呢？就是一只只养不熟的白眼狼！

"你说我能怎么办？既然他们不念旧情，那也别怪我心狠手辣了。"

何华开面目开始变得狰狞起来："这个理由，你们满意吗？"

江左岸怒道："你简直就是禽兽，做生意的人那么多，难道都要像你一样，一遭遇背叛，就要如此对他们吗？"

何华开大吼道："你懂个屁，你知道我经历什么吗？这个平台是我费尽多少心思建立起来的吗？它已经紧紧地跟我的生命联系到了一起，我不能失去它，谁要让我失去它，我就会让谁失去他最宝贵的东西。"

付瑶瑶从裤兜里掏出一副手铐，打开扔到何华开脚边："你是自己铐上，还是我帮你铐上去？"

何华开站着不动，看了地上的手铐一眼："铐上？为什么要铐上？"

江左岸怒道："你自己都承认了，还装什么傻？你不会天真地以为，只是抓你回去关两天就会放你出来吧？"

何华开摇了摇头："当然不是，欠债还钱，杀人偿命，我还是懂的。"

付瑶瑶往前走了两步："既然你都懂，就把手铐铐上，跟我们回去。"

何华开再次摇头："我承认，别墅里发生的所有事都是我主使的，但是我什么时候说过要跟你们回去？"

江左岸冷冷道："怎么？难道你想拒捕？"

何华开嗤笑一声，将手上的短刀提了提，用手将短刀上的黄泥擦去，露出了短刀的原面貌。

在月光的照耀下，短刀更显得寒光闪闪。

何华开叹息了一声，说："反正都这样了，不如搏一搏，应该没有人知道你们来过这儿吧，不过就算知道也没关系，因为没人知道我来过。"

江左岸笑了："你一个人，我们两个人，你怎么想的？"

然而，何华开不以为意地说："哦，还忘了告诉你们一件事，我跟潘良一样，之前也是健身教练，跟他不同的是，他的肌肉都是吃蛋白粉吃出来的，中看不中用，尽管我的肌肉没他的大，但我的都是真正的肌肉，我是练过的。"

付瑶瑶扭了扭脖子，活动了下手腕脚腕，兴奋地说："你最好是练过，不然，我反而会觉得没意思了。退后。"

这一声"退后"，是跟江左岸说的。

江左岸往后退了一步，嘱咐道："他有刀的，你可要小心。"

江左岸知道自己是战五渣，虽然付瑶瑶能够瞬间制服自己，但并不确定她的真正实力，毕竟，很多人都可以制服自己。

付瑶瑶冲何华开招了招手："既然你选择用这种方式，尽管结果都一样，只是你会多受一点皮肉之苦。"

何华开反手握刀，在空中舞了个刀花，做出一个迎战的姿势："那你对我可真仁慈啊，我想要的，可是你们的命啊，呵呵呵……"

第三十五章　选择

付瑶瑶整个人的气场瞬间就变了，犹如一头蓄势待发的猛兽。

两个人互相朝着对方冲过去。

付瑶瑶赤手空拳，何华开手里的短刀高高扬起。

两个人打了个照面，短刀高高落下，眼看就要刺进付瑶瑶的后背。

但付瑶瑶显然早有准备，速度比何华开还要快。她在何华开的短刀落下之际，一只手迅速握住了何华开拿刀的手腕，身躯以不可思议的角度转了过来，另一只手抓住何华开的衣领，彻底化被动为主动。

付瑶瑶心里暗暗得意，吹什么牛，还说自己练过，这是练过的样子吗？简直是破绽百出。

她轻松地以一个娴熟且漂亮的过肩摔，将何华开摔到地上。

然而，何华开并没有被摔得很狼狈，他落地后，一个翻滚，卸掉了落地的力量，直接滚到了江左岸面前。

付瑶瑶暗道一声不好，这时候想要上前阻止已经来不及了，到底还是小看他了。

何华开迅速起身，紧接着一个转身，迅速勒住了江左岸的脖子，并将短刀直接架在江左岸的脖子上。

何华开阴笑道："你还真以为我那么不堪一击啊？傻子，我说我练过，你非不信。我的目标一开始就不是你，而是他。他虽然是男的，长得也高，但根本没法和你比，就是个小白脸而已，中看不中用。你不应该带一个小白脸过来。"

付瑶瑶很后悔，到底还是大意了，要是江左岸真出了什么事，她会恨死自己的。

不过，她表面上不动声色："你把他放了。"

"放了他？你是不是在开玩笑？我好不容易才抓到他，你让我放了他？"

付瑶瑶问："那你到底想怎样？"

何华开又呵呵笑了两声："你现在按我说的做，不然，我就一刀划过去，反正我现在是光脚的不怕穿鞋的，能拉一个陪我就拉一个，怎么都是赚的。"

付瑶瑶安抚他说："好好好，你说，我按你说的做。"

何华开盯着她的裤兜："你裤兜里还有什么？都拿出来扔到地上。"

付瑶瑶将手伸进裤兜里。

何华开又说："慢一点，慢慢拿出来。让我看到你的手。"

"别紧张，我裤兜里没你想的那个东西，有的话，就不是现在这种情况了。好好好，我慢点，你看好了，一串钥匙，一个钱包，还有一个手机，没了。"

掏完之后，付瑶瑶为了证明裤兜没东西了，还特意将口袋翻过来给他看。

尽管如此，何华开依旧手持短刀紧紧地抵在江左岸的脖子上，没有要松开的意思。

付瑶瑶摊手道："你还要怎样？"

何华开用下颚指了指她身后的地方，道："你去把那副铐子给捡起来。"

"干什么？"

"要你去你就去，你想不想你的小白脸死在这里？"

"他不是我的小白脸，我们才刚认识两天。"

"我管你们认识几天，我现在不想听这个，你信不信我一刀……"

付瑶瑶赶紧稳住对方："好好好，我拿，我拿还不行吗？你别一刀下去了……"

说完，她走过去将那副丢到地上的铐子捡起来，然后转身回来。

"然后呢？"

何华开道："你给自己铐上。"

付瑶瑶怀疑自己听错了："你说什么？"

何华开重复了一遍："我说让你把自己铐上。"

付瑶瑶拎着铐子："为什么？"

何华开狰狞道："为什么？还需要问吗？你是不是想他死？"

付瑶瑶摇了摇头："不想。"

何华开狞笑道："那你就把铐子给戴上。"

付瑶瑶看了看铐子，又看了看何华开，一时之间犹疑不定。短短几秒钟的时间，竟让她不自觉地发起抖来。

就在这时，江左岸说话了："别铐，铐上了我们都得死，他不可能让我们走的。"

何华开维持着劫持江左岸的动作，竟然笑了起来。笑声越发阴鸷。

"你不戴，那我这刀子可就要划过去了，不是我害死了他，而是你害死了他。"

江左岸没有一点恐惧，大有一副视死如归的气势："你别听他的，你这铐子若是戴上，我们今晚谁也活不了。随便他怎么样，他要划我的喉咙就让他划，他跑不了。死我一个，总强过我们两个都死在这儿。放心，我也是名警察，就算殉职了，我也不会怪你的。"

何华开道："我跟你们无冤无仇，为什么要杀你们？你只有把铐子戴上，我才能安心把那个箱子拿走，你不戴铐子，我不放心，我也走不了。"

江左岸冷笑道："得了吧，放了我们？我们已经知道了你的所作所为，你还敢放了我们？"

何华开倒也不恼："我自认为我的计划没有漏洞，即便你们知道这一切都是我主使的，但是拿不出证据，依旧拿我没办法。只要带走那个箱子。"

付瑶瑶举棋不定，虽然表面上看不出什么，但实际上内心已经十分慌乱了。

江左岸说得有道理，而何华开似乎说得也没错。

何华开说："铐不铐由你，你不铐，我自认为没有活下去的可能了，就只有拉着他做垫背了。我看得出来，我不是你的对手。你若是自己把铐子戴上，我就带走箱子，放了你们，你们日后再想找证据定我的罪，随时都可以。正所谓留得青山在，不怕没柴烧，警官，你可要想清楚了，戴不戴，全在你一念之间，戴了，你们都能活，不戴，只有你能活，但是你的后半生都要在愧疚中度过。"

江左岸大声说："别听他的，你若戴上，我们都得死在这儿。你不欠我什么，没必要为我冒这么大的风险。"

何华开将头搭到江左岸的肩膀上："我数三下，你如果还没决定好，那就别怪我不客气了。"

"一，二……"

付瑶瑶忙说："别数了，我戴，我戴还不行吗？"

江左岸怒目圆睁："不能戴！"

付瑶瑶淡然一笑："如果现在换我在他手上，你也会像我这么做的，对吗？"

她说着，把铐子慢慢地朝自己的手腕上戴去。

第三十六章　负伤

"我让你不要铐！"江左岸又大声吼了起来，一下子变得非常愤怒。

这一声突兀的喊声，把何华开也吓了一大跳。

话音刚落，江左岸做了一个不可思议的举动，趁何华开的注意力都在付瑶瑶身上时，他猛地用手朝架在自己脖子上的刀抓去。

何华开大惊道："你想干什么？你想死吗？"

他手上的力道不由得骤然缩紧，短刀直切入江左岸的手心。江左岸脸上的表情瞬间变得痛苦起来，闷哼了一声，大叫道："还愣着干什么？快动手啊！"

何华开一手按住江左岸的头，一手试图将短刀给拔出来。

"我看你是真的不想活了。"

短刀割破了江左岸的手心，血从手心流了下来，空气中瞬间就弥漫了一股浓重的血腥味。

付瑶瑶万万想不到江左岸会这么做，他总能做出一些出乎人意料的事。

好在她反应够快，三步并作两步冲到何华开面前，抓住他拿短刀的那只手的手肘，用力一掰，只听得"咔嚓"一声。

何华开持刀的手无力地垂了下来，抓着江左岸的手也泄了劲儿。他脸上的青筋暴起，狰狞道："去死吧。"一只手朝着付瑶瑶挥了过来。

付瑶瑶轻而易举就躲了过去，在他挥空之际，付瑶瑶趁机抓住他的手，反手一扭，便将手铐铐了上去，接着，迅速将他那只被折断的手抓住，反铐在身后。

何华开嘴里发出一阵痛苦的惨叫声，还不断地咒骂着。付瑶瑶一脚将他踹翻在地，然后回过神查看江左岸的伤势，江左岸的两只手的手心各有一道触目惊心的刀痕，非常深，一双手都被血染红，正不受控制地发抖。

江左岸的脸色都白了，付瑶瑶看着都觉得疼，忍不住说："你傻啊？你知不知道很危险？"

江左岸颤抖着声音，咬牙道："你要是把手铐铐上了才危险。"

付瑶瑶给他使了个眼色："先忍着，我车上有干净的纱布，下去后先给你简单地包扎，你这个情况得去医院处理。看着他，别让他溜了，我去将那箱子挖出来。"

江左岸点了点头。何华开断了一只手，还被反手铐着，此时正躺在地上，一边哀号一边骂骂咧咧，比他好不到哪儿去。

付瑶瑶将那箱子挖出来，那是一个塑料箱，就是那种普通的收纳箱。里面果然有一个遥控器，还有很多铁皮碎片，那些碎片沾着泥土，还没有来得及清理。

付瑶瑶将东西收好，抱着收纳盒，问江左岸："怎么样，可以自己走吧？"

江左岸道："当然，我伤的是手，又不是脚。"

"那回去吧。"她一手夹着收纳盒，一手将何华开拽起来，"你别给老娘装，起来，你伤的是手，又不是脚，快点。"

何华开被拽起来，竟然放声哭了起来，一开始只是小声地抽泣，接着就放开了，哭得越来越大声，越来越悲伤。

幸亏这地方够偏僻，没什么人来，不然，这荒郊野岭的，听到这样的哭声，岂不是要吓死了？

对此，付瑶瑶和江左岸也没说什么，哭就哭吧。

从山上下来后，正好何华开的车子停在下面，便开着他的车来到了山脚。付瑶瑶取了车子，后备厢里有一个简单的备用药箱。

付瑶瑶简单地给江左岸处理了伤口，然后驱车返回。

云挡住了月光，夜色如墨。上了车之后，何华开终于不哭了，变得安静了，也不说话，脸上也没有任何的情绪。他看着窗外，一副心事重重的样子。

付瑶瑶刚刚在小沟里睡了很长时间，出声提醒江左岸："你困了就睡会儿吧，路还很长。"

江左岸扬了扬手，有气无力地说："疼，睡不着。"

今晚发生的事尽管有惊无险，还是她大意了，差点就酿成了大错。

"今晚怪我，回去我请你吃饭。"

江左岸瞥了她一眼："一顿饭就够了啊？"

付瑶瑶："那两顿。"

江左岸看着自己的两只手，郁闷道："我还是睡觉吧。"

付瑶瑶还想让他提条件，没想到他真的闭上了眼睛。

付瑶瑶只好作罢，专心开车。

回到局里，已经是大半夜了。

值班的同事看到他们浑身都是泥巴，惨兮兮地回来，脸上写满了疑惑。

特别是看到何华开，不是几个小时前刚放出去吗？怎么又回来了？

付瑶瑶将何华开交给局里的同事，还有那个收纳箱，交代道："先把他关起来，收纳箱送去鉴定。"

交人之后，付瑶瑶又开车去医院，途中给张局打了个电话，做了汇报，案子主犯已经抓住了，但是江左岸受了伤，正在送他去医院。

荒野别墅案的主谋就是野猪直播的老板何华开，他被扭断了一只手，现在正关在局里，让张局看着办。

张局一听案子破了，说他现在就赶往局里，又询问了江左岸的情况，最后嘱咐付瑶瑶一定要照顾好江左岸，就挂断了电话。

其间，付文也打来电话，付瑶瑶本想告诉他情况，但是江左岸摇头以示拒绝，只好敷衍了他几句，便挂了电话。

"你好像不喜欢我哥啊……"付瑶瑶装作一副很认真的样子，"为什么？"

江左岸涨红了脸，道："你怎么老是胡思乱想，跟你说过多少次了，我和你哥只是普通的朋友。不跟他说是有原因的，这大半夜的，怎么好意思麻烦人家？"

付瑶瑶装作一副很不满的样子，道："喂，这么说的话，你是不是应该打车去医院？你不好意思麻烦他，倒好意思麻烦我了？"

江左岸心不在焉地说："这能一样吗？今晚我们差点栽在何华开的手上，我可还不能死。"

付瑶瑶看对方一副有心事的样子，便不再开他玩笑了，认真地问："哎，假如今晚被挟持的是我，何华开让你铐上手铐，你会铐吗？"

江左岸斩钉截铁地说："不会。"

第三十七章　医院

"为什么？"

"我都说了啊，何华开已经对我们起了杀心，只要你戴上铐子，我们肯定得交待在那里。"

虽然付瑶瑶知道江左岸会这么做，但是真的从他嘴里说出来，还是有点失落。

不管怎么样，当时她可是义无反顾地准备将铐子往手上戴了啊。

她当然也考虑过危险，但是在当时那种情况下，她似乎也没有更好的办法。只能搏一搏，搏何华开只拿走那个箱子。

付瑶瑶问："那不铐，你会怎么办呢？"

如果按照江左岸的猜测，他不按照何华开说的做，那么只有一个结果，她会死。

她想看看江左岸怎么回答。

谁承想江左岸并不直接回答，而是说："不会发生这种情况的，何华开根本就抓不住你，他就算抓住你了，把刀架在你的脖子上，你也有能力挣开，而且他怎么可能用你来威胁我？我在他眼里不就是个小白脸，不堪一击吗？"

付瑶瑶对这个回答很不满意，这根本就是避重就轻，看得出来他是不想回答，既然他不想回答，那就算了。

她只说了一个字："哦。"

恰好此时到医院了，付瑶瑶让江左岸先下车，自己去找位置停车。

江左岸下车一看："怎么来人民医院？没多大的伤，随便找个小诊所处理就行了。"

付瑶瑶摇下车窗，说："那要不现在我们去找小诊所，好不好？"

江左岸不再说话了。

进了医院，付瑶瑶领着他一路挂号，看诊，交费，打针，清理伤口，上药，拿药，每一道程序都要排队，一系列程序做下来，花了一个多小时，惹得江左岸一直抱怨。

早知道要花这么长时间就不来了。

所有的程序都弄完之后，江左岸本以为可以回去了。

谁知付瑶瑶拉着他去了一趟住院部，说是要带他见个人。

问要见什么人也不说，江左岸想拒绝都拒绝不了。

他现在知道为什么付瑶瑶非要带着他来人民医院了，原来是另有原因！

"不会是要见家长吧？"江左岸冷不丁地问了一句。

付瑶瑶瞪了他一眼："你这个脑子都想什么呢？既然来都来了，就顺道见见你的前辈。"

"我的前辈？你是说，赵队长？"

江左岸在调离之前，听闻过 S 市市局有个姓赵的副队长提前退休了，他就是来接任赵队长的位置的。

"赵队长生病了？"

如果是赵队长，那么既然顺路的话，确实应该来探望一下。

付瑶瑶不说话。江左岸发现，越往里走，她的神色越凝重，已经猜到这赵队长可能病得不轻，便不再问了。

当他看到"肿瘤科"这三个字的时候，心里"咯噔"了一下。

到了住院病房，付瑶瑶站在病房门口的窗户往里看，见老赵还没睡，才敲门进去。

老赵正躺在病床上看书，看到付瑶瑶进来，脸上慢慢浮现出了笑容：

"哎哟，瑶瑶，你怎么有空过来看我？"

付瑶瑶勉强挤出一抹笑，道："想你了就来看你呗。"

老赵放下书，一段时间没见，他似乎又苍老了很多。

他的视线越过付瑶瑶，最后停在了江左岸的身上。

"这位是？"随后，脸上的笑容笑得更灿烂了，他看向付瑶瑶，"可以啊，交男朋友了啊！不错啊，小伙子长得挺俊的。快快快，坐。"

付瑶瑶本想解释。

谁知江左岸闻声走过去，笑道："赵叔好，我是瑶瑶的男朋友，江左岸。"他在病床边的椅子上坐了下来，"赵叔，身体还好吗？"

老赵哈哈大笑，道："老喽，不中用了。"

两个人彻底将付瑶瑶晾在一边，她还没从江左岸刚刚那句话回过神来。

他什么时候成了自己的男朋友了？

她瞪大了眼睛看着两个人娴熟地聊起了天，你一句我一句，就好像是多年未见的老朋友。

过了一会儿，老赵似乎终于意识到，这个病房里还有第三个人的存在。

"哎，瑶瑶啊，你先出去，我想单独跟你男朋友说几句话。"

付瑶瑶站着不动。

江左岸以男朋友的口吻，也对付瑶瑶说："瑶瑶，你就先出去吧，听赵叔的。"

付瑶瑶哼了一声，气得跺了跺脚，转身出去了。

见付瑶瑶出了门，两个人脸上的笑顿时凝固了起来。气氛一下子就变得有些压抑起来。

老赵将身体支了起来，靠在墙上，半坐半躺着。

江左岸连忙拿枕头给他垫上。

老赵叹了口气，道："你不是瑶瑶的男朋友。"

江左岸低声应道："不是。"

老赵苦笑道："这孩子，性格还是这么强势！你就是刚刚调过来接任我的工作的人吧？这孩子以为我不在局里了，我不知道，其实我什么都知道……有没有兴趣当瑶瑶的男朋友？"

江左岸"啊"了一声，想不到老赵居然问这么突兀的问题，有点不知所措："赵队，我们才认识三天不到……"

老赵笑道："哈哈哈，跟你开玩笑的，不过瑶瑶这孩子确实不错。"

"是不错啊！"江左岸附和道。

老赵又叹息了一声，道："年轻人的心思啊，简直比彩票还难猜。"

江左岸只是赔着笑，也不知道该怎么回答这个问题。

随后，老赵话锋一转，脸上的笑消失不见，取而代之的是一副凝重的表情。

"小江啊，你知道我为什么叫你留下来吗？"

江左岸摇了摇头。

老赵看了看病房外，道："其实也没什么特别的事，以后你跟瑶瑶就是搭档了，有些事，我得跟你说说。"

江左岸想起了刚刚看到的"肿瘤科"三个字，也有点伤感："赵队，您说。"

老赵道："别叫我赵队了，叫我老赵就好了。

"我跟你说的这些事，是想希望你能多了解了解瑶瑶，这孩子，是个命苦的孩子。

"她的心里，一直藏着一件事，是个很重的心结。"

老赵看着江左岸，问道："你听说过'黑影'案吗？"

第三十八章　回忆

从病房出来，江左岸轻手轻脚地将病房门掩上。

付瑶瑶无聊地在走廊上走来走去，看到江左岸出来："老赵都跟你说什么了？"

江左岸笑道："没什么，就是聊聊家常。"

"我不信。"

付瑶瑶推门就想要进去。

江左岸拦在她面前："赵队长说他困了，要休息了。"

付瑶瑶站在门口，从窗户往里瞄了一眼，看到老赵果然躺下了。

她疑惑地看着江左岸，不解地问："明明是我想要来看老赵，怎么好像倒成了你来看？"又用手指了指病房，"还有，刚才你为什么冒充我男朋友？"

江左岸顺着她的手看了看病房，道："边走边说吧，一会儿吵到赵队长睡觉了。其实，赵队长对你很好，你知道吗？他甚至把你当闺女看待。"

付瑶瑶哼道："我当然知道，你以为你比我了解老赵吗？"

江左岸问："那你知道他有多想你能解决自己的感情问题吗？"

付瑶瑶撇了撇嘴，没说话。

江左岸继续说："所以我觉得我冒充你男朋友哄哄他，没什么不好的，让他开心开心挺好的。再说了，本公子相貌堂堂，别说冒充了，就算真的当你男朋友，那也是绰绰有余。"

付瑶瑶面无表情地说："见过自恋的，没见过像你这么自恋的，要不是看在你是伤者的分上，我非要给你点颜色看看。"

江左岸又笑了笑，道："其实，赵队长一眼就看出来我是冒充的了。"

付瑶瑶的视线从江左岸的脸上移开，不得不承认，江左岸笑起来是真的好看。她肯定地说："那是，老赵可聪明了。"

江左岸说："赵队长刚才在里面，谈论的大多数都是关于你。"

付瑶瑶不屑道："怎么？又给我介绍对象？"

江左岸摇了摇头，这让付瑶瑶稍微有些意外。

除了她哥哥付文之外，就数老赵最热衷于给她介绍对象了。

刚刚老赵把她支出来，她心里就有点犯嘀咕，是不是又逮着江左岸推销自己了。

她当然也知道，老赵岂会看不出来江左岸是冒充的？

没想到，居然不是她想的那样，这倒着实让她有点惊讶了："那老赵和你说了什么？"

江左岸没有回答，反而叹了一口气，吟唱了一句诗："同是天涯沦落人，相逢何必曾相识啊……"

付瑶瑶急了，问："干什么？发神经啊，到底什么事？"

两个人边走边聊，此时已经从住院部走到了医院大门口，江左岸忽然停了下来，道："你刚刚问我，今晚在山上发生的事，如果我们两个人互换，我会不会按照何华开的要求做。

"如果在一点方法都没有的情况之下，我会按照他要求的做，眼睁睁地看着自己的同志在自己的面前死去，我也做不到。我不是贪生怕死之人，但是能活着，不也挺好吗？所以，我会想各种办法，能够让咱俩最后安然脱险。"

付瑶瑶略感意外："跟我说这些干什么？我也只是好奇，想看看你会怎么做而已。"

江左岸说："当然要告诉你。既然我从赵队那里了解了你，我也应该让你多了解了解我。毕竟以后我们还要共事，至少会有很长一段时间。"

付瑶瑶觉得江左岸话里有话，别墅案能够在短时间内抓到主谋，有大半的功劳是他的，自己已经认可了他，但是他怎么就知道以后他们要共事很长时间呢？好像还很肯定的样子，说不定明天他就被调走了。什么情况？

"你们到底在里面说了什么？"

江左岸忽然招了招手，一辆亮着空车显示灯的出租车停在了他的面前。

江左岸拉开车门，坐进去之后，说了一句："黑影案，我跟你有相同的目标。"

付瑶瑶浑身一震，正准备追问，江左岸已经关上了车门。出租车缓缓地开走了。

江左岸的声音从车里传来："早点休息。"

付瑶瑶顺势坐在一旁的消防栓上，掏出一支烟，慢慢点上，手不自控地有些抖。

她狠狠地吸了一口，尼古丁的味道让她不禁陷入那段过往，那是二十年前的那个晚上。

S市接连发生诡异凶杀案，凶手是一个黑影，黑影行踪诡秘，无人见过其真面目。黑影行凶后，现场不会留下任何线索、痕迹，死者脸上的表情极度惊恐，就好像见到什么恐怖的事。

付瑶瑶的父母就是负责此案件的刑警。有一次，他们接到报案，黑影会再次作案，于是，提前埋伏在报案人家中。

夜色慢慢降临，忽然从房间里传来一声惨叫。

他们冲进房间，只见报案人倒在血泊中，一道黑影从窗户一跃而下。

见状，他们慌忙跑到窗户边往下看，但什么都看不到，黑影消失在了夜色中，报案人居住的地方可是二十八层的高楼啊。

事后，警察调出监控查看，清晰地看到黑影穿着一袭黑色的长袍，嘴里发着尖锐的叫声，掏出刀缓缓地走向报案人，紧接着，一刀刺进了报案人的心口。

而报案人就好像吓傻了似的，惊恐地看着黑影，已经忘记了逃跑，任由尖刀扎进自己的心口。

杀完人之后，黑影嘴里再次发出尖锐的类似兴奋的叫声，那声音，不像是人类发出的。黑影淡定地走到窗户边，一跃而下。

监控里清晰可见，黑影身上什么都没有，没有翼装飞行器，没有爪钩，他就这么从二十八层楼高的地方跳了下去。

而事后他们在楼下搜寻，根本没有看到有人坠楼。

黑影就这么在夜色中消失了，除非他会飞，但是人类怎么可能会飞呢？

黑影接连作案，但是警方一直没能抓住他。在一次外出追踪黑影时，付瑶瑶的父母再也没有回来，黑影也像人间蒸发一样，再也没有出现过。

黑影案成了一宗悬案。

当年付瑶瑶还小，才六岁，后来被付文家领养，付文只是她名义上的哥哥，但实际上并无血缘关系。

也正是因为这件事，付瑶瑶从小就立志，长大了一定要像她的父母一样，当一名刑警，并找出当年黑影案的真相。

第三十九章　结案

老赵跟江左岸讲黑影案，付瑶瑶并不意外，只是江左岸走之前讲的那句话就有点耐人寻味了。

黑影案，他跟自己有共同的目标？

难道他也对当年的黑影案感兴趣？想要挑战破获当年那件悬案？

付瑶瑶摇了摇头，取了车，先是开回了局里。若是张局回了市局，她现在得回去向他汇报这个案子的来龙去脉。

刚刚到市局，便碰到张局带着两个警员，押着何华开出来。此时的何华开如同行尸走肉般，目光呆滞，就好像傻了一样。

付瑶瑶还没停好车，直接摇下车窗跟张局打了声招呼："张局，你这是要去哪里啊？"

张局顿了顿，道："他手断了，当然是送他去医院。"

他看到付瑶瑶就一个人回来了，遂问道："小江呢？伤得重不重？都处理好了吗？"

付瑶瑶说："哦，没多大事儿，已经包扎好了，他先回去休息了。张局，既然你要送他去医院，那我就先回去了，本来还想回来向您汇报案子的来龙去脉呢。"说完，付瑶瑶就打算将车子掉头。

"等等！"

张局转头对那两个警员说："你们带他去医院简单处理下，看好他，别让他跑了。"

那两个警员应了一声，押着他上了车。

张局对着付瑶瑶说："回来。"

付瑶瑶笑着摇了摇头，将车子停好，跟着张局进了办公楼。

二楼，张局的办公室。张局给付瑶瑶倒了一杯茶："你让我查的本市和邻市有谁找中药供应商买了山菅兰种子，我查到了。只有一个中药供应商印象很深刻，找他买山菅兰种子的只是一名中介，我顺着中介那条线，又经过好几个中介，确定了山菅兰种子的最终买家，就是何华开。"张局坐到付瑶瑶面前，满脸疑惑地问，"怎么会是何华开呢？"

"我最初也没想到，是江左岸推论出来的。这个案子的破绽，是从李哥的死开始……"

接下来的一个小时，付瑶瑶跟张局说了整件案子的起因、经过、转折、结果。

听完之后，张局感慨万分："如果不是何华开的计划出现了意外，这个案子就难以入手了。"

付瑶瑶说："没错，假如李哥没有意外死亡，何华开自然是故意引导我们将视线放在夏渔和李哥身上，但真正的破绽是在何华开身上。并且，我们的反应要快，如果晚一点，何华开转移了证据，那这个案子很可能就成了一个死案。"

张局说："现在就等鉴定科的鉴定结果了，不过，何华开已经承认了，最后鉴定出来的结果，也八九不离十。"

张局想了想，似乎觉得还不够全面，便又问道："还有没有其他的补充证据？"

付瑶瑶思索了片刻，道："可以去查查死者在生活中的朋友，由于时间紧迫，我们只是调出了他们的聊天记录，粗略知道了他们都有过跳槽其他平台的想法，但是几个死者有没有见过那些朋友，或者是通过电话跟他们讲过更详细的关于跳槽的事，有没有讲过何华开为了挽留他们最终给出了什么样的条件，我们还没详细地去了解后续，可以联系上这些人，他们的供词，可以作为补充证据。"

张局点了点头："这几天，你们辛苦了，回去好好休息两天，后续的工作交给我就行了。"他话锋一转，"不过，我还有一点疑问，关于夏渔，难道她真的没对别墅里的那几个人下手吗？"

付瑶瑶仔细想了想，说："有一点需要明确，她是帮凶，这一点没什么争议，至于她在别墅里有没有动手，我们怀疑她有，陆径很有可能就是死在她手上。然而，凶器上有没有她的指纹，陆径头上的砸痕是不是她砸出来的，很难做判定。"

说完之后，付瑶瑶岔开话题，好奇地问："张局，这个江左岸什么来头啊？"

案子到这个时候，其实差不多已经可以结了。

张局心情大好，似笑非笑地看着付瑶瑶："怎么，你对他没意见了？"

付瑶瑶是性格直爽的人，也不否认她之前是对江左岸有意见，但是现在没有了。

"确实是我以貌取人了，他挺聪明的。"

张局就很欣赏付瑶瑶这种性格，也不打马虎眼了，如实道："对于江左岸，其实我也不是很了解。老赵住院后，我就向上级打了报告，推荐了几个人，看看谁接替老赵比较合适，但是最后上级给我驳回了，并推荐了另外一个人，就是江左岸。我只知道他在国外留过学，调过来之前，在一个小地方基层做刑侦工作。听推荐人说，他是个人才，非常优秀，不应该埋没在小地方了。推荐人对他的评价非常高。而且，他也很有意愿来咱们市局，之前打过好几次报告想申请调过来，只是我们不缺人，所以上级一直没批。这不，老赵身体抱恙，正好有个空缺吗？"

付瑶瑶深感意外，尤其是他居然是三番五次想调来市局这件事，再结合他走之前说的那句话，付瑶瑶越发觉得江左岸的目的不单纯。

她问道："江左岸为什么非要调来市局呢？"

张局说："这我哪儿知道，或许是觉得自己在小地方屈才了吧，你问这个干什么？"

付瑶瑶愣了一下，回过神来敷衍地回道："没什么。"

第四十章　心事

从市局出来，付瑶瑶看了一眼时间，已经凌晨五点了，天都快要亮了。

她翻出了江左岸的电话，想了想，最后还是将手机放回兜里，开车回家。

因为工作的特殊性，付瑶瑶有时候大半夜都还在查案，所以她并没有固定的上班时间。尽管如此，除了必要的休息之外，她几乎把所有的时间都投入工作中。

回到家，洗漱完毕，付瑶瑶躺在床上，将床头柜的一个柜子打开，里面躺着一本泛黄的笔记本。

封面上，用毛笔写着几个苍劲的字："刑侦笔记"。

这是付瑶瑶父亲的笔记本，当年他有个习惯，每破获一个案子之后，都会在笔记里详细地记录下来，一本厚厚的笔记本几乎写满了。

在笔记本的最后一页，写着一句未完的话：

他很可怕，很危险，很聪明，很狡猾，但是我一定会抓住他……

在写下这句话之后，他便出门了，再也没有回来。

这是他在追查黑影案的凶手时写下的，这是一个没有破获的案子，所以只有这么一句话！

这本笔记本，是付瑶瑶的父母留下来的东西，上面记录了一个又一个的案子，那些案子触目惊心。

付瑶瑶不止一次地翻过这本刑侦笔记，也使得她看到了人性的黑暗的另一面，从而更加坚定自己的信念。

"一定要将这些犯罪之人绳之以法。"

付瑶瑶抱着那本笔记，缓缓睡去。

昨晚回来之前，张局让她好好休息两天，她已经不记得自己有多久没好好休息了。

好在别墅案也进入了尾声，她确实也该好好休息两天了。

休息这两天，付瑶瑶就出了一次门。那天晚上去看老赵时，什么也没带，这一次她特意买了点营养品带过去。

然而，她到医院后，发现老赵正在休息，恰巧他的女儿也在。

付瑶瑶跟她聊了会儿，将营养品放下就回来了。

老赵的情况并不乐观，可能坚持不了多久。付瑶瑶不免有些伤感，倒是老赵的女儿看得挺开，还反过来安慰她，人这一辈子生死有命，富贵在天，认真过好每一天，就没什么好遗憾的了。

付瑶瑶想要反驳，却想不出还能说什么。

回来之后，她又沉沉睡去。

付瑶瑶难得放松，是真正的身体和精神都放松了，付文这两天破天荒地没有打搅她，也没再给她介绍所谓的相亲对象。

不止这两天，自从江左岸出现后，他就没再给她介绍了。

不知道是那天晚上她的"警告"起作用了，还是因为江左岸。

不过，以她对付文的了解，付文通常对她的警告，都是左耳朵进右耳朵出。

如果是因为江左岸的话，难道是江左岸分散了他的注意力？

休息两天后，第三天回到市局，荒野别墅主播谋杀案已经结案了。

主谋就是何华开，在带回来的收纳箱里，遥控器和残留物上都检测到了何华开的指纹，何华开对此也都招认了，李哥和夏渔是帮凶。在他们带回来的那几块带血污的石头上，其中有一块检测到了夏渔的指纹，而石头的尖锐部分，与陆径后脑勺上的一块砸痕吻合。

在何华开认罪之后，夏渔最终也崩溃了，事实就和江左岸猜测的一样，陆径发现了他们的阴谋，最后想要开车离开，与李哥发生了争执，李哥将车子烧毁，两个人打了起来。

陆径将李哥砸倒在了血泊中，自己也身负重伤，他生怕夏渔对付他，便想往别墅里爬。夏渔在慌乱之下，最终用石头将陆径砸倒。

验尸房的那几具遗体，也已经通知家属领走了。至于何华开和夏渔，等待他们的是被提起公诉，然后就是司法机关的判刑了。

江左岸手上的绷带已经拆了，只绑着一层薄薄的纱布，看起来恢复得不错。

两天不见，他已经和局里的同事打成了一片，特别是英子还有黄欣，他们昨晚甚至还一起去吃了火锅。

趁午休之际，付瑶瑶将江左岸拉到角落，将他抵在墙角上，问："那天晚上，上车之前你说的那句话是什么意思？你费尽心思调来市局，你与黑影案到底是什么关系？"

江左岸被付瑶瑶的举动吓了一跳，无奈地说："付队长，我是你的同事，不是你的犯人，能不能坐下来好好说话？"

付瑶瑶这才意识到自己的失态，不过，她语气还是很生硬："哼，你最好说清楚。"

江左岸坐下来后，淡淡地说："我见过黑影。"

"你说什么？"付瑶瑶猛地跳了起来，露出一副难以置信的神情。

他们的动静引起大厅的同事纷纷侧目。

江左岸示意她坐下来，道："别一惊一乍的。"

付瑶瑶稍稍平复了自己起伏的心绪，道："你果然跟这个案子有关。"

江左岸叹了一口气："二十年前，我叔叔就是被黑影杀害的，我亲眼看到黑影杀死了我的叔叔。那天晚上，我清楚地记得，我正在做作业，叔叔忽然急冲进来，不由分说就用绳子将我绑住，用毛巾堵住我的嘴，又把我塞进了衣柜里。我动弹不了，嘴里发不出任何声音，透过衣柜的缝隙，我目睹了接下来发生的一切。

"黑影拿着刀，嘴里发出尖锐的叫声，一步步逼向我的叔叔，最后将刀刺进叔叔的心口。"

付瑶瑶听呆了，颤抖地问："你就是在黑影案中活下来的那个小男孩？"

在接连发生了几起类似的案件之后，警方一直没能找到关于凶手的线索，关于黑影的第一条线索，是来自一个幸存的小男孩，所以付瑶瑶印象深刻。

江左岸点了点头。"事后，我被父母接去了国外，但是那个画面一直在我的脑海里挥之不去，我忘不了黑影嘴里发出的尖锐的叫声，忘不了我叔叔见到黑影后那惊恐的表情……"

第四十一章　同道中人

江左岸苦笑了一声："赵队长在病房里跟我讲了你的经历，希望我能在今后的合作中多理解理解你，但是他没想到，我也是当年的黑影案受害者之一。你现在知道为什么我说我们有共同的目标了？"

付瑶瑶了然道："所以你想调到市局，就是为了那件案子？"

江左岸不置可否："据我所知，当年那件黑影案还没破吧？"

付瑶瑶点了点头："S 市第一悬案，二十年了，依旧是一点线索都没有。"旋即，她猛地转过头来，盯着江左岸问，"你还记得当年的细节吗？"

江左岸无奈地说："细节，我刚都跟你说了。黑影在杀了我叔叔之后，嘴里发出尖厉的叫声，转眼就消失不见了。"

付瑶瑶皱着眉问："你有没有看到黑影长什么样？"

江左岸摇了摇头："当年，我躲在衣柜里，视野有限，没看见黑影的脸，只能看到他身上穿着一袭黑袍。"

其实不用问也知道，当年警方就是从江左岸这里知道了黑影的存在，如果能看到长相，案子说不定早就破了。

付瑶瑶叹气道："这些年，我一直在寻找黑影的下落，但是一点收获都没有。当年的受害者家属要么彻底搬离了 S 市，要么绝口不再提当年那件事。"

江左岸说："可以想象。其实，我也暗中调查过，但和你一样，收获少之又少。"

付瑶瑶又叹了口气："这件案子已经过去二十年了，就算在当年，黑影频频作案，也没能抓到他，现在的线索如此之少，想要破案，更是难上加难，但我是不会放弃的。"

对于二十年前的那件黑影案，付瑶瑶已经做好了打持久战的准备，她的父母生死不明，活要见人，死要见尸，不可能就这么算了。

"我爸爸说，在现实中，每一件发生的事，都会留下痕迹，有的痕迹看得见，有的痕迹却看不见，因为有的痕迹，总有人想抹去，但是不管怎么抹，那些痕迹都存在过。我们所要做的，就是要找出那些痕迹，还有试图抹去痕迹的人。"

江左岸将手搭在付瑶瑶肩膀上，语重心长地说："我会帮你的，相信我，有我在，问题都会得到解决。"

付瑶瑶不客气地将江左岸的手拿开，道："你还是正常一点比较好。"

江左岸就差举手发誓了："难道我不正常吗？我是认真的。"

付瑶瑶站直身子，什么也没说，转身就走了。

江左岸也不知道付瑶瑶是什么意思，愣愣地看着她上了二楼。

付瑶瑶直接去了验尸房。

验尸房里，英子正在给器具消毒。平常有事没事，英子总喜欢在验尸房里待着。

"小英子——"付瑶瑶敲了敲门，也不等里面有回应，径直走了进去。

英子抬头看了一眼，见是付瑶瑶，应了一声："头儿啊！案子已经结了，还有什么事吗？"

付瑶瑶嘿嘿笑了两声："怎么，没什么事就不能来看你了？两天不见，想你了呗。"

英子浑身打了个激灵，将最后一套手术器械压好了包起来放进消毒柜里。

她扶了扶鼻梁上宽大的眼镜框，道："头儿啊，你还是正常点吧，不然让别人听到又该误会了，那个江左岸都怀疑你了。"

付瑶瑶怎么觉得这话有点耳熟啊？哦，她想起来了，刚刚她还让江左岸正常点来着。

付瑶瑶不解地问道："怀疑我什么？"

英子将消毒柜的开关打开，消毒柜顿时发出一阵机器运行的嗡鸣声。

"昨晚我们不是一起出去吃了火锅吗？他问我们，你是不是喜欢女的……"

付瑶瑶满脸黑线，都赖那该死的付文，还有这个不知死活的江左岸，一个敢说，另一个也真敢信啊。

"他就是一个神经病，你理他做什么？"

英子可不这么认为："头儿啊，还是有事说事吧。"

付瑶瑶不以为意道："怕什么，咱俩这么多年的交情了，你不相信我，居然相信一个认识还没到一个星期的人的话。"

英子想了想，说得好像也挺有道理。

但是认识这么多年，付瑶瑶没交过男朋友是事实啊。

最终，英子得出了一个结论："那这么看来，这江左岸确实是一个神经病。"因为这么多年以来，不只付瑶瑶，她也没有交过男朋友。

付瑶瑶赞成道："这就对了，今晚请你们吃饭，也算是欢欢迎迎我们的新同事，挑个地儿？"

至于请吃饭，是因为那天晚上付瑶瑶大意了，导致江左岸受伤，为了弥补他而承诺的。再加上，他们小分队也很久没有正儿八经地聚过会了，趁现在没什么事，正好可以聚聚。

英子兴奋地喊："真的啊？那我想吃小龙虾！"

付瑶瑶大方地说："大龙虾都没问题，说好了啊，今晚不能答应别人的约会了啊。"

英子嘟着嘴不好意思地说："哎呀，你什么时候见过我有约会啊。"

又插科打诨了两句，从验尸房出来，付瑶瑶当即给付文打了个电话，让他晚上下班来接她。

心里则在偷笑，我的哥哥啊，今晚轮到我给你介绍对象了。让你好好感受一下，被人强行介绍对象的滋味。

她哼着小曲往楼下走，刚好碰到黄欣，顺道也跟他说了聚会之事。

黄欣对此自然是没什么异议，只关心能不能喝酒，得到肯定的回答之后，几乎笑成了一朵花。

下楼之后，付瑶瑶特意找到江左岸说了晚上他们几人聚会的事。

江左岸听完后并没有什么反应，反而将一个文件袋交给她。

付瑶瑶疑惑地问："这是什么？"

江左岸说："我跟你说我是认真的，这是我多年调查所得到的关于黑影案的资料。"

"这……"

付瑶瑶当然不是怀疑他的认真程度，只是根据对过往案卷的研究，这个黑影案，简直是诡异到了极点。

但她还是坐下来，打开了江左岸的资料袋，她不相信他能查到些什么，但又想看看他都查到了什么。

第四十二章　聚会

不得不说，江左岸是挺认真的，资料上洋洋洒洒地写了足足十张 A4 纸。

付瑶瑶从头大致扫了一遍，发现其实他调查到的信息并没有自己多。之所以写了那么多张纸，完全是推论与猜测，没有一个是有确凿证据的。

黑影案的诡异之处在于两点：第一点，每一个死者脸上的表情都特别惊恐，惊恐中又夹杂着一抹不可思议，似乎他们每一个人都认识黑影，黑影带给了他们同样的恐惧；第二点，有的监控拍摄到了黑影行凶的过程，黑影在没有借助任何工具的情况之下，能凭空出现在高楼层的房间里，又能凭空消失在窗户外的夜色中。

他每次都能得手，每一次都能不留任何痕迹和线索。

除了一个身穿黑色长袍的身影，没有人见过他的真面目，又或者说，见过他真面目的人，都死了。

黑影，犹如鬼魅一般，但这个世界上不存在鬼魅，但是他一次次用根本没有人能做到的方法，一次次地犯罪。

付瑶瑶的父母发现了他的踪迹，但在追查的时候，也失踪了。

付瑶瑶将资料还给江左岸，道："你这资料还不够详细，改天我把我的带给你。"

江左岸问道："当年那些受害者的家属，还能找到吗？"

付瑶瑶点了点头，但随后又摇了摇头："很多都搬走了，即便留下来的，他们对黑影案也十分抵触，根本不愿意详谈，这也是案件一直没有进展的原因，他们似乎都已经认命了。"

江左岸不解地问："他们拒绝配合调查？为什么？难道他们不想将凶手绳之以法吗？就这么任由凶手逍遥法外？"

付瑶瑶说："他们当然想，但是他们更想过平静的生活。"看到江左岸用一种奇怪的眼神看着自己，付瑶瑶补充道，"这是他们自己说的。"

江左岸更加疑惑，问："他们在害怕什么？"

付瑶瑶说："他们害怕的是六个字，'人已死，债已还'。"她解释说，"你不知道，黑影在每次行凶作案之后，都会在现场留一张纸条，那纸条上面写的就是这六个字。"

江左岸确实不知道这一细节，当初为了防止恐慌，在对外公布的信息上，付瑶瑶她父亲提议，隐瞒了这一细节。

所以除了当时的办案人员，根本没人知道这一细节，付瑶瑶也是在他们吃饭谈论这件案子时，无意中听到的。

她一直记到现在。

付瑶瑶的父母失踪之后，上头就派了专案组来接手这件案子。如今，二十年已经过去了，付瑶瑶不知道当年调查黑影案的专案组有没有解散，只知道关于黑影案的所有档案都被专案组带走了。

她自己所调查到的信息，都是从当年的旧报纸、她父亲的朋友，以及当年办案人员口中得知，老赵、张局，当年也是办案人员之一。

江左岸没接触过这些人，自然不知道这个细节。

江左岸了然道："我明白了，他们是不想再招惹黑影。"

付瑶瑶点了点头："姑且可以这么理解吧，反正你去问他们，他们就只有三个字，不知道。你能拿他们怎么办？他们只是受害人的亲属，而你，可是当年目睹黑影行凶的人，你又记得什么？也许他们真的什么都不知道吧。"

付瑶瑶想找到当年的专案组，申请调回黑影案的档案，但就连张局都不知道当年的专案组是由哪些人组成的。

但这只是张局的说法，听他的意思，他似乎并不愿意付瑶瑶再接触黑影案。

她的很多调查，都是私下偷偷进行的。

付瑶瑶把自己的想法跟江左岸说了，如果想要查黑影案，就只能暗中进行，如果让张局知道了，他们可能会遭到来自张局的阻力。

对此，江左岸随口应了一声，似乎有些心不在焉。

一直到晚上，付文来接他们的时候，江左岸似乎还有些没反应过来，对于付瑶瑶请吃小龙虾一事，还感到有些意外。

这是付文第二次开车来市局，第一次，就是前几天晚上半夜三更来接江左岸。

付瑶瑶在市局都待了好几年，因为他反对妹妹做刑侦，一直没来接过她。

四个人挤进了付文的红色大奔，里面不用说，也是清一色的红色。

黄欣和英子早就听说过付瑶瑶有个奇怪的哥哥，但是一直没见过，今日一见，果然是不同凡响。

简单打过招呼，付瑶瑶就让付文开车去红火火美食城，S市最有名的美食一条街。

付瑶瑶选了一家看起来比较干净、人气旺盛的小龙虾店，才刚入座，付文便急急忙忙将付瑶瑶拉出了饭馆。

刚出大门，付文便猴急地问："里面那个姑娘叫什么？有没有男朋友啊，是否婚配？喜欢什么类型的？年纪多大？父母尚在？籍贯哪里？……"

连珠炮似的发问，付瑶瑶只觉得有无数只苍蝇在耳边乱飞鸣叫。

"停！"付瑶瑶打断付文，道，"你什么意思？难不成你看上里面那姑娘了？"

付文看了里面一眼，又转过头来，兴奋地说："真是知兄莫如妹啊，你怎么知道我喜欢这种类型，斯斯文文的，一副邻家小女孩的形象，多清纯啊！我就喜欢这样的，有这么好的女孩，怎么不早给我介绍呢？"

付瑶瑶算是输了，并且输得一败涂地。

她原本还想着，打算强行给付文介绍对象，好让他也体会一下被强迫相亲的痛苦感觉，没想到她什么都没说，哥哥倒是先看上人家了。

这好像倒成了付瑶瑶的错，她没好气地说："你趁早死了这条心吧。我跟你讲，你要是不改掉你这个坏毛病，一辈子也娶不到老婆，谁会喜欢恋红癖？"

"恋红癖"是付瑶瑶专门给付文取的词语，字面上的意思，就是喜欢红色的怪癖好。

第四十三章　清洁工王阿姨

晨曦，微风习习，城东银枫小区还处在睡梦中。小区里非常安静，只有清洁工阿姨扫地的"沙沙"声，时不时迎面走来一两个人，身穿运动装，脚踩运动鞋，那是早起晨练的人。

银枫小区坐落在老城区，有十几年的历史了。

老城区的居民有一个特点，大多数都是以中老年人为主，生活节奏很慢。

就连扫地的王阿姨都扫得漫不经心。

"沙沙"声的频率非常低，又透着一股慵懒劲儿。

王阿姨主要负责老城区商铺大门前及银枫小区绿化带的清洁，一般在早上，她都是从商铺门前开始，打扫干净之后才去做银枫小区的清洁工作。

因为早上八点开始，商铺陆陆续续地就要开门营业了。

王阿姨的上班时间是从七点开始，八点之前，扫完这一条街的商铺门前，时间绰绰有余。

但是因为睡不着，王阿姨通常六点就出门了，在早餐摊买两个馒头，再配一杯热乎乎的豆浆，就开始了一天的工作。

因为是提前上班，王阿姨有足够的时间，所以她并不着急。她已经不把扫地当作一项工作了，而是当成了晨练。

如果没有那家宠物店的话，那老城区将会是一个完美的晨练地方，空气好，安静，人少。

但是世上又哪有十全十美的地方呢？假若其他地方没有宠物店，也会有各种各样的问题。

每一次路过那家名叫真爱宠物店的店门口时，王阿姨都要被吓一跳。

因为那家宠物店里养着一只超级大的藏獒，用来看门，每一次王阿姨扫他家门口的空地时，它都会在店里像发狂了一般冲着王阿姨大叫。

王阿姨年纪可不小了，那只藏獒站起来比她还要高大，虽然每一次心里都有准备，但还是被吓得不轻。

那叫声，又突兀又可怕。

宠物店老板王阿姨见过，他是一个又瘦又小的中年男子，至今还单身，据说他之所以把这家店取名为真爱宠物店，就是想找到真爱。

就你这样的还想找到真爱，呸，做梦！

王阿姨每一天早上在例行被那只藏獒吓到之后，都会在心里咒骂老板，这辈子别想找到真爱。

不单单是王阿姨，老城区里很多居民都跟他反映过，老城区有很多老人，要是吓到老人，出了什么问题，怎么办？

老城区里养这么一只庞然大物，始终是个隐患。

但是他对此竟也有自己的歪理，他说，他白天将藏獒拴在店里，只有到了夜晚才会把它放在店里自由活动，只要不去招惹它，它又没法出去，怎么会吓到其他人呢？

这言外之意，倒像是在警告老城区的居民，晚上关门之后，可千万不要打我家店的主意啊，我店里有藏獒，而且是不拴绳子的。

对此，除了养狗的家庭会去店里光顾之外，老城区的居民对这家宠物店，都没什么好感。

这一天，王阿姨慢慢地扫到了真爱宠物店的门前，她已经做好了被吓一跳的心理准备。

但是让王阿姨感到意外的是，那只藏獒今天居然没有吠叫。难道太阳打西边出来了？

通常是还没靠近店铺，只要听到点儿异响，它就已经开始歇斯底里地吼叫起来了，今天怎么回事？

王阿姨不由得停下来手上的动作，好奇地往店铺里看。

真爱宠物店是透明玻璃门，所以从外面可以清晰地看到里面。

只见那只藏獒趴在地板上，一颗偌大的狗头正静静地看着她。

有一缕阳光照进去，它竟然还眯了眯眼睛。

王阿姨从来没有这么近距离地看过它，不由得倍感新奇。

她的胆子慢慢大了起来，竟然还扬起扫把做出想要打它的动作。

然而，它只是轻蔑地看了她一眼，便慵懒地换了个姿势。

真是奇了怪了，往常天天被吓，王阿姨都被吓习惯了，今天它破天荒地不叫了，反倒让王阿姨不习惯了。

难道是生病了？王阿姨心里偷着乐，病了才好，让你天天耀武扬威的，你这叫活该，倒霉，报应！

见藏獒没有进一步的反应，王阿姨的胆子不由得更大了。她又上前两步，想看看它到底是不是病了。但是还没来得及细看，她忽然发出一声尖叫，整个人被吓得直接跌坐在地，接连后退。

王阿姨整张脸都写满了惊恐，跟跟跄跄地爬了起来，然后往老城区外跑去，一边跑，一边惊叫："杀人了……杀人了……"

因为刚才王阿姨清楚地看到，在真爱宠物店的前厅里，摆着一张靠背椅，靠背椅上坐着一个女人，一个一动不动的女人，女人的心口上扎着一把刀，鲜红色的血浸染了她半个身子，又流到地上，已经凝结发黑。

王阿姨的尖叫声，划破了安静的老城区的上空。

……

付瑶瑶是被一阵电话铃声吵醒的，醒来时，只觉得有些头痛。

她隐隐想起了昨晚的聚会，付文对英子一见钟情，一晚上都是他在大献殷勤，还教唆起了英子喝酒。但是没想到，尽管英子是第一次喝酒，却是万里挑一的千杯不醉类型。

付文非但没有把英子灌醉，反而把自己灌醉了。

再加上，还有一个爱喝酒的黄欣，昨晚他们每个人或多或少地都喝了不少酒。

付瑶瑶虽然喝得不多，但是她平常很少喝酒，所以一觉醒来才觉得头疼。

电话一直响，根本没有停下的意思。

付瑶瑶迷迷糊糊地将手机摸过来，眯着眼睛看了看，想看看这大早上的是谁这么缺德。

局里的座机电话？

付瑶瑶揉了揉双眼，顿时清醒几分。

"喂，什么事？"

"付队，刚刚接到报案，在城东老城区的银枫小区商铺发生了一起命案，案子有点……奇怪……"

这是值班同事打过来的。

付瑶瑶言简意赅："好，我马上过去。"

第四十四章　藏獒

城东老城区银枫小区四号商铺，真爱宠物店的门口已经拉起了警戒线。

有不少居民围观，此时正在议论纷纷。

"这不是七号楼的蒙玉吗？"

"怎么，你认识她？"

"打过几次交道，她之前经常去我的面包店，养了一只小泰迪，不怎么爱说话。上次她把狗带进我店里，那狗抬腿就尿，给我气坏了，就说了她两句，那次之后她就不来了。"

"她叫什么我不知道，倒是见过她几次叫那只泰迪'儿子'。哎哟，我是真的想不通，不就是只狗吗，怎么就成了儿子了？"

"哎，我经常看见她出入这家宠物店，现在死在了店里，你说是不是那个宠物店老板干的？"

"我跟你说你小点声，没看到门是从里面锁着吗？如果是他杀，谁会把自己反锁在里面啊？我看着倒像是自杀。"

"自杀？那她为什么要多此一举？把自己反锁在里面？"

付瑶瑶到的时候，江左岸、英子和黄欣也刚到。

受害者显然已经死去多时，店门还没打开，只有两个接警赶过来处置的同事暂时在现场维护秩序。

为了不破坏现场，在开门前，付瑶瑶对着围观的人群说："各位，没什么好围观的，若是还不离开，我就把你们当作知情者了啊，一会儿都跟我们回局里配合调查。"

围观者一听付瑶瑶这么说，顿时一哄而散，但也还没完全离开，而是聚集在更远的地方观望。

付瑶瑶摇了摇头，问最先来的两个同事："这家宠物店的老板呢？有找到联系方式吗？联系上了吗？"

一名警员说："已经找物业拿到了，但是打不通，关机。"

另一个补充道："就算店老板来也没用啊，这门是从里面反锁上的。"

付瑶瑶往里面仔细打量，大门是厚实的玻璃门，玻璃门上有两个 H 形的把手，可以挂锁，里外都有，现在里面的门把上用一把摩托车锁给锁上了。

就算有钥匙，也无法打开。

江左岸问："还有没有别的出入口？"

"只有一个小窗户，在店铺的后面，不过不具备出入条件。"

付瑶瑶看了一眼时间，现在是七点半，等不及了，便招呼黄欣："我们现在想要进店里，只能采用非常规的手段了。你看看，需要注意什么？"

黄欣看了两眼，道："别破坏那把摩托车锁就行，我需要提取锁上的指纹。"

付瑶瑶对那两名警员说："你们联系消防的同志，请他们过来帮忙。"她比画了一下，

"两个门把上的玻璃，我们需要切割下来。

"还有小区的物业，我需要这家店老板的详细资料，还有刚才听围观的群众说，死者可能来自这个小区，尽快弄清楚她的身份。"

两名警员应了一声，便开始去联系各方。

趁着消防还没来，付瑶瑶和江左岸围着店铺转了一圈，确实除了窗户之外，没有其他的出入口了。

其实，窗户也根本不具备出入条件，因为那扇窗户非常小，还焊有铁条，一只小猫估计都很难挤出来，更别说是人了。

江左岸道："如果不是自杀，那这就是一起密室杀人案了？"

付瑶瑶点了点头："确实有些蹊跷。"

刚刚那几个围观的居民提出的几个猜测都是一针见血。

如果是自杀，为什么要将自己反锁在里面？而且死者坐在靠背椅上，正对着大门的方向，目的很明显，就是想让人能够发现她。

一个自杀者，完全没必要做出这些多余的举动。

如果是他杀的话，那凶手肯定还在里面。

但是目前从外面看，并没有发现里面有人，能看到的只有一只鹦鹉和一只藏獒。

转了一圈回来，付瑶瑶试图再和那群围观的居民聊聊，看能不能问出些什么。

然而，他们知道的也不多，也就是付瑶瑶刚才听到的那些。

很快，消防员就带着工具来了。

按照付瑶瑶的要求，切开了摩托车锁所在位置的玻璃，黄欣小心翼翼地将门把和车锁取下来。

门虽然开了，但是众人又开始顾忌起来。

那只藏獒正对着他们虎视眈眈，嘴里不断地发出威胁的吼叫声。

消防员面露难色，道："警官，你们可没要求我们带捕狗的装备啊……"

刚才，付瑶瑶看那只藏獒趴在里面，根本就没想到它会这么凶。但此刻已经顾不上了，她故作镇定，试着将门推开一点，道："没事的，我们只要不伤害它，它是不会伤害我们的……"

话还没说完，只见那只藏獒忽然吼叫着冲了过来。

付瑶瑶忙叫道："快闪开！"同时松开了手，下意识地退后了几步，将身后的人拉到一边。

那只大型藏獒竟然直接往大门撞来，因为玻璃门上已经没有锁了，它一下子就撞开了玻璃门，然后吠叫着冲到了门外。

门外的人一阵惊呼，纷纷让开一条道，藏獒逃出门之后，就好像一只脱缰的野马，一溜烟就不见了踪影。

众人好一会儿才回过神来。

英子惊魂未定，道："这……把人家狗放跑了，店老板会不会找我们麻烦？"

付瑶瑶长叹口气："管不了这么多了，不是我们放跑它的，是它自己跑出去的。"

再说了，这么一只大型犬跑出去，还有安全隐患呢。

于是，她交代一名警员，让他赶紧跟上去，以防发生大狗伤人事件，赶紧调动警力控制住它。

完成这一切之后，她招呼几人走入宠物店，刚一进去，一股血腥味直冲脑门，还混杂着一些粪便、尿液的味道，使得他们忍不住捂住鼻子。

店铺只有一层，设施也很简单，一个前厅，三个房间，一个厕所，店铺构造呈现一个 L 形，前厅是短的那部分，三个房间并列着。

前厅主要是宠物用品销售的区域。三个房间都挂着门牌，一个美容室，是宠物美容的地方，一个寄养室，里面放了很多笼子，其中有几个笼子还关着几只狗，几人一进去，顿时开始狂叫起来，最后一个则是堆放杂物的杂物间。

第四十五章　鹦鹉

付瑶瑶和江左岸从杂物间开始，往外一个个房间开始检查，最后几乎将整个店铺都翻了个底朝天，也没看到有人。

前厅里，英子和黄欣正在检查死者，以及凶案现场。

英子看着那把扎在死者心口上的水果刀，道："这一刀正中心脏，一刀毙命。"

黄欣正在拍照："就是不知道是她自己扎进去的，还是别人扎进去的。"

付瑶瑶和江左岸搜遍了店内所有的地方，回到前厅："没有发现有人躲在里面。"

"自杀？还是密室杀人？如果是密室杀人，那凶手呢？从哪里离开案发现场呢？"

付瑶瑶抬头看了一眼天花板，忽然说："去找把梯子来，如果凶手想藏起来，那就只能藏在天花板了。"

闻言，江左岸去隔壁店铺借来了一把梯子。付瑶瑶爬上去，掀开了天花板的维修口，用手机照了照，但只看了一眼，就知道上面绝对不可能藏人。

这片商铺可能建的年份很久远了，天花板上根本没有预留检修层，就只有大概一本书厚度的通风口。

付瑶瑶从梯子上下来，对其他人摇了摇头。

整个案发现场似乎很正常，没有半点打斗痕迹。死者脸上表情有痛苦之色，但双手自然垂落，没有挣扎。靠背椅下淌着一摊黑色的血污，已经凝结成块，这说明靠背椅没有移动过的迹象。

死者就是坐在这张椅子上死的。

似乎没有什么证据能证明死者是死于他杀。

几个人随后又检查了店里的每个角落，想看看能不能找出什么疑点，但是一点收获都没有。

随后，江左岸出门去走访附近的商铺老板和居民了。

没过多久，负责去调查死者的警员回来了，带回一份死者的资料，这是物业刚刚打电话问死者的邻居收集到的，物业负责人也带过来了，就在店外面，因为害怕所以没敢进来。

至于店老板，因为他并不住在这个小区，所以暂时联系不到。

死者叫蒙玉，银枫小区七号楼的住户，年龄三十八周岁，曾有过一段短暂的婚姻，三年前离婚，房子是前夫的，离婚前，前夫将房子过户到她的名下，之后她就一直住在这个小区。

蒙玉平常都宅在家里。离婚时，前夫不光给她分了房子，还给她分了一笔钱。这三年来，她一直处于待业状态。

蒙玉养了一只泰迪犬，是离婚后开始养的。她对这只泰迪犬非常宠爱，根据认识她的人讲，她把这只小狗当儿子养，喜爱程度完全超过了正常的宠物饲养者。她的社交圈子很小，每天极少出门，基本上只有早晚去遛狗、买菜的时候才出门。

除此之外，三年来，蒙玉去过最多的地方就是小区附近的真爱宠物店，一开始是因为泰迪犬有需求，美容造型、打疫苗、买狗粮等，渐渐地，她跟宠物店老板的关系就变得有些暧昧不清了。

然而，究竟他们有没有在一起就不可得知了，因为蒙玉似乎跟人永远保持着一定的距离，所有的交情都是点到为止而已。

蒙玉的关系网其实并不复杂，单身独处女性，养一只宠物犬做伴，因为爱无处释放，所以把所有的爱都倾注到宠物狗身上。

然而，蒙玉和这个宠物店老板的关系，看起来并不止暧昧那么简单。

这个挂在大门里面的摩托车锁，应该就是宠物店老板平常用来锁门的，她既然能拿到宠物店的钥匙，关系自然是不一般的。

现在就等宠物店老板了，看看他们的关系究竟到哪一步了。

付瑶瑶对警员说："想办法找到她家人的联系方式。"

警员应了一声，又出去了。

江左岸出去转了一圈，没一会儿就回来了。

付瑶瑶将蒙玉的资料递给他，问："怎么样？问出点什么没有？"

江左岸接过资料，道："我觉得，死者在宠物店身亡，不管是自杀还是他杀，肯定跟一个人有关，并且有很大的关系。"

付瑶瑶眉头一皱："宠物店老板？"

江左岸点了点头。

"混蛋！混蛋！"

这时，忽然响起了一个奇怪的声音。

几个人循着声音看过去，只见黄欣正站在柜台前，一脸好奇地逗弄挂在前台天花板的鸟笼里的一只黑鸟。

黄欣兴奋地说："你们快看，这只鸟会讲话。"

江左岸有些无奈，说："那是鹦鹉，当然会说话了，只要主人肯教。"

付瑶瑶没好气地说："现在都什么时候了，还玩？"

黄欣继续逗弄那只鹦鹉，道："很明显，死者是自杀的。"

江左岸问："你怎么那么肯定？"

黄欣指了指周围的环境，说："很显然啊，如果是他杀，那凶手呢？还是说，凶手是这只鹦鹉？或是那只藏獒？"

付瑶瑶知道黄欣是在开玩笑，但是现在摆在他们面前的事实就是如此。

那只鹦鹉虽然待在笼子里，但是并没有锁住。

当天晚上，能在室内自由活动的，除了死者，就只有鹦鹉和那只藏獒了。

要么是自杀，要么凶手是那只藏獒或是这只鹦鹉。

黄欣说："你们听说过鹦鹉和狮子的笑话没有？"

几人现在哪里有心情听什么笑话啊。

黄欣也不管几人想不想听，只顾道："笑话大概是这样的。从前，有个人去朋友家玩，朋友家里养了一只鹦鹉和一只狮子，朋友刚好有事要出去一会儿，就交代他，狮子随便逗，但是别逗鹦鹉。朋友出门后，他就逗那只狮子，果然不管怎么逗，狮子都不生气，他想起了朋友的话，心里很疑惑，为什么狮子这么凶猛的动物都能随便逗，而鹦鹉不能逗呢？更何况，鹦鹉还关在笼子里呢，有什么不敢逗的？于是，他就去逗那只鹦鹉，结果鹦鹉很生气，就说了一句话。听到这句话的时候，他终于知道朋友为什么告诉自己，狮子随便逗，鹦鹉千万不能逗，但是那人后悔也来不及了。"

付瑶瑶好奇地问："是什么话？"

"因为鹦鹉对着狮子说了一句话：'吃了他！'"

第四十六章　店老板

英子小声地问："所以……狮子把那个人吃了？"

黄欣说："只是个笑话。"

付瑶瑶反应过来，问："你是想说，这只会说话的鹦鹉指使藏獒杀了这个女人？"

黄欣说："如果她不是自杀，那就只有这种可能了。"

付瑶瑶觉得，这种推论太过荒唐。

她宁愿相信，这是凶手通过非常巧妙的方法制造了这起密室杀人案，也不相信藏獒会拿起刀去杀人。

她问江左岸："你刚刚问出点什么来了吗？"

刚才江左岸正准备说时，就被黄欣打断了。他的想法很简单，蒙玉死在这家宠物店里，那肯定跟老板有很大的关系。他去走访了附近店铺的老板，就是想了解老板的为人。

江左岸说："宠物店味道很大，附近的店主曾不止一次跟他沟通过，看能不能装一根排风长管将臭气排到更远的地方，但是宠物店老板一直不愿意，毕竟是一笔不小的开支。所以他们跟宠物店老板的关系并不好，问了好几家都是如此。

"死的这个人他们都见过，是宠物店的常客，经常进出宠物店。这两天，他们曾见过蒙玉跟宠物店老板在店里吵架，吵得很凶的样子，但是具体为了什么，就不知道了。

"根据他们反映，宠物店老板是个不太好沟通的人，比较犟，街里街坊的，大家也不想把关系搞得那么僵，但就是因为他这种性格，导致他们对他的印象很不好。

"有什么事和他商量，只要他认为自己是对的，就不会接受别人的建议，并且拒绝再次沟通，无论在他面前说什么，他都当作没听到，能把人给气死。"

付瑶瑶头疼地说："我刚刚也查看过了，店里没装摄像头。"

江左岸补充道："我刚刚查看了街道，也问了其他店主，因为这是片老城区，可能再过不久就要拆迁了，所以附近也没有装摄像头。"

付瑶瑶叹了口气："现在最重要的，我们要先确定她是不是自杀？"

江左岸沉思片刻："从现场来看，这就是自杀。"

付瑶瑶看了江左岸一眼："但这很难让人相信是自杀。"

江左岸点了点头："现在联系不到宠物店老板，附近的店主说，他通常八点半才过来，只能等他到了，我们才好进一步调查。"

付瑶瑶看了一眼时间，现在八点整，还有半个小时。

正说着，门外忽然响起了一阵骚乱声。

忽然看到一个小个子男人吃力地牵着一只庞然大物冲了进来，那不正是刚刚从店里跑出去的藏獒吗？

"让一让，麻烦让一让。"

那只藏獒进门之后直往里冲，小个子男人跟着它跑进去，顺便先将它关进笼子里。

之后，又满头大汗地跑出来。

这时候，门外有围观群众大声喊道："他就是宠物店的老板，周大富。"

周大富看到坐在靠背椅上的蒙玉，忽然就哭了起来，双脚一软，就要扑到蒙玉身上。

黄欣眼疾手快，在他扑到蒙玉身上前，将他拉住。

付瑶瑶说："你就是老板周大富？现在死者死在你的店里，需要你配合我们做调查。你跟死者什么关系，跟我们说说。"

周大富很瘦小，身高连一米六都不到，看起来和蒙玉年纪相仿。

江左岸问："你不是八点半开门营业吗？怎么今天才八点你就来了？"

周大富带着哭腔说："我住在附近的村子里，刚起床没多久，就听到门外有声音，开门一看，竟然是大黑在挠门。大黑，就是我养的那只藏獒的名字。我有时候会带它回家，它认识回家的路，我平时都是把它关在店里看店，看到它跑出来了，我以为店里遭了贼，就匆匆忙忙牵着它赶来了。

"一路上，我又听附近居民说店里出事了，更加着急。我又怕大黑伤人，所以一进门就赶紧先将它关起来，再过来看蒙玉的情况。"

黄欣将周大富扶到一边的长椅坐下。

缓了一会儿，周大富一脸痛苦地说："我和蒙玉是情侣关系，只是没有公开。"

付瑶瑶觉得奇怪，问："既然都在一起了，我们也了解到蒙玉早在三年前就已经离异，为什么你们不公开？"

周大富擦了擦汗，叹了口气，道："蒙玉说她毕竟离过一次婚，不想让旁人在背后议论，但我觉得她是嫌弃我，怕别人知道我们俩在一起，她会觉得没面子。她是一个很好面子的人。"

付瑶瑶问道："你们在一起多久了？"

周大富说："一年多一点。"

江左岸又问："你这两天跟蒙玉吵过架？"

周大富眼神瞬间有点闪躲："我是跟她有过争吵。"

说完，他就沉默了，抿着嘴，欲言又止。

付瑶瑶问道："为什么吵架？"

周大富长长地叹了口气，道："蒙玉她……怀孕了。"

几个人均是一惊："那现在是一尸两命？"

周大富连忙解释说："不是，蒙玉去做了流产手术。我想让她生下来，但是她不想要小孩，她跟她前夫离婚也是这个原因，我们为这事吵了好多天。没想到前几天，她居然自己去医院做了手术，孩子没了，我就又跟她大吵了一架。

"不知道是不是我的话太伤人了，让她太伤心了……我很喜欢小孩，我都这个年纪了，要一个小孩不容易，她为什么都不跟我商量一下，就剥夺了他见这个世界的机会？

"我也不知道会是这样的结果，如果知道，我无论如何也不会跟她吵架的。"

周大富说完就又哭了起来。

"就是他杀了人，就是他杀了人。"

就在这时，店里响起了非常突兀的声音，几个人循着声音看过去，是那只鹦鹉在笼子里边扑腾边叫喊。

第四十七章　鹦鹉说话

"混账东西，你在那儿乱叫什么？"

看见笼子里的鹦鹉叫唤个不停，并且一直重复着这句话，周大富变得愤怒起来，指着鹦鹉愤怒地训斥了几声。

但那只鹦鹉根本就没有要停下来的意思，反而更加兴奋。

气得周大富想要站起来去收拾它。

黄欣这时候按住了他，劝道："一只鸟而已，何必跟它一般见识。"

刚说完，那只鹦鹉瞬间又不叫了，歪着个脑袋，在笼子里荡来荡去。

付瑶瑶挑了挑眉，意有所指地问："周先生，你这只鹦鹉可真是奇怪啊，这话是什么意思？"

周大富叹了一口气，道："这只鹦鹉我养了很长一段时间，非常聪明，平常我看电视它也跟着看，学会了很多话，应该是从电影里学来的吧。"

"我全都看见了，看见了……"

这时候，才安静没一分钟的鹦鹉又叫了起来。

周大富的神情变得非常难堪，尴尬地解释道："平常看电影看多了，什么话都学会了，平常时不时碎几句嘴，也把我气得半死。"

江左岸盯着那只鹦鹉，又将视线转到周大富的身上，道："到底是它看见了什么就说什么？还是这些话是从电影里学的？又或者在电影里看过这样的情节，觉得熟悉下意识地重复说了出来？"

周大富激动地大喊："警官，你这话是什么意思？你怀疑是我杀了蒙玉？"

江左岸直盯着周大富的眼睛，问："昨晚关店之后，你去了哪里？"

周大富涨红了脸："当然是回家了。"

"有谁可以给你做证？"

"我……没人给我做证，我一个人住。关店之后我就回家了，洗了个澡就上床睡觉，一觉睡到天亮。你觉得谁能给我做证？"

"既然没人给你证明，那你就有作案嫌疑。"

"警官，你……"周大富仿佛是泄了气的皮球，叹气道，"如果警官认为是我杀了蒙玉，那就请你拿出证据来。"

江左岸指着那只鹦鹉说："那只鹦鹉就是证人，它看到了你杀害蒙玉的全过程。"

周大富哭笑不得："鹦鹉说的话，能做证据吗？"

江左岸说："当然不能，但是它让我们确定了一件事，蒙玉不是自杀。"

周大富哭丧着脸说："蒙玉死了，我比谁都伤心。虽然我和蒙玉有争吵，但是情侣之间吵架拌嘴不是很正常的事吗？我为什么要杀她？就算我要杀她，为什么要在我的店里动手？这样岂不是让人怀疑我吗？"

"我刚刚一路跑过来的时候，有认识的人跟我说，蒙玉将自己反锁在店里自杀了。"

周大富看了一眼被切割下来的玻璃把手，道："如果我杀了她，我又怎么能在出去之后，再把门反锁？

"难道说我杀了蒙玉之后，蒙玉又活了过来，自己把门锁上了？"

"你……"

江左岸瞬间就被问住了，只说了一个"你"字后，便说不出话来。

周大富继续说："如果你们把鹦鹉说的话当证据，那我也无话可说。"

江左岸还欲反驳，但是被付瑶瑶制止了。她说："周大富，现在既然发生了这样的事，在案件没有水落石出之前，你要配合我们调查。"

周大富说："这个是应该的，但是要像这位警官说的，凭鹦鹉的话就污蔑我杀人，我不服！"

付瑶瑶换了问题，说："接下来有几个问题要问你，蒙玉有宠物店的钥匙吗？"

周大富点头道："有，自从我们在一起之后，我就把备用钥匙给了她。"

"抛开其他所有问题，你觉得昨晚蒙玉会在什么情况之下来你店里？"

"因为小乖。"周大富指了指寄养室，道，"小乖是她养的泰迪犬的名字。她前几天做了手术，需要好好休息，调理身体。小乖比较爱叫唤，我就让她把狗放店里养几天。她应该是想小乖了，所以来看看它。"

"最后一个问题，你觉得蒙玉会自杀吗？"

周大富说："不会。要是觉得她会自杀，我肯定每天都看着她了。从医院刚回来那两天，我非常生气，当时骂她骂得比较狠，冷静过后，我又觉得比较后悔。那两天，她的情绪很不稳定，我因为心里愧疚便照顾她，就是怕她想不开。

"后来，她情绪慢慢恢复正常了，我才让她自己独处，休养身体的。

"她很喜欢小乖，关在店里又怕它不开心，所以身体刚恢复一点，就时不时地跑来店里，我看她那么不爱惜身体，又跟她吵了起来。其实，我还是很爱她的。"

付瑶瑶说："好了，之后还有需要你配合调查的，我们再来找你。"

周大富点了点头，不再说什么，只是视线落在蒙玉身上时，又变得失魂落魄。

付瑶瑶对其他几个人说："走吧，我们也回去了。"

黄欣点了点头，去外面从车里拿下来一副担架，几个人将蒙玉的尸体抬到了车上。

店内，黄欣小心翼翼地将那副玻璃门把手装进证物袋里，连那把靠背椅也搬了回去。宠物店里再无其他可疑物了。

江左岸转了一圈，指着那只鸟笼，说："这只鹦鹉也是证物，要一并带回去调查。"

鹦鹉这时候又开始叫了起来："他杀了她，我都看见了，看见了……"

周大富坐在长椅子上，毫无反应。

付瑶瑶对黄欣打了个手势，走到周大富身边，说："周先生，这只鹦鹉我们也需要带回去协助调查。"

一连叫了好几声，周大富才反应过来。

"警官，可不可以留下它陪我说说话？它虽然嘴很碎，但是能解闷儿。"

付瑶瑶看了一眼江左岸，看到他坚定的眼神，便冲周大富摇了摇头，道："周先生节哀，我们必须要带它回去做调查。"

周大富仿佛一瞬间苍老了很多，他挥了挥手，道："那就带走吧。"

出门前，付瑶瑶回过头来叮嘱道："周先生，如果你想起来什么，如蒙玉最近有什么反常的事，一定要随时联系我们。"

周大富犹如石头一般，坐在那里一动不动，也不知道有没有在听。

付瑶瑶摇了摇头，撕下了一张纸，留了个电话，放在他面前的桌子上，便出去了。

第四十八章　四个问题

回到市局之后，付瑶瑶对着刚刚调出来的关于银枫小区的资料陷入了沉思。

银枫小区已经列入了拆迁规划，拆迁是迟早的事。也正是这个原因，新城市风貌改造没有把银枫小区这个老城区规划进去。

一个摄像头都没有，这就是老城区的表现之一。没有摄像头，就意味着蒙玉死的那天晚上，他们什么都查不出来。蒙玉是以什么状态打开了店门，再走进宠物店。还有没有人跟着她进去，进去之后，又有没有人从店里走出来。这些他们统统都不知道。

按照江左岸的逻辑，假设这并不是一个自杀案件，而是谋杀案件，那么凶手肯定有一些东西想让我们看见，他的逻辑就是，凶手想让我们看见什么，我们偏偏不看，忽视掉那些东西，转而将视线放到其他细节上，才会有意想不到的收获。

如果蒙玉案是一个谋杀案，那么凶手制造出来的想让警方注意到的，肯定是密室杀人这个问题。

死者死在一个密封的空间里，空间里没有第二个人，凶手就是想要把谋杀变成自杀。

那现在他们忽略掉密室杀人这个要素，先从其他方面找线索。

按照这个思路，有四个问题摆在他们面前：谁有杀害蒙玉的嫌疑？谁有杀害蒙玉的动机？谁有杀害蒙玉的作案时间？谋杀案为什么会发生在宠物店内？

整个老城区都没有装摄像头，那整个老城区的任何一个地方都适合作为谋杀案的地点，为什么选在宠物店？

江左岸猜测，因为宠物店最好下手。

首先是蒙玉的爱犬放在宠物店，凶手有足够的理由在夜里叫蒙玉来宠物店。

死者脸上并没有太大的情绪表现，只有一丝痛苦的表情，这说明，死者被一刀毙命，她感到疼痛，但还没有来得及感受更深层次的痛苦，就死去了。

所以她脸上的痛感，只停留在很浅的层次，就是尖刀刚刚破开皮肤的那个瞬间，但是再下一瞬间，尖刀就刺进了她的心脏。

这是英子的结论，她也认为，蒙玉不是自杀。

人在自我伤害的时候，会有本能的保护机制，即使是她一心求死，这一刀不可能那么干净利落，让她几乎感受不到痛苦就死去。

相反，凶手恨透了蒙玉，这一刀，非常狠辣，下手非常重，凶手大概率是名男性。

而且，蒙玉的脸上除了一点痛苦之外，并没有惊讶的表情，这还说明了一个问题，蒙玉认识凶手，却根本没有想到他想要杀自己，所以一点防备都没有。

会议室里，英子、江左岸围着付瑶瑶，发表了各自的看法。

付瑶瑶想起了那只鹦鹉，问道："那只鹦鹉说的话，你们有什么看法？"

江左岸说："谈不上相信，也谈不上不相信。国外曾发生过类似的事，一只鹦鹉指控它的男主人杀了女主人。"

英子突然笑了一声，又觉得不妥，便忍住笑，问："那后来法官怎么判？"

江左岸诧异地看着英子，道："这还用怀疑吗？法官当然不可能将一只鹦鹉的话当作证据。但是——"江左岸话锋一转，"鹦鹉的话引起了当地警方的怀疑，经过深入的调查，果然发现了案子有猫腻。"

付瑶瑶说："所以你联想到了我们这个案子上。"

江左岸点了点头："鹦鹉的话不能当作证据，但是我隐约觉得，鹦鹉说的话，很有可能是真的，它目睹了一件命案的发生。它或许跟周大富一起看过很多电影，尤其是悬疑电影，可能会有很多类似的场景，它看过之后，觉得熟悉，下意识地说了出来，也不是没有可能。"

付瑶瑶问："所以你的推论是……"

江左岸说："蒙玉不是自杀，周大富的嫌疑很大。但是他说的也不是没有道理，如果他想要杀了蒙玉，那么为什么要选在自己的店里？这不是会直接暴露他有嫌疑吗？"

付瑶瑶说："不过，鹦鹉说的'他'，并没有指名道姓。"

英子问："会不会是想反其道而行？在他的店里行凶，别人就不会怀疑他？"

付瑶瑶摇了摇头："不会。现在的情况就是这样，在他的店里出了事，我们第一时间怀疑的还是他。"

江左岸说："现在提出来的四个问题，我们甚至一个都没有解决。只能说明，我们对蒙玉和周大富的了解还不够。"

付瑶瑶站起身，道："没错。走，我们去银枫小区转一转。"

来不及吃午饭，付瑶瑶和江左岸就出门了。

开车到了银枫小区，已经是下午了。出发之前，他们联系了蒙玉的一个关系很密切的朋友——小兰。

小兰也住在银枫小区。通过调查得知，自从离婚后，蒙玉的社交圈子基本上就已经固定在银枫小区这个地方。

她跟以往的朋友也没什么联系，渐渐都疏远了。

小兰是在遛狗的时候认识蒙玉的，因为都养狗，又住在同一个小区，比较有共同话题。

平常有事没事，她们会约好时间一起遛狗，交流一下养狗心得。长此以往，交流方面肯定不止养狗这些事儿，肯定会聊到生活方面。

这也是付瑶瑶在反复对比之后，最后决定将小兰约出来的原因。

第四十九章　朋友小兰

他们约的地方是一个小吃店，正好两个人也饿了，可以顺便吃点儿东西。

小兰来的时候，还带了一只毛茸茸的比熊犬。

落座后，那只比熊直接跳到了小兰的身上。

店老板似乎已经习以为常了，过来笑着问小兰吃什么。小兰点了一杯饮料。

小兰的年纪跟蒙玉差不多，脸上虽然化了很浓的妆，但依然掩饰不了岁月带来的痕迹，细小的鱼尾纹已经爬满眼角。

付瑶瑶开门见山，问道："魏小姐，我们了解到，你和蒙玉的关系很好，所以想来找你了解点情况。"

小兰姓魏，全名叫魏小兰，因为不熟，便只能用官方一点的称呼。

小兰的脸上闪过一丝难过的神情："真没想到她会发生这样的事，前两天我们还约定，等她身体好一点，要一起去宠宠呢。"

小兰的难过不像是装的，应该是真的为蒙玉遇害而感到难过。

江左岸问道："宠宠是什么地方？"

小兰解释道："哦，宠宠啊，是一家宠物乐园，有宠物游泳池、沙坑、草坪什么的，我们以前都定期去。"

付瑶瑶敏锐地问："你刚刚说等她身体好了，你知道她这几天不舒服吗？"

小兰有点奇怪地看着付瑶瑶，道："当然知道。她怀孕了，但不想要小孩，就打掉了，就前几天的事。警官，难道你们不知道？"

付瑶瑶说："知道，就想知道她还跟谁说过这件事。"

尽管付瑶瑶这么解释，但实际上，她是想知道小兰和蒙玉的关系究竟亲密到什么程度。蒙玉和周大富的恋情并没有公开，却愿意将打胎的事告诉小兰。看来她们的关系真的很要好，算是闺密了。

谁知听到付瑶瑶这么说，小兰忽然变得紧张起来："警官……蒙玉的死，难道跟她打胎有关？她因为这个想不开，自杀了？"

付瑶瑶笑了笑："魏小姐，你不用紧张，案件还在调查中，我们只是来了解了解情况。说说你认识的蒙玉，在生活中是个什么样的人。"

"魏小姐，你的饮料好了。"店老板亲自把饮料送到餐桌前。

魏小兰礼貌地说了一声"谢谢"，喝了一口，缓缓道："其实我和蒙玉认识的时间并不长，也就两年左右吧，是因为养狗认识的。她这个人，该怎么说呢，跟聊得来的人，她有说不完的话，如果聊不来，她一句话也不想说。

"我算是属于和她聊得比较好的，她的情况多多少少我也知道一点。三年前，她跟前夫离婚了，因为生育的事，她不想要小孩，所以就离婚了。她的前夫很爱她，离婚后分给她银枫小区的这套房子，还有五十万。

"离婚之后，她倍感孤独，觉得现在很少有男人能够接受不要小孩，所以也不想再恋爱了，就养了一只狗来陪自己，她给那只狗取名叫小乖。

"养着养着，她仿佛发现了新大陆，对小乖越来越喜爱。她本来就不想要小孩，养了小乖之后，发现自己更不想要小孩了。

"她觉得，养小孩还不如养小狗。养一个小孩还要生还要养还要教育，养大成人，基本上得把自己的半条老命搭进去，但是养小狗就可以很轻松，它可以给你带来欢乐，在你不开心的时候陪着你，跟你撒娇，听你讲不开心的事，从不跟你吵架，从不惹你生气，不求回报，也永远不会背叛你。

"后来我发现，她并不是不想要小孩，而是已经把小乖当成小孩养了。她觉得一个人一条狗，生活就很满足了。"

付瑶瑶问道："那她在生活中，有没有和谁有过冲突、矛盾？"

小兰回道："她的生活，基本上都是围绕小乖在进行。她的社交圈很小，除了我们几个都养狗的好友，基本上就没什么朋友了，也没跟什么人有过冲突，至少我是没见过的，除了周大富之外。"

付瑶瑶顺着她的话题，说："说说她跟周大富的关系。"

"她之前跟周大富并无交集，养了小乖之后，小乖定期需要洗澡、打针、驱虫什么的，她都是搭车去市区的宠物店，后来嫌太远太麻烦，有几次下雨不方便，她就去了几次周大富的真爱宠物店，发现服务还不错，慢慢地，就在周大富店里固定下来了。

"她最后是怎么和周大富走到一起的，具体我不知道，听她无意间提起过，周大富本身就是做宠物这一行的，他能理解她对宠物的感情而不歧视她。通俗点来讲，她把狗当儿子，周大富不会嘲笑她，反而可以理解她，是发自内心地理解。应该就是从这时候开始，她对周大富有了好感吧。

"再加上，她三天两头往周大富的宠物店里跑，一个女人，特别是这个年纪，空窗期久了，其实也想能够有人来填充，估计就是这样在一起了吧。

"后来，应该是没做好防护措施，蒙玉就怀孕了。她的第一想法就是要把小孩打了，因为她之前就不想要小孩，更别说现在已经有小乖了。

"周大富怎么也不同意，两个人为此没少吵架，周大富还请我们去做蒙玉的思想工作，但是这个想法，蒙玉早就有了，并且还因为这个原因放弃了上一段婚姻，早就根深蒂固了，我们哪里劝得住？

"在无数次的争吵中，蒙玉心灰意冷，觉得她看错了周大富。她原以为周大富和其他男人不一样，可以接受她不想要小孩，他从事宠物这一行，可以接受他们两个人在一起后，养一只小狗来代替小孩，但是没想到，他和其他男人并没什么区别，传宗接代的思想深入骨髓。

"所以蒙玉就萌生了一个想法，她想要和周大富分手。

"但是因为在这段时间里，她觉得周大富为人还不错，在分手之前，她想对周大富进行一次考验。"

第五十章　隐瞒

"其实，蒙玉对周大富还是很满意的，如果周大富能在生育问题上和蒙玉达成一致，那他们肯定能走到最后。"

江左岸忍不住问道："那蒙玉对周大富的考验是什么？"

小兰叹了口气，道："她私自去了医院，把胎儿打掉了。一方面，她不想要小孩，另一方面，她想看看周大富是什么反应。如果他能不生气，可以接受她不要孩子的决定，她就不跟他分手。"

付瑶瑶追问道："那最后呢？蒙玉有没有跟周大富提分手？"

小兰摇了摇头，道："这我就不知道了啊。蒙玉做完手术后，身体非常虚弱，我只去看过她一次，给她送了点水果，没跟她详谈。

"至于手术之后，她和周大富的关系，我倒是觉得很微妙，有种说不清的感觉。

"蒙玉刚回来的那两天，起都起不来，毕竟年纪也大了，做人流手术，可以说是要了她半条命。我去看她的时候，周大富也在，他在很细心地照顾蒙玉。

"就在我以为，周大富已经通过蒙玉的考验时，却意外地发现，周大富和蒙玉因为打胎这件事，发生过激烈的争吵。

"所以我也不知道，周大富到底有没有通过蒙玉的考验，蒙玉有没有跟周大富提出分手。

"我还想找个时间好好和她聊聊的，没想到，她竟然一声不吭地自杀了。"

基本上跟周大富说的都一致，付瑶瑶对此倒没什么怀疑。

她问道："你觉得蒙玉是自杀的吗？"

小兰眼神复杂地看着付瑶瑶，问："难道蒙玉不是自杀吗？我听说她将自己反锁在宠物店里……"

江左岸打断了小兰，说："假如我告诉你，蒙玉不是自杀的，你觉得谁最有可能是凶手？"

小兰蒙了，"啊"了一声，吞吞吐吐地说："蒙玉……她不是自杀的话，那凶手是怎么从店里出来的？"

江左岸说："你别管凶手是怎么出来的，我就只问你一个问题，蒙玉如果不是自杀的，你觉得谁最有可能是凶手？"

小兰支支吾吾地说："警官，这……这我可不敢多说啊……我什么也不知道啊。"

江左岸继续引导："不用怕，你不是蒙玉的好朋友吗？蒙玉如果真是被人杀害，你会让凶手逍遥法外吗？作为她的好朋友，你能为她做点什么，就应该为她做点什么。你觉得呢？"

付瑶瑶瞬间就明白了江左岸的意图，接过话头："魏小姐，你尽管说，说错了也没关系。警方破案，是要讲究证据的，如果没有证据，那我们也不会因为你的猜测就胡乱抓人，这一点你完全可以放心。"

小兰咬着饮料的吸管，都咬扁了，似乎在跟自己的内心做斗争。

过了一会儿，她深深地吸了一口气，似乎已经做出了决定，她凑近二人，小声说：

"其实我也觉得蒙玉不可能自杀，她还跟我约好要一起去宠宠乐园呢。如果真要说谁最有可能是凶手，我觉得是周大富。"

付瑶瑶和江左岸听到这个答案，一点也不惊讶。

小兰说完之后，就紧紧盯着两位警员，却发现他们的反应实在是太平静了，便疑惑道："难道真的是他？"

付瑶瑶说："先说说你为什么会这么想。"

小兰咬着牙说："先说好了，这只是猜测啊，你们可不许对外说是我跟你们说的！"

江左岸道："这个你放心，调查阶段的所有问询，我们警方都是严格保密的。"

小兰将最后一口饮料吸进嘴里，就好像豁出去了一样，道："如果没有这次打胎事件，蒙玉或许不会死。

"周大富很爱蒙玉，我们作为他们俩的朋友，都可以感受到。但是在蒙玉打胎之后，周大富对她的态度就变了，我虽然在蒙玉手术之后只见过他们三次，但我能感受到，第一次是在蒙玉卧床的时候，后面两次则是在周大富的宠物店里。

"在蒙玉的家里，虽然周大富没有跟蒙玉吵架，甚至那两天都在蒙玉的家里照顾她的饮食起居，但是在我要离开的时候，我无意中看到，周大富看蒙玉的眼神非常狠毒。不过那狠毒之色消失得非常快，一闪即逝，当时我并没有在意，以为自己看错了，在蒙玉出事之后，我想起那天看到他看蒙玉的眼神，简直让我后背生寒。

"后面两次，我是去宠物店买狗粮，当时是晚上，店里没有其他人，就他们两个。我一进去，刚好碰到他们在吵架，内容就是关于打胎这件事的。

"这两次，我倒没看到周大富有什么凶狠的眼神，只是看到蒙玉在骂周大富，骂得很难听，周大富很伤心，居然还哭了。

"我看他们这样，也不敢逗留，狗粮都没买就走了，只是出门后陆陆续续地听到了几句话，是关于周大富诉苦的。他说，他这个年纪了，要个小孩本来就不容易，蒙玉凭什么不经过他的同意就打掉孩子，剥夺了他做父亲的权利……

"大概就听到了这些吧，后面，还隐约听到他说了一句，如果可以，他宁愿用自己的性命换那个未出生的小孩的性命，说蒙玉是杀人凶手。"

说完，小兰就沉默了。

两个人以为她还没说完，等着她继续说，但是等了半天见她没有继续的意思。

付瑶瑶就问："没了？"

小兰"啊"了一声，道："这还不够吗？"

江左岸深吸了口气，道："你还没说周大富为什么会有杀蒙玉的想法啊。"

小兰道："我以为我说得已经很清楚了，那我说得再清楚点。"她看了一眼前台，凑过来小声说，"我觉得，周大富心里很想要一个小孩，已经到了痴狂的地步，现在好不容易即将有一个，却被蒙玉打掉了，所以他心生怨恨，便萌生了杀害蒙玉的念头。

"他在照顾蒙玉的时候，或许就已经起了杀心。对了，他还骂蒙玉是杀人凶手，你们说，是不是他想给自己那个未出生的小孩报仇？"

第五十一章　新的疑点

从银枫小区回来，已经是晚上了。

在回来的路上，两个人又就魏小兰的话进行了新一轮的讨论。

付瑶瑶说："魏小兰算是蒙玉在银枫小区最好的朋友，她觉得周大富是最有嫌疑的人，你觉得呢？"

江左岸认同道："我还是比较认同魏小兰的猜测的。蒙玉的社交圈子极小，如果跟其他人有特大的矛盾纠纷，闹到要害人性命的程度，魏小兰不会不知道，但是并没有谁和蒙玉有这样的纠纷，所以可以排除周大富之外的其他人。

"根据魏小兰的猜测，周大富为那个还未出生就被扼杀的小孩报仇，是有这个可能的，特别是周大富已经人到中年，的确是来之不易的。如果换作你，你会是什么样的感想？"

付瑶瑶瞪了江左岸一眼："别乱比喻，我又不是男的。"

"只是比喻！"

"那也不行。"

"好好好！"江左岸认输道，"我换种说法，一个普通人遇到这种事，肯定也会被气得跳脚，但还不至于杀人泄愤，但若是一个心理不健康的人，这种可能性就会直线上升。而且你别忘了，英子推论，凶手可能是蒙玉认识且熟悉的人，周大富完全符合。"

付瑶瑶想了想，说："可是话说回来，如果凶手是周大富的话，那他为什么选择在自己的店里动手？我们分析过，死在他的店里，首先被怀疑的就是他。假如蒙玉死在其他地方，未必第一时间会怀疑到他身上。"

江左岸说："这也是我想不通的地方，除非，他有必须在自己店里动手的理由，但是这个理由是什么呢？"他叹了口气，"还是得再查查周大富。"

付瑶瑶摇了摇头，道："查过了，周大富在这一带根本就没有朋友，独来独往惯了，他这个人倒也简单，就跟你那天在附近向几个店铺老板打听的一样。也许就像你说的，他或许真的心理有问题。"

江左岸摇了摇头："我们也不能就此断定他心理有问题，魏小兰的推论想要成立的话，还必须要满足一个条件，有一件让周大富怒不可遏最后无法控制自己的事。

"查周大富的医保记录，如果周大富很想要孩子，肯定会去正规医院做检查，看看他做过什么检查，检查的结果又是什么？医院的病人档案里都会有记录的。"

付瑶瑶当即掏出电话，拨通了张局的电话，向他汇报了情况，张局表示立刻派人去查。

他们刚回到市局，调查的结果便出来了，直接通过邮件发到了英子的手上。

英子给两个人念道："医院那边查到了周大富最近两年的就医记录，半年前，他曾去医院做过一次检查，检查的项目非常多，有前列腺液常规、支原体、抗精子抗体……"

看着他们一脸疑惑的表情，英子解释道："其实就是查他有没有生育能力。专业名词我就不跟你们解释了，直接说结果，医院的检查结果显示，周大富身体有问题，让伴侣怀孕的概率很低。"

听到这个结果，江左岸说："如果情况是这样，那魏小兰的猜测更有可能成立了。周大富知道自己有问题，甚至已经放弃要小孩的念头，没想到蒙玉竟然怀孕了，这是极其幸运的一件事，然而，他还没从兴奋中回过神来，就被蒙玉兜头浇了一盆冷水。

"他很生气，很愤怒。一方面觉得幸运之神不会再轻易降临到自己身上，心如死灰，另一方面又觉得，这可能是他唯一一次当父亲的机会，蒙玉未经他的允许就去做了手术，丝毫没有做错事的内疚感，反而对他骂骂咧咧，让他心里更加怨恨。

"于是，周大富心里萌生了杀害蒙玉的想法，或许在他的潜意识里，他不觉得自己做了件坏事，而是做了一件正义的事，因为他觉得他不是为了自己，而是在为自己未出生的小孩讨公道。蒙玉杀了他的小孩，所以蒙玉也该死。"

付瑶瑶说："如果按照这个推论，那么四个问题，我们已经解决了三个半，周大富有杀人的动机，有最大的嫌疑，也有作案时间，就剩最后半个问题，他为什么选在宠物店里行凶？"

江左岸说："我们可以把焦点放到最初的问题上了，就是周大富想要展示且用来吸引我们的东西。密室杀人，如何能成立？"

付瑶瑶问："但周大富想让我们看到的，真的是密室杀人吗？"

江左岸眉毛一挑："我认为是。"

付瑶瑶反问道："你不觉得奇怪吗？蒙玉被害时的坐姿是面向玻璃门的。"

江左岸有点不解，疑惑道："这有什么问题？"

付瑶瑶没有回答江左岸，而是叫来黄欣，问："你在勘查现场的时候，发现那张靠背椅没有移动过？"

黄欣说："从地面的血迹来看，没有移动过。如果移动过，血肯定会滴到其他地方，而在现场，只有靠背椅的下方有血迹。"

付瑶瑶想到了另一种可能，问："那如果在血迹还没滴到地板之前，就将靠背椅移动过来呢？这样还能分辨出靠背椅原来的位置在哪里吗？"

黄欣想了想，说："如果是这样，那肯定分辨不出来，我是根据血迹的分布来判断的。"

付瑶瑶继续说："那也就是说，有两种可能。第一种可能，靠背椅一直就在我们在案发现场看到的位置，自始至终，它都没有移动过。第二种可能，靠背椅原来并不在那个位置，它是被人搬过去的，凶手一刀扎进蒙玉的心口之后，趁血迹还没有流下来，迅速将靠背椅挪到了我们看到的位置，也就是正对着玻璃门的地方。"

黄欣一拍脑门，说："对，是我疏忽了，这两种可能性都存在。"

第五十二章　它又说话了

江左岸还是没明白付瑶瑶想要表达什么，忍不住问道："你到底想要说什么？"

付瑶瑶说："凶手想把密室杀人这个难题摆在我们面前，让警方无从下手，我觉得他是想误导我们。

"我们可以把密室杀人比作一把锁，想要打开锁，就得找到钥匙，没准能打开这把锁的钥匙不止一把，可能有两把三把，甚至很多把。

"蒙玉死后的姿势，或许就是其中一把钥匙。

"我们看到蒙玉死后的坐姿，或许并不是她被杀害时的第一姿势，她可能在被害后，被人移动到那个位置，凶手的目的是想让她整个人直视大门的玻璃。"

黄欣不解道："头儿，你刚刚也分析了，我们发现死者的第一现场，她会出现在那个位置有两种可能，你怎么就确定她是被人杀了之后才被挪过去的呢？"

付瑶瑶道："因为蒙玉正对着玻璃门，而玻璃门是透明的，虽然玻璃门上贴了两张窗花，但并不影响视线。可以从里面看到外面，也可以从外面看到里面。如果你是凶手，大门口随时有可能有人经过，你敢在可能会暴露自己行为的情况下行凶吗？你不怕被发现吗？"

黄欣摸着下巴，道："有道理啊，我怎么就没想到呢？"

付瑶瑶说："一开始我也没想到。"

不过，黄欣很快就提出了疑问："这么说好像也不对啊，就算凶手没在那个位置行凶，那他在店里其他位置行凶后，再把蒙玉挪到那个位置，一样有被人发现的风险啊。"

付瑶瑶说："当然有，只不过被发现的概率比直接在正门口行凶会小很多。"

黄欣仍然不解："那他明知道有这个风险，为什么还要这么做呢？"

付瑶瑶说："是啊，凶手又不傻，他为什么要这么做呢？只有一个可能性——凶手不得不这么做，即便有风险，他也必须要这么做。"

江左岸疑惑地问："究竟有什么样的原因需要他冒这么大的风险呢？"

付瑶瑶长出了一口气，觉得脑子又开始变得混乱，下意识地摸了摸口袋，然后抽出一支烟来，叼在嘴里。

就在她拿出打火机的时候，江左岸将打火机抢了过去："办公室里禁止抽烟。"

付瑶瑶无奈地看着江左岸，道："我需要抽根烟清醒一下。"

江左岸连她嘴里的烟也抢走了，看得黄欣和英子都是一愣。

"少来，哪位专家说抽烟能让人变得清醒？抽烟只会危害健康，你自己看看烟盒上怎么写的，抽烟有害健康，那么大的字看到没？"

黄欣和英子一副吃瓜群众的模样，见付瑶瑶的烟被抢走了，居然没生气，不由得大失所望。她以前可是谁的话都不听啊！她想抽烟的时候，连张局都管不住。黄欣看向英子的脸上写满了疑惑，英子回应黄欣的，也是一脸疑惑。

付瑶瑶知道黄欣、英子肯定又在胡思乱想了，她喝了一口水，道："好了，我们继续，回到刚才的问题上。凶手为什么要这么摆放蒙玉的尸体呢？我觉得只有一个可能，他想让人尽快发现蒙玉。"

江左岸追问："凶手为什么要这么做？"

付瑶瑶说："这我就不知道了。我实在想不通，还有什么原因会让他这么做，将蒙玉摆在正门口，心口上的刀又那么明显，玻璃门还是透明的，不就是为了引起路人的注意吗？"

江左岸点了点头，道："我也想不到除了这个理由之外，还能有什么其他的理由了。那我们继续按照这个思路来分析。

"蒙玉摆放的位置，是为了能让人在最快的时间里发现死者，发现人肯定会在第一时间报警……"

江左岸说着说着，越发肯定，道："我知道了，凶手是想让路人一眼就看到蒙玉，从而尽快报警。"

英子突然小声反驳："为什么我感觉你说了一句废话……"

江左岸也不生气，反而更加激动地说："不是废话！凶手之所以将蒙玉摆出来，而不是藏在店里，就是怕路人看不到，从而发现不了尸体。"

付瑶瑶很快就否定了江左岸的猜测："你说得也不对，就算路人发现不了尸体，就算凶手把尸体藏在宠物店隐蔽的角落里，又有什么关系呢？尸体一样会被发现。周大富每天八点半会准时来开门营业，就算门被反锁了，他也可以自行砸开。只要他来店里，转一圈，不就能发现蒙玉的尸体了吗？"

江左岸露出一个神秘的笑容，道："如果他来不了呢？那蒙玉的尸体藏在店里，外面的路人又看不见，那岂不是等到尸体腐烂都没人发现？"

付瑶瑶皱眉道："周大富不去宠物店？这可能吗？"

"我是说可能，因为只有这样，我们关于蒙玉尸体被摆在正门的推论才能成立。"江左岸接着说，"我们再继续按照这条思路推算，周大富为什么来不了宠物店呢？因为他是凶手，那就是说，他当时是在店里的，可是为什么我们没看见他？难道他会隐身吗？"

付瑶瑶打断他："越说越离谱了。事实上，周大富出现了，并且是因为那只藏獒跑回去了，还提前来了宠物店。你这个推论不成立，还会隐身，你以为是拍科幻片呢？"

江左岸叹了口气，道："那就是周大富行凶后从宠物店出来了，用了什么特殊的方法将门给反锁了……也不对！到底是哪个环节出了问题？"

"欣哥——"就在这时，鉴定科的小刘跑了进来，一看到付瑶瑶等人都在，先是一愣，反应过来后和几人一一打了招呼。

"什么事慌里慌张的？"江左岸问道。

小刘说："指纹提取出来了。还有，那只鹦鹉……又说话了。"

第五十三章　越来越乱

黄欣不以为然地说："它说话不是很正常吗？那只鹦鹉嘴太碎了……"随即，他好像意识到了什么，问，"它又说什么了？"

小刘说："它说，是狗杀了人。"

空气仿佛凝固了。

小刘是市局来的新人，来刑侦小队汇报工作本来就有点胆怯，看到几个人没有反应，更加心虚，还以为自己是哪里说错了，期期艾艾地说："怎……怎么了？"

黄欣从他手上接过报告，道："没什么，你去忙吧。"

小刘"哦"了一声，就出去了。

看着手上的报告，黄欣皱了皱眉，然后将报告放在桌子上："摩托车锁上的指纹是蒙玉的，是蒙玉从里面锁上的门。还有凶器上的指纹，也是蒙玉的。"

付瑶瑶说："结果并不意外，凶手既然想要伪造成自杀现场，就不会犯这么低级的错误，所有可能会留下的痕迹他都会抹掉。"

江左岸说："这可有意思了，那只鹦鹉居然说是狗杀了人。难道我们之前都想错了？门是蒙玉反锁的，真的是那只藏獒杀了人？"

黄欣说："这两天，我一直在研究那只鹦鹉，发现它确实会说很多话，也许就如周大富所说，它看了很多电影，学会了很多话。难道它真的是胡说？江队，你该不会真的相信一只鹦鹉说的话吧？"

"我先前跟你们说的，都是跟你们开玩笑的。"江左岸说，"我们先撇开鹦鹉不论，我问你们，你们相信一只狗会说话吗？"

几个人均摇了摇头。

英子说："就算我们相信，其他人也不会相信吧。"

江左岸皱眉道："我始终认为，鹦鹉肯定不会无缘无故地说这些话，一定是它看到了蒙玉被杀的画面，然后再联想到电影里相似的情节，就下意识地说出来了。"

付瑶瑶说："那这么说，你又相信是那只藏獒杀了蒙玉？那要不要将那只藏獒也带回来？"

黄欣和英子都忍不住笑出声来。

江左岸怎么会听不出付瑶瑶的调侃："你们还笑，现在赶紧想想接下来该怎么做。周大富是怎么做到杀了蒙玉之后，将门从里面反锁，然后溜之大吉的？"

英子问："江队，你觉得周大富是神吗？"

江左岸不知道英子是什么意思，疑惑道："什么？"

英子又重复了一遍："你觉得周大富是神仙？"

江左岸终于明白了英子的话，她并不是在隐喻。于是，他没好气地说："他是人，当然不是神仙。英子，你没发烧吧？"

英子说："那他不是神仙，是怎么做到的？那根本就没有人能做到啊。"

江左岸浑身打了个激灵，看着英子说："英子，你不说话的时候，真的一点存在感也没有，但是一说话，倒是能一针见血。"

英子哼了一声："江大神探，你这是在夸我，还是在骂我？"

她一直都是称呼江左岸为江队的，但是现在也学起了付瑶瑶，改叫江大神探了！

江左岸丝毫没注意称呼上的揶揄，道："你这一句话真的让我有点醍醐灌顶了。"

英子见自己的调侃没有效果，"切"了一声。

付瑶瑶问道："你又想到什么鬼点子了？"

江左岸笑了笑："鬼点子没有，不如我们现在来打个赌，看谁先破了这个案子。"

付瑶瑶不乐意地说："你这个家伙，肯定想到了破案的方法，为什么不拿出来一起探讨？"

江左岸举手发誓道："我真没想到，只是英子的话刚好提醒了我。不应该再纠结凶手是如何在大门反锁的情况下离开宠物店，因为他根本就做不到。我觉得，我们应该把目光放到周大富身上。"

见众人仍是一脸蒙，江左岸调动着气氛，说："怎么样？赌不赌？我们四个人，刚好两个人为一组。输的一方请赢的一方吃饭。上一顿，咱们还没吃尽兴呢……"

确实没吃尽兴，基本上成了付文向英子大献殷勤的战场了。

付瑶瑶眉毛一挑，问他们："你们两个觉得呢？"

黄欣无所谓地说："都可以啊，反正我也帮不上什么忙。"

英子也说："你们谁赢的概率大，我就跟谁。"

付瑶瑶摆了摆手，对英子话里有话地说："哎呀，你就不用纠结跟谁了，反正输赢都有人请你吃饭。"

英子疑惑地问："头儿，你说什么？我怎么听不懂啊？"

黄欣自然知道付瑶瑶所指的是什么，故而在一旁偷笑。

英子好奇地看着他。

黄欣脸上的笑容顿时消失，故意板着一张脸，"看什么？再看我也不会请你吃饭的。"

江左岸提议道："既然都没有做好决定，那就由我来分配吧。男生跟男生，女生跟女生，这样如何？"

"我没意见！"

"行啊。"

"都可以。"

"那就这么定了！"

付瑶瑶看了一下时间，不知不觉已经七点了，于是说："今天就先这样吧，大家早点回去休息，现在就算想查也查不出来什么了。"

江左岸站起来问："付大队长，你打算下一步怎么做？"

付瑶瑶卖起了关子，说："接下来呀……我不告诉你！"

江左岸笑了笑，也没再问，就先回去了。黄欣又回到了鉴定科，表面上是想去看看那只鹦鹉会不会说出什么惊世骇俗的话来，实际上，就是想去逗那只鹦鹉，被付瑶瑶骂了一句"玩性不改"。

因为英子没有车，现在时间还早，付瑶瑶打算先送她回家再回自己家，反正她们两个住得也没多远。

路上，英子问付瑶瑶："头儿，你有没有破案方向啊？如果我们解决不了凶手是如何离开真爱宠物店的难题，那就很难破案了。"

付瑶瑶说："方向啊……既然都已讨论到这个阶段了，就如江左岸所说，接下来，只能把注意力放到周大富身上，围绕他展开调查。

"江左岸是想直接调查周大富，我想的则是，应该好好查查周大富的人际关系，这段时间他与谁有过交往，有什么异常反应。

"还有一个重点，江左岸或许都没有想到……"

英子好奇地问："那是什么？"

第五十四章　分头调查

付瑶瑶说："见到第一现场的报案人，我们还没有细问过。"

对此，英子倒不觉得有多重要："报案人不是录了笔录吗？"

付瑶瑶说："笔录倒是录了，可是你忘了报案人是什么人了吗？"

英子当然知道："不就是一个扫地的清洁工阿姨吗？有什么特别之处吗？"

付瑶瑶笑了笑："她这个人当然不特别，是她的工作特别。你想想看，她在那片老城区工作了很多年，对那一片肯定很熟。而且，清洁工阿姨可是城市的园丁，她起得可是很早啊……"

英子回忆道："笔录我也看了，看不出什么，无非就是她在扫地的途中，意外发现有人死在了店里，然后报警。"

"如果我没记错的话，那个清洁工阿姨应该是姓王。王阿姨年纪大了，又碰见了这种事，当时肯定吓坏了，能够描述当时她看到的事已经算是不错了。"付瑶瑶说，"当时在惊吓之下，她肯定会遗漏掉很多细节。经过这几天的休息，想必她应该缓过来了，这时候再去找她，说不定可以问出更多的细节来。"

英子朝付瑶瑶竖了竖大拇指，道："还是头儿厉害，比江大神探厉害多了。"

付瑶瑶笑着摇了摇头："他？他其实也挺聪明的，就是有个毛病……"

英子问："什么毛病？"

付瑶瑶叹气道："那身子板太弱了，以后遇到罪犯需要搏斗时该怎么办？"

英子深吸了口气："头儿，如果按照你的标准，那就没几个强的了。"

付瑶瑶笑了笑，没再继续这个话题。事实上，她并不是开玩笑，而是认真的，她这个身手，其实是她逼着自己练出来的。

因为她发过誓要找出黑影，黑影可不是个普通人，她必须要让自己各个方面都变得很出色，才有把握去对付黑影。虽然现在她连黑影在哪里都不知道，但只要有时间和精力，就会继续调查。

那令无数人感到恐惧的黑影，她一定要抓到！

江左岸是个很优秀的人，缺点就是身手太差，看来有机会得好好练练他才行。

他也是要对付黑影的人。

一想起这个黑影，付瑶瑶的脑海里就浮现出那个从二十八楼跳下，转瞬间便融入夜色的影子。

最后，付瑶瑶将车停在了英子所住的小区大门对面，说：

"就这了，我不过去了，不然一会儿得绕一个大弯。"

英子无所谓地说："没事，又不是第一次送我回来了，我自己过马路就好。那明天是直接去局里，还是你来接我？"

付瑶瑶说："明天早上，我来接你吧。"

英子下了车关上车门，道："那头儿你早点回去休息。"

临走之前，付瑶瑶忽然叫道："哎，小英子——"

在平时，付瑶瑶叫英子时会在前面加上一个"小"字，以示亲昵。

英子转过身，问："头儿？还有什么事？"

付瑶瑶笑道："你想不想我叫你嫂子？"

英子一愣："什么？"

付瑶瑶摇上车窗，直接将车子开走了，声音从远处飘来："我哥喜欢你。"

英子莫名其妙地看着付瑶瑶离去的方向，露出一副难以置信的表情。片刻之后，她摇了摇头，往马路对面走去。

第二天，付瑶瑶一大早就将车开到了英子的楼下，然后催她下楼。

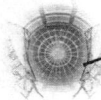

英子下来时还是一副没睡醒的样子，坐进车里，忍不住抱怨："才六点钟啊，为什么这么早？"

付瑶瑶将两个包子扔给英子，道："我也不想的，因为王阿姨上班比较早啊。"

英子看见包子，睡意顿时消失了一半，吃了一口，含糊道："那我们也可以等她下班的时候再找她呀。"

付瑶瑶说："所以说隔行如隔山，这你就不懂了吧，我们需要她重新走那天走过的路，同样的时间，同样的地点，那天做过什么，今天再照做一遍。这样方便她想事情，她是在什么样的情景下，发现店内的蒙玉的尸体。蒙玉虽然正对着店门，但是店门外有台阶，王阿姨是负责台阶下的卫生，店门口那一小块区域，她是不负责的。

"而王阿姨年纪又大，眼神又不太好，如果只是按照划分的区域打扫，那么台阶下距离店内的位置还是有点远的，只是光凭一眼，未必能看得清。也就是说，王阿姨能够发现蒙玉，不细心看的话，是根本看不清的。"

英子佩服道："果然厉害。"

付瑶瑶笑道："术业有专攻，像你干法医的，我怎么也做不来啊。"

英子突然问："你昨晚跟我说的那句话是什么意思啊？你哥喜欢我？喜欢我什么？"

付瑶瑶看了英子一眼，见她脸不红心不跳的，倒是颇感意外。英子平常就是这个样子，不管什么事，都很难引起她的情绪变化。

没想到谈到爱情，也是一副处事不惊的模样。根据付瑶瑶的了解，英子从没谈过恋爱啊，为何能如此淡定？

不过，一想到英子拿着手术刀面对各种各样的尸体时也是如此淡定，瞬间就觉得也没什么好奇怪的了。

付瑶瑶说："就是喜欢你呗。喜欢啊，你懂不懂？就是男人对女人的那种喜欢。"

英子举着拳头抗议："我又不是傻子，不用这样跟我解释好吗？"

付瑶瑶尴尬地说："那你指的是什么？"

英子说："就是好奇啊。像我这样的女人，不喜欢化妆，不喜欢穿漂亮衣服，长得又不出众，身材又不好，长得也不高，也不会说话，还是个法医，有男人喜欢我这样的吗？"说着，还叹了口气，"唉，连黄欣都说我不像个女人。"

付瑶瑶不可思议地说："我的乖乖，你不说，我还不知道你有这么多缺点。"

英子认真地问道："你也觉得我是这样的吗？"得不到回答，她又自顾自地叹了一口气，"唉，我身上果然没有一点优点。"

付瑶瑶忍住笑，道："怎么，自卑了？"

英子摇了摇头，嘴上虽然说着无所谓，但眼底里还是有掩饰不住的落寞："没什么，早就习惯了。"

第五十五章　再见王阿姨

付瑶瑶笑得直拍方向盘。

英子的脸上终于有了些怒色，抗议地用手捶着座椅的靠背："有点同情心，有点同情心好不好？"

付瑶瑶一只手握方向盘，一只手朝后摆了摆："不笑了，不笑了。"

不过，她嘴上说不笑了，但实际上还是在笑。

"怎么听你的意思，感觉好像扔到大街上都没人要似的。"

英子反驳道："难道不是吗？"

付瑶瑶说："我哥说你清纯、文静，他特别喜欢你这种类型的女孩。"

英子不敢相信地问道："真的吗？"语气中明显带着一丝兴奋。

付瑶瑶说："当然，你没看他那天晚上一直向你大献殷勤吗？他还怪我为什么不早点把你介绍给他。"

英子质问道："对呀，为什么呢？"

付瑶瑶听了之后差点来个急刹车。

这两个人的思维，付瑶瑶是真的猜不透，一点都猜不透！

"听你这么说，还成了我的错了？"

英子嘿嘿笑了两声。

付瑶瑶心里想着，他们两个如果在一起了，或许真的是天造地设的一对啊。

"看你的反应，你好像对我哥也挺满意的啊，搞不好你真的要成我嫂子了。"

英子噘了噘嘴，道："那可不一定。"

付瑶瑶诧异道："怎么？当我嫂子还能委屈你不成？"

英子道："那得看他有没有诚意，他都还没有说要追我呢！"

付瑶瑶错愕不已，这个女人刚刚还在感叹自己扔到大街上都没人要，现在有人要了，却又有了新的要求。

"他得先自我介绍，然后找我要电话加微信，开始陪我聊天，聊到一定程度之后，就开始约我去吃饭看电影，再然后就是带我去玩，最后表白，我同不同意，还得看他的表现。"

这下轮到付瑶瑶感慨了："小英子，你懂得可真不少，我真是小看你了。"

英子振振有词："谁还不是个渴望爱情的宝宝？"

付瑶瑶无语道："有事没事，少看点小说。"

……

两个人一路上你一句我一句，简直刷新了付瑶瑶对英子的认知。一直到银枫小区，她们才默契地终止了话题。

到银枫小区时，刚好六点半。

迎面，王阿姨拿着两个馒头和一杯豆浆夹着扫把走来。

付瑶瑶和英子连忙迎了上去。

付瑶瑶向她出示了证件，自我介绍道："王阿姨，我是市局刑侦队的，那天我们见过，你还记得吗？"

王阿姨看证件当然看不懂，但是一说起那天，她就想了起来，指着付瑶瑶说："你是那天出警的警官。"然后又指着英子说，"你那天穿着白大褂，你是医生。"

英子纠正道："是法医。"

王阿姨略微有点紧张，道："你们有什么事？那天，警察问我好多遍了，我不是什么都说了吗？"

付瑶瑶安抚道："王阿姨你不要紧张，我们只是来找你了解点情况。你回忆一下，你那天是在什么情况下，发现宠物店里有死人的呢？越详细越好，尽量不漏掉任何细节。"

王阿姨的情绪刚刚缓解了一点，一听付瑶瑶这么问，顿时又紧张了起来："不关我的事啊警官，我那天看到的事情都跟你们说了。"

付瑶瑶再次安抚她，道："王阿姨，我们没有说凶案跟你有关，我们只是想多了解了解情况。这样吧，你就当我们不存在，好好回忆一下，按照你那天的经过再来一遍，怎么扫地，怎么看到宠物店里有人死了。"

王阿姨松了一口气，道："那好吧，其实也没什么，扫着扫着，我就看到了……"

尽管她坚持这么说，付瑶瑶还是示意她说："开始吧王阿姨，你不用管我们。"

"哦，好的。"

王阿姨将馒头和豆浆搁在花坛上，就开始扫了起来。

她一路上一直低头慢慢扫着，就这样，一直持续到靠近宠物店的地方。

忽然，一声非常大的狗叫声响了起来，接着就是连续地吠叫，特别大声。

狗叫声把王阿姨吓了一大跳。

同时，也把付瑶瑶和英子吓了一大跳。

王阿姨脱口而出骂了几句脏话，又忽然意识到旁边有人，连忙停下来，然后抚了抚自己的心口，一副惊魂未定的样子。

"警官啊，接下来我可没办法模仿那天了。"

那狗叫声是来自周大富的真爱宠物店里面，就是那只藏獒。

还隔着一段距离，付瑶瑶便看到它站在门后，虎视眈眈地盯着这边。

没想到它居然这么凶，幸亏那天它没有狂性大发，不然在那样的环境下，难免会伤到路人。

英子问："王阿姨，为什么不能继续了？"她当然看出来了，王阿姨这是被吓到了，便鼓励她，"那只狗关在店里，出不来的，你不要害怕。"

王阿姨依然抚着自己的心口，道："我在这一片扫了那么多年的街，我知道它出不来伤不了我，但这突如其来的大声吠叫……再被它吓几次，我这心脏实在是有点受不了啊。"

付瑶瑶直觉王阿姨要说到重点了，问道："这话怎么说啊，王阿姨？它怎么会吓你几次？"

王阿姨心有余悸地说："哎哟，你有所不知啊。我每天扫地从这里经过，还没到宠物店门前，它就开始狂叫，我每次都被它吓得不轻，但每次走过宠物店就好了，最多吓我一次。如果我现在按照那天的轨迹走，那我今天可要被它吓不止一次了！你看看它那副样子，太吓人了，你说它会吃人我都信。"

付瑶瑶挑了挑眉，顺着她的话继续问道："王阿姨，为什么说如果按照那天的轨迹走，你就会被吓到好几次呢？"

王阿姨一拍大腿，突然想起来了，说："那天啊，说来也怪，我走近的时候，那只狗居然没有对着我叫，这可是这几年里唯一一次没有对着我狂叫啊。我想起来了，我当时觉得奇怪，就凑近店门口往里看，想看看它是不是病了，要不然怎么不冲着我狂叫了呢？哎哟呵，这一看不要紧，我就看到有一个人坐在里面的一把椅子上，心口上扎了一把刀，那个血啊，都黑了！"

第五十六章　意外

这一趟果然没白来，这是一个很重要的细节。

"王阿姨，那天录笔录的时候，怎么没见你提起这件事啊？"

王阿姨露出一副不好意思的模样，道："警官，这也要说啊？我还怕你们笑话我呢。再说了，我觉得这不过是件小事，没必要说。也没人问我，我当时也没想起来，就没说。"

英子说："阿姨，我们怎么会笑话你呢？我们不也被那只大藏獒吓了一跳吗？"

王阿姨讪笑了两声。

付瑶瑶没说什么，毕竟是一个老年人，能想起来就算不错了。

"那一天，你路过宠物店的时候，那只狗没有叫，你觉得好奇，就凑近了多看了两眼，这才发现里面有人出事了。是这样吗？"

王阿姨点了点头，惊魂未定："她的那张脸正好对着我……哎哟，我这两天根本就没睡过好觉，一闭上眼睛，就是那幅画面，好不容易睡着了，结果还做噩梦，可吓死我了。"说着，又补充道，"我宁愿被那只大藏獒狂叫，我也不愿意见到那样的画面。"

付瑶瑶十分疑惑，问："那只大黑狗每天听到你扫地的声音，都会大声吠叫，为什么单单那天没有叫呢？"

王阿姨抬手扶额："这我哪儿知道啊，兴许是它也被那个人吓到了呢？"

付瑶瑶微微摇了摇头，道："被一个死去的人吓到了？你觉得有这种可能吗？"

王阿姨露出一个吃惊的表情，道："怎么没有这种可能？我不也被那个女人的尸体吓得不轻吗？那只大藏獒虽然很凶，但毕竟是只畜生，虽然表面上威风凛凛的，但实际上心里怂着呢。没准，它比我胆子还小，当场就被吓傻了。"

付瑶瑶笑着摇了摇头，狗怎么会怕死人呢？狗是一种大脑很简单的动物，它哪里会像人一样想那么多？

她觉得奇怪的地方是，为什么每天它都叫，唯独蒙玉出事那天却不叫了？

"王阿姨，依你之见，除了这一种可能之外，还有没有其他可能？导致唯独那一天那只藏獒没有叫？"

王阿姨想了想，道："还有一种原因。"

付瑶瑶连忙追问："什么原因？"

王阿姨一本正经地说："它吃了哑巴药。"

英子没忍住，"扑哧"一声，笑了出来。

王阿姨似乎有些不满："是你们叫我说的，现在说出来又笑话我。"

付瑶瑶本来也想笑，哑巴药？有这种药吗？但是看王阿姨说得很认真，只好将笑给憋了回去。

她接着问："那王阿姨，你为什么会觉得它是吃了哑巴药呢？"

王阿姨解释道："很简单啊，它为什么单单那天不叫，是因为它叫不出声啊，那就是吃了哑巴药，所以叫不出来。"

付瑶瑶吃了一惊。

王阿姨的话看似毫无逻辑，却又很符合逻辑。

它之所以不叫，是因为叫不出声。

付瑶瑶再问："王阿姨你再想想看，除了这个，还有没有什么反常的现象。"

王阿姨想了想，道："其他的啊……好像还有一点。"

付瑶瑶用眼神示意她继续说下去。

王阿姨说："我那天没听到那只藏獒叫唤，站在它面前，它也只是看了我一眼，根本没什么反应。我的胆子也慢慢大了起来，想起每天路过都被它吓，越想越气，我就做了一个扬扫把想要打它的动作，权当给自己出气了。你猜它怎么着？它只是轻蔑地看了我一眼，就转过头去了，根本不理我。"

英子觉得难以置信，问："轻蔑地看了你一眼？王阿姨，那只是一只狗啊，狗怎么可能会用轻蔑的眼神看人？狗的轻蔑的眼神是什么样的眼神？"

王阿姨直接现场学着做了一个，但是怎么做似乎都不满意，急道："就是轻蔑的眼神啊，你是不是以为我在骗你？我当时真的感受到了嘲讽之意。"

付瑶瑶也忍不住问："狗怎么会有这样的情绪？"

王阿姨说："这我可不知道，事实上确实如此，我没有说谎。"

付瑶瑶笑了笑，没再反驳。

她继续问道："还有没有其他你觉得不正常的地方？"

王阿姨绞尽脑汁地想了又想，过了好一会儿，说："那天就没有了。"

付瑶瑶点了点头。今早这趟没白来，虽然疑问还没解开，但至少又了解到了新的疑点。她的办案思路跟江左岸不一样，江左岸是推崇视线转移法，而她则习惯找出案件的所有疑点，单个疑点很难解开，但是将所有疑点都串联起来，往往能得到意想不到的收获。

本来，谈话到这里就该结束了，但是付瑶瑶听到王阿姨最后那句话，感觉好像有点不对劲。

那天就没有了！

这是一句很正常的话啊，但是她就是觉得不对劲。

终于，她想出来了。不对劲的地方是在"那天"这两个字上。

第五十七章 收获

"王阿姨，你等等——"

本来，王阿姨都已经转身离开了，忽然又被付瑶瑶叫住，回过头时，不禁又有点紧张。

"又怎么了？还有什么事吗？该说的我都说了啊！"

付瑶瑶走到她面前，道："我刚刚问你，那天还有什么反常的地方吗？你说那天就没有了。"

王阿姨茫然地说："对啊，那天就没有了。有什么不对吗？"

付瑶瑶笑了笑，道："当然有问题，你说那天没有了，那天，就是你发现蒙玉尸体的那天，对吧？那天没有了，那是不是其他时间段你遇到过反常的事呢？"

王阿姨"哦"了一声，说："对啊，不过也不知道算不算反常，我就是觉得有点奇怪……"

付瑶瑶不紧不慢地说："你说出来听听。"

王阿姨回想道："我的工作其实主要有两个内容，一个是扫地，还有一个就是负责这一条街上铺面的垃圾清理。"

闻言，付瑶瑶才注意到每家店铺门前果然都有一个垃圾桶，是那种黄色的小垃圾桶。她知道，有些地方的商铺规定，垃圾箱要摆在门口，不能放在店里。一般有这种要求的，都是因为店铺内部的通风设施不好，垃圾放在店里，味道会很大。

银枫小区这片老城区，完全符合这种条件。

王阿姨继续说："扫地是早上的工作，帮他们倒店门口的垃圾是晚上的工作，一般是在十一点之后。那个时间点，基本上店铺都关门了，我就是在那个时候来。

"应该是十天前吧，那晚我来收垃圾的时候，就剩那个宠物店还没关门，我在收他家门口的垃圾时……"

英子听到这儿，忍不住打断了王阿姨，道："王阿姨，你平常扫地时，人都没到店门口，那只藏獒就开始对着你狂吠了，那些垃圾桶直接就摆在店门口，为什么你去拿的时候，你更靠近店铺，那只藏獒就不冲着你叫了？没听你说晚上也被吓啊……"

王阿姨说："那当然，晚上还要被吓一次，这活我也没法儿干了。一天到晚的，光被吓了，谁受得了？

"我晚上没被吓，那是因为宠物店一般是在晚上十一点左右关门，那个小男人还在。他在的话，那只狗就不怎么叫，因为他会训斥它，如果他关门了，那也会在关门后牵着那只狗出去遛弯。

"毕竟狗也需要拉屎撒尿，这个小区，大部分住的是中老年人，睡得比较早，那个点儿是最适合他遛狗的时间。所以我就是卡在那个时间来倒垃圾。"

英子点了点头："我明白了，王阿姨你继续。"

付瑶瑶却追问道："王阿姨，你刚刚说那个小男……宠物店老板在的时候，那只狗不会叫？"

王阿姨知道付瑶瑶想问什么，直接说："不是不会叫，那只狗在叫之前，嘴里通常会发出呜呜的威胁声，然后不知道什么时候，就开始狂吠了，特别大声，你有心理准备也没用。

"如果那个小男人在的话，在狗发出呜呜声时就会低声训斥它，它就不敢再叫了。要不然他还敢养它？客人一进门不被它吓跑才怪。

"但是那天早上，它看到我之后，连哼都没哼一声，也没有发出呜呜声。"

付瑶瑶了然道："原来如此，王阿姨你接着说。"

王阿姨被这么一打岔，有点蒙："我这是说到哪儿了？"

英子提醒她："你说到你那天晚上去收垃圾，真爱宠物店还没关门。"

王阿姨一拍脑门，自嘲道："哦，对，瞧瞧我这记性，老了，不中用了。"然后，才继续说，"我准备倒他家门口的垃圾时，那个小男人就出来了，他说，这几天他门口的垃圾不用我收。"

付瑶瑶问道："为什么？"

王阿姨瞥了她一眼，道："我怎么知道是为什么啊？他不让我倒垃圾，我就不倒喽，他以为他家门口的垃圾有多香啊，我还不乐意倒呢！整条商铺，就数他家的垃圾最恶心，戴几层口罩都没用，还是能闻到那股特别难闻的味道。"

付瑶瑶又问："他家的垃圾桶里平时都有什么垃圾啊？"

王阿姨愤愤地说："有什么？能有什么，别人的垃圾无非是些纸巾啊，废料啊，果皮剩菜啊，他家的，哼，都是猫狗的排泄物，还有狗毛！这些东西混杂在一起，别提多恶心了。"

如此说来，付瑶瑶大概知道，为什么王阿姨那么嫌弃了。

不过，垃圾桶里有这么恶心的东西，周大富为什么不让王阿姨收拾垃圾呢？他的目的又是什么？难道是想要自己倒垃圾？没道理啊，倒垃圾的费用早就已经算在了物业费里了，这是他应有的权利。除非是这些垃圾有什么见不得人的用途。可是猫狗的排泄物和毛能做什么呢？

付瑶瑶想不通，问："王阿姨，你当时就没问他为什么不让你倒吗？"

王阿姨一副愤愤然的样子，道："问他？问他做什么？我看都不想看到他，还跟他说话？"

"王阿姨好像对宠物店老板很有意见啊。"

王阿姨理所应当地说："没意见才怪了，养了这么一只玩意，想吓死人啊？"

随后，两个人又追问了王阿姨，看看还有没有什么漏掉的细节，特别细致地问了一些问题，确定没有遗漏之后，这才让王阿姨回去继续她的工作。

付瑶瑶蹲在旁边点了一支烟，英子也要了一根，但是不会抽，频频咳嗽。

"头儿，关于王阿姨说的，你有什么看法？"

付瑶瑶说："其实说了那么多，就两点。首先，为什么那只藏獒在蒙玉出事的那天没有吠叫；其次，案发前，为什么周大富不让王阿姨收拾门口的垃圾。"

说着，付瑶瑶凑近宠物店门前往里看，那只藏獒更加狂乱地叫了起来，并且用前肢不停地扒拉大门，似乎没有门锁锁住，它就会冲出来。

店门已经被周大富换了新的，门锁也换了。

她说："这很不正常。我们那天看到的藏獒，虽然也对我们叫了，但是根本没有这么疯狂。我认为，它对我们叫不是因为我们是陌生人，而是想让我们心生警惕，它当时最迫切的事情，其实是想逃跑！"

第五十八章 接力

英子不以为然地说："逃跑也很正常啊。这些狗一天到晚被关着，有机会出去，当然会跑，不然你以为'脱缰的野马'这个词是怎么来的？"

付瑶瑶摇了摇头，说："我疑惑的不是这个。那天，那只藏獒也没对我们叫，现在却这么叫，为什么反差会那么大呢？难道那天它真的哑巴了？"

"王阿姨说十天前，周大富忽然让她不要再来倒垃圾了。十天前，蒙玉还没出事，那个时间，正好是她做手术之后的休养时间，那我是不是可以理解为，周大富当时就动了杀害蒙玉的心思？以至于他的某些举动开始让人觉得奇怪。"

"最明显的，不让清洁工倒垃圾，就很奇怪。"

付瑶瑶走到那个垃圾桶前，打开盖子，顿时一股令人作呕的味道直冲头面。

然而，两个人都没有做出特别的反应，甚至还凑近去看。那个垃圾桶几乎都满了，应该是攒了好几天没倒，看来周大富还没跟王阿姨说，可以开始恢复他家门口的垃圾清洁了。

如若不然，这垃圾昨晚就应该被清理了，也不会攒那么多。

付瑶瑶伸手摇了摇垃圾桶，一股更浓的难闻的味道迎面扑来。

她想看看里面有什么。

果然如王阿姨所说，里面都是猫狗的排泄物和毛。其中最多的就是毛。

英子好奇地问："哪儿来那么多毛？"

付瑶瑶合上盖子，道："人家是宠物店，很多狗来剪毛剃毛的，垃圾桶里有狗的毛有什么不正常的？"

英子若有所思地点了点头。

付瑶瑶的嘴角慢慢泛起了一丝冷笑，道："我还想到了一个问题，我们也忽视掉了。"

"什么？"

"蒙玉出事的那天晚上，在店里的有且只有一个人，那个人只能是周大富，不可能是其他人。"

英子问："为什么这么肯定？"

付瑶瑶说："你想啊，这只狗那么凶，如果是陌生人，谁敢跟它独处？而周大富是主人，自然没什么问题。"

绕了一大圈又绕回来了。

"那周大富是怎么离开的呢？"

付瑶瑶看了一眼英子，道："别问我周大富在害了蒙玉之后是如何离开的。我不知道，知道的话，这个案子就破了。"

英子垂下眼睑来，道："这是目前最重要的问题。"

付瑶瑶笑道："现在不是了。"

英子眼睛一亮，问："头儿，难道你有方向了？"

付瑶瑶说："当然。"她指了指那个垃圾桶，"王阿姨给我们指了一条明路啊。她今天跟我们说的这两件事，实在是太重要了，接下来，我们就从垃圾查起。"

英子看了看那个垃圾桶，十分不解，从垃圾查起？这是什么意思？

她刚想发问，但付瑶瑶招了招手，道："走了，时间紧迫，我们必须要速战速决，接下来，可有的忙了。"

"哦，好。"

如果英子知道接下来她们要做的事是什么，打死也不会和付瑶瑶组队，不过这都是后话了。

出了小区门口，付瑶瑶将车子停在路边，进了一家早餐店，英子表示已经吃过了。付瑶瑶也说自己吃过了，但还是劝她最好多吃一点，因为接下来可都是些体力活。

英子以身体发胖为由，拒绝多吃，全程看着付瑶瑶一个人吃。

事后，英子再次后悔，没有再多吃一点。

两个人从早餐店出来，竟碰到了江左岸和黄欣。

他们也是过来吃早餐的，吃完之后，应该就会展开他们对周大富的调查计划了。

黄欣呵呵笑着朝她俩打招呼："哟，比我们还早？不过，宠物店八点半才开门，现在还早呢，要不要再进去坐会儿？"

英子笑了，怼他："你们可真懒，我们都要回去了，你们现在才来。"

江左岸问："两位查到什么线索了？"

付瑶瑶笑道："当然查到了，不过就算查到了，也不告诉你们。英子，我们走。"

看着她们说走就走，黄欣很纳闷儿："这……她们……"

江左岸边招呼黄欣边往店里走："她们的思路跟我们不一样，由她们去吧。"

黄欣好奇地问："她们什么思路啊？现在宠物店根本就没开门，她们查什么？能查到什么？"

江左岸落座后，也不问黄欣吃什么，点了两碗面道："我也不知道她们能查到什么，不过看她们的样子，应该是查到了什么……哎，管她们呢！我们查我们的。"

吃完面后，两个人又在店里坐了一会儿。

闲得无聊，江左岸问店老板："老板，你知道你们小区最近出了一件事吧？"

现在店里除了他们两个客人，便没有其他人了，店老板正闲得无聊，闻言便叼着根牙签坐了过来，也很有兴趣的样子。

店老板说："当然知道，听说是自尽的，怀孕了，去把胎儿打了，结果男朋友不同意，就跟男朋友吵了几架，想不开就自尽了。"说着，脸上露出一副惋惜的神情，"你说也真是的，这有什么好想不开的呢？性格不合适，大不了就分手啊，三条腿的蛤蟆不好找，两条腿的男人还不好找吗？"

江左岸问："哎，你们都在同一个地方开店，你跟那个宠物店老板之间，熟悉吗？"

店老板摇了摇头："不怎么熟，他倒是来我店里吃过早餐，都是街里街坊的，相互之间照顾一下彼此的生意，也是常有的事儿，只不过我不养狗，所以不能去照顾他宠物店的生意。至于老周啊，他那个人不太喜欢跟人打交道，所以关系也就那样。"

江左岸又问："那依你对他的了解，他是个什么样的人呢？"

店老板奇怪地看着江左岸："他是个什么样的人我不知道，我倒觉得你挺奇怪的，怎么会问这些问题？"

黄欣掏出了证件，直接表明了身份，道："我们是市局的，现在你还奇怪我们为什么问这些问题吗？"

店老板一看，嘴里的牙签被惊得掉到了地上，尴尬地笑了笑，道："不奇怪，两位警官想问什么，我一定知无不言，言无不尽。"

第五十九章　奇怪的黑色塑料袋

江左岸笑道："其实也没什么，就是无聊，想跟你随便聊两句。"

店老板把毛巾往肩上一甩，又倒出了一根牙签，叼在嘴里，似笑非笑地说："我都懂的。"

黄欣露出玩味的神情，问："懂？你懂什么？"

店老板只是笑，然后说："我听他们讨论，说那个女的不是自杀，对不对？"

江左岸不搭茬，反问道："哦？怎么说？"

店老板说："我们有个群，他们在群里讨论的。"

江左岸挑了挑眉，饶有兴趣地说："那讨论出什么来了？"

店老板说："哎，小打小闹呗，几个吃瓜群众能讨论出什么来啊？他们都认为，那女的是那个宠物店老板杀的。"

江左岸连忙问："这有证据吗？"

店老板说："能有什么证据啊，有证据不就去找你们了吗？无非就是看见那女的跟男的吵过架，再加上那家宠物店的口碑不好，就胡说八道呗。我接触过那男的几次，我觉得他挺老实的，就是不怎么爱说话，有点怪。"

黄欣笑了笑，说："老板，我说该不会是他来你家吃过几次面，你就觉得他人不错吧？"

店老板收起笑，一脸认真地说："当然不是了！有句话你难道没听过吗？只有男人才能理解男人，女人嘛……怎么可能理解男人呢？都是头发长见识短的家伙。"

江左岸才不理会这些吐槽之言，而是关心地问："这些不重要，你刚刚说宠物店老板有点怪？怪在哪里？"

店老板说："我在这里开店也有好几年了，那家宠物店我是知道的，也有几年了，只不过，之前我们没有什么交集。他之前偶尔会来吃面，可能两三个月来一次，但就在前段时间，次数开始多了起来，连续来了好几个晚上。"

黄欣听得云里雾里，问："这就叫奇怪了？"

店老板说："警官，你先听我说完，如果跟平常比的话，这也算是一个奇怪的地方，但还不是我想说的那个奇怪之处。"

店老板说着，跑去前台沏了一壶茶，给两个人泡上。三人喝着茶，边喝边聊。

"我这个店啊，其实不只做早餐，消夜我也做。"

黄欣佩服道："老板可真厉害，现在做消夜，不得做到凌晨两三点？还坚持做早餐，岂不是只能回去睡一两个小时又得起来忙活？"

店老板叹了口气，说："唉，偶尔几天还行，每天都这样怎么能行呢？铁打的身体也受不了啊！我跟我老婆分工，她做早餐，我做消夜，只是前段时间我们俩吵架了，她就回娘家了，到现在都没回来，我才既做早餐又做消夜的。我一个人做，晚上就不会做到那么晚，一般晚上十一二点就关门了。"

黄欣哈哈大笑道："我说老板，你媳妇回娘家了，怎么一点不着急啊，好像还挺开心的样子？"

店老板顿时眉眼笑开了花，道："平常被管得太严了，被压得喘不过气来，好不容易能有属于自己的时间，想抽烟就抽烟，晚上想几点睡就几点睡，怎么会不开心？"

黄欣拆穿他，说："只怕你过一段时间，就开始怀念老婆的好了吧！"

店老板嘿嘿笑道："怀念了，再请回来，岂不美哉？"

两个人拿起茶杯，对碰了一下，继而哈哈大笑。

江左岸看了一下时间，现在才八点，还有半个小时，真爱宠物店才开门，也就任由他们闲聊。

但是只聊了几句别的，不等江左岸提醒，店老板自己就回到了原来的话题上。

"十天前，有好几个晚上，那个宠物店老板，他姓周，我们都叫他老周，他每天晚上关门后都会来我这儿吃消夜。

"在此之前，这是从来没有过的事。我们这些做小生意的，其实都不容易，大部分人都是自己做饭，很少在外面吃。只有实在没时间了，才会在外面吃。

"那天晚上，我记得很清楚，因为我快要关门了，天气也不是很好，下着小雨，没什么人，我特意看了一眼时间，是十一点半。我已经开始拖地了，他提着一个黑色的塑料袋，站在门口小声问我，还有吃的吗？

"我一看，是老周，就让他赶紧进来。我当时还打趣他说，原来是老周啊，当然有，而且是必须有，就算没有，我加班也得给你做出来。他笑了笑，没说什么就进来了。

"其实，当时我冰箱里还有很多食材，跟他说那些话，只不过想调节一下气氛，没想到他那么敷衍。

"我也就没怎么跟他聊了，寻思着，他多半是因为关门晚了，跟之前一样，偶尔才来吃一次。

"没想到，第二天晚上，他又来了，还是同样的时间，甚至还晚了一点。他这次倒没在门口问还有没有吃的了，直接轻车熟路地进来说要碗云吞面。我当时虽然有点纳闷，但也没多想。

"第三天，他依旧跟前一晚一样，拎着个黑色的塑料袋，匆匆吃完就回去。第四天依旧如此。

"第五天晚上，他又来了，这一次比前几晚更晚，依旧是拎着一个黑色的塑料袋。

"那会儿已经临近十二点了，我地都拖完了，厨房的垃圾也装好了，我正准备将垃圾拿出去扔。

"就在这时候，我老婆打电话来了，不用听，就知道又是来找我吵架的。我也顾不上出门扔垃圾了，就随手将垃圾袋放到地上，跟老周说了一声'不好意思，我先接个电话'。

"因为这个时候她打来电话通常没什么好事，我总不能在客人面前吵吧，就去外面接电话。吵完架后，我正准备回来给老周煮吃的。

"这时候，我看到垃圾袋还扔在地上，就过去拿起来，打算先把它拿去门口扔掉。

"但就在我提起垃圾袋转身准备出去的时候，老周猛地站了起来，把凳子往后撞得发出声响。

"这个动静把我吓了一跳，回过头来，正看到老周眼睛血红，大口喘着粗气，紧紧地盯着我手中的塑料袋。"

第六十章　袋子里装的是什么

说着，店老板喝了一口茶，然后猛地站了起来，将凳子撞得往后移出一段距离，木凳腿摩擦地板，发出了刺耳的声音。

他这突如其来的举动，将黄欣和江左岸吓了一大跳。

站起来之后，店老板就死死地盯着黄欣。

黄欣惊道："老板，你在干什么？"

刚刚脸上还一副愤怒表情的店老板转瞬间就恢复了最初的和颜悦色："警官，不要紧张，我这是学老周呢。他那天就是这个反应，吓得我直接就僵了。是不是很奇怪？

"他直接将我手上的黑色塑料袋抢了过去，指着地上另一个垃圾袋跟我说：'那个才是你的！'

"我恍然大悟，原来我随手一扔，将那个垃圾袋扔到了他的塑料袋旁边。

"我没注意，拿错了他的袋子，只是他的反应好大，怒目圆睁，就好像我抢了他极其贵重的东西一样，那黑色塑料袋里装的难道是黄金不成？"

黄欣还因为刚刚被吓而有些生气，便不客气地说："搞不好塑料袋里装的真是黄金呢。"

店老板摇头否定道："不可能是黄金，我还记得，那个黑色塑料袋很轻，但是很鼓，就好像装着气体一样，一点重量都没有。如果不是我刚刚拿起来他就有那么大的反应，把我搞蒙了，只要提着走两步，就会知道提错袋子了。"

江左岸说："真是有意思，连着几天晚上一反常态，关店时间很晚，提着一个没有重量却鼓鼓囊囊的黑色塑料袋，那袋子里装的是什么？"

店老板摇了摇头，道："我哪里知道，那天晚上他非常生气，从我手中将袋子抢回去之后，就一直提在手上。只用一只手吃东西。

"我被他那反应吓到了，也有点生气，也就没再搭理他。又不是什么宝贝的东西，至于反应那么强烈吗？

"那天晚上，他没吃完就走了，招呼也不打。我收碗的时候，看到他还剩了一大半，前几晚，他都吃得一干二净。

"再之后，他就不再来了。我想，他以后或许不会来了吧，应该是因我拿错了他的塑料袋生气。你说这不是怪是什么呢？"

江左岸问道："你确定每晚他都拿着一个黑色塑料袋？每一个黑色塑料袋都一样大吗？是同一个吗？"

店老板摸着下巴想了想，道："应该不是同一个塑料袋，好像每天晚上塑料袋的大小都不一样。但是类型应该都是一样的，鼓鼓囊囊的，应该都没什么重量，不知道里面装了什么。"

江左岸再问："你再回忆回忆，具体是从哪天开始，老周来你店里吃消夜的。"

店老板又想了一会儿，道："应该差不多有半个月了。哦，对了，是十三天前。正好是我老婆回娘家一周后，他开始来的，我想起来了。"

"一连来了五个晚上？"

店老板点了点头："对，一连五个晚上，之后就再也没来过了！"

从早餐店出来，已经快八点半了，两个人回到黄欣的车上，他们停车的位置恰好是小区的入口处。如果周大富来宠物店，必定要经过这里。

黄欣感慨道："这个周大富也真是小气，不过是拿错了一个袋子，就不来吃东西了。"

江左岸摇了摇头："你真的以为是店老板拿错了袋子，他才不来吃东西的？"

黄欣奇怪地问："难道不是吗？"

江左岸拿出纸笔，在上面写写画画，道："十三天前，周大富开始每天关店都很晚，然后带着一个塑料袋回家，我们可以认定，这个时候他就已经有了反常的举动。而这个时间是什么日子呢？是蒙玉打胎的第二天。他连续五天关店晚，第六天却不来了，那是因为那刚好是蒙玉被害的晚上。所以，不管第五天晚上，店老板有没有拿错周大富的塑料袋，他都不可能再去那家店吃东西了。"

黄欣表示赞成："有道理，你说那个黑色塑料袋里装的到底是什么呢？店老板拿错袋子，他能有那么大的反应，只有一个原因，就是害怕店老板发现袋子里的东西。"说着，他想了又想，"鼓鼓囊囊的，又轻飘飘的，到底是什么呢？"

江左岸摇了摇头，他们打算从今天开始，对周大富进行最全面的调查，对店老板的问询，其实并不在他们的走访范围之内。

他们也没办法查出这段日子里，周大富接触过的所有人，只能有针对性地调查，从周大富接近最多的人查起。

所以店老板提供的这条线索，对于他们来说，完全是意外收获。

除了这点之外，江左岸倒要看看，他还有哪一些奇怪的举动。

"哎，江队，周大富来了。"

江左岸顺着黄欣指的方向看去，便看到周大富从他们的车辆前方经过，然后进入小区。

周大富今天穿着一件黑色的外套，走路没什么精神，走得也很慢。

黄欣感慨道："像他这样的人，应该会很自卑吧。"

江左岸有些不解，问："自卑？"

黄欣看着周大富的背影，直到消失在小区里，才说："太矮了，又瘦又小，十个这种身高的男人，起码有九个都会自卑。"

江左岸微微摇了摇头："这可未必。"

黄欣问："蒙玉怎么会看上他这样的？"

"萝卜青菜，各有所爱。"

"如果和蒙玉打起来的话，他未必能打得过蒙玉。"

"你怎么老是往这方面想啊？"

黄欣转而说："所以，那一刀扎进去得多大仇恨啊？一点存活机会都不给……"

江左岸打开车门，道："走吧，他现在应该已经开门了。"

两个人并没有直接去找周大富，而是来到真爱宠物店的对面，一家饮品店里。

黄欣纳闷地问："不是刚吃过东西吗？"

江左岸说："对啊，不过我们不是来这儿吃东西的。"说着转向吧台，对着服务员说，"老板，给我来两杯奶茶，最大杯的，不外带，在这里喝。"

第六十一章　他的顾客

落座后，黄欣瞪大了眼睛看着江左岸："不是说不是来吃东西的吗？还点？而且还点最大杯的，什么意思？"

江左岸做了一个嘘声的动作，小声说："你是不是傻？我们要监视周大富的一举一动，你觉得哪里地点最佳？"

黄欣看了看，还没得出结论。

江左岸又说："当然是宠物店的对面了，又方便，又不会被周大富发现。而且，你坐在人家店里，什么吃的喝的也不点，谁让你坐在这儿，我们要坐一整天，当然要点最大杯的了。"

饮品店装修时，大门和墙壁都是用透明玻璃，看清外面没问题，但是想要从这里看到周大富的宠物店，显然不是很清晰。

"我们坐在这儿，能监视到周大富吗？我看着看不是很清楚啊！"

江左岸白了他一眼，说："谁让你监视周大富了？"

黄欣一脸茫然地说："不是你说的吗？"

江左岸解释道："你没理解我的意思，我们要监视调查周大富，不是一直盯着他看，盯着他看能看出来什么？真要盯着他看，还不如偷偷在宠物店里装摄像头呢。

"我们不把注意力放在周大富身上，而是放在他出现的地方。比如他工作的地方。十三天前，蒙玉还没有出事，也正是周大富开始出现反常的时间。

"宠物店不同于其他店铺，因为同类店铺很少，店里的客户基本上都是固定的，而且大部分都比较忠实，来得多了，自然而然就跟店老板熟悉了。如果某个顾客十几天前来过，那周大富有什么异常表现，他们或许能知道。

"所以，我们真正的目标是宠物店的客人，只问一件事情，上一次来真爱宠物店时，有没有觉得周大富有什么反常的表现。"

黄欣问："不一定每个客人都是十几天之前来过啊，有些就没来过，有些甚至一个月前来过……"

江左岸耸了耸肩，说："这有什么问题？我们都问问不就行了？只要今天进店再出来的人，我们就追上去问。

"总会有蒙玉被杀前来过店里的，所以我们将位置选在这家奶茶店，只需要盯着真爱宠物店的大门就行了，不需要看店里面。

"周大富没有朋友，我们就只能从他的客户下手了。"

黄欣冲江左岸竖了竖大拇指，称赞道："不愧是你，功课做得足。"

江左岸摆了摆手："我其实也没做什么功课……"

黄欣说："做了就是做了呗，有什么不好承认的？"

江左岸尴尬地笑了笑，道："真没有。我以前在国外留学的时候，跟付文是校友，还在机缘巧合之下住过一个宿舍，付文养过一只小狗，我帮他照顾过一段时间，跟宠物店打过交道，所以了解一些。"

江左岸其实没说完，付文只是买了一只小狗，都是他一直帮忙养。

"都是宠物店，虽然是国外跟国内，但大体上应该是差不多的。"

黄欣说："虽然我没跟宠物店打过交道，但是听你这么一说，觉得挺靠谱的。"

"两位，奶茶来了，还需要点什么吗？"

这时候，服务员将两杯超大杯的奶茶端了上来，分别放到两个人面前。

黄欣忽然问："老板，我只点一杯奶茶，可以在这里坐一整天吗？"

服务员不知道是没听清，还是不明白黄欣的意思，又问了一遍："什么？"

江左岸伸手制止了想要再开口的黄欣，转而向服务员说："暂时不用了，需要什么我再叫你！"

"好的，两位慢用。"服务员露出了一个微笑，转身就走回吧台里了。

黄欣扯了扯嘴角："江队，我们两个坐这里一整天只点两杯奶茶，你也不怕人家将我们赶出去？还是你打算用美男计？我看那个服务员妹子对你挺有意思的。"

江左岸板着脸呵斥道："你瞎说些什么？哪有你这么一上来就问的？"

"我们怎么可能只点一杯奶茶？你中午不吃了？晚上不吃了？到时候咱们可以接着点啊！"

黄欣摸着下巴："说得有道理，我还以为你打算用美男计呢？"

江左岸摇了摇头，用无可救药的眼神看了黄欣一眼。

黄欣吸了一口奶茶，一脸享受，道："江队，能不能问你一件事？你别嫌我八卦啊！"

江左岸有种不好的预感，但还是说："行啊，你问。"

黄欣凑近，一脸笑嘻嘻地说："你现在跟我们头儿的哥哥住，之前又早就认识，他难道没有把头儿介绍给你？"

江左岸深吸了口气，道："我能收回刚才的话吗？"

黄欣忙说："不能，做人可不能耍无赖！"

江左岸反问："你跟她那么多年同事，怎么不去追她？"

黄欣嘿嘿一笑，说："兔子不吃窝边草。"

江左岸笑道："那还近水楼台先得月呢？"

"哎，不扯这个了，付文那小子，经常给我们头儿介绍帅哥，你长得也不差，我不相信他没撮合过你们。"

江左岸觉得有点不耐烦，他还以为黄欣是想问关于案子的事呢，没想到是这种八卦，于是随口敷衍道："介绍什么？她不是不喜欢男的吗？"

黄欣嘴巴张成了一个 O 形。

这个回答对他的冲击实在是太大了。他们之前一直都觉得奇怪，付文给她介绍过那么多位优秀的男人，她一个也看不上。

一直都以为是她眼光太高，太过挑剔，没想到居然是这个原因……

江左岸一直盯着真爱宠物店的门口，就在这时，看到有个女人抱着一只狗推开了店门。

于是，他拍了拍黄欣说："快看，来人了……"

但是对方没有反应，转过头一看，看到黄欣似乎完全傻了。

江左岸伸出手，在他面前晃了晃，他就好像是一座木雕，一动不动地坐在那里。

"黄欣——"江左岸连续叫了他几声，他也没反应。

无奈地摇了摇头，那个女人很快就从宠物店走了出来，江左岸不得不走出去。

出去前，也不管黄欣听没听到，留下一句话："有人出来了，我过去问问，你在这儿待着，别让服务员把我的奶茶收走了，我还一口没喝呢，一会儿我还回来。"

第六十二章　顾客的疑惑

江左岸再回来时，黄欣才回过神来，正百无聊赖地咬着吸管。

待江左岸坐回座位后，黄欣问道："头儿她真的不喜欢男的？"

江左岸感到非常无语，他居然还在纠结这件事？

"你怎么不问问我刚刚出去有没有收获？"

"那你刚刚出去有没有收获？"

江左岸摇了摇头。

黄欣有些难以置信，问："出去那么久，一点收获也没有？"

江左岸说："不是时间长就有收获，好吗？"

"那你出去干什么了？泡妞去了？"

江左岸一口奶茶差点喷出来："我说，你能不能正常点？你脑子里都在想什么？"

"我没带证件，跟那个女人解释了好一会儿，差点被人误以为是神经病，一会儿再有人来，你去。"

黄欣瞪大了眼睛，问："为什么是我？"

江左岸没好气地说："还能为什么？你带了证件你不去，难道我去？"

黄欣无所谓地说："我把证件借给你不行吗？"

江左岸实在是无奈了，像看白痴一样地看着黄欣，道："你想让人家当街报警，来抓我吗？"

黄欣刚张嘴，想要说些什么。

江左岸便堵住他说："我知道你想说什么，我错了，行吗？付瑶瑶不喜欢男的，是我随口乱编的，你这回总该满意了吧？"

黄欣气得"哼"了一声，说："你撒谎，我不信……"

就在这时，江左岸又看到一个男人抱着一只狗走进了真爱宠物店。

江左岸忙说："又来人了，快，快去！"

黄欣坐在那里，不为所动。

江左岸有些急了，道："你这也不信那也不信，改天我当着你的面问付瑶瑶，看看她究竟喜欢男的还是女的，总该行了吧？她的话你总该相信了吧？"

黄欣猛地站了起来，道："好兄弟，就等你这句话了。这可是你说的啊，到时候别反悔，说话不算数你就是小狗。"

江左岸忽然有一种被套路的感觉，但他也管不了那么多了，挥了挥手，让黄欣快去快回。

怎么会有这么八卦的……男人？

江左岸在心里想。

没过多久，黄欣就回来了，然后冲江左岸摇了摇头。

"我忽然觉得这个方法很傻。"

江左岸问："那你有更好的方法？"

黄欣摇了摇头，用手指了指身后吧台的服务员："我觉得，她刚刚看我的眼神很奇怪，没准已经把我们当神经病了。"

江左岸觉得带黄欣来调查真是做过最错误的决定，无奈地说："你管人家干什么，你的注意力能不能放在正常点的地方？"

黄欣反问："你这个方法万一不管用怎么办？如果今天没收获呢？"

江左岸心里暗骂了一声，心想，你总算能回归到正题上了。

"今天没收获，我们就明天再来。"

"那明天也没有呢？"

"那就后天继续。"

"后天再没收获呢？"

"你是十万个为什么吗？"

"不是。"

江左岸咬牙切齿地说："你听着，我们不知道有谁察觉到了周大富的异常，只能通过大数据对比。假如这几天之内，有五个人说，看到周大富十天前吃了一个不剥壳的鸡蛋，那这就是周大富的反常之处，明白了吗？"

黄欣点了点头，两个人继续盯着真爱宠物店的大门。

一上午，他们就看到了两个人，就是那一男一女。

到了中午，两个人点了一点吃的，还没吃完，又有人来了，而且人数明显多了起来。黄欣一个人忙不过来，江左岸不得不跟着出去，出门之前，还嘱咐了服务员一番，让她别收了他们的食物和奶茶，他们去去就回。

一直到下午两点左右，人才又开始少了。

黄欣跟江左岸重新坐回饮品店里，交流各自的收获。

黄欣先说："我问了有十个人，他们都觉得周大富有问题。"

江左岸诧异道："不会吧？这么巧，他们都觉得他有问题？"

黄欣说："你先别急，听我说完，还真被你猜对了。十几天前，这些人都来过一次真爱宠物店。他们来真爱宠物店的频率大概是半个月到一个月来一次，来多了，慢慢也就熟悉了。首先，那十个人都表示，周大富跟以前似乎有点不一样了。

"以前，周大富基本上不喜欢跟客人闲聊，不过他服务挺好的，所以他们很喜欢来这里。不啰唆，不磨叽，干活好！

"就是从上一次开始，他们明显察觉到周大富的话变多了，会跟他们聊天，问一些奇奇怪怪的问题，而最奇怪的是，他向那十个人都问过同样的一个问题。

"他问了顾客的职业。你说聊点别的或许还算正常，他们熟归熟，却并不是朋友之间的熟，平常就不怎么聊天，突然聊天了，上来就问人家职业，这样会不会比较唐突？毕竟也算是隐私啊。所以那十个人记得比较清楚。"

江左岸疑惑道："问客人的职业？他究竟想干什么？那他们都告诉他了没有？"

黄欣回道："告诉了，虽然觉得有点唐突，但也不是什么见不得人的事，现在的社会，谁还没个正当职业？他们就是觉得奇怪，也没多想。"

"有意思了，他到底想要干什么？还有其他的异常举动吗？"

黄欣说："还有一个。有一个小姑娘，周大富对她异常热情。那个姑娘养了一只长毛泰迪犬，周大富热情到什么程度呢？他居然提出可以免费为那只泰迪犬美容。

"在那姑娘看来，这简直是太不符合常理了。周大富在她的印象里，就是一个铁公鸡，非常抠，平常在宠物店消费几百块，想让他把几块钱的零头抹了，他都不愿意。这次不知道发什么神经，居然想给她的宠物免费美容，要知道给狗剪毛可不像人去理发，二三十元就能搞定！

"狗剪一次毛，要一百多元呢！"

江左岸更加疑惑，这个周大富到底是在搞什么名堂？

他问："那个姑娘，漂亮吗？"

黄欣用怪异的眼神看着江左岸："干什么？你这注意力，是不是也歪了？"

第六十三章　不理解

江左岸说："想什么呢？我只是想问那姑娘漂不漂亮？这么问怎么就不正常了？"他说出自己的猜测，"你说有没有可能？周大富和蒙玉吵架之后，心灰意冷，于是想另结新欢？他其实是想追那个姑娘？"

黄欣摸着下巴，道："那个姑娘长得是挺漂亮的，斯斯文文的，戴着一个黑框大眼镜，特别白，身材微胖，但是不影响她的漂亮。

"你说的这种可能，我也不是没想过，但那时候蒙玉还在，周大富怎么敢如此明目张胆地拈花惹草？况且蒙玉还没出事，他所有的心思都放在怎么害蒙玉上，哪里还有心思去谈情说爱？

"再说了，周大富难道没有一点自知之明吗？年纪跟人家差了一倍，长得又矮又瘦小，又不是什么有钱人……你忘了我之前和你说过的了？这种男人通常都有一个共同的特点，就是自卑。

"所以他对那个姑娘献殷勤，绝对不是为了追求她。"

江左岸想了想，觉得黄欣分析得有道理。

到了下午，饮品店的客人渐渐多了起来，幸好这家店还算大，本来窗边是最受欢迎的位置，但这里也是被太阳直射的地方，所以除了他们，靠窗的这一排没有一个人坐。

黄欣环顾四周，抱怨道："我们现在更像白痴了！"

江左岸对此倒不以为意，接着问："你有没有问那个姑娘，周大富为什么要这样？"

黄欣说："问了啊，那姑娘说是为了回馈老顾客，可是她总共没来过几次，所以心里很清楚，肯定不是这个原因。"

"问顾客职业，对漂亮的女顾客大献殷勤。"江左岸在纸上将这两个疑点记了下来。

"还有其他的吗？"

黄欣摇了摇头。随后，他问道："你那边有什么收获？"

江左岸摇了摇头："我问的是几个大妈，她们都说没觉得他有什么反常的。"

两个人继续观察，一直到晚上，周大富锁门回家，他们也没再有什么收获。

店里那名服务员陪着他们从早上到晚上。本来人家也没说什么，偏偏在准备出门回去的时候，路过前台，黄欣冷不丁地和服务员说了一句："明天我们还来。"搞得那位服务员一愣一愣的，连"慢走，欢迎下次光临"也忘了说。

这算是江左岸第一次接触黄欣，没想到他居然是这样的人，不禁觉得又好气又好笑。

回去的路上，黄欣显得有些无所事事，话题又转到了付瑶瑶和英子那边。

"江队，你说头儿她们会不会有所收获？"

江左岸说："有肯定是有，就是不知道能有多少收获。"

黄欣好奇地问："她们办案的方向跟我们完全不一样，这说明，我们这种守株待兔的方法不是唯一的，她们会用什么方法呢？"

江左岸摇了摇头，道："我也想不通，她们一大早就来了，没过多久又走了，这一天，也没见她们出现在案发现场附近，但毫无疑问，她们也有自己的侦破方向。"说着，他不得不承认道，"付瑶瑶这个人，其实非常优秀。"

黄欣一脸骄傲，仿佛江左岸夸的不是付瑶瑶，而是他。

"那当然了！"

江左岸笑了笑，道："我先睡会儿，回到局里再叫我。"

在饮品店坐了整整一天，现在停下来，才觉得有点困倦。

黄欣应了一声，这一天，他起码在奶茶店睡了半天，甚至还打起了呼噜。

江左岸叫他也不是，不叫也不是，遭受了很多来自其他顾客的异样目光。

服务员也一直往他们那边看，就差过来说，别在这儿睡，要睡回你家睡去。

回到局里时，已经是晚上十一点半了。

他们前脚刚回来，付瑶瑶和英子后脚也跟着回来了。

两个人浑身散发着一股难闻的味道，头发凌乱，脸也脏兮兮的，身上的衣服还破了，显得非常狼狈。

江左岸和黄欣看了半天，随后，两个人哈哈大笑，足足笑了一分多钟。

黄欣问："你们……是去要饭了吗？"

江左岸一手搭在黄欣的肩膀上，另一只手捂着笑疼了的肚子，道："我觉得你这么说不准确，你应该说，你们去哪里要饭了，这样语气比较肯定。"

两个女人也不生气，任由他们笑，然后各自拿了所需的东西。只是在离开时，分别给了他们一脚，也不说话，扬长而去。

黄欣捂着被踢的地方，看着她们离去的背影，摇头叹气道："唯一的遗憾就是没来得及用手机照下来。"并且埋怨江左岸不提醒自己。

江左岸安慰道："完全不用担心，放心吧，我们明天还能看到这么劲爆的时装秀。"

黄欣眼前一亮，问："真的假的？那我明天可要提前准备好手机了。"

江左岸忙说："我劝你最好不要这么做，她们可能会砸了你的手机，以我对她们的了解，她们能做出这样的事。"

"那我用一个破手机如何？拍了直接发朋友圈。"

"你简直是太坏了，不过，我喜欢。"

两个人相视一眼，又开始大笑起来。

笑过之后，黄欣说："你说她们到底干什么去了？你怎么这么肯定明天她们还会是这副模样呢？"

江左岸说："干什么去我不知道，但是她们没找到证据，明天肯定还会继续去。"

黄欣疑惑地问："你怎么知道她们没找到证据？"

江左岸理所应当地说："你傻啊，找到证据的话，她们早就让咱俩请吃饭了。"

黄欣恍然大悟。

他本来还觉得他们今天的守株待兔的行为太傻了，但是看到付瑶瑶她们更加狼狈，所有的不快顿时就消失了，开心得竟不由自主地哼起了小曲。

江左岸叹了一口气，道："黄欣啊，可能我们要输。"

黄欣刚没高兴两秒钟，一盆冷水就泼了过来，他纳闷地问："为什么你觉得我们会输？"

江左岸吐出两个字："直觉。"

黄欣还以为他能说出什么观察到的细节来，没想到是直觉。他"嘘"了一声，道："什么狗屁直觉，你的直觉不准。"

江左岸笑了笑，没再说话，其实他想说的是，他的直觉一向都很准。

第六十四章　要破案了

第二天，江左岸照旧早早来到局里等着黄欣，尽管黄欣来得比他晚一些，但时间观念还是有的，卡着点儿到了。

八点二十分，他们就到了银枫小区，饮品店也兼职做轻食早餐，所以八点就开门了。江左岸给黄欣带了早餐，所以他们就没在昨天那家早餐店吃早餐。

到了饮品店，两个人一看，还是昨天那个服务员。

服务员还没说什么，黄欣就神经质地先说了一句："哈哈哈，又是我们，我们又来了。"

"那……"

"两杯最大杯的奶茶，谢谢。"

服务员看着他们的背影，还没来得及说的后半句也咽了回去，转身调奶茶去了。

两个人还是坐在昨天的位置。

落座之后，黄欣率先将江左岸的证件扔到了他面前，道："今天你可别想偷懒，当然，你也没机会偷懒了。"

江左岸本来还想说，我什么时候偷过懒了？转而却说："行行行，你说了算。"

因为今天是周末，早上宠物店并没什么顾客，但是过了十点以后，便接二连三地来了客人。

两个人轮流出去，在顾客离开宠物店之后，将他们拦下，有时候一下子能拦下三四个。

到了晚上七点左右，江左岸就让黄欣停了下来，因为他已经得到了想要的答案。

通过这两天的询问，他们终于找到了周大富的所有异常举动，这些事情一连起来，问题终于迎刃而解！

这就不得不提到江左岸的"带壳吃鸡蛋"理论。一个人看到他带壳吃鸡蛋，或许只是觉得奇怪，但是五个人都看到他带壳吃鸡蛋，那就很反常了。

昨天，黄欣查询到有一个女顾客，周大富无故对她献殷勤，要免费帮她的狗美容。

女顾客觉得奇怪，便以宠物犬的毛不是很长，自己更喜欢小狗毛茸茸的感觉为由拒绝了。

但是今天，黄欣和江左岸又分别遇到了五个和昨天女顾客一样遭遇的人，值得一提的是，这五个人并不全是女的，而是有男有女，有老有少。

所以就可以肯定一件事，周大富献殷勤，并不是想要追求对方。

那几个人都有几个共同点，第一个共同点，养了一只毛茸茸的长毛狗，不管狗的毛长短，周大富都向他们提出免费美容一次的福利，其中有四个人觉得，反正又不花钱，不剪白不剪。

然而，美容完之后，那四个人都后悔了，因为周大富将狗毛剪得非常短，几乎是贴着皮肉剃的。这根本不像是周大富的手艺，如果不是因为宠物店里只有周大富一个人，他们都怀疑，这是学徒工拿来练手的。但因为是免费的，而且只是剪得比较短，也不算丑，也就没说什么。

这说明，周大富的目标，并不是宠物的主人，而是宠物本身。

第二个共同点，这几个人的宠物狗清一色都是黑色的长毛犬。当天来宠物店光顾的其他客户的狗，都是其他颜色的，所以周大富只选择了这五个人。

由此可以看出，除了黑色的狗，其他颜色的狗不符合周大富的要求。

那段时间，周大富绝对不可能只找了这几个顾客，他们只是随机找到今天来宠物店的顾客，如果继续守株待兔，或许会有更多。

这些被问到的人，虽然有些疑惑，但也没有多想，只是当成了店家回馈顾客的福利。

除此之外，江左岸还得到了另一个问题的答案。

昨天，黄欣调查到，最近到过真爱宠物店的顾客无一例外都被周大富询问了职业。

今天他们询问的顾客，都跟昨天的那些顾客一样，周大富也问了他们相同的问题。

江左岸在昨天调查结束后想了一个晚上，实在想不通周大富问客人的职业是什么原因。

一直到今天他询问到一个中年大妈，才恍然大悟。

养宠物的人，职业迥异，来自各行各业的都有。

周大富问顾客的职业，是因为想找人帮忙做事，但宠物店就他一个人，如果专门出去找，就意味着他要关店去找，很容易引起别人的注意。

其实，周大富是想找一个特别的裁缝，不仅会裁缝，还要养狗。这位中年大妈恰好就是一名裁缝，还经营着一家手工店。

只有找一个养狗的裁缝，因为养过狗，才会了解狗的身体构造。

根据大妈的回忆，周大富想请她帮个忙。因为他想把那只藏獒的毛剃光。

因为它身上的毛太多太厚了，还打结，很不好打理，所以想剃光了让它重新长起来。

但又怕它冷，网上没有这么大的狗衣服。就想让裁缝帮它做一件合身的衣服。

这位大妈家的狗偶尔剃毛了，也会穿衣服，很能理解周大富的想法，便欣然应允。

没过两天，就将衣服做好了，给周大富送了过来。

然而，周大富拜托她的时候好像很急的样子，但是做好之后，又不见他给藏獒剃毛，大妈还以为不合身，特意询问过，周大富说，刚给藏獒打了疫苗，等半个月之后才能剃。

大妈也就没再多问，毕竟周大富也是付了钱的，至于他剃不剃，就是主人的意愿了！

江左岸将最后一口奶茶喝光，继而心情舒畅地说："我觉得你昨晚说得对，我的直觉不准，因为我们马上就要赢付队她们了。"

黄欣还不明白，这案子怎么就破了？

他问道："你知道周大富行凶之后，是如何在大门反锁的情况下离开店里的？"

江左岸神秘地说："你想知道啊？"

黄欣怒道："你这不是废话吗？不想知道我问你干什么？"

"想知道，那就先去把账结了！"

第六十五章　试探

黄欣是个急性子，江左岸话还没说完，就屁颠屁颠地结账了！

结账时，那个服务员显得有点意外，问："这么早就回去了？"

黄欣满脑子都在想案件的真相，根本就没有闲聊天的心思，随便敷衍道："对啊！"

"明天你们还来吗？"

"不来了！美女，你能不能快点，我赶时间！"

不催还好，一催更慢，服务员在那慢悠悠地用计算器计算。

黄欣直接掏出了两张百元大钞，放在桌子上，道："这点应该够我们吃的了，兴许还有富余，多出来的，就当哥哥请你喝奶茶了，最大杯的奶茶。"

说完，他就跑了出去。

"哎——"服务员出声的时候，黄欣已经跑得没影了，气得她直跺脚。本来还想问那个帅哥的联系方式的，怎么不按常理出牌？

出了店门，江左岸直接往街道对面的真爱宠物店走去。

黄欣还以为，这就要去抓人了。可他是不是搞错了？难道不应该先告诉自己真相吗？

于是"哎"了一声："等我一下。"

但江左岸没有理会。他只好追了上去。

江左岸走到宠物店门口，也不等黄欣，率先推门进去。

店里现在只有周大富一个人，正坐在店里的前台处吃饭。

如果抛开这件凶案不论，周大富的日子过得还是挺忙碌且充实的。生意不算好也不算差，但是宠物行业的利润很可观，养活一家子没什么问题！

看到江左岸进来，周大富抬起头，接着看到黄欣匆匆忙忙地跟进来，便又低头继续吃饭。

他显然是饿坏了，吃得非常香。

江左岸一进去，那只藏獒便从主人身边走出来，看着江左岸，嘴里发出威胁的低吼声。

周大富低声训斥了一声，它便乖乖地回去了。

"两位警官，有什么事吗？"周大富头也不抬地问。

江左岸走到前台，将手搁在前台上，笑道："没什么事。"

黄欣被搞蒙了，江左岸在搞什么名堂？

明明说破案了，进来之后却跟凶手说没什么事？

"没事吗？你……"

黄欣话还没说完，就被江左岸打断了："就是路过，进来看看。"

此时，周大富终于吃完了盒饭，吃得一干二净。

"周老板吃得可真香啊。"

周大富的脸上没什么表情，起身走到门口的垃圾桶前将快餐盒子扔掉。

那只藏獒也跟着他，走一步跟一步，时刻警惕地看着两个人，扔完垃圾之后，周大富回到饮水机旁打了一杯水。

"忙到现在，太饿了，让两位见笑了。你们要不要喝点水？"

江左岸摇了摇头，视线落在那只藏獒身上，再也没有离开过。

黄欣看着两个人像打哑谜似的，心里着急，但江左岸显然不像他想的那样，直接来抓周大富，也不知道他到底想干什么，索性眼不见为净，对江左岸说："我先出去抽支烟。"

江左岸就像魔怔了一样，盯着那只巨大的藏獒看。

黄欣不知他到底有没有在听，他掏出烟，边点边往门外走。

出门之前，他听到江左岸说了一句话："周老板，你这只藏獒好威风啊，太帅了！我做梦都想养这么一只狗，在哪里可以买得到？"

黄欣在心里暗骂了一声，这小子，倒要看他能搞出什么名堂！

他点燃香烟，掏出手机，给英子发了一条消息："小英子，你们输了！"

发完之后，他便准备将手机关屏。

但没想到，英子直接秒回了他："输的人是你们，八卦男。"

黄欣乐了，又回了一句："我们马上就回去了，等你们。"

英子没再回复，黄欣将手机揣进兜里，蹲在门口抽烟。

他又回头往店里看了一眼，只见江左岸正在和周大富聊天，两个人的视线，默契地落在那只藏獒的身上。

黄欣回过头来，他还是不知道江左岸到底想干什么。

既然江左岸说案子破了，那就是破了。尽管认识江左岸的时间不长，但他还是选择相信他！

店里，周大富就刚刚江左岸问的问题进行了回答："在哪里买得到我也不知道，其实我对这些不是很了解。这只藏獒不是我买的，而是顾客遗弃在我这里的。藏獒还小的时候，有个顾客带它来洗澡，说过一会儿来接，结果就再也没来过，留的电话也是个空号。

"它当时生病了，我治好了它，没等到它的主人，我就把它留下来了。

"至于你说的威风，其实我没什么感觉。小区里很多居民对我的意见很大，说我在小区里养这么大一条狗，太吓人了。他们根本不懂，这只藏獒从小被遗弃过，所以除了我之外，任何人都接近不了，对陌生人有很大的敌意。

"如果有人想要养它，不说要对它有多好，给它一个家、不再遗弃就行，我绝对毫不犹豫地送给他，免费送，甚至还可以倒贴钱。但是有人愿意养吗？有人能养吗？我不养它，只能放它出去流浪，若是在外面伤人了怎么办？

"如果警官喜欢，我可以把它送给你。"

江左岸连忙摆了摆手，道："算了，它对我的敌意太大了，就像你说的，我就算想养，也根本养不了！我觉得还是从小养比较好，会比较忠诚，就像对你一样。"

周大富笑了笑，蹲下来抚摸着藏獒。它非常享受，但是看向江左岸时，眼睛里顿时又露出了凶光。

江左岸边看边摇头："威风是威风了，但还是有一个苦恼。"

周大富问："哦？什么苦恼？"

江左岸说："之前我也养过狗，不过是只小的，它这个毛啊，非常难打理。"

周大富手上的动作顿了顿，大概只有一秒，随后继续摸那只藏獒，答非所问道："其实，警官这次来，还是因为蒙玉的事吧？"

第六十六章　一加一的难题

江左岸露出了一副诧异的神情，道："周老板为什么这么说？"

周大富问："难道不是吗？"

江左岸说："我只是路过罢了，确实是想养一只藏獒，就过来跟你打听打听。"

周大富"哦"了一声，道："那是周某想多了。不过关于藏獒的来源，可能要让警官失望了，我并不知道。"

江左岸说："不要紧，能看看成年的藏獒也不错，之前都是通过网上了解，很难有机会见到活的。你看啊，在没见到活的之前，我做梦都想买一只藏獒，但现在，我忽然有点动摇了。"

周大富站起身，表情有些不自然，稍纵即逝。不过，还是被眼尖的江左岸捕捉到了。

"是嫌弃它太难打理了吗？你别看它的毛又脏又乱，那是因为我懒，没打理而已，其实稍加打理的话，还是很好看的。"

江左岸又笑了笑："这也不是主要原因，主要还是因为它的脾气，太凶了，除了主人，谁都接近不了。"

周大富解释道："藏獒是很忠诚的，纯种的藏獒，一生只认一个主人。"

江左岸："这个我知道。没想到它成年后体形这么大，若是朋友来家里玩，它忽然蹦出来岂不是会把朋友给吓死？"

周大富勉强挤出一抹笑，道："也没那么夸张，顶多就是被吓一吓。不过，心脏不好的人就得注意了。"

江左岸围着藏獒转了一圈，摸着下巴感叹道："那还真是万幸啊！那天，我们将玻璃门切割开之后，它瞬间就冲了出来，着实把我们吓了一跳，任由它消失在门外，幸亏当时没有心脏不好的人。"

周大富脸上的表情瞬间僵住了，他冲藏獒下了一声命令："回去！"

那只藏獒便灰溜溜地绕到前台前，钻到里面的角落里。

周大富的语气冰冷，道："警官，我有些不舒服，想回去休息了。如果你还想问什么，请改天再来，我要关门了。"

这是下了逐客令了，对于这突如其来的变化，江左岸却是一点都不觉得意外。

江左岸笑了笑："那不打扰周老板了，我们还会再见的。"

周大富猛地看向江左岸。

江左岸笑意更浓了："下次再来跟你讨教，岂不是又见面了吗？"

周大富明显有些心不在焉，支支吾吾道："是……那是……"

"那周老板早点回去休息！"

说完，也不等周大富回应，江左岸转身就往店外走去。只是转过身的一刹那，他的脸色变得严肃起来，跟刚刚的温和谦逊相比，简直是判若两人。

"走了，回去了。"

店门外，黄欣刚刚抽完第二支烟。他将烟蒂扔在地上，狠狠用脚踩灭了，站起身来拍拍屁股，转头看了一眼店里，看到周大富一动不动地站着，好似失了魂一样。

"什么情况啊？就这么回去了？"

江左岸脚步不停，反问道："不然呢？你还想留在这里过夜？"

黄欣追上去，问："怎么不抓他？"

江左岸没回答。

黄欣又问："你到底跟他说了什么？"

江左岸说："没说什么，就跟他咨询了一些养狗的事宜。"

"你想养狗？"

江左岸摇了摇头："只是咨询。"

"不养狗，你咨询这些干什么？"

"当然是为了案子。"

黄欣更蒙了："咨询养狗的事，能破案？"

江左岸走到车子旁，拉开车门坐了上去。此时，华灯初上，饶是老城区，也颇为热闹，吃完饭出来散步、消食、遛狗的人渐渐多了起来。

黄欣也跟着坐了上去，发动了汽车。

江左岸说："当然不能，要是能的话，我们还做那么多事干什么？"

黄欣觉得自己被耍了。由于行人多，他车子掉头的速度也比较慢，不由得烦躁起来。

他憋了一肚子气，咬牙切齿道："回到局里之后，你最好一五一十地告诉我。"

江左岸说："其实事情很简单，是我们把事情想复杂了，如果一开始不想这么复杂的话，案子早就破了。

"就好比，你拿一道一加一的题去考小学生，他能毫不犹豫地就给你填上正确答案，但若是在应聘的时候，面试官拿一道一加一的题目给你，你肯定会犹豫，一加一，到底该不该填二呢？出题的人是不是想要得到其他答案呢？那么他想要的答案又会是什么呢？

"其实根本就不用想太多，一加一，自始至终只有一个答案，那就是二！

"我们就是被一加一的题给难住了。"

黄欣不满道："你越说我越乱了。我才不管你什么一加一，二加二的，直接告诉我结果。"

江左岸说："你还记得昨天早餐店老板跟我们说，有几天晚上，周大富都会提着一个黑色的塑料袋很晚才关门回家吗？那个塑料袋很鼓，似乎装了很多东西，却没什么重量。"

黄欣点了点头，问："你知道那袋子里装的是什么了？"

江左岸点头道："装的是狗毛！黑色的狗毛！"

黄欣诧异道："你怎么知道得那么清楚？如果是狗毛，倒也可以理解。但连什么颜色的，你都知道？"

江左岸解释道："很简单啊，周大富免费给客人的狗剪毛的标准是什么？是黑色长毛狗，不是黑色的，他才不会免费呢。到了晚上关门的时候，他就将那些黑狗的毛装到袋子里，带回家。"

黄欣问："然后呢？"

江左岸说："然后？他不是找了一个裁缝，请她帮忙制作一件衣服吗？做一件适合那只藏獒狗穿的衣服，一件量身打造的衣服。"说着，他长出了一口气，感慨道，"我们一开始就应该相信那只鹦鹉说的话。"

黄欣想了想，不解地问："它说了很多句话，你指的是哪一句？"

江左岸说："在会议室，小刘将凶器上提取到的指纹报告送过来的那天，他说听到鹦鹉说的那句，杀害蒙玉的，是那只藏獒。"

第六十七章　假扮

银枫小区到市局的距离并不远，最多也就半个小时的车程。

正说到最关键的地方，不知不觉已经到局里了。

黄欣将车子停好之后，迫不及待地问："杀害蒙玉的不是周大富吗？怎么会是那只藏獒呢？"

江左岸说："其实不难理解，周大富是藏獒，藏獒就是周大富。"

下了车，黄欣还欲再问，但听到江左岸"咦"了一声。他顺着江左岸的视线方向看过去，不禁也"啧"了一声。

付瑶瑶的车子此时就停在一旁。

江左岸说："有意思，她们比我们回来得还早，走，进去看看她们有什么收获。"

两个人这么早就回来了，现在时间还不到八点，昨晚她们可是十一点多才回来。正是因为如此，才让他们撞见了她们那副模样。今晚她们这么早回来，就算还像昨晚那副模样，也早就清洗干净了。

黄欣不由得有些郁闷："看来拍不到她们的乞丐造型了。"

江左岸率先走进去，黄欣紧跟其后。

一走进去，便看到在大厅的办公桌前，付瑶瑶和英子跷着二郎腿坐在那里。

在她们面前的桌子上，摆着一颗偌大的黑色的狗头模型。

江左岸脸色一沉，道："黄欣，我们输了。"

黄欣一头雾水："啊？输了！怎么输了？"

一看到付瑶瑶和英子的模样，他忍不住嘀咕道："果然，她们衣服都换了！"

看到江左岸他们回来，英子将二郎腿放下，继而举起桌子上的那颗狗头模型，耀武扬威地冲两个人晃来晃去。

黄欣："这……"

江左岸苦笑着走到她们面前。

恰巧这时，付瑶瑶的电话响了起来。她拿起手机接通了，还特意放了外响，搁在桌子上。

电话里，传来了张局的声音："我都查清楚了，那颗狗头模型比较特殊，网上没有售卖，是宠物协会的模型狗。两年前，宠物协会曾来过S市举办过一场大型宠物展，周大富也参加了，并以自己家养了一只藏獒想买一只模型狗回去给它做伴为由，在宠物展上买了一只大模型狗。"

挂断电话，付瑶瑶冲江左岸笑了笑，道："我们接下来是不是该讨论讨论吃饭的地方了？"

黄欣纳闷地问："头儿，你这是什么意思？我们输了吗？我看，是你们要输才对！"

付瑶瑶的脸上露出了疑惑的表情，看着他们问："敢情你们一点信息也没找到？"

"黄欣，你是不是根本听不懂刚才张局的话？"英子冲着他们做了个鬼脸，问。

江左岸说："当然找到了，只是还没来得及和黄欣说，但我们还是比你们慢了一步。"

江左岸找来一张椅子，道："说说你们是怎么查到的？"

英子警惕地说："哼，不会是想窃取我们的成果吧？"

江左岸苦笑道："英子美女，放心吧，我们的侦查方向跟你们完全不同，你们那天一大早去银枫小区，到底发现了什么？"

付瑶瑶说："我们去找了清洁工王阿姨，她跟我们讲了两件事。"

江左岸眉毛一挑，王阿姨不就是报案人吗？他怎么就没想到呢？

"首先，王阿姨跟我们说了案发当天，周大富养的那只藏獒犬很反常，它很安静，没对她吠叫。可在此之前的每一天，它都会对着她吠叫的。

"第二件事，真爱宠物店那一条铺面的垃圾箱，每晚都由王阿姨清理。但是忽然从某一天开始，周大富不让王阿姨倒他门口的垃圾了，而这个时间，刚好是蒙玉做手术之后的第二天。"

江左岸恍然大悟道："原来如此，怪不得你们昨晚脏兮兮、臭烘烘的呢，原来是去翻垃圾了。在垃圾大山中找到这个，很不容易吧？"

付瑶瑶说："其实也还好，每个小区的垃圾送去哪个垃圾站，很容易查到。"

英子将一个黑色的垃圾袋拿过来，敞开了给两个人看。

那个垃圾袋里有一层黑色的颗粒屑，像是什么东西焚烧之后的残渣。

江左岸问："他把它给烧了？"

付瑶瑶说："那不然呢？留在家里吗？他应该知道，案发之后，我们肯定会怀疑到他身上，肯定不会把那些东西留在家里。他回家之后做的第一件事就是烧了它，然后连同这个模型装到一起，扔到垃圾箱里。"

英子问："你们呢？这两天有什么收获？"

江左岸说："我们只是查到了那些狗毛和衣服的来源，但还没有证据证明，他拿这些东西做了伤天害理之事。

"毛是来自他那些顾客的黑狗，他免费给它们剪毛，所以能在短时间内收集到了大量的毛。衣服，是找一个顾客做的，那个顾客是个裁缝。"

"结合起来，就全都对得上了。"随后，江左岸问，"你是从什么时候开始怀疑那只藏獒有问题的？"

付瑶瑶说："当然是王阿姨跟我说觉得狗反常开始啊！为什么案发那天，它没有对王阿姨吠叫呢？我们当时分析了一个原因，就是它叫不出。

"但很快就否定了这种可能，因为那天我们进门的时候，它是叫得出声的。

"那为什么它不叫呢？还有一个原因，那是因为它不想叫，它害怕叫得多了，会露出破绽。

"周大富不让王阿姨倒垃圾，目的只有一个，垃圾桶里的东西对他有用，而垃圾桶里最多的东西，就是狗毛。

"我当时就联想到，他作案之后，会怎么处置这些狗毛，最简单的方法是用火烧，烧得一干二净，再扔掉。

"但是没想到，我们找到了他扔的垃圾袋，袋子里还有一颗狗头模型。狗头模型的耳朵里，有宠物协会的标志，估计他大意了，没发现，这可以直接作为起诉他的证据。"

此时，黄欣终于忍不住了，打断两个人，问："你们说够了没有，怎么我一句也听不懂？事情到底是怎么回事啊？再不说结果，我要生气了！"

江左岸拍着黄欣的肩膀，道："你还看不出来吗？其实很简单，那只藏獒，就是周大富假扮的。"

第六十八章　真相大白了

"什……什么？"

藏獒是周大富假扮的？

江左岸点了点头："你还记得案发当天，我们将真爱宠物店的大门破开之后，里面那只藏獒冲了出来，很快就消失在我们的视线之外吗？

"那只藏獒，并不是现在真爱宠物店的那只，而是周大富本人。周大富来了一招偷天换日，将自己的身份和藏獒身份互换，导致我们被他带进了死胡同里。

"店铺被反锁的情况之下，没有人能从里面出来，再将门给反锁上。正如英子所说，周大富不是神仙，他做不到！所谓的密室凶杀案，凶手就藏在密室里，根本就未曾离开。"

付瑶瑶肯定道："江大神探说得没错，我来还原一下案发经过吧。

"蒙玉跟周大富是情侣关系，在一次意外怀孕之后，蒙玉擅自去医院做了手术，打掉孩子。原因是她不喜欢孩子，不想要小孩。

"周大富年近中年，身体还有生育问题，好不容易让蒙玉怀上孩子，结果她却去做了人流手术。这件事对周大富的打击很大，再加上无休止的争吵，一颗仇恨的种子慢慢在周大富心里萌芽，并且迅速生长。

"他要让蒙玉付出代价，蒙玉让他当父亲的梦想破灭了，那他就要蒙玉付出最惨痛的代价，他要为那个未出生的小孩报仇。

"决定之后，他开始制订周密的计划。蒙玉刚做完手术，他以蒙玉身体还虚弱需要静养为由，将蒙玉养的宠物带到了自己的店里寄养。因为他知道蒙玉非常喜欢那只宠物，这几年来，她已经适应了有宠物陪在身边的日子，虽然她勉强答应了周大富，同意周大富将宠物暂时带到宠物店寄养，但实际上，她心里很不放心，还是忍不住想去看它。这为周大富行凶创造了良好的条件。

"周大富根本不需要主动邀约蒙玉来店里，只要蒙玉的宠物在店里，她就必定会来看它。周大富只需要做一件事，以加班为由，一直在店里等着，一直等到蒙玉到来，再随便编个理由，让她把店门从里面反锁，那这个作案时机就有了。

"他不知道蒙玉哪天会来，但只要他做好了准备，她什么时候来都没关系！

"他也许等了一天，也许是两天、三天，最终等到了耐不住孤独的蒙玉来看自己的宠物。

"银枫小区是座老城区，通常到了晚上十一点，小区里就没什么人了，这为周大富行凶创造了很好的条件。老城区没有装摄像头，更让他无所顾忌。

"蒙玉走进宠物店，反锁上店门，他迅速戴上手套，掏出了准备已久的尖刀，从后面环抱住蒙玉，准确无误地扎进了她的心口。蒙玉没来得及发出一点声音，就死了。

"周大富迅速将蒙玉拖到他准备好的靠背椅上，将靠背椅迅速拉到了正对着店门的位置，伪造成蒙玉自杀的现场。

"接下来，他穿上了伪装衣，戴上了模型狗头，伪装成了店里那只藏獒的样子，然后静静地等待第二天有人发现蒙玉，等待警方的到来。

"这就是我们分析的，为什么蒙玉会呈现这个姿势出现在这个显眼的位置。因为他想让人能在最快的时间发现蒙玉，继而报警，如果藏在最里面，就没人发现了，他的最终目的，就是想让警方将店门给破开。

"他已经提前计算好了，警方到来之后，首先肯定会联系他，因为他毕竟是店主，所以他事先将手机关机，他又不在老城区居住，也没有人知道他住哪里，最后只能采用强硬的方法，将大门给破坏掉。

"他为什么想要借助他人之手将大门给破坏掉呢？原因有二：其一，就是想把案发现场伪造成密室杀人，事实上我们一开始也是这么以为的；其二，就是神不知鬼不觉地逃走！

"凶手是从我们眼皮底下溜出去的，我们当时谁都没有想到，那只在我们破门之后从我们面前跑出去的藏獒，会是一个人！

"周大富体形小，事先请人做了一件狗穿的衣服，收集了很多黑狗的毛，将那些毛粘在衣服上，再套上狗头模型，在那种环境下，不细看很难发现，很容易以假乱真。

"况且，我们当时看到这个大型犬的时候，第一时间就是远离它，保护自己，也根本没能有机会认真看它！

"门打开，狗逮到机会就跑了出去，根本不会有人多想！

"可惜的是，他不知道那只藏獒的习性。每天早上，它都会冲扫地的王阿姨吠叫，但是那天，狗没有吠叫，这使他露出了破绽。

"还有那只会说话的鹦鹉，周大富就不应该给它看那么多电影，就不应该把它放在店里。

"他跑回家做的第一件事，就是将伪装衣毁掉，然后装进垃圾袋里。店里那只真正的藏獒，已经在前一天晚上被他藏在自己家里，回去之后，他跟藏獒换回了身份，然后，一手牵着藏獒，一手拿着垃圾袋从自己家出来。在他家附近，他随手丢掉了垃圾袋，垃圾箱一天收一次，过了今天，垃圾袋将会被送往垃圾集中站。

"而他拉着藏獒迅速回到了店里，他有一套合乎逻辑的说辞，藏獒跑出门后，凭着记忆回到了家，他担心店里进了贼，于是迅速赶来，以此来消除自己的嫌疑。

"虽然他将整个案子策划得很完美，但是百密一疏，还是让我们抓到了把柄。"

黄欣感叹道："原来如此，这家伙真够狡猾的，差一点将我们所有人都给骗了。不过头儿，也不能说我们输了吧，最多打个平手，江大神探也看出来了！"

付瑶瑶拍了拍那颗狗头模型，笑道："是啊，不可否认他也推论出来了。"

第六十九章　抓捕

"你们虽然推论出来了，但是要定周大富的罪，可不能仅靠一面之词。"付瑶瑶转向英子，说，"对吧，英子？"

英子把头点得像小鸡啄米一般："就是，我们找到了证据，肯定是我们赢，请客！"

黄欣涨红了脸却还要辩驳。

江左岸说："黄欣，我们输了就是输了，认了吧！"

黄欣瞪大了眼睛转向江左岸，道："喂，你以为我是为了我自己吗？我是为了咱俩，你居然还说出这种话。这么看来，反倒是我小气喽？"

江左岸拍了拍黄欣的肩膀，道："好兄弟，说这些干什么？"随后，他转向付瑶瑶，问，"那既然已经有证据了，那我们现在可以去抓周大富了吗？"

"当然！"

付瑶瑶站起来，将桌子上的帽子拿起来戴上，今天的她少见地换上了制服，英姿飒爽，气质非凡。

"英子、黄欣，你们不要去了，江大神探，其实你去不去问题也不大。"

江左岸沉声道："怎么，你又想逞英雄？周大富现在手上可是沾了血的，他只要感到自己没退路了，什么事都做得出来。"

付瑶瑶戏谑道："怎么，你这副小身板还能帮上忙不成？你不去添乱就行了，想帮忙，先把自己练好！"

江左岸涨红了脸，道："你别小看我。"

付瑶瑶突然严肃起来，道："真没有小看你，我只是在说一个事实。市刑警学校有一个很厉害的教官，改天我介绍给你认识一下，你这体格必须得练上去。练不上去，你就别想去查黑影了，查到了也没用，你太差了。我跟你说，黑影案的复杂程度超乎你的想象，跟黑影案相关的人，没一个是善茬。想要破案，得先学会保护好自己，自己都保护不了，去破什么案？"

江左岸一听，脸更红了，但是他没再坚持，而是说："你别忘了，周大富可有一只凶猛的藏獒。"

付瑶瑶说："放心吧，我也不会自己去。我去二队借点人，你们好好待着吧！"

市局的刑侦队总共分成三队，每个小队负责各自的辖区，每一个都是好手。特别是二队，个个身手非凡，但是推理能力就差一点，所以他们有遇到难题的，都会互相借调。

说完，付瑶瑶就跑到三楼去了，没一会儿，二队的三个人就跟着付瑶瑶一起下来，门外很快响起了警笛声！

办公室里，就只剩下三人在大眼瞪小眼。

不，确切地说，是四只眼睛盯着两只眼睛。

江左岸看着黄欣、英子一直盯着自己看，不由得奇怪，问："你们两个这么看着我干什么？"

英子一边摇头一边说："江大神探，你调来我们局的目的果然不单纯。"

黄欣问："你居然知道黑影案？"

江左岸还以为是什么事，原来是指这个。他说："我是正常调动的好吗！至于黑影案，我怎么会不知道？我也是黑影案的受害者！当年第一个见到黑影幸存下来的小男孩，就是我！"

江左岸回想起来，脸上不免闪过一丝痛苦之色。

黄欣没想到江左岸竟然有过这样的悲惨遭遇，叹了口气，拍了拍江左岸的肩膀道："兄弟，不要想太多，一切都过去了。"

江左岸苦笑道："不，没有过去！对于付瑶瑶来说，不是也一样没过去吗？"

英子说："头儿的父母，当年就是追查黑影的时候失踪的，到现在都没有任何消息，生死不明！"

江左岸了然道："这个我知道，赵队长跟我都说了。"随后，他问道，"你们好像对黑影案挺了解！"

两个人都摇了摇头："先前就是听说过，跟了头儿之后才慢慢有所了解。她对这个案子很执着，但是这几年没什么进展。"

英子凑近江左岸耳边小声说："张局好像很反对她查这个案子。"

这件事，付瑶瑶也跟他说过，当时他也还没来得及细问。

现在正好有这个机会，便问道："为什么？"

黄欣猜测道："张局是她父母的老友，她父母因为黑影案失踪，不想她继续追查下去，可能是担心她出事吧。"

江左岸并不认同："难道因为怕出事，就不继续查了吗？就让黑影逍遥法外？"

英子解释说："也不是。我听张局说，这件黑影案一直由专人在调查，可能是一直没有进展吧，头儿才想着自己查。她进刑侦队，有很大原因就是为了黑影案。"

江左岸又问："那她刚刚说，跟黑影案相关的人都不是什么善茬，这是什么意思？

她觉得我太弱了，不配破这件黑影案吗？破案用的是脑子，她以为用什么？"

英子连忙说："她这也是为了你好。她去年为了混进一个圈子查线索，去地下拳场打黑拳，被人使了阴招，住了半个月的院。张局为此大怒，这才禁止她再查黑影案的。"

黄欣补充道："我们也听她说过一点儿。当年很多受害者的身份都不简单，做什么的都有，关系非常复杂，头儿若是想从他们身边人的身上套出点话，就必须进入他们那个圈子才行。"

"这其中斗的不只是大脑，还有临场应变能力、身手，要想在那种鱼龙混杂的圈子里混熟，各个方面的条件都要很优秀才行。这些年来，头儿对自己的要求非常严格，她很优秀，各个方面。"

英子说："所以你刚来的那两天，应该可以感受到头儿对你的态度，要是你没有本事，只长了一张好看的脸蛋，却是个草包，你现在就不会在这儿跟我们说话了，头儿不喜欢没有真才实学的人。"

江左岸苦笑道："我在你们眼里就那么不堪？"

黄欣哈哈大笑道："你在我们心里怎么样不重要，重要的是，你在头儿的心里怎么样，但现在看来，她至少初步认可了你。"

江左岸道："什么？还只是初步？"

英子叹了一口气："说你聪明吧，你确实有点聪明，但说你不聪明吧，你有些地方确实又转不过弯来。比如，头儿要求你加强自身的体能训练，你不加强的话，那最终也只能到这一步了，初步认可，明白了吗？"

第七十章　尘埃落定

江左岸郑重地点了点头，也不知道到底有没有听懂。不过有一点他倒是听懂了，就是接下来，他怕是要进行一段时间的魔鬼体能训练了。

这个案子基本上已经尘埃落定，三个人一直在等付瑶瑶回来。过了很久，付瑶瑶才回来。

然而，回来的队伍里并没有看到周大富，付瑶瑶似乎一肚子的怨气，那三个二队的同事大气不敢出。

"周大富呢？"江左岸问。

付瑶瑶气呼呼地说："不见了！"

江左岸突然想起来，说："我想起来了，今晚回来之前，我去过他的宠物店，跟他聊了一会儿。最后他忽然说身体有些不舒服，要提前关门。"

付瑶瑶焦急地说："完蛋，他肯定是察觉到了什么，提前跑路了。"

江左岸不解道："可是我也没跟他说什么啊，就问了他一些关于藏獒的事。我说我想养藏獒，特意来了解一下，其实就是想观察观察那只藏獒。"

付瑶瑶说："周大富挺聪明的，肯定察觉到了。我们去了他家，发现也没人，但奇怪的是，家里并没有收拾过的痕迹，看样子也不像是跑路。"

二队的同事问："付姐，那现在怎么办？"

付瑶瑶挥了挥手，让他们先回去了。

"明天申请发通缉令吧。"

"周大富？"

这时，黄欣忽然叫了一声，他看着门口，指了指。

付瑶瑶还以为黄欣是质疑发布周大富的通缉令，瞪了他一眼："不是周大富，还能是谁？"

黄欣激动地指着门口，道："头儿，周大富来了！"

看到黄欣一副认真的表情，几个人这才转过头去。

只看了一眼，二队的同事眼疾手快，迅速上前，将周大富给擒住。

周大富没有反抗，任由二队的人扭住他的胳膊把他控制住。

他们的反应之所以那么强烈，是因为周大富的身上沾满了鲜血，看上去十分恐怖。

付瑶瑶跑过去，看着他身上的血衣，喝道："周大富，你身上的血迹是哪里来的？"

周大富咧开嘴笑了笑，并不回答，而是看向了江左岸："你问那位警官啊。"

于是，所有人都把目光转向了江左岸："你知道？"

江左岸先是摇了摇头，但随后又点了点头。

他问周大富："你是来自首的？"

周大富又笑了笑："如果我说是来自首的，会给我轻判吗？"

江左岸说："这句话，你留着跟法官说吧。"他又问，"你身上的血迹，是那只藏獒的吧？"

周大富笑得更大声了："聪明啊，真聪明，输在你们手里，我没什么好说的了。"

"既然你是来自首的，那就没什么难猜的。你养了它几年，虽说养它不是你的本意，但是，养了几年，毕竟也有感情了……"江左岸叹了口气，说，"你是怕你自首之后，没人能养它，它终究难逃一死，所以，还不如亲自解决它吧？"

周大富狞笑道："没错。长痛不如短痛，没了我，它也不可能活得下去。"

江左岸冷声道："视生命如草芥，你真是个冷血动物！"

周大富挣扎着大吼道："我视生命如草芥，那蒙玉呢？一条活生生的生命，她说打掉就打掉了，她难道不该死吗？"

江左岸叹了一口气，道："你本性不坏，但无奈走进了一条死胡同。"

周大富说："那又怎么样？我不后悔！从计划的那一天开始，我就想到了今天这样的结果，只是我没想到，这一天，来得如此之快。"接着，他狞笑道，"如果不是我太心急了，留下了很多破绽，你以为你们能查到我身上吗？"

江左岸无奈道："原来你什么都知道了。"

"你以为你们蹲守在宠物店对面的奶茶店，我不知道吗？看到你们时，我就有一种不好的预感。你们太低估那些客人对我的感情了，你们前脚刚跟他们谈完，他们后脚就发信息告诉我了！但是我没有办法，因为我没法阻止客人过来消费。"

江左岸冷笑道："看来你还真是一点悔改之意都没有啊。"

周大富又开始狞笑起来，笑得上气不接下气："悔改？我只后悔一件事，让她走得太舒服了。她应该经历恐惧，她应该为自己的所作所为感到后悔，我就想看到她跪下来求我的样子，但是没这个机会了，哈哈哈……"

付瑶瑶看着他那癫狂的样子，挥了挥手："先带下去吧。"

大厅的空气中，弥漫着一股浓重的血腥味，久久都没散去。

虽然案子现在已经破了，但是几个人并没有露出高兴的神情，反而心情非常沉重。

这是一个完全可以避免发生的悲剧，谁是对的，谁是错的，或者谁都没错，抑或谁都没对，这些都已经不重要了。因为，他们都没有机会了。

"走吧，这几天大家辛苦了。"付瑶瑶有气无力地冲几个人挥了挥手，"英子，我今晚就不送你了，你自己打车回去吧。"

说完，她独自上了二楼的办公室。

三个人看着付瑶瑶疲惫的身影，都有点疑惑。

黄欣问："头儿这是怎么了？"

虽然他们也很同情周大富和蒙玉，但也仅限于此了。

然而，付瑶瑶怎么看起来很悲伤呢？

英子想了想，随口说："唉，没什么事，可能是生理期，身体不舒服吧。你们两个，给你们一个机会，谁送我回家？"

其实付瑶瑶没有告诉他们的是，在案发之后，她第一时间就让同事想办法去联系蒙

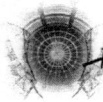

玉的家属，但一直没联系上。直到刚刚才联系上，不过联系到的并不是蒙玉的父母，而是家里的邻居。

她这才知道，就在蒙玉出事的那天晚上，她父母在老家出了车祸，现在还躺在重症监护室里，她的邻居也在想方设法联系蒙玉，然而，他们再也联系不到了。而蒙玉的父母，醒过来的概率微乎其微。

虽然见惯了生离死别，付瑶瑶早就麻木了，但人心都是肉长的，她不可能一点感觉都没有。

江左岸耸了耸肩，说："英子，看来我没机会送你回去了，我没车。"

说完，也跟着付瑶瑶上了二楼。

第七十一章　算命师

牛行街位于南北城区的交接处。南城区是新规划打造的新城区，城区里，高楼林立，车水马龙，灯火通明。

反观北城区，二者形成了鲜明的对比。低矮的楼房，只有点点暗淡的灯光，就像黑夜中的萤火虫一样，看着那一点灯光似乎随时会灭，但暗下去之后，它又能亮起来。

南城区充满了现代感，到处都是现代化元素。而北城区老旧落后，一眼望去，充斥着浓烈的年代感。

南北城区，似乎是两个世界。而将这两个世界一分为二的，就是牛行街。

南城区原本跟北城区都是老城区，但在重建之后，摇身一变，变成了繁华都市，新景象吸引了不少来务工的外地人。

牛行街本来只是一条不起眼的小街道。

但现在，牛行街火了，因为与南城区的高消费相比，牛行街的低消费愈发显得物美价廉，很多务工者都喜欢这条连接着两个世界的小街道！

这一天晚上，在牛行街的一家烧烤摊前，几个年轻人正光着膀子畅饮。他们都是被都市新气象吸引过来的外来务工者，已经在南城区工作一年多了。

天气渐渐热了起来，再过段时间，就要步入夏天了。

夜间多燥热，下班之后，约上三五名好友，喝着冰镇的扎啤，吃着冒着热气的烧烤，使劲地聊，胡乱地侃，从天南到地北，再从地北到天南，是一件特别开心的事，也是这类人喜欢的生活方式。

他们聊着聊着，就聊到了北城区的一家算命馆上。

这几个人，虽然在南城区工作，但是在北城区租房，因为北城区都是老房子，租金比较便宜，离南城区又不远，仅一街之隔。这边南城区拿高工资，那边北城区低消费，一个月下来，还能剩下不少钱。

所以他们其中有朋友来南城区打工，朋友们都会建议他在北城区租房。

这几个人中，其中有一个刚来南城区不久，其他四个人已经来南城区一两年了，都是血气方刚的年轻人。

喝了酒之后，渐渐地，就聊得越来越没边儿了。在结束了一系列无聊的话题之后，他们将话题聊到了生活上。

"我跟你们说啊，我住的地方，附近有一家很破的算命馆子，摊主是个老头，自称'神命师'，算命算得可准了。"一个瘦子在将一串烤腰子送进嘴里，大口咀嚼，又喝了一大口冰镇啤酒后，唾沫横飞地说。

烧烤摊儿在牛行街的生意非常火爆，店门口的大排档都快摆到马路上去了。

坐在瘦子旁边的胖子更喜欢羊肉串子，左手一根，右手一根，吃得满头大汗，听了瘦子的话后，不屑地反驳道："嘁！都什么年代了，还搞这一套，神命师，那是什么玩意？算命准？准什么？科学教导我们，不要迷信！光听你说的话就冲突，他要是算命算得准，怎么还住在破房子里？早就搬到对面繁华的南城区去了。"

旁边一个同样很胖的年轻人附和道："就是，什么算命啊，那都是骗人了，这你也信？"瘦子讪笑道："虎哥，把纸巾丢给我一下。"

叫虎哥的人将面前的卷纸砸到了瘦子的脸上。瘦子扯了一大圈，擦了擦额头上细密的汗珠，继而冲烧烤摊大声道："老板，你这个风扇不得劲啊。"

那边应了一声，老板娘屁颠屁颠地跑过来，将风扇挡位开到最大。那是一台立式的大功率风扇，调挡后，风扇发出更大的轰鸣声，同时也吹走了燥热，气温似乎降了好几摄氏度，几个人瞬间觉得凉爽多了。

瘦子转过头来，继续刚才的话题："这是真的，我听我附近的居民说，他算得是真准。要知道，那些居民都是本地的，在那里都住了几十年了，有一个说他算得准不可信，两个也会让人怀疑，但是所有人都这么说呢？那就只有一个可能，人家确实算得准。"

坐在瘦子对面的是一个戴着眼镜的年轻人，他推了推鼻梁上的金丝眼镜，跟其他人相比，这是唯一一个具有书生气息的年轻人。

但是一开口，就暴露了他真正的素养。

他开口先是骂了几句脏话，继而道："说你天真都算是夸你了。我举个简单的例子，他要是真的算得那么准，名气肯定很大，你就住在他隔壁，可曾见过有什么开着豪车的人来找他算命？我跟你说，现在的人啊，越有钱越信这个。如果他真的很有名气，就算他住在深山野林，那些有钱人也会想方设法地找到他。"

瘦子又喝了一大口冰镇啤酒，也不知道是喝多了，还是尴尬的，脸色非常红。他辩驳道："我住的那个地方是条小巷子，你们又不是没去过，车子根本就开不进来，我怎么可能看到豪车？"

几个人哄堂大笑。

"好吧，姑且你说的是真的，豪车进不来，那人总该进得来吧？"

瘦子脸红脖子粗地吐槽道："你这说的不是废话吗？人要是进不去，那我怎么进去的？"

金丝眼镜笑道："那你可经常看到有人去找他算命吗？豪车开不进来，但是那些有钱人你总该认识吧，大金项链、大金表……"

对面一个满脸麻子的年轻人打断金丝眼镜，道："去去去，你这叫什么有钱人啊？暴发户才这么穿！现在有钱人哪儿还有这么穿的？现在的有钱人，都是戴蜜蜡佛珠，脖子上挂一串，手上戴一堆，反正只要能看得到的地方，都是佛珠，人家穿的是阿玛尼、LV，浑身都是名牌，这叫低调奢华有内涵，你懂不懂？"

"喂！我说瘦子，别管他们说什么大金项链、阿玛尼，是暴发户还是低调奢华有内涵，你见过这样的人去找他算过命吗？"

第七十二章　一个提议

瘦子一口一口地喝着酒，他对冰镇啤酒的热爱程度已经超过了烧烤，别人都是一杯冰镇啤酒几串烧烤，他是一串烧烤几杯冰镇啤酒。

他喝得眼神似乎有些迷离了，打着饱嗝道："什么乱七八糟的，我没注意过。我这一天天的，不是上班就是在上班的路上，那个地方，我只有晚上睡觉才回去。大部分时间，不都是跟你们厮混在一起？"紧跟着又找补道，"你们也说了，哪个有钱人大早上或大晚上去找人算命的？这又不是什么见不得光的事，人家白天去我哪能见到啊？"

金丝眼镜似乎跟瘦子杠上了："好好好，你总是能找出理由来。就算你没注意过，但是一个简单的问题，假设他算得很准，那一传十，十传百，肯定很有名气，就会吸引到那些迷信的富人来，那钱还能少给他？你说他赚了钱，为什么还跟你住在那条阴冷潮湿的小巷子里？"

麻子倒不是很赞同金丝眼镜的话，他有自己的想法："你还真别这么说。为什么现在大家都觉得算命的都是骗子？那是因为这些人嘴里没有一句真话，你就是让他去给一只狗算命，他也能给你说出一大堆门道来。他们见人说人话，见鬼说鬼话，全是阿谀奉承，不管是谁，都往好了说，这好那好的。即使别人心里知道是假的，但是高兴啊，高兴就会掏钱啊！现在的人，都喜欢听好话。

"我觉得，如果真像瘦子说的，那个人算命算得很准，那肯定说了很多不好听的话，实话才是人最不爱听到的。那些有钱人啊，比普通人更在乎面子，结果一个个的，都败兴而归，你想他们还能给多少钱？

"在富人的圈子里，也会流传开，渐渐地，当那些有钱人听说谁算命算得准时，就会有人出来说，其实那个人算得不准。

"所以到最后，即便人家真知道他算得准，但是因为他不会说话，慢慢地，那些有钱人就不再去了。因为对他们来说，有时候，好话比真相更重要。"

瘦子举杯跟麻子碰了一下，道："你可真算是说到我心里去了，就是这么一回事。哈哈哈，来，我们哥儿俩走一个。"

两个人很有默契地碰了一下杯，仰头干了一杯。

金丝眼镜道："好，就算没有富人来找他算命，但是这么多街坊邻居都信任他，他们总该不会像那些有钱人一样，接受不了真相吧？街坊邻居再没钱，蚊子腿再小，那也是肉啊！这么多年下来，怎么还住在那么一个破房子里？说不过去啊。"

瘦子言之凿凿地道："这你就不懂了吧，那算命师算命讲究的是随缘，不限定价格，顾客想给多少就给多少。算出结果来，你要是高兴，给一万都行，要是不满意算出来的结果，给一块他也不会说什么。这街坊邻居都是北城区讨生活的，能有多少钱？所以不管算得准不准，满意或不满意，那些人都不会付很多钱。

"而且，那个算命师还有一个儿子，他独自把儿子拉扯大，还供他读了大学。你说，哪儿来的闲钱住大房子、好房子？

"一个他从未见过的陌生人，只看一眼，他就算出来陌生人家里有几口人，有几个兄弟姐妹，父母多大，最近这段时间有什么不顺，甚至年龄都说得一清二楚……你说，这不是准是什么？"

金丝眼镜不以为意道："这算什么，这是最简单、最没技术含量的托。哦，人家说不认识，是陌生人，你就信了？你的脑子呢？说得那么清楚，绝对不是算出来的，肯定是事先认识。"

瘦子争辩道："真不认识，这是真的，大家都这么说。"

金丝眼镜嘲讽道："狗屁！就跟魔术一样，你看过魔术没有？魔术更不可思议，人家魔术师就在你面前表演，你眼睛都不眨一下，就是看不出人家是怎么变出来的。但你能说这是真的吗？这是假的！懂不懂？什么算命师，都是假的。"

麻子这时候发表意见，道："我觉得吧，这种东西，宁可信其有，不可信其无。不信就算了，但也不要贬低吧！"

金丝眼镜不服道："什么贬低，我只是在说一个事实，好吗？"

瘦子"啧"了一声，说："你看，怎么还急眼了呢？这世上你不懂的事多了去了，还事实？搞得你好像什么都知道一样。知道的那叫事实，那不知道的，就叫偏见。真搞不懂你为什么偏见这么大……"

金丝眼镜冷笑道："好，我就来告诉你，为什么我的偏见这么大。在我小的时候，算命先生曾跟我说，我长大了可以做大老板，住大别墅，开豪车……可是现在呢？一个月拿三四千的工资，在这露天大排档里，跟你们喝着劣质的啤酒，抽最便宜的烟，聊最没有营养的天。"

麻子问："所以你觉得，这是算命先生害的？"

金丝眼镜"哼"了一声，道："不是他，但是他也脱不了干系。"

麻子幽幽地说："我觉得更应该怪你自己。"

金丝眼镜的脸上满是疑惑："怪我去找他算命了？"

麻子摇了摇头："是怪你自己不努力！"

一桌子上的人顿时哄堂大笑。

碰杯之声再起，叮叮当当的，响个不停。

几个人越过这个话题，再次把话题转向男人们该聊的。

只有金丝眼镜，似乎怎么都提不起兴致。

酒局一直持续到很晚，吃饱喝足之后，众人还不尽兴。

于是，众人纷纷讨论接下来该去哪儿，夜生活才真正开始，现在可不是回家睡觉的时候。

金丝眼镜将杯中酒一饮而尽，将杯子重重地扣在桌子上，说："我倒有个提议，不知道哥几个感不感兴趣？"

第七十三章　你算什么东西

"哟，四眼仔，今天太阳可是打西边出来了啊，以前说要赶第二场你都不赞成啊。"

"既然是四眼仔的提议，我们不能不听，还要坚定地执行。哥几个，觉得怎么样啊？"

"我觉得你说得没毛病。"

"赞同，必须赞同！"

"四眼仔，你选地儿，我要是尿了，我就是你孙子。"

几个人一个比一个兴奋。

金丝眼镜冷笑了两声，道："那我们一会儿就去找算命先生，我倒要看看，他算得准不准。算准了，我这个月工资都给他，算不准，我就砸了他的店。"

瘦子似乎没听清："哥几个，我是喝醉了吗？怎么我听不明白他在说什么？你们听明白了吗？"

麻子点了点头，道："我听明白了，他喝醉了！"

胖子也说："搞什么啊，这深更半夜的去找算命先生算命？太抽风了吧，别到时候让人家觉得我们是去闹事的……"

一直在听却没说话的虎哥嘿嘿笑道："我倒是觉得挺有意思的！"

金丝眼镜用杯子敲了敲桌子，道："喂，刚刚是谁说要舍命陪君子的？还有没有点道义了？刚说过的话，转眼就忘了？"他指着桌子上的其他人，说，"今晚你们谁都别想跑，谁跑我削谁，我没开玩笑啊！再说了你们不好奇吗？一个几十年的街坊邻居都认可的算命先生，他到底算得准不准？"

瘦子仍然觉得不可思议，说："真是吃饱了撑的没事干！"

金丝眼镜冲瘦子扔了一双筷子，笑骂道："你这个小瘦王八蛋，这还不是你最先挑起来的话题？要怪就只能怪你。"

麻子反驳道："这就是你不对了啊。我们讨论了那么多话题，你不关注，却非要抓住这个不放，是谁的问题啊？"

金丝眼镜也嚷嚷起来："少来，你们讨论的那些是正常人该讨论的话题吗？哪个电子厂的姑娘多，哪个厂区的年轻，瞧你们这点儿出息……"

众人起哄道："哎哟，我们没出息，那你说什么叫出息？"

金丝眼镜一本正经地说："我看那些高级写字楼出来的小姐姐就很好看……"

"呸，癞蛤蟆想吃天鹅肉！"

"见过不要脸的，但没见过这么不要脸的。"

"我要重新认识你了，没想到你这么闷骚……"

在一阵笑骂中，几个人结束了这一场烧烤局，动身前往瘦子住的那条小巷子。虽然他们嘴上拒绝，但是除了刚刚说答应了四眼仔这个原因之外，本身也是很好奇，那个神命师算命准不准。

牛行街南面的南城区房价就是天价，而在北面的北城区房价，低得让人不敢相信。重要的是，都在同一地段。全国估计也没几个这样的地方。

北城区虽然很老旧，但是十一二点的时间，这边依旧很热闹，都是在南城区上班、北城区租房的夜归人。南城区还没改造之前，这个时间，两个城区基本上都已经进入梦乡了。

改造之后，南城区自然不用说，城区夜以继日地运转，也慢慢带动了北城区，延长了北城区的各个商铺的营业时间。

瘦子所居住的地方是一个非常偏僻的小村子。这是北城区的特点，整个城区是由一个个村子组成，其实也不能叫村，只是类似于小区或城中村。

那家算命馆就在瘦子家的对面，是一间低矮的民房。

房门外面有一块牌匾，牌匾已经发黑，似乎有些年月了。上面写着几个大字：算命，卜卦！

民房里，一个老头正坐在里面做着手工活，在他的脚边，还堆着两筐满满的手工材料，那是某个牌子的标签，老头负责给标签穿上线。

这种手工活儿不挣什么钱，但有时间做的话，也能赚点零用钱补贴家用。

老头看起来年纪很大了，至少得有七十岁，瘦骨嶙峋，留着长长的山羊胡。如果换上电视剧里的长袍，手持拂尘，倒也有一股仙风道骨的味道。

只可惜，他现在手上拿的是手工。

金丝眼镜打着酒嗝，率先走进去："老头儿，听说你会算命？"

老头戴着一个老花镜，似乎耳朵也有点不好使了，听到有人说话，才发现有人进来了！

他转过脸，扶了扶鼻梁上的老花镜，看清了几个人，道："会。"

金丝眼镜嬉笑道："算得准不准啊？算不准可不给钱！"

老头最后将视线停留到了金丝眼镜的身上，然后指了指身后的墙壁。

几个人看过去，就看见墙壁上还贴了一张纸："算命之道，信则有，不信则无，一切随缘，卦金由你定。"

那几句话是写在一张白纸上，不注意的话，还真看不到。

金丝眼镜一看就笑出了声，那几句话字迹清秀，好像是女孩子写的。

"老头，这字是你写的吗？"

老头骄傲地说："这是我儿子写的。"说话声音不由得提高了几度。

金丝眼镜也扶了扶自己的眼镜，转向身后几个人说："算命先生，连字都要年轻人代写，这算命之道，是不是也是他儿子教的啊？搞不好是网上买来的盗版书学的呢？哈哈哈……"

老头也不生气，道："这算命卜卦，本来就是玄学，你要信就算，不信就别算，没人强求你。"

金丝眼镜"咦"了一声，道："这话我怎么听着这么耳熟啊？好像销售给我们培训过，碰到刁难的客人嫌我们定价贵该怎么办？他说，明码标价的东西，又没人强迫你，你可以不买，但是你不能说我们坑人。这好像是一个意思啊。"说着，他哈哈大笑起来，嘲讽道，"这销售学，难道都运用到算命上了吗？"

老头也不废话，直接问："那你算还是不算？"

金丝眼镜说："算，当然算。"

老头眯着眼问："那你算什么东西？"

第七十四章　奇怪的报案

"我算……"才说了两个字，金丝眼镜就觉得有点不对劲了，"嘿，你这老头，你骂谁呢？你怎么拐着弯骂人啊？"金丝眼镜瞬间就怒了。

老头一脸惊讶，道："这位小哥，我什么时候骂你了？"

金丝眼镜说："你刚刚问我算什么东西？"

老头仍是一脸茫然，道："对啊，有什么问题吗？你是算财运，还是桃花运，又或者是事业运？你总得跟我说吧，不然我怎么给你算呢？"

"你……"金丝眼镜是哑巴吃黄连，有苦说不出。

瘦子凑近上来，笑道："怎么样，是不是有点道行？"

金丝眼镜"哼"了一声："玩文字游戏？我告诉你，他惹到小爷我了，要是今晚不能让我满意，我就拆了他的算命馆。"随后，他转向老头，说："老头，你很能算是吗？"

老头看着金丝眼镜，笑而不语。

"听闻附近的街坊邻居都说你算命算得准，我偏不信。"

老头问："你既然不信，为何还要来呢？"

金丝眼镜冷笑道："我就是不信才要来，你们这些江湖骗子，就知道要些小把戏。我告诉你，你要是能算准，我给你我一个月的工资，若是算不准，我就砸了你的馆子。还问我算什么东西？老骗子，嘴巴倒是厉害。砸了你的馆子，也算是替天行道，积善行德了。"

老头不耐烦地说："我看出来了，小哥是存心来找碴儿的？"

金丝眼镜吐着酒气，酒意开始上头了，身体摇摇晃晃，吐字却异常清楚："我不是来找碴儿的，我是来算命的，但若是算不准，你也可以理解为我是来找碴儿的。听明白了吗，老骗子？"

老头颤颤巍巍地站起来，指着门口说："你走，我不给你算。"

金丝眼镜哈哈大笑道："现在想让我走了？从你问我算什么东西那句话开始，不给我个满意的结果，就别想让我走出这个大门。"

老头颤抖着手道："你出去，这是我家……"

金丝眼镜耍起了无赖，甚至还跳起了舞蹈，边跳边唱道："听说你来算命，算命呀，你算什么东西……"

"爸爸，时候不早了，你早点休息吧。"

就在这时，从里屋里走出来一个年轻人。他戴着一副黑框眼镜，斯斯文文，瘦瘦弱弱的。

老头看见那个年轻人出来，脸上先是一喜，但随后，浑浊的眼睛里闪过一丝担忧。

"风儿，你出来做什么？这几个人想要……"

叫风儿的年轻人摆了摆手："没事，您先回屋吧，我来应付。"

"可是……"老头还是很犹豫。

风儿笑了笑，道："哎呀，你就别担心了。现在是法治社会，他们能怎么样？再说了，人家是来算命的，是顾客，怎么能拒人于千里之外呢？"说着，还将老头往里面推，"你就安心地睡吧。"

将老头送回里屋之后，风儿脸上的笑容顿时消失不见了。

他冷冷地说："是谁想要算命？"

金丝眼镜疑惑地看着风儿，道："我，你是？"

风儿解释道："我爸爸年纪大了，现在已经很少给人算命了。我呢，算是子承父业，我爸爸将一身本领都教给了我，平常都是由我给客人算的。你若是不嫌弃的话，可以让我帮你算。"

金丝眼镜说："你算也行，反正天下乌鸦一般黑。你就给我算……算……我什么时候会死。算对了，我一个月的工资都给你，若是算不对，我就砸了你的店。"

风儿叹了一口气，道："看来你真是来找碴儿的。行，既然你非要算这个，我就给你算。不过我有一个要求，若是算对了，你必须为你刚才的行为，给我的父亲赔礼道歉。"

金丝眼镜哈哈大笑："如果你真算对了，我这条命也就是没有了，还赔什么礼，道什么歉啊！你们说是不是？哈哈哈，这小子，比那老头还搞笑。"

这时候，风儿笑道："那就用你的性命来赔礼道歉好了。"

金丝眼镜不耐烦地说："别扯那有的没的，赶紧的，现在就算。"

风儿直接说："我已经算出来了，你会在一个月之内死亡！"

金丝眼镜怒道："好！如果我一个月后还活着，那我就来砸了这里，哥几个可要给我做证。"

风儿也不恼，笑而不语地看着他们。

放完狠话，一行五人就离开了算命馆。

然而，在他们身后看不到的地方，风儿的脸上露出了一丝凶狠之色。

二十天后，金丝眼镜在下班途中，被楼上掉下来的花盆砸中，正中脑袋，经送医之后，不治身亡。

在金丝眼镜发生意外的第二天早上，市局迎来了几个奇怪的报案者。

瘦子、胖子、麻子和虎哥坐在付瑶瑶、江左岸的面前，向两个人描述了整个事情的经过。

瘦子说："一定是那个叫风儿的算命小子害死了四眼仔。"

麻子也说："根本就不会有那么巧的事情，也根本不会有人能算出他人的生死！一定是为了赢的赌约，算命小子暗中使了手段，杀害了四眼仔！"

胖子一脸激动："对，四眼仔的死非常不正常，我们有理由怀疑那个算命小子。别看他长得斯斯文文的，其实内心不知道有多丑陋，不能让四眼仔就这么不明不白地死了。警官，你们一定要查清楚啊。"

虎哥也说："算命小子那天曾说过一句话，就用你的性命来给我爸爸赔礼道歉吧。这句话，或许另有深意呢！"

付瑶瑶看着手上的报告，摇了摇头："为什么你们就不相信这是一个意外呢？"

报告简单明了，就是一起意外事故。

金丝眼镜在路过一栋楼房时，一个花盆从楼顶掉落，不偏不倚正中他的脑袋。

最终确认，花盆是从楼顶掉下来的。楼顶有扇门，门上有锁，只有房东才有钥匙。

那几天，房东正好不在家，所以没有人能够到房顶上去的。

这更像是一场意外，之所以说像而不是肯定，是因为坐在他们眼前的四个人一口咬定，金丝眼镜是被人害死的！

第七十五章　他的资料

这事本来定性为意外，但是报到他们这儿，性质就不一样了。

麻子斩钉截铁地说："警官，你一定要相信我们啊，绝对是那个算命小子搞的鬼。"

付瑶瑶看了江左岸一眼。

江左岸心领神会，对着几人说："这样吧，你们先回去，我们得去调查，等结果出来了，再给你们答复。"

他们相互看了一眼，最后还不放心地嘱咐道："一定要好好查啊。"

几个人走后，付瑶瑶拿起座机拨打了一个电话："我需要一个叫沈风的人的资料，家住北城区兴旺村 55 号，越详细越好，发到我的邮箱里。"

挂断电话之后，付瑶瑶的嘴角不禁露出了一抹苦笑。

"你觉得这是意外还是人为？"她问。

江左岸想了想，说："最初看到报告的时候，我没什么怀疑，但是听了他们的诉说，我倒是有点动摇了。"

"高空坠物虽说一直有防范，但并不少见，每年都发生很多起。不过，跟算命先生联系到一起的，恐怕迄今为止，只有这一起。"他话锋一转，问，"你相信算命吗？这只是巧合？或者说，根本就是人为？"

付瑶瑶嗤笑道："算命什么的，我可不相信，那就是封建迷信。至于是巧合还是意外，报告是目前最有说服力的。别忘了，花盆是从顶楼掉下来的，事发时，顶楼是锁着的，根本没有人能够上去。"

江左岸说："可是事发时间是在晚上，夜晚，很多东西是看不到的。"

付瑶瑶说："这也许也是巧合中的一项呢？谁能知道那个花盆会在什么时间掉下来，如果是白天，说不定下面的人就能看到然后躲避了。"

聊着聊着，付瑶瑶的电脑响了一下，一看，原来是邮件。

她点开邮件，上面显示的是那几个人口中的算命小子，也就是沈风的资料。

资料非常详细，详细到付瑶瑶看得有点头疼，她最终挑了可能有用的信息念给江左岸听：

"沈风，家住北城区，在他年纪很小的时候，母亲就离家出走了，是他父亲含辛茹苦，一把屎一把尿地把他抚养成人。他也很努力，考上了一所好大学，眼下刚刚毕业没多久，在南城区的一家外企上班。

"他父亲沈算，是一个算命先生，他自认为是个神命师。说句不好听的，就是个神棍，并且痴迷于此道。她老婆认为他整天不务正业，异想天开，不肯脚踏实地干活养家，一气之下便走了。

"老婆出走后，让原本就很困难的家庭更加雪上加霜。但是沈算就是一根筋，痴迷算命到无法自拔的地步，即便老婆走了，也没有醒悟。现实是残酷的，他算命赚来的那点钱，连他自己都养不活，更何况，还有一个嗷嗷待哺的孩子。

"但想让沈算有所改变，非常困难，他老婆离家出走都不能让他正视自己，旁人的劝说更是一点效果也没有。

"街坊邻居看他可怜，那个孩子更可怜，唯恐他再这样下去，父子俩迟早得饿死。他们想帮这对父子，但不能直接给他送钱和东西。沈算虽然痴迷于算命，但自命清高，对于街坊邻居送来的东西，他觉得是施舍，就跟大街上施舍那些乞丐没什么区别。

"他觉得自己有手有脚，可以自己挣钱养家，用不着他们来施舍。再说了，又都是左邻右舍，以后怎么抬头见人？可事实上，他虽有手有脚，但就是挣不到钱养家。

"于是，街坊邻居想出了一个折中的办法，既能不驳他的面子，又能救济到他，其实主要还是想救济那个孩子。如果只有他一个人，还是这种态度，他们早就不管了。这个折中的办法就是找他算命，然后给他卦金。

"至于算命的结果如何，他们并不在乎，只要救助沈家父子的目的达到了，就够了！沈算也会欣然接受，因为他认为这是凭借自己劳动获得的。

"当然，这么多年来，光是靠他们支援也是远远不够。除了定时找他算命之外，街坊邻居还会帮他宣传。宣传的噱头自然是说他算命有多准，相当于帮他打广告，只不过这个广告是虚假的，这点上了年纪的街坊基本都知道，但外来的人就不知道了。

"算命这个东西，并不像算数学一样，有公式，有正确答案。来算命的人，大部分都扫兴而归，归根结底是因为沈算的情商实在是太低了。

"广告的作用并不小，也吸引了不少人前来，但都是只来一次。尽管如此，对沈算来说，已经足够了，至少能让他养家。

"瘦子家离沈算家不远，他能听到街坊邻居的'广告'，也就不意外了。

"沈风就是生长在这样的家庭。正所谓，穷人家的孩子早当家，沈风从小就很懂事，他知道父亲是个不懂世道的神棍，也明白邻居的好心，但是他没有办法，父亲不争气，他就只有当作什么都不知道，接受街坊邻居的救济。平常放学回家后，主动去帮街坊邻居干干活，借此表达感激之情。

"但生在这样的家庭，沈风即便懂事、早熟，这样的环境也让他养成了软弱自卑的性格，这种性格在北城区以外的地方尤为明显。他不爱与人交流，为人处世都小心翼翼、如履薄冰，甚至还有点孤僻。他从不表露自己的内心，有什么事都藏在心里。

"除了懂事之外，他的同学、同事则给他贴上另一个标签——怪人、难相处，这样的人很难能走进他的内心，即便走进了，相处起来会很累，因为这样的人，通常比较敏感，敏感到可怕。所以没有人愿意跟他做朋友，一直以来，沈风都独来独往，他的存在感非常低，这是同事、同学给贴的第二个标签！

"有时候同处一屋，事后你不认真想，根本想不起来有这个人。"

第七十六章　白色的印子

听完之后，江左岸总结道："说得含蓄一点，是个可怜人，说得直接点，就是个心理不健康的人。"

付瑶瑶说："单亲、贫穷，确实不容易。"

江左岸接着说："通常这样的人，不会轻易发火，一旦他真的发火了，往往会造成很严重的后果。"

付瑶瑶摆手道："现在先不说这个，看完沈风的资料，我们再来看看四眼仔的。

"四眼仔真名叫作罗大眼，因为从小就戴着眼镜，名字又带着一个'眼'字，自然而然地，就被人叫作四眼仔。"

"罗大眼刚来南城区工作不久，朋友建议他在北城区租房，因为北城区的房租便宜，一个单间每个月的租金才三四百元。罗大眼租的房子在北城区的高福村，大概在这个地方。"付瑶瑶在纸上简单地画了个地图，继续说，"而沈风家在兴旺村，在这个地方。两个村子中间还隔着三个村子。北城区各个村落盘综复杂，虽然看似隔得很远，但实际上，走捷径的话，也不过是十几分钟的路程。

"从高空坠落下来的花盆是从高福村73栋掉下来的，而罗大眼租的楼房在75栋，那条路是罗大眼每天上下班的必经之路。

"楼顶上封了很久。据房东讲，好几年前，楼顶是开放的，供租客平时晒晒被子，种种花草，天气好的时候可以去晒晒太阳、看看风景。有一天，有一个租客竟然跑到楼顶上跳楼。尽管那个租客被消防员安全救下，没有发生惨剧，但也把房东给吓坏了，就关闭了楼顶。

"楼顶上的花盆，应该是先前租客留下来的，大大小小的，还有不少。楼顶封闭之后，租客因为房间里没有阳光，觉得养不活这些花花草草，干脆就扔在楼顶，而房东也懒得处理，就那么搁置着。

"好巧不巧地，那些花盆摆放的位置就在一个镂空的栏杆处，这几年的风吹雨打，将花盆吹倒了，其中有一个，竟然卡在栏杆的缝隙。在那天晚上罗大眼路过的时候，刚好掉下来砸到了他的头。"

这是罗大眼朋友提供的信息，以及罗大眼发生意外之后，现场勘查的报告。

事发前几天起到事发当天，房东并不在北城区，而是回了乡下的老家。

警方连夜打电话让他第二天赶了回来。根据勘查报告显示，通往楼顶的路只有一条，就是楼顶上那扇大门，那把锁显然很久都没有开过了，上面落了一层厚厚的灰。

付瑶瑶长出口气，道："这怎么看都像是一场意外啊。"她转头看江左岸，问，"如果行凶的人是沈风，你觉得他会怎么做？"

江左岸说："很简单啊，那条路是罗大眼上下班的必经之路。沈风不可能在白天动手，要动手，只能在晚上，北城区的楼普遍都不高，又密集又矮，通常最高不超过六层。因为再修高一层，就意味着要装电梯了。

"沈风躲在楼顶，即便这样，晚上也能看清地面，就等罗大眼回家路过时，再对准他的头，将花盆狠狠地扔下来，楼层不高，如果事先在没人的地方稍加练习，砸中目标并不困难。"

付瑶瑶点头认同："跟我想的一样，但是难题来了，沈风是怎么到73栋楼楼顶的？楼顶的锁上沾满了灰尘，这已经不是有没有钥匙的问题了，而是这把锁根本就没被人碰过。"

江左岸也说："可是，砸中罗大眼的花盆的确是来自73栋楼楼顶！"

"是啊，他是怎么做到的？蜘蛛侠？飞上去再飞下来？"付瑶瑶困惑不已。

江左岸想了想，道："这是个很大的问题，我们在这里讨论也没用，走，去73栋楼楼顶看看。我觉得最大的问题，还是在楼顶上那一堆花盆上。"

付瑶瑶还是觉得，这应该就是一场意外。不过，她还是同意了江左岸的提议。

随后，两个人叫上了负责痕检的黄欣，一同前往北城区。

到了北城区的高福村，付瑶瑶跟房东拿了钥匙。

三个人来到了73栋的楼顶，在楼顶的天台上，果然看到了很多大大小小的花盆。

那些花盆东倒西歪的，里面种植的花草早就死光了，泥土散落得到处都是，还有不少花盆已经碎了。

在花盆的前面，正好就是一个镂空的围栏，围栏是石头柱子做的。

据房东讲，当年种这些盆栽的是个小姑娘，她觉得将盆栽摆在这儿更适合，因为通风。

在围栏中间的一个位置，有一处非常明显的痕迹。

黄欣走过去，戴上手套，指着那处两侧深痕，道："那个小花盆应该就是被风吹倒，然后滚到这里，卡住了，已经有不短的时间了，可以看得出，这两个卡痕很深。基本上可以断定，花盆就是从这儿掉下去的。"

"咦——"这时候，黄欣突然叫了一声，"你们快过来看。"

江左岸、付瑶瑶知道黄欣肯定发现了什么，连忙凑了过去。

黄欣指着那两个卡痕的边缘，那个角度不方便查看："你们看到没有？这两个柱子上有几道浅色的白印子，像是被什么剐过的痕迹！"

两个人顺着黄欣指的地方看过去，果然看到了几道白色的印子，非常浅，因为是在边缘，又浅，若不细看的话，根本就看不到。

江左岸疑惑地问："这是什么？"

黄欣摇了摇头，随后又换了几个方向，看了看其他地方，道："不清楚是什么，但是很奇怪，那个白印只有那两根柱子有，其他地方都没有。"

江左岸脸色凝重，道："有意思了，白印出现的地方，刚好是花盆卡住的地方。"

第七十七章　不可能发生的事

"根据处置民警的描述，他们接到报警电话，第一时间就赶到了现场，并且联系了医院，罗大眼被送去医院之后，他们勘查了现场，发现具备高空坠物条件的只有两个地方，73栋楼楼顶和65栋楼楼顶。

"65栋楼就在73栋的对面，两栋楼之间是一条小道，小道的尽头就是罗大眼居住的75栋楼。65栋跟73栋这两栋楼均是背对着小道，阳台是在另一边，在小道这一边，没有任何窗户，所以可以排除是从这两栋楼住户的窗户掉下来的花盆。

"民警将目光放在了这两栋楼的楼顶，接着就分两批人上楼顶查看。65栋楼楼顶并没有发现花盆，也没有发现可疑的痕迹。

"而在73栋楼，他们被拦在楼顶那扇门之前。他们联系了房东，但是房东要到第二天才能赶回来，他们便询问房东，楼顶上有没有花盆之类的东西，房东明确说有。

"那么砸中罗大眼的花盆，很有可能就是从73栋楼楼顶掉下去的。为此，他们还仔细检查了那把锁，看到上面都沾满了厚厚的灰尘，很明显，那把锁已经很久没有人动过了，所以基本上可以排除花盆是从73栋楼楼顶人为扔下去的。

"第二天一大早，房东匆匆从老家赶来。民警同志跟着他打开了楼顶的房门，发现楼顶上确实有很多花盆。在一处镂空的栏杆处，发现两根栏杆之间有一道很新鲜的痕迹，那是东西长久卡在那里突然被抽走留下的，痕迹很新，与周围的颜色格格不入。

"所以他们判定，是大风将花盆吹到了两根栏杆的缝隙中间，卡住了，罗大眼那天路过时，花盆意外掉落，砸中了他。"

付瑶瑶将这起被定义为意外的案件过程再详述了一遍。

黄欣还在那研究那几道印子，江左岸则围着那一堆花盆细看。

那些花盆大大小小有不少，东倒西歪地散落在楼顶上，还有一些已经碎成了一块一块的。

"你觉得这些花盆有问题？"付瑶瑶看江左岸对这些花盆如此上心，忍不住问道。

江左岸反问："你觉得这些花盆现在这样，正常吗？"

付瑶瑶不太明白，疑惑道："怎么不正常？这都好几年了，花盆又没有生根发芽，长在楼顶上，风大雨大的，难免磕磕碰碰。有什么不正常的？"

江左岸摇了摇头，长出口气，道："可是我总觉得有些不对劲，至于是哪里不对劲，我又说不上来。"

付瑶瑶问黄欣："喂，查看出什么来没有？"

黄欣站起身，拍了拍身上的泥土，道："我觉得这几道白色的印子，像是用刀刮出来的！"

江左岸"啊"了一声，问："难道真是蜘蛛侠？"

付瑶瑶不客气地照着江左岸的后脑勺拍了一下，道："蜘蛛侠是吐丝的，不是吐刀片的，你这个傻瓜！"

江左岸捂着后脑勺，满脸无辜："玩笑！只是开玩笑，好吗？"

付瑶瑶说："不过，这倒是让我想起来了，你说，沈风有没有可能不经过楼顶的大门，就能神不知鬼不觉地上到楼顶呢？然后等待罗大眼下班，将那个卡在缝隙的花盆踢下去。当民警试图上楼顶时，却发现门被锁住了，这给了他足够的逃离时间。"

黄欣问："那他是怎么神不知鬼不觉地上来呢？"

付瑶瑶说："都说了是神不知鬼不觉，那我怎么能知道？或许那几道白色的印子，就是他留下的证据……有没有可能用爪钩？"

黄欣否定道："先不说爪钩可不可行，这爪钩钩的地方，应该是正对着楼顶那一面，怎么可能钩相反的地方呢？"

江左岸说："付大队长你分析得不对。假设沈风就是凶手，即便他能不通过楼顶的这扇门上来，那肯定也要花费很大的时间和精力才能做到。其实你犯了一个先入为主的错误，民警同志发现大门上锁之后，没有第一时间破门而入，而是等房东拿钥匙来。但如果你是沈风，你能这么肯定吗？你肯定会认为，警方到达后，肯定会在第一时间跑上来看看是怎么回事。既然沈风上来要花费很大的时间与力气，下去同样需要。如果民警同志上来之后，直接破门而入呢？那岂不是正撞见逃跑的沈风了吗？"

付瑶瑶陷入了沉思："那这个刀剐的印子是怎么回事？"

黄欣肯定地说："肯定是凶手无意中留下来的痕迹。"

江左岸问："砸中罗大眼的花盆碎片还能找到吗？"

付瑶瑶说："他们认为这是意外，已经处理掉了。"

"老城区，又是该死的老城区。"江左岸捶了一下围栏，"没有摄像头，这就很难办了，我们现在连凶手是怎么作案的都不知道。"

黄欣说："如果我们怀疑沈风的话，就应该盯住他，先从他身上查起，看看有什么发现。按照我们所分析的，沈风是在没有钥匙的情况下来到楼顶，并将花盆踢下去，砸中罗大眼，最后安然逃离。其实根本不用纠结这件事，因为这根本就不可能会发生。"

第七十八章　消失的花盆

两个人奇怪地看着黄欣，江左岸点了点头，道："你说得好像有道理。"

黄欣说："我觉得是我们把问题想得太复杂了，其实没那复杂。如果沈风真的用其他方法到了73栋的楼顶，那么顶层附近的住户很有可能察觉到。

"那他这么明目张胆地爬上爬下，难保不会被其他人看到，只要有一个人看到了，警方走访的时候，肯定就知道了。

"罗大眼是从沈风家回来二十天之后出事的，按照我们的假设，从那天晚上开始，沈风就开始调查罗大眼了。经过策划，将这场人为的他杀伪装成意外。

"二十天的时间做准备，这说明，他并不是临时起意，每一步都经过深思熟虑。除了那两条石柱子上的白色印子之外，目前我们没发现其他痕迹，这说明，他的策划很周全。

"还记得前段时间的宠物店密室案吗？其实很简单，但就是把我们给难住了。为什么呢？因为我们的视线被迷惑了，这件案子我觉得也一样。凶手就是想让我们认为，花盆就是从这栋楼楼顶掉下去的，但实际上，花盆不是从这栋楼掉下去的呢？"

付瑶瑶忙问："那你怎么解释那两根柱子的缝隙留下的痕迹？很明显，看轮廓，那个地方曾经卡住的，就是一个花盆。如果那个花盆不是从这栋楼楼顶掉下去的，那这两根柱子之间的花盆呢？"

黄欣摇了摇头，道："这我就不知道了，我只是提供了一个思路！"

付瑶瑶顺着这个思路，道："如果你说的这种可能成立，那罗大眼的死亡，就很有可能是人为的。假设花盆不是从这儿掉下去的，那就是从别处掉下去的，满足这两个条件的位置，就是罗大眼被砸中的附近的两栋楼楼顶。

"除了73栋楼楼顶之外，还有65栋楼楼顶，可是65栋楼楼顶根本就没有花盆，如果还有花盆从天而降，那就只有一种可能，是有人带上去从楼顶扔下来的。那这就不是意外，而是谋杀了。"

江左岸说："这个推论更贴近我们的最终论点，现在我们要解决的是，沈风是如何让73栋楼楼顶的这个花盆消失的呢？"

付瑶瑶适时地泼了盆冷水道："我们要解决的可不止这些。"

江左岸说："我当然知道，其他的暂且不论，如果解决了这个问题，我们就能确定这是意外还是谋杀了。现在我们也还只是怀疑阶段。"

黄欣想了想，说："这两栋楼的高度不一样，73栋最高楼层是六层，65栋是五层，73栋比65栋高了一层，而且两栋楼之间距离大概有二十米，这样的距离和落差，又是在晚上，他用了什么方法，让花盆从两个柱子之间消失了呢？"

"如果按照这个推论，那个花盆卡在两根柱子之间，如果卡得很紧，根本就掉不下去。

"而那几道白色的刀印，就是沈风用某种手段让那个花盆消失所留下的痕迹，难不成是用飞刀？"

江左岸瞪大了眼睛，否认道："怎么可能是飞刀？二十米的距离，还有一层楼三米左右的落差……

"这二十天的时间里，沈风肯定想过无数方法，研究过很多作案手法，直到发现了73栋楼楼顶的暴露处有一个花盆，他想到了一个可以把谋杀伪装成意外的最好时机，有且仅有一个。

"沈风要制造意外，必须要满足三个条件。第一，速度。

"如果事先将花盆处理掉，却没砸中罗大眼，那就再也没有机会制造出这样的意外了。所以肯定是先砸中，后处理花盆。罗大眼回来的时间点虽然有点晚，但也算是下班时间，很多在南城区上班、北城区租房的人也都是这个时间点回家，所以很快就会有人发现罗大眼被高空坠物砸到，继而报警、打120。民警赶到时，肯定第一时间就去勘查花盆是从哪里掉下来的！所以沈风的动作必须要快，用最快的速度将花盆处理掉。而民警的表述也验证了这一点，他们到达时，在65栋楼楼顶也没有发现可疑的人，这说明，在民警到来之前，甚至在路人报警之前，沈风就已经做完这一切离开了。

"第二个条件，隐秘。

"沈风在处理花盆时，不知道什么时候会有人来，甚至已经做好了罗大眼被砸的同一时间就被人发现的准备。可即便如此，他还是必须要处理花盆，只有处理掉了，才能让这一切看起来像是个意外。也就是说，就算当时有人在楼下，沈风也能在大家都不发现的情况下，神不知鬼不觉地将花盆处理掉。

"第三个条件，不留痕迹。

"当时，沈风在65栋楼楼顶，他不可能到73栋楼楼顶，那个花盆到底是怎么消失的呢？事实也正如此，我们没有看到那个花盆！这说明，沈风他做到了。"

第七十九章　话外之意

黄欣苦笑道："江大神探，我觉得，想要同时满足这三个条件，简直比我们刚刚分析的还不靠谱，这怎么可能做得到？"

江左岸耸了耸肩，道："这我哪儿知道，这是按照你提出的'花盆并不是从73栋楼楼顶掉下来'的思路，只有这么分析才合情合理。"

分析到这儿，毫无疑问，案件又走进了死胡同。

付瑶瑶拍板："走，我们去找沈风。"

南城区的某座高档写字楼内，三个人在茶水间见到了沈风。

对于他们的到来，沈风感到非常意外。

付瑶瑶开门见山道："二十几天前，有一个叫罗大眼的年轻人去你家算命，你给他算的，你说他在一个月之内会死。前天晚上，他在下班回家的路上，被从高空中坠落的花盆砸中，死了！"

沈风长相斯文，白白净净，但太过瘦弱，根本撑不起身上的西装，看起来像是小孩子偷穿了大人的衣服。

闻言，他先是一愣，似乎觉得这件事和自己没什么关系，没什么好担心的。

"警官，你这是什么意思？我有点不明白，你们是怪我给他算命算出不好的结果？还是说他被高空坠物砸到，是因为我？"

江左岸道："别在这儿装，你知道我们说的是什么。"

沈风摇了摇头，道："可是我真的不知道。"

付瑶瑶换了个话题："说一说算命那天晚上的经过吧。"

沈风仰着头，似乎才过了短短二十几天，就已经将那天晚上的事情给忘了，过了好一会儿，他才说："那天晚上，有几个人来到我家，说要找我父亲算命。那几个人喝了很多酒，乱发酒疯，说了很多脏话。我父亲气不过，就跟他们吵了起来。我当时正在里屋写程序，听到吵架声就出来了。

"不知道那几人是因为喝了酒的原因，还是本性就如此，特别没有素质。说要算命，算得准给钱，算不准不仅不给钱，还要把我家给砸了。

"我怕冲突升级，就让我爸先回屋里了。他年纪大了，万一动起手来，哪儿是那几个酒鬼的对手？

"我就跟他们说，我来给你算。其实我根本就不会算命，无非是想快点打发他们走。因为气愤他们对我爸说的那些话，就随口说，他活不过一个月了。其实，这就是一句气话。"

付瑶瑶问道："你不怕算不准，到时候，他真来把你家的铺子给砸了？这种气话你都敢说？"

沈风笑了笑，道："我不想办法把他们弄走，那天晚上会更麻烦。随便敷衍是敷衍不过去的，还不如直接玩大点！算不准，他要砸就砸呗，反正当时我们已经决定在一个月之内就搬家了，一个月后，他再来找我，早就找不到了。要不然，我为什么跟他说一个月的时间？"

黄欣突然说："我们怀疑是你杀害了罗大眼……"

沈风脸上的笑容消失了，取而代之的，是一种很复杂的表情。他难以置信地说："我杀害了罗大眼？警官，我为什么要这么做？"

黄欣说："因为他们侮辱了你父亲，令你心生怨恨。"

沈风说："为什么你们会这么认为呢？不可否认，他侮辱了我父亲，甚至把我的祖宗十八代都骂了一遍，但我也不至于因为这个，就去杀人吧！"

黄欣冷笑道："虽然我们现在还在调查阶段，但你有很大的嫌疑。"

沈风叹了口气，道："警官，那就等你们有了调查结果再来抓我吧。如果没什么事，我就先去上班了。我再次告诉你们，我没有杀害那个什么罗大眼。"

黄欣还欲再说，付瑶瑶做了个让他停止的手势，转而向沈风说："沈先生说得对，我们现在没有证据，能够证明沈先生跟罗大眼的死有关。那我可以问你几个问题吗？"

沈风脸上的表情缓和了些，道："当然，不过请快一点，我的休息时间快结束了！"

"前天晚上十点到十一点之间，你在哪儿？"

"在家里！"

"谁可以给你做证？"

"我爸！"

"你父亲的证明不具效力。"

"那我就不知道了，反正前天晚上我跟我爸一直在家。"

"那换言之，如果十点到十一点之间，有人看到你外出，是不是就可以证明你在说谎？"

"当然可以。我记得很清楚，前天晚上有一场球赛，从十点开始，持续了一个多小时。我一直在看那场球赛，所以十点到十一点之间，肯定没有离开过。"

付瑶瑶了然道："好了，沈先生，你可以去上班了。如果有什么事，我们再来找你！"

沈风应了一声，便去上班了。

黄欣感慨道："没什么收获啊……这小狐狸，挺狡猾的！"

付瑶瑶否认道："不，也不是完全没有收获。你刚才提到，罗大眼侮辱他的父亲，他并没有反驳，等于默认了这件事。而罗大眼的那几个朋友跟我们怎么说的？他们并没有提到这件事，没跟我们说实话。

"以沈家的情况，他们父子俩的关系肯定非常亲密。相依为命那么多年，如果罗大眼只是侮辱沈风，他或许没什么反应，但是侮辱他的父亲，如果很过分的话，有可能让沈风产生过激反应。我们分析过，沈风生长在这样的单亲家庭，心理不健康的可能性会很大。过激反应，也就是我们常说的杀人动机。"

江左岸点了点头，道："我赞成，看来得再找那几个人问问，他们一口咬定是沈风杀了罗大眼，肯定是发生了什么事，有可能是罗大眼对沈算做了什么非常过分的事，并且在沈风的心里，这个行为无法原谅！"

付瑶瑶说："这不是重点，重点是，沈风刚刚不经意间透露了一个非常重要的信息，这才是我们此行的最大收获！"

两个人都好奇地看着付瑶瑶："那是什么？"

付瑶瑶说:"他说,前天晚上十点到十一点,他都在家看球赛,自始至终都没有离开过!"

黄欣诧异道:"有什么问题吗?"

付瑶瑶说:"你再好好琢磨一下这句话!"

第八十章 隐藏信息

黄欣反复念叨了几遍,道:"我并不觉得这句话有什么问题啊!不管沈风出没出门,他肯定要强调自己没出过门啊。难道他说他出门了才正常?他说他没出过门才对!"

付瑶瑶说:"话是这么说没错,他很谨慎,但是谨慎得过头了。按照我们的推理,他说他没出去,事实上他出去了,这点你认同吧?"

黄欣点了点头:"这我们都知道,然而,他一口咬定他没出去。"

付瑶瑶说:"问题就出在这里。为什么他明明出去了,却敢跟我们拍着胸脯说他没出去呢?原因只有一个,他出去了,但是相当于没出去。"

黄欣被绕蒙了:"什么意思?"

江左岸这时候反应过来,道:"很简单的意思,他做了伪装。"

付瑶瑶打了个响指,道:"聪明!沈风做了伪装,也许是戴着棒球帽子,戴着墨镜,穿着将全身都包起来的衣服,甚至还有可能戴了口罩。总之,他把自己装扮成谁都认不出的样子。

"我们调查过,兴旺村和高福村之间隔了三个村庄,可是北城区的格局非常乱,从高福村到兴旺村,有一条捷径可以快速到达,十分钟左右就可以。如果沈风出去的话,肯定首选这条捷径。

"沈风从小就生长在北城区,虽然北城区现在有很多外来务工者租住在此处,但大多数还是本地居民。这条捷径上的住户,肯定有不少人都认识沈风,如果沈风不做伪装出门,我们一排查,很容易就能查到,说不定还有人看到他正在往高福村走。

"所以他只能借助伪装,让所有见到他的人都认不出来,那沈风的目的就达到了。

"他说他在晚上十点到十一点没出过门,是因为没有人能证明他出过门。"

黄欣越听越蒙:"说了那么多,我还是不明白你想说什么。"

付瑶瑶叹了一口气,道:"我们现在最重要的事是什么?是断定罗大眼到底是死于意外,还是他杀。我们怀疑是他杀,并且怀疑凶手是沈风。

"沈风说，在罗大眼出事的那个时间段他没离开过家，但如果我们能证明他离开过，是不是就说明他撒谎？他为什么要撒谎？因为他就是凶手。那么罗大眼的死，不是意外，而是人为的！"

黄欣这下总算是听明白了："那如何能证明沈风离开过呢？我们只知道他做了伪装，可既然做了伪装，根本就没人能认出他，这怎么证明？"

付瑶瑶一副恨铁不成钢的样子，道："知道他伪装离开家里，前往高福村，这还不够吗？已经足够了！"

付瑶瑶看向江左岸，问："你听明白了吗？"

江左岸说："如果我没有理解错的话，我们根本不需要有人看到沈风的真面目，只需要知道，有一个人，在那天晚上，穿着怪异地走在捷径上就够了，沈风的面目没人看得到，但是一个穿着怪异的人，还是有很多人能注意到的。"

付瑶瑶满意地点了点头，对黄欣说："看到没，这就叫专业。"

黄欣小声嘀咕着："我的专业又不是这个……"

付瑶瑶继续说："罗大眼十点下班，下班之后，步行四十分钟左右，就可以回到北城区的高福村。

"沈风不会很早就去等罗大眼，因为去得越早，待的时间越长，他被怀疑或被目击的可能性就越大。为了安全起见，他肯定是卡着点去。经过二十天的观察，他已经摸透了罗大眼的行踪，什么时候下班，什么时候回到高福村，他都一清二楚。

"十点二十分，他从家里出发，十一点之前，他从高福村回来了。

"所以我们只需要排查前天晚上十点二十分到十一点的这段时间，从兴旺村到高福村这条捷径路上，有没有人看到一个穿着很怪异的人，就够了。

"如果有人看到，肯定会有人记得，因为奇怪，所以能记住。

"当然，沈风也不会把自己伪装得太夸张，但如果想让别人认不出来，还得下足了功夫，这在大晚上的居民区里，绝对能称得上奇怪二字。"

黄欣不解地问："可就算有一个穿着很怪异的人，怎么能确定那个人就是沈风呢？"

付瑶瑶说："也要看是不是出现在猜测的时间段，如果是，基本就能确定是沈风了。况且，除了沈风之外，还有谁跟罗大眼有仇呢？"

黄欣说："还有沈风的父亲！"

付瑶瑶瞪了黄欣一眼，道："关键时候，你能不能正常点？"

黄欣觉得自己说得没错，坚持道："罗大眼侮辱了沈算，沈算怎么会跟他没仇？"

付瑶瑶佯怒道："你知道我不是这个意思……"

江左岸说："这么分析，倒是很有道理。不过，从兴旺村到高福村的捷径上，不知道多少栋楼，又有多少户居民，这该如何排查？"

付瑶瑶笑道："在国外生活久了，对国内的情况，你就不知道了吧？其实很好排查，顶多需要半个小时就可以查出来了，你信不信？"

江左岸惊讶道："这么快？"

付瑶瑶指了指自己的脑袋，道："得用这里，难道挨家挨户地去问吗？黄欣，你来告诉江大神探，我们怎么能做到在半个小时的时间里查到想要的信息。"

第八十一章　奇怪论

黄欣道："很简单啊，我们管北城区这样的建筑群叫城中村，别看城中村看起来很乱，其实管理并不难，每个地方都有每个地方的管理方式，而城中村的管理方式就是简单直接。

"有一次，我们查一个案子，也是发生在城中村，那个城中村的摄像头坏了，有一个人死在了城中村村外。那片区域，都是供外来务工者租住的楼房，租户之间，哪怕是住在对门，也未必认识，房东与租客，除了签合同的时候见过一次，其他时候根本见不到。所以那个死者的身份就很难确定，我们最初也感到很头疼，那最后是怎么确认的呢？……

"死者死亡的时间是早上七点，这个时间出现在城中村村外只有两个原因，死者是准备出门上班或者是刚下夜班回来，不管是哪种可能，都说明了一件事，这个死者居住在城中村内。

"那城中村说大不大，说小不小，有三十多栋楼。我们便请街道办的工作人员帮忙，他只花了一个小时就查到了。

"城中村的每一栋楼都有户管，职责就是协助管理租客。为了便于管理，他们会收集每一栋楼租户的租住信息，建立聊天群，将房东和租客都拉进去，平常有什么信息都会在群里公布。

"街道办通知每个户管，让他们在自己负责的楼房里排查。户管就在群里发信息，让群里每个房间的住户回信息。还能回信息的，就证明那间房的住户没有问题。遇到个别没有及时回信息的，户管马上按登记的手机号，追一个电话过去，很快就能排查出异常情况来。用这个方法，他们很快就锁定了那个死者所居住的地方。"

江左岸点了点头，道："这个方法很不错，简单有效，基本不会出错。"

付瑶瑶说："我现在就联系街道办，让他们联系这附近的户管，在群里发信息询问，在前天晚上十点二十到十一点这个时间段，有没有人看到一个穿着很奇怪的人。如果有，那就是嫌疑人。"

说完，她就到一边打电话去了。

趁着付瑶瑶去打电话的空当，黄欣看着江左岸，说："怎么样，我们头儿不错吧？"

江左岸不知道黄欣是什么意思，纳闷地问："什么？"

黄欣嘿嘿一笑，道："你是不是还没有女朋友？"

江左岸没有回答，而是反问道："那你有女朋友吗？"

黄欣说："我？有啊！"

江左岸笑道："吹什么牛，你有？我怎么没见过？"

黄欣认真地说："你这个人真是奇怪，我有女朋友就一定要让你知道吗？"

江左岸看黄欣不像是在开玩笑，又想到自己来市局也没多久，虽然没听黄欣提过，但也不能就此肯定黄欣现在还是单身！

"有就有，有什么了不起的啊？"

黄欣凑近江左岸，指着付瑶瑶神神秘秘地说："说真的，你觉得头儿怎么样？"

江左岸看着在不远处打电话的付瑶瑶，随口说："哦，还行啊！"

黄欣不乐意了，道："什么叫还行啊？我能看得出来，你对头儿有好感。"

江左岸莫名其妙地看着黄欣："你哪只眼睛看出来我对她有好感了？"

黄欣说："行为。虽然你们总是吵吵闹闹的，但是配合得很默契。"

江左岸将黄欣推开，道："有默契就叫有好感了？那我跟你还有默契呢？是不是意味着我对你也有好感？"

黄欣一本正经地说："我是男的，这能一样吗？"不等江左岸反驳，他很快又说，"付文也太不够意思了，你算是他的兄弟吧，他居然把外人介绍给他妹妹，也不介绍给你……这样吧，付文不够意思，我够意思，我来给你和头儿牵线搭桥，怎么样？"

江左岸无语地说："那我是不是还要谢谢你啊？"

黄欣嘿嘿笑道："不用，随便请我喝顿酒就行了。"

江左岸没好气地说："那我还真的要谢谢你啊，我不需要！"

江左岸实在是无语，黄欣都跟着付瑶瑶也有好几年了，虽然说各自的私事不方便去打听，但像黄欣这样的八卦男，江左岸相信他不会放过任何八卦的机会的。

江左岸来到市局不过短短十几天，还没有刻意去了解，就知道了付瑶瑶的心意，只要有机会，她就一心一意地去查黑影案，个人的感情问题，她根本无心关注。

为什么付文一次一次地给她介绍优秀男士，她都拒绝呢？并不是看不上，而是她不想，在黑影案还没有水落石出之前，她根本不会考虑感情问题。

怎么黄欣就不明白呢？

黄欣指着江左岸说："嘿，我说你这个人真是不知好歹，好心给你牵线搭桥，你居然是这种态度，简直跟头儿一模一样……"

"你们在聊什么？"付瑶瑶打完电话走回来，看到两个人聊得正起劲，似乎还起了争执，遂问了一声。

"聊这个案子啊，不然还能聊什么？"江左岸抢先答，然后，瞪了黄欣一眼。

黄欣将到嘴边的话咽了回去，改口道："对！没错，就是在讨论案情。"

付瑶瑶不疑有他，说："已经联系到了这边的街道办，让他们帮忙去查了，还需要点儿时间，我们先找个地方吃午饭吧。"

黄欣嘿嘿笑道："你不说我还不觉得饿，一说我肚子就饿了。"

付瑶瑶笑骂道："就你事多。"

江左岸忽然想到了一个问题，问道："你说户管在排查信息的时候，沈风会不会在某个群里，也能看到这个信息呢？"

黄欣说："你就放一百个心吧，他是不可能看到这个信息的。"

第八十二章　缺失的美德

江左岸疑惑地问："为什么？"

付瑶瑶解释道："户管管理的是出租房，自住房是不归户管管理的，我们也不需要查得那么精细，自住房可以不用排查，排查出租房就够了。"

江左岸点了点头。

三个人随后去了一家饭馆，各自点了一份黄焖鸡米饭。

吃完饭，街道办那边也来电话了。

付瑶瑶接完电话，对他们俩说："街道办的工作人员说了，户管统计出来了，前晚十点二十分左右，有三个人看到一个将自己捂得严严实实的人，在十点五十五分左右，有六个人也看到了一个同样捂得严严实实的人。那几个人觉得奇怪，就多看了几眼。"

黄欣兴奋地说："太好了，这个小狐狸，终于露出了狐狸尾巴！"

付瑶瑶却一点都不高兴，摇了摇头，道："我们可能猜错了，那个捂得严严实实的人，未必是沈风。"

两个人异口同声地问道："什么？不是沈风，那是谁？"

付瑶瑶尴尬地说："或许黄欣是对的。根据那几个人描述，大热天的，那个人不仅将自己捂得严严实实的，还在大晚上戴着一个宽大的墨镜，不由得多看了几眼。"

黄欣问："难道是看到了那个人的脸？"

付瑶瑶摇了摇头："不是看到他的脸，而是看他的行动。他走得很慢，虽然他努力地想让自己走得快一点，但是根本快不起来，反而让他的举动看起来更加怪异。"

黄欣终于开窍了，道："我知道了，如果这个人是沈风，他一个年轻人，腿脚又没有问题，根本不会走得很慢，相反，他刚杀了人，跑都来不及呢。"

付瑶瑶点了点头，表示赞同。

江左岸补充道："跟罗大眼有仇怨的，理论上来说，应该是两人，沈风和他父亲沈算，如果不是沈风，那就是沈算。而且，行动缓慢，这个特征就比较符合老年人沈算了。"

黄欣问："会不会是沈风故意这样走路，来误导警方？"

付瑶瑶摇了摇头，道："不可能。他不知道警方如何查案，他要是能预判到我们的查案方向和方法，还会天天加班写程序？最重要的是，他若是故意的，就会把嫌疑引到他父亲身上，这不是坑爹吗？"

黄欣恍然大悟，道："有道理。"

江左岸说："嫌疑人不是沈风，而是沈算，这好像也没什么区别啊。"

付瑶瑶道："不！不是没有区别，相反，区别非常大，这对于我们来说，还有一个隐藏的信息，这可能是破案的突破口。"

两个人都望着付瑶瑶，等她继续说下去。

然而，付瑶瑶却掏出手机："我得先给罗大眼那几个朋友打个电话，让他们如实说一下算命那天晚上的经过。"

罗大眼的朋友来报案那天，临走前，还特意给付瑶瑶留了麻子的电话，出于习惯，付瑶瑶将那个手机号存在手机里。

付瑶瑶打通了那个电话，开门见山地问了算命那天的事，一问之下，果然有隐瞒。

付瑶瑶忍不住质问麻子，问他们为什么报案那天不说清楚。

麻子的回复让付瑶瑶哭笑不得。他说，如果付瑶瑶不打这通电话，就说明，他们没这个能力破这个案子，说了也白说。

付瑶瑶问："那我现在打了这通电话，有资格知道算命那晚发生了什么吗？"

麻子这才吞吞吐吐地说了那天晚上的事。实情让付瑶瑶非常意外，她知道他们最开始会有所保留，但是不知道隐瞒了那么多。

那天晚上，他们的所作所为，让付瑶瑶听着都觉得愤怒。

除了很多言语上的侮辱之外，罗大眼竟然往沈算的身上撒尿。

挂断电话，付瑶瑶还是气愤不已。

江左岸和黄欣赶紧问麻子在电话里说了什么。

付瑶瑶说出来之后，他们也是十分愤怒。

黄欣说："这么说来，沈算受到这样的侮辱，起了杀心，算正常吗？"

付瑶瑶跟江左岸没有说话。还是那句话，不管发生了什么，都不能用暴力解决，罗大眼肯定有做得不对的地方，但论惩罚，不应由沈算来实施。

付瑶瑶叹了一口气，道："我们只负责查案，其他的，交给法官去判决吧！

"真正的杀人动机，是沈算受到侮辱。他肯定觉得，自己反正这么大岁数了，也没多少年头好活了，他还犹豫什么呢？儿子已事业有成，自己帮不上什么忙不说，说不定还会拖累儿子，儿子到现在还没交女朋友，肯定也是因为他！他窝囊了一辈子，肯定是想硬气一回。不管成功与否，他都已经将生死置之度外了！"

黄欣说："你这分析非常合理，好像你就是沈算似的。"

江左岸认真地说："既然我们要知道别人的想法，就要把自己想象成他，沈风那样的家庭，其实也是广大底层家庭的真实写照。"

黄欣阴阳怪气地说："某人还不是一样没有女朋友！"

江左岸不满地说："你说什么呢？"

对他们的幼稚互怼，付瑶瑶很无奈，道："好了，这有什么好争的？我们继续刚才的话题，如果凶手是沈风，我们不好查，但如果凶手是沈算，那一切就好办多了。"

江左岸皱着眉问："为什么？"

付瑶瑶说："很简单，你知道老人都有一个不能叫毛病的毛病吗？"

黄欣想了想，道："固执、犟，还有反应迟钝……"

付瑶瑶伸出手，让他赶紧打住，道："你这差得不是一星半点，我有时候真的很好奇，你这个脑子里都装的什么啊……"

黄欣讪笑道："你又不说一个方向，我怎么知道……"

付瑶瑶叹气道："其实，那个毛病，对我们来说，也正是我们所缺少的一种——美德！"

第八十三章　他很适合

"美德？"江左岸轻笑了一声，"怎么还扯到美德上了？"

付瑶瑶认真地说："不是扯，而只是在阐述一个事实。大部分老年人都有一个通病，就是不舍，也可以说是恋旧。这难道不是一种美德吗？"

江左岸跟黄欣对视了一眼，点了点头："这确实是。"

付瑶瑶接着说："我们之前对沈风所做的假设，现在都可以转移到沈算身上，回到最初的问题上，73栋楼楼顶那两个柱子之间的花盆，到底是怎么消失的？

"是沈算用了某种方法让花盆消失了，我们现在暂时不知道他用了什么方法。但是有一点可以肯定，他不会魔法，无法用意念操控物体。

"所以我们可以得出一个结论，他带了东西出门，并在用完之后，又将那东西带了回来。"

江左岸若有所思地说："这就是你说的美德？如果是沈风，那东西用完之后肯定直接就扔了，但是如果是沈算，那他有可能会因为不舍而再带回来？"

付瑶瑶说："没错！"

黄欣问："他到底带的是什么东西？能够在65栋楼楼顶将73栋楼楼顶的花盆取走呢？"

付瑶瑶说："这就是我们接下来要调查的方向。"

黄欣问道："怎么调查？"

付瑶瑶掏出手机，翻出通话记录，拨打了一个号码，在电话拨通前，对他说："当然是找人问了。"

不一会儿，手机就拨通了。

"喂，王主任吗？还是我，我是小付啊，还是因为刚才那件事，我想找前天晚上见过那个穿着奇怪的人的那几个人……好好好，那有劳王主任了。"

放下手机之后，付瑶瑶对他们说："我们要找的那几个见过沈算的人，都在南城区上班，分散在南城区各条街道，晚上下班才会回来。现在才中午，街道办的王主任让我们先去忙别的事儿，晚上下班之后，会让他们先去社区一趟，我们晚上直接去社区等他们就行。"

江左岸问："你是想问他们，对前天晚上看到的沈算还有没有印象，身上有没有携带其他东西，对吗？"

付瑶瑶点了点头，道："没错。如果有人能认出那是什么东西，我们就能知道 73 栋楼楼顶上的花盆是如何消失的，或许还能成为最后的证据。"

黄欣摇了摇头，不太认同："沈算既然把自己捂得严严实实的，如果他带了东西，肯定也会捂得严严实实的，怎么可能会让人看见？"

付瑶瑶说："我当然也考虑过这个问题。毫无疑问，沈算肯定会遮挡东西，但他能遮挡住东西的样貌，但是遮挡不了大小、轮廓。这样我们就能知道个大概，知道了大概，才好去猜。而且你以为沈算将那个东西带回来是为了什么？肯定还放在家里啊！"

江左岸说："目前这是唯一有效的方法了，就怕那几个人都没有印象。"

付瑶瑶也不太确定，只好说："近十个人，总有一个人能记得吧？"

黄欣问："那我们现在干什么？"

付瑶瑶的脸上露出了一个意味深长的笑容："现在？当然是回家睡觉了，反正那些人晚上才下班，我们只能等到晚上再过来。"说完，她指了指黄欣，"不过，不包括你。"

黄欣露出诧异的表情，问："为什么？"

付瑶瑶说："你留在这儿盯着沈算，看看他有没有什么异常举动，尤其要注意他会不会出门扔东西。我们晚上再过来接你的班。"

黄欣欲哭无泪，道："你们确定是晚上过来接我的班？不是去社区吗？"

江左岸拍了拍黄欣的肩膀，道："其实是一样的，你服从命令就行了！"

虽然黄欣一副非常不情愿的样子，但也无可奈何，只能眼睁睁地看着两个人远去。

在回去的路上，江左岸不解地问："为什么要把黄欣留在那？既然我们判断沈算因为不舍，将疑似证据的东西拿回家了，难道他还会将那个东西再扔出去吗？"

付瑶瑶说："不会，但也不能很肯定，只能说可能性不大。"

江左岸说："就算他会丢出去，距离案发都过了好几天了，现在再派人盯着他，还能有多大意义？更何况，黄欣也不是这方面的专家啊，让他盯着，肯定是漏洞百出！"

付瑶瑶笑道："你以为我没想到吗？我要的就是这种效果。"

江左岸似乎明白了："你是想……"

付瑶瑶露出了一个意味深长的笑容，道："我故意将黄欣留在那里，正所谓，不做亏心事，不怕鬼敲门。沈算知道有人盯着他，肯定会多想，实际上，黄欣什么都不会做，在他家附近转转就够了，给沈算制造点心理压力就达到目的了。"

江左岸还是有点担心，说："制造心理压力我明白，可沈算并不知道黄欣是警察啊。"

付瑶瑶胸有成竹地说："他不知道，但是有人知道。"

"他的儿子沈风？"

付瑶瑶说："没错，我们上午才见过沈风。你想啊，黄欣在沈算家附近转悠一下午，沈算会有什么反应？他做了亏心事，肯定会想，这个人是怎么回事？一直在我家门口转悠干什么？这时候，假若沈风回到家，看到黄欣，一眼就认出来，他会怎么说？当然，他肯定不知道父亲的所作所为，如果知道，以他的理智，肯定会阻止！所以当他看到黄欣后，肯定会随口对沈算说，这不是警方的人吗？怎么在我们家门口转来转去的？沈算听到后会怎么样？会很慌！我们就是要让他慌，只有他慌了，才有可能会露出马脚。"

江左岸很佩服付瑶瑶的推理能力，在某些方面，她的细腻是江左岸无法比拟的。

他犹豫地问："那黄欣……"

付瑶瑶说："就让他守着吧。他这个人，不大会隐藏自己的情绪，如果让别人做这件事，我还有点不放心，但是黄欣，绝对合适，就是要让他把自己的情绪展现在沈算面前。"

第八十四章　如坐针毡的人

兴旺村，一间低矮的民房外不远，黄欣蹲在那里一根接一根地抽烟，在民房的门口处，立着一块牌子，上面贴着几个大字：算命、卜卦。

沈算搬了一把老旧的太师椅坐在门口，正优哉游哉地晒太阳。

他也抽烟，只不过抽的不是外面卖的卷烟，而是用桶装的水烟。

这个时候，根本没有人来算命，更确切地说，自从沈风工作之后，就没什么人来找他算命了。毕竟这些街坊来找他算命，并不是因为他算得准，而是为了资助沈风，既然沈风自力更生了，自然就不需要资助了。

对于这样明显的反差，沈算倒没有半点不适，反而觉得，这样也不错。将沈风养大，供他读书，他这辈子可以说只是为沈风活着，沈风长大成人了，他也可以退休了。

每天的这个时候，沈算都会搬那把坐了几十年、散架过无数次又修好的太师椅到门口，一边悠闲地抽烟，一边闭目养神，在脚边，放着一个收音机，播放着咿咿呀呀的戏曲。

但今天与往日不同，他的脚边也放着收音机，不过并没有播放戏曲，他没开，也没有闭目养神，因为他在注视着家门口不远处蹲在一棵树下的年轻人！

抽烟的速度明显也比平常慢了许多，因为他要分散精力时刻看着那个年轻人。

那个年轻人已经蹲在那很久了，并且每隔一段时间就往自己这边看。

他的面前，已经扔了很多烟蒂。

一个人能一根接一根地抽烟，不外乎几种原因，要么失恋了，要么失业了，要么遇到解决不了的问题，要么就是极其无聊的时候。

沈算觉得，那个年轻人一定是最后一种，因为前几种都跟伤心、难过挂钩，但是他的脸上，一点伤心的表情都没有，反而在看向这边的时候，脸上挂着似笑非笑的表情。

他到底想干什么？

沈算躺在太师椅上，这还是第一次觉得这把太师椅上好像长满了刺，让他如坐针毡，浑身都不舒服。

阳光照到他的身上，似乎也不再那么暖洋洋了，反而有点灼烧感。

他窝在太师椅里，似乎想把整个身子都缩进去，不让那个年轻人看到。

这让他的身心都开始不舒服起来。他不断调整坐姿，但是不管怎么变换，都无法调到一个令他满意的姿势！

那个年轻人在盯着他，他也在盯着那个年轻人。

最终，他看到那个年轻人站了起来，将手里的烟蒂扔到地上，狠狠地踩来踩去，就好像跟那个烟蒂有仇一样，一边踩一边笑着看自己。

这让沈算有一种莫名的心慌，感觉他脚下踩的不是烟蒂，而是自己的心脏。

因为他的一举一动，都让沈算感到极其不舒服。

终于，那个年轻人停了下来。沈算心想，他再不停下来，可能鞋底都要漏了。

年轻人转头又看了沈算一眼，转身离开。

沈算瞪大了眼睛，年轻人离开的瞬间，他觉得太师椅上也没有刺了，阳光洒在身上，也变得暖洋洋了，微风拂人，非常舒服！

不管他蹲在那儿老半天想干什么，现在他都走了。

沈算支起身子，正准备打开收音机，但就在这个时候，他的动作瞬间僵住了，拿着收音机的手停在半空。

因为他看到那个年轻人又回来了，手上拿着一包烟，正在撕包装的封口，一边似笑非笑地看着他。

他回到原来的位置，索性坐了下来，抽出一根烟，塞进嘴里，点上。

沈算的手在发抖。

原来那个年轻人并没有走，他只是烟抽完了，去买了一包。看样子，他还要继续在这盯着自己！

沈算猛地从太师椅上站了起来。

随手将水烟扔到一边，整了整身上穿着的那身长衫上的褶皱，缓缓向那个年轻人走去。

那个年轻人看到沈算走来，故作淡定地将视线转向一边，一口接一口地吞云吐雾。

沈算走到他面前，面无表情地问："你在这儿干什么？"

黄欣一脸疑惑地说："在晒太阳、看风景啊，不然你说在干什么？"

沈算有点生气，晒太阳？哪里不能晒！看风景？这里有什么风景可看！都是一些摇摇欲坠的老旧房子，没有人会认为，这样的建筑是风景！

"你为什么一直盯着我看？"

黄欣扑哧一声笑了："大爷，你说我盯着你看，我还没说你盯着我看呢！"

沈算没想到对方倒打一耙，吃惊地问："我盯着你看？我为什么要盯着你看？"

黄欣笑道："你不盯着我看，怎么知道我在盯着你看？"

沈算的火气瞬间就上来了："年轻人，你不要强词夺理。这是我家门口，我是无意之间看到你在盯着我看的。"

黄欣说："那我坐在这儿晒太阳，总不能闭着眼睛晒吧。你看对面那家便利店的女营业员，我看了她那么久，也没见她像你这样过来质问我啊？我只不过偶尔扫过两眼，你就说我盯着你看，这不合适吧，大爷？"

沈算冷哼一声："好一个油嘴滑舌的小子，你大爷我吃过的盐比你吃过的饭还要多，你是不是盯着我看，难道我还能不知道？"

黄欣伸出了大拇指，道："那大爷的口味可是真重啊，吃那么多盐。"

沈算怒道："少跟我在这儿耍贫嘴，说，你到底是什么人？在这干什么？"

黄欣抽完了一根，又续上一根，他不紧不慢地将烟点上，道："大爷啊，你真的搞错了，我没盯着你看，我只是好奇你家大门口的那块牌匾。"

沈算阴着脸，沉声道："你糊弄鬼呢？"

黄欣依然是一副笑脸，道："大爷，你不信就算了。对了，你是不是会算命啊？如果你会算命，可以算算我是干什么的，来这有什么目的。如果算得准，自然就知道我为什么会在这儿了！"

第八十五章 慌了

沈算看着黄欣不说话，眯着眼睛，一张满是皱纹的脸上不知道是什么表情。

过了一会儿，他才说："你让我算我就算？"

黄欣则满脸无所谓："又不是我想知道，你要是想知道的话，就算啊。"接着，他压低了声音说："我听说啊，这一片有一个神命师，算命非常准，非常厉害，该不会就是你吧？"

　　沈算冷冷地说："我已经算出来你是做什么的了。"

　　黄欣饶有兴趣地问："是吗？那说说看，我是做什么的？既然你能算到我是做什么的，自然也就知道我为什么来这里了。"

　　沈算盯着黄欣，一字一顿地说："你在警局工作。"

　　黄欣瞪大了双眼，满脸诧异，嘴里的烟也忘了吸，烟灰积了长长一条，随后掉落下来，落在他的手臂上。烟灰还有余温，烫了黄欣一下，令他瞬间清醒过来。

　　然后，他冲沈算竖了竖大拇指："大爷，真厉害啊，这都被你算出来了。不，你甚至算都没算，只看了一眼，就知道我是干什么的了，真是太厉害了。这一带传说中的神命师，不用怀疑，就是你了！"

　　沈算也不说话，扭头就走。

　　黄欣在身后笑着说："大爷，你要不要再算算，我为什么会在这儿？"

　　沈算背对着年轻人，顿时惊出了一身冷汗。

　　他哪儿有那么厉害，只看一眼就知道他是警察？他是靠猜的，也不对，准确地说，应该是试探。没想到，这一试还真试出来了，就是他心中所想。

　　刚才他心神不宁的时候，就开始怀疑了。但他自认为那件事做得天衣无缝，怎么还会被盯上呢？

　　警方盯上自己，肯定已经猜到或是查到了什么……

　　他的心越来越乱。

　　回到自己家门口，他没坐回太师椅上。黄欣的存在，让他心乱如麻，看到他在那儿，时不时地冲自己一笑，会让他的心更乱。

　　到底是哪里出了问题而被盯上呢？他实在是想不通。

　　他蹒跚着将太师椅收了起来，拿进家里，还有地上的收音机，然后，关上了家门。

　　在门关上的瞬间，他又看了黄欣一眼，心里愤愤地想：你不是要看吗？现在真的是只能看门口的那块牌匾了！

　　黄欣看着沈算将大门关上，毫无反应，反正这种民房只有一个出入口，付瑶瑶交代他的是盯着沈算会不会出去扔掉什么东西。

　　但现在看来，别说他出门扔东西了，就连门都不想出了。

　　黄欣就坐在那棵大树下，一边抽烟一边玩手机，坐累了就起身活动一下，太无聊了，甚至还会朝对面便利店的女营业员抛抛媚眼。

时间很快就过去了。

下午，黄欣饿了，便叫了份外卖，填写地址时，让外卖员送到一棵大树下，那个外卖员以为黄欣是在耍他，差点吵起来。黄欣跟他解释了半天，最后送来的时候，外卖员的眼神别提多复杂了。

吃完饭后，沈算的算命馆还没有开门，倒是看到了下班回家的沈风。

沈风也看到了黄欣，不过只是看了一眼，也没说什么，就打开家门进去了。

沈风走进家门，里面一片昏暗。他已经习惯了，父亲十分节俭，平时都是开着门，借着外面的灯光，理由是省电。打开灯的时候，他被吓了一跳，沈算一动不动地坐在太师椅上。

"爸，你吓死我了，怎么关着门，还关着灯？"

沈算显得有点心不在焉，敷衍道："哦，省电。"

沈风放下包，无奈地说："跟你说过很多遍了，这是节能灯，不费什么电的，再说了，你儿子现在出息了，咱们不差这点钱……再说了，平时您不都是把门打开，至少路灯能照进来啊……"

沈风知道父亲很节省，从小到大，从生活到学习，他花的每一分钱，都是父亲省出来的。虽然现在自己赚钱了，但是他还是保持着这样的习惯。

沈风当然也想让父亲的观念改过来。父亲已经过惯了那样的日子，可沈风知道，那种日子过得就一个字——累！

然而，老人的观念真的很难改，沈风尝试过很多次，都以失败告终。他也差不多放弃了，只是偶尔还是会说两句。

再想到今天白天发生的事，沈风嘀咕了一句："今天的怪事有点多啊……"

闻言，沈算直接从太师椅上跳了起来，又把沈风吓了一跳。

他惊讶地问："爸，你这是怎么了？"

沈算并不回答，追问道："你刚刚说今天的怪事有点多，你碰到什么怪事了？"

沈风觉得更奇怪了，嘟囔着："刚才说了那么多句，你都不在意，怎么这句话听得这么清楚呢？"

不过，他还是把今天在公司茶水间的遭遇一五一十地跟沈算说了。

末了，他感慨道："真是的，居然被我一语成谶了。不过，人都死了，也不好再说什么了，只能说，人啊，还是要心存善念！"然后，他又说，"对了，刚才我还在门口碰到警察了，就是今天来公司找我的三个警察中的一个，他居然说是我杀了罗大眼，无凭无据的，我都不想理他……"

回到家后，沈风便顺手将笔记本电脑从包里拿出来，插上电源，把电脑打开，这些动作都是背对着沈算进行的。

弄好之后转过身来，却看到沈算站在太师椅面前，似乎已经僵住了。

沈风急了，慌忙过去摇了摇他："爸，你没事吧，爸……"

沈算就好像武侠片里被人点了穴，然后又猛地解开，恢复了过来，但是额头上已经渗出了密密麻麻的汗珠。

过了一会儿，他终于开口："没事，我没事。"

看到沈算没事，沈风松了口气，仍免不了会担心，道："你先等会儿，我去给你拿条毛巾。"

但是沈算猛地抓住了沈风的手，颤抖着说："小风，我们什么时候搬去新家啊？"

第八十六章　搬家

沈风听到沈算的话，颇感意外，甚至有点不敢相信。

他问："爸，你说什么？"

这回轮到沈算诧异了："你不是说要搬去新房吗？怎么，又不搬了吗？"

沈风激动地说："搬啊！为什么不搬？不过，爸，你怎么忽然就想通了呢？"

沈风上班之后，一直是省吃俭用，攒下了一笔钱，在南城区买了一套二手房。虽然只是付了首付，但是比这里的条件好太多了，他相信，只要努力，以后会越来越好的，房贷迟早会还完的。

但是当他对父亲提出搬去新家时，沈算的反应非常强烈。坚持说，自己在这个地方生活了一辈子，虽然只是一间破破烂烂的平房，但他已经对这个地方有了感情。

沈算的性格是非常固执的，从年轻时就一直如此。如果不是因为固执，他的老婆也不会离他而去，现在年纪大了，这个毛病不仅没有改掉，甚至还更严重了。

不论沈风怎么苦口婆心地劝说，他就是不搬。

其实沈风的初衷是好的，这个地方他也住了二十多年，论感情，不比沈算少多少，但人是要向前看的，现在他赚到钱了，可以拥有更好的生活条件，为什么还要窝在这间小平房里呢？

沈算有风湿病，平常不下雨还好，一到阴雨天气，房里会非常潮湿，对他的身体也非常不好。

但无论沈风怎么劝，他都不同意搬，还说沈风想搬就搬，反正他不会离开这里。

二十多天之前，沈风之所以给罗大眼算命时说了那样一句话，除了自己很生气之外，还有一个重要原因，那就是为了惹怒罗大眼。

他当时只是随口一说，一个月之内罗大眼会死，这种话自己都不信，更不用说其他人了。

他当时就想了，一个月之后，气急败坏的罗大眼找上门来，他们最好能砸了这间平房，这样他就有理由带沈算去他的新房居住了。

但是没想到，事情的发展没有如他所愿，罗大眼居然真的没有活过一个月。

今天白天听闻罗大眼死亡之后，他基本要放弃了，想着父亲不愿意搬，他肯定不会搬，至于那套新房，就先租出去吧，以后等到涨价再卖掉。

他刚刚打开电脑准备在网上查询一下附近出租房的租金情况，没想到，沈算居然主动说要搬家，怎么能让他不意外？怎么能不激动？

沈算笑道："你爸爸我这辈子都没住过好房子。我也想了，人活着一辈子是为了什么？生活！生活，顾名思义，就是生下来，活下去，这个时代赋予了生活另一种含义，那就是精神上的享受。我想，我应该追求更高一层的生活了，要不然，不定哪一天就没机会了。"

沈风又惊又喜，道："爸，你能想通实在是太好了！不过，你这说的是什么话？你肯定能长命百岁的，你还要抱孙子呢！"

沈算摆了摆手，对这件八字还没一撇的事似乎没什么兴致，而是又将话题转到了搬家的事上，问："我们什么时候搬啊？"

沈风想了想，说："不急，今天才周二，我周末才放假，不如就周末搬吧？"

沈算却沉着脸道："不行，我们要尽快搬，越快越好！你明天请假，我们明天就搬！"

这让沈风更加意外，沈算居然让他主动请假？还是为了搬家这件事？

曾经有一次，沈算肚子疼，疼得还挺厉害，沈风想带他去医院，被他拒绝。沈风要请半天假在家照顾他，也被他逼着去上班了。

沈算知道沈风公司的规章制度，请一天假，这个月的全勤奖金就泡汤了。

全勤奖一个月两百元，虽然并不多，但只要能按时上下班、不请假，基本就是手到擒来。所以，如果请一天假，不仅当天的工资没有了，这两百元的全勤奖也没有了，算下来，请一天假要损失五六百元。沈算知道这笔账之后，宁愿自己痛死，也要让沈风去上班。因为没人比他知道，钱有多难赚！

正因为曾经发生过这种事情，今天父亲的举动……让沈风觉得有种奇怪的陌生感……

"爸，我觉得完全不用急啊，搬家也不急在这一时半会儿。"沈风怕沈算忘了，还特意提了一句，"你又不是不知道，我请一天假，要扣好多工资呢！"

但是沈算并不理会，似乎还生气了，道："你不搬，就告诉我地址，我自己搬！"

沈风总觉得父亲今晚很奇怪，但是不知道是为了什么。

他转念一想，明天搬就明天搬吧，难得父亲同意了，趁早搬也好，免得他到时候反悔。

"那我明天请一天假，现在搬家很方便。我一会儿就去买几个袋子回来，吃完饭后，咱们开始收拾东西，然后我再去联系搬家公司。"

沈算如释重负地松了一口气，道："这还差不多，你去买袋子，我先整理。这么多年，东西可不少啊……"

沈风原本想说，那些旧的东西能不要就不要了，但想了想还是没有开口。

都要离开住了几十年的房子了，那些老物件还不让父亲带走，万一惹怒了他，最后再反悔就麻烦了。

沈风跟沈算说了一下，就出门去了。

门外，黄欣依旧蹲在那棵大树下。

原本已经无聊到打起瞌睡来，看到沈风出门，他瞬间便清醒了。

只见沈风出门之后，径直往对面的便利店走去，然后进了便利店里。几分钟之后，他抱着一大堆大大小小的袋子从便利店出来，又返回平房里，关上家门。

这小子买这么多的袋子干什么呢？

黄欣犹豫了一下，也往对面的便利店走去。

整个下午，他盯着那个女营业员看了大半天，这时候忽然走过去，那个女营业员的脸上不禁出现了一抹红晕。

第八十七章　着急了

黄欣看起来吊儿郎当，但长得很帅，按照现在流行的说法，属于痞帅那种类型。

女孩子对黄欣这种长相的看法非常两极化，不喜欢的人会觉得他长着一副流氓样子，一看就是渣男，但是喜欢的人会非常着迷，认为非常酷。那个女营业员恰好就是后者。

黄欣无聊了一下午，大部分时间，视线都落在她的身上，只是偶尔才会关注一下沈算。毕竟，看一个姑娘总强过看一个老头吧，即便那个姑娘长得很普通，但至少在外人看来，不显得那般突兀。

而那个女营业员也不是一直在忙，除了有顾客需要收银时，其他大部分时间也很空闲。

她也会四处张望，一般情况下，四周也没什么好看的，只是起到了一个缓解视觉疲劳的作用，然后，继续低头玩手机。但今天不一样了，不远处，竟然有个帅哥一直在盯着自己看。

爱美之心，人皆有之，虽然她长得不是很漂亮，但一点也不影响她喜欢帅哥。从小到大，她还没被帅哥注视过，而且还是一下午。

这时候，她看到帅哥向她走过来，越发激动，心扑通扑通的，就好像有头小鹿在心里乱撞。

"喂，美女，美女……"黄欣在柜台上敲了三下桌子。

女营业员这才回过神来。

只是一愣神的工夫，黄欣那张瘟帅的脸，竟然像电影所演的那样，出现在自己的面前。这正是她喜欢的那一款，今年过生日时，她还许下愿望，希望今年能找到一个帅气的男朋友。在她的脑海里，已经上演了一出偶像剧里的浪漫邂逅的戏码，那个男人勇敢地走上前，想要自己的联系方式……

突然，她突兀地开口道："我不会直接给你的。"

黄欣"啊"了一声，一脸莫名其妙。

足足过了三秒，他才反应过来："我懂了！"他顺手在货架上拿了一支口香糖，道，"问话不能白问，你看我这脑子，一下子没转过来。"

女营业员这才真正地回过神来，看着黄欣，比他还要疑惑不解："你干什么呢？"

黄欣指着口香糖，道："买东西啊。"

女营业员就好像僵住似的，一动不动地盯着黄欣。

黄欣担心女营业员因为不愿意被提问而拒绝自己，直接将口香糖的包装撕开，抽出了一片，直接扔进嘴里咀嚼起来，说："现在我不买都不行了吧？"

女营业员的一张脸涨得通红，道："你不是要问我……"

黄欣一边嚼着口香糖，一边将半个身子支在玻璃柜台上，道："我是要问你啊，不过你刚刚走神了！对了，刚刚那个戴眼镜的男人来这里买了很多袋子，他买袋子干什么？"

女营业员瞬间变得失望起来，说："原来你想问的是这个啊？"

黄欣根本不知道女营业员心里的浪漫幻想，问："除了这个，我还应该问什么？"

女营业员有气无力地嘟囔了一句："没什么！"

黄欣扬了扬手中的口香糖，道："我现在东西也买了，你可以告诉我了吧？"

在他小时候，父母就跟他说过，如果出门在外，不认识路或有不知道的，可以多问问，街边的小摊贩、报刊亭老板都是最好的询问对象，但是不要白问，要买点东西，哪怕是一块钱的纸巾都行，这样人家才会心甘情愿地把你想要知道的告诉你。

果然，女营业员答道："那个人就住在旁边，他买袋子是因为要搬家，用来打包的。"

"搬家？"

他们早上去找沈风的时候，沈风确实提到过要搬家，他给罗大眼算命的那天晚上，就已经计划要在一个月之内搬家的，到现在，已经过了二十几天了！

似乎没什么问题，但又感觉哪里不对！

"他打算什么时候搬？"黄欣又问道。

女营业员答道："明天。"

黄欣沉思了片刻，依旧是想不通到底是哪里不对。

女营业员有一搭没一搭地继续说："那父子俩在这儿也住了很久了，前几天就知道他们要搬家了。为了搬家这件事，两个人可没少吵，他爸爸在这儿住了很多年，有感情了，不想搬。儿子赚到钱了，觉得他爸辛苦了一辈子，想让他享享清福……谁都没错，但就是吵起来了。"

黄欣很是疑惑："那为什么现在又同意搬了？"

女营业员说："我也觉得奇怪，刚刚还问他呢……"

黄欣忙问："他怎么说。"

女营业员没有回答，反问道："你好像很关注那父子俩啊，该不会是有什么不好的图谋吧？"

黄欣再次从货架上抽出了一支口香糖："美女，我再买一支口香糖，你就告诉我吧。"

女营业员没见过这么不懂风情的直男，翻了个白眼，道："他说，也不知道为什么他爸爸就同意了，他还纳闷呢！"

黄欣似乎对这个答案并不是很满意："就这样？"

女营业员点了点头："反正他是这么说的，你想知道真正的答案吗？"

黄欣认真地说："那当然了！"

女营业员冲黄欣勾了勾手指："我建议你啊，直接去问他！"

黄欣掏出手机付了钱，道："我觉得你说得是对的，我现在就去问他。"

黄欣走出便利店，他当然不会直接去问沈家父子，而是回到了那棵大树下，一直思索着刚刚没想通的地方。

原本计划要在一个月内搬家，现在也还在一个月的期限之内，好像没什么问题，但是为什么会让他觉得沈家父子搬家这么急呢？

急？只是感觉而已，究竟是哪些方面可以表现出急呢？

终于，黄欣想到了，明天根本就不是周末，一般来说，只要不是被房东临时赶出来，应该都是安排在周末搬家，这样就不用请假了啊！

第八十八章　重要的线索

晚上六点半，刚刚吃过晚饭的付瑶瑶和江左岸提前来到了社区的办公点。

那几个目击者大部分都要加班，只有一两个不加班。

户管已经通知他们了，一下班，就直接来社区办公点，配合警方的工作。

两个人刚刚到社区没一会儿，便有一个年轻人走了进来。

他显然知道些什么，一进来，便大大咧咧地坐在他们面前，竟率先开口道："是不是出什么事了啊？没听说附近哪里出事了啊……倒是前两天，在高福村那边，有东西从楼顶掉下来，砸死了一个人。"

江左岸说："发生什么事你不用打听，你只需要回答我们，前天晚上见到的那个捂得严严实实的人有什么特征，身上带了什么东西，就行了！"

那小伙子嘿嘿一笑，道："具体的我记不住了。我当时也没怎么看，我一男的，没事看男的干什么啊？注意力应该放有用的地方，比如说，美女。"说着，他还不忘眯着眼，盯着付瑶瑶看。

付瑶瑶笑了。年轻就是轻狂些，不过只要不做违法的事儿，皮一点也没什么的。

不过，江左岸似乎很不喜欢这样的年轻人。

他敲了敲桌子，道："正经点儿，别嬉皮笑脸的。"

小年轻似乎一点也不害怕，反而对江左岸发问："我哪里不正经了？嬉皮笑脸说明我爱笑。那谁不是说过嘛，爱笑的男孩运气不会太差！"

"你……"江左岸感到有些无力，毕竟对方只是个提供线索的路人。

付瑶瑶做了个动作，示意江左岸让她来，然后转头问那个小年轻："你怎么知道他是男的？他不是裹得严严实实的吗？"

小年轻解释道："我当时走路玩手机，不小心撞到他了，自然知道是男是女。"

"那你没注意到他身上带着什么东西吗？"付瑶瑶忙问。

小年轻摇了摇头，道："没有，我当时只顾着玩手机了。"

江左岸挥了挥手："好了，你可以回去了。"

小伙子也不废话，扭头就走。

付瑶瑶"啧"了一声，说："话还没问完呢，你怎么就让他回去了？"

江左岸似乎有点生气，哼了一声，道："没问完你早就把他叫回来了，还会让他走？"

付瑶瑶说："我觉得，他说得也没什么不对啊，男孩子嘛，正常情况下，注意力肯定都是放在异性身上，他没注意到沈算也很正常！"

江左岸没好气地说："是啊，你若是不介意他看你的眼神，那就没什么问题。"

付瑶瑶笑道："难道你介意？"

江左岸给了付瑶瑶一个"自己体会"的眼神，觉得她没救了。

过了十多分钟，又进来了一个人，经过仔细询问之后，他也表示没有注意到沈算身上藏着什么东西。

当时，他正在楼下等朋友，所以有点无聊，目光在街上转来转去，就看到了沈算。除了觉得这个人有点奇怪之外，但也没有多想。

之后就是一段很长时间的等待，剩下的人，不出意外，应该会在十点半左右回来。

江左岸突然问："不知道黄欣那边怎么样了？是不是还在那儿待着，也不给咱们打个电话。"

付瑶瑶笑道："这个你不用担心，他肯定还在那儿，晚上我们问完话之后，就去接他。"

江左岸纳闷地问："为什么你这么肯定？他给你发信息了？"

付瑶瑶摇了摇头："想都不用想，他的手机肯定玩没电了，只能在那儿等着。"

江左岸笑了一声："不知道沈算有没有被他吓到。"

付瑶瑶耸了耸肩，道："但愿吧。"

社区办公室里摆着一个书架，摆放着很多书，什么类型的都有，小说、科普、文学……两个人闲得无聊，去书架各自找了本书来消磨时间。

一直到十点四十分，办公室忽然拥进来七个人。

付瑶瑶跟江左岸面面相觑，敢情是凑到一起来的？

几个人围到办公桌前，看着他们两个人。

江左岸还不是很确定，问道："你们是……"

"户管让我们来的。"

付瑶瑶笑了，果真是凑到了一起。她问："你们都认识？"

这条街有二三十栋楼，这几个目击者，每栋楼的都有，还能一起来，只能说明他们本身就认识。

其中一个说："我们都是同事，今天在群里聊天说起了这件事，发现有好几个人都接到了通知，所以就下班一起过来了！"

"出什么事了啊，是不是有人丢东西了？"

付瑶瑶说："别乱猜，找你们来，只是想跟你们了解一些事。"

江左岸也说："说说你们前天晚上见到的那个裹得严严实实的人，他手上拿东西了吗？能看得出是什么吗？"

几个人开始七嘴八舌地说起来。

"他手上拿着一个黑色的塑料袋，不知道里面是什么。"

"黑色塑料袋不大，好像还很轻。那个人走路走得没什么精神，肯定是上了年纪了，但是他提那个袋子一点都不费力，轻轻松松就提在手上。"

"对对对，我还注意到，袋子里装的东西有轮廓。"

"有轮廓？这是什么形容？"其他几个人听不懂这什么意思，问道。

"该怎么说呢？就好比你装了一袋米面，就能看出来，是因为重力自然下坠的形状。只有不规则形状的东西，从外面看，才能看到轮廓。就好像里面装了衣架……"

"难道里面装了衣架？"另一个人好奇地问。

"这只是个比喻！袋子里不止装了一件东西，那个人虽然走得不快，但可能因为着急，所以动作幅度比较大，袋子根本无法固定，会有晃动。我听到塑料袋里传来了撞击声，肯定不止一件东西。撞击的声音听起来有点沉闷，不是很清脆。"

"清脆？你分得清什么是清脆，什么是沉闷吗？"

"我怎么分不清！你在做零件的时候，两块铁撞到一起，不就是清脆的声音吗？"

"但是小迪说，袋子里的东西不是很重，所以不可能是铁。沉闷的声音，可能是塑料！"

付瑶瑶将这些重要的线索都记了下来，看到没有人再说话了，便问道："还有什么没有？"

其中一个人支支吾吾地说："其实还有一件事，就是不知道……当讲不当讲！"

第八十九章　不正常

付瑶瑶看向那个说话的，那是一个四五十岁的大妈。

"怎么这么说？找你们来就是为了了解情况的，有什么话都可以跟我们说，没什么不当讲的。"

大妈讪笑道："其实也不知道算不算事。那天晚上，我刚下班正往家走呢，大概就是到了旺旺超市门口吧，我就是在那儿看到了那个人。旺旺超市，你知道吧？"

付瑶瑶不知道，但听大妈这么说，那家超市肯定是在兴旺村通往高福村的那条捷径上。

她示意大妈继续说下去。

于是，大妈接着说："旺旺超市门口，有个小广场，放着很多小孩玩儿的玩具车，还有一台电视，一到晚上，很多家长带着孩子来到这里，让小孩去玩玩具车，自己则坐在那里看电视。

"小孩子一多，你也知道的，就是喜欢跑来跑去，闹得很。

"我走到超市大门的时候，想要进去买点水果。就在这时，我注意到了那个将自己裹得严严实实的人。

"其实也不是注意到他，是先注意到了一个小孩，才注意到了那个人。

"那个小孩跑着跑着，撞到了那个人身上，那个人被撞得一个趔趄，往后退了几步，那个小孩也顺势倒在地上。

"那个人不生气，也不说话，转了一个方向，准备往其他方向走。

"那个小孩不知道是胆子太大，还是好奇心太重，他站起来之后，没有接着玩耍，而是上前两步，竟然去扒拉那个人手中的袋子。"

江左岸忍不住打断了大妈，道："这么重要的事，怎么还要犹豫着不说呢？"

大妈"哎呀"了一声，道："你先听我说完！那个小孩刚碰到那个袋子，便被那个人猛地推开，然后说了一句话：'走走走，这不是小孩子玩的东西！'"

付瑶瑶秀眉微蹙，问："那个小孩看到塑料袋里的东西了？"

大妈肯定地说："没有，那怎么可能看得到？那个袋子打了死结，小孩只是扒拉了一下，怎么会看到里面的东西呢？"

江左岸追问："然后呢？"

大妈道："没有然后了，所以我才犹豫要不要跟你们说。小孩根本没有看到袋子里的东西，他却说了那样的话，不知道是什么意思。"

付瑶瑶站起身，道："好，今天暂时就到这儿了，你们可以回去了！"

几个人也客套了一番，依次离开。

待他们都出门后，江左岸问："收获如何？"

付瑶瑶坐下来，揉了揉太阳穴，道："那个小孩没看到袋子里的东西，沈算为什么要那么说？我觉得这种可能性比较大，他虽然将袋子打了死结，但是潜意识里，他觉得没有打结，或者是忘了，小孩过去扒拉他的袋子时，他误以为小孩看到了里面的东西，所以才会说出那句话，这不是你可以玩的东西！换言之，那其实就是一个可以让成年人玩的东西。"

江左岸将付瑶瑶刚刚写下来的笔记拿过来，总结道："袋子里有两样东西，撞击时会发出沉闷的声音，可能是塑料做的，很轻，可以当玩具玩，却又可以让 73 栋楼楼顶那个卡在两根柱子之间的花盆消失，这究竟是什么呢？"

付瑶瑶想了想，道："我觉得还应该要加上一条。"

"之前，我分析过沈算这一辈人的性格，他们节俭、恋旧，其实并不完全准确。如果只是一张废纸，他们会毫无顾忌地丢掉，但如果是贵重的东西，他们才会不舍得丢掉。

"那个藏在塑料袋里的东西，还有一条特征，绝对不便宜。"

江左岸点了点头，赞成道："没错。不过我们总结出了很多特征，还是不知道那是什么东西，反而更迷惑了。"

付瑶瑶说："这就跟猜谜语一样，看似很难，无论怎么绞尽脑汁，都很难得出答案。但当你知道答案后，就会觉得，原来答案是这么简单。"

江左岸笑了笑，道："你的意思是：我们推测那是什么东西会觉得很难，但是当我们见到那样东西了，就觉得不过如此！"

付瑶瑶道："没错！"她站起身，"走，我们去找黄欣，看看他那边是什么情况。"

江左岸也跟着站了起来。社区办公点离兴旺村并不远，走路几分钟就到了。

到了沈风家，在他家斜对面，有一棵风景树，在树下果然看到了黄欣的身影。他坐在地上，靠着树干，也不知道是不是睡着了。

隔着老远，江左岸捡起了一颗石头，在手中抛了抛，对着付瑶瑶说："你信不信，我拿石头扔他，他也不敢有半点怨言？"

付瑶瑶瞪了他一眼，道："无聊不无聊？"

石头脱手而出，准确无误地砸到了黄欣的身上。

黄欣瞬间跳起来，揉了揉眼睛，四处张望，想看看是谁干的。

当他的目光转向江左岸和付瑶瑶时，恰好看到江左岸偷偷地竖起了大拇指，然后指向付瑶瑶。意思是，石头是付瑶瑶扔的。

黄欣的怒意顿时消失了。

付瑶瑶没看到江左岸的小动作，还称赞道："有两下子啊！"

江左岸笑笑不说话。

黄欣靠着那棵大树，指了指沈风家，打着哈欠道："人家早就关门了，你们来得可真及时！"

两个人走到黄欣面前，看向算命馆。只见沈风家家门紧闭，能看到里面透出来的点点灯光。

"不过，好在你们终于来了，我可以回去睡觉了。"

付瑶瑶白了他一眼，说："你该不会在这儿睡了一天吧！"

黄欣立刻反驳："胡说！我一直都盯着沈算，但是看了没多久，他就把门给关上了，直到现在。"

江左岸和付瑶瑶对视了一眼，也不知道沈算是不是被黄欣的盯梢给吓到了？

"那就是说你一点收获都没有？"江左岸不死心地问。

黄欣道："也不是一点都没有，还真让我打探到了一条重要信息。"

"什么？"

"那对父子，他们不正常！"

第九十章　聋哑人

江左岸有些无语，说："我们早就知道他们不正常！"

黄欣摆了摆手，道："我说的不正常跟你们想的不一样。"他顿了一下，问，"你们知道他们现在正在家里干什么吗？"

两个人摇了摇头。

黄欣说："他们现在正在家里收拾东西，准备搬家呢。"

这倒让两个人都有点意外："搬家？"

这是他们根本没想到的。

黄欣点了点头："奇怪就奇怪在这儿了，你说他们搬家就搬家，为什么非要明天搬家呢？"

付瑶瑶有点没太明白，问："就是因为明天搬，所以你觉得不正常吗？"

黄欣解释道："明天不是周末啊，是周二！为什么搬家不等到周末搬呢？"

江左岸明白了黄欣的意思，道："我觉得他说得有道理，他们急着搬家，恨不得现在就搬！"

付瑶瑶问道："知道他们搬去哪里吗？"

黄欣说："我只知道个大概，他们要搬去南城区，据说沈风在南城区买了一套房子，不过是二手的！"

江左岸笑道："二手房也是房啊，为什么要特意强调二手房？"

付瑶瑶解释道："他强调得没有错，二手房跟新房还是有区别的。你不了解 S 市，如果是新房，那多半是在南城区，南城区大部分都是新开发的楼盘，位置就在北城区的对面，但若是二手房，那就在南城区的边缘地带了！两个地方的远近完全不一样！"

黄欣称赞道："队长果然是队长，我不过是随口一说，你就能说出那么多门道来！"

江左岸还是不明白，问："就算远近不一样，又怎么了呢？"

付瑶瑶说："区别大得很。"随后，她眯了眯眼，"走吧，收工。"

黄欣惊叫道："什么？收工？"

付瑶瑶也很诧异："怎么？你还喜欢上这里了？"

黄欣问："你们不是来接我的班吗？"

付瑶瑶没好气地说："没看到人家大门都关了？在这里看什么？看空气吗？"

黄欣挠了挠头，似乎觉得付瑶瑶说得很有道理，但是道理是什么，他又说不出来。

江左岸小声问付瑶瑶："你说是不是因为黄欣今天的盯梢，导致沈算决定明天就搬家？"

付瑶瑶点了点头，道："很有可能。"

"那接下来你打算怎么做？"

付瑶瑶说："他们就算再着急，也只能明天白天再搬了。而且，他们肯定会叫搬家公司，这就是我跟你说的区别。近的地方，他们有可能自己搬过去，远的地方，就没有这种可能了。"

江左岸还是很疑惑："我还是不明白你接下来想要干什么！"

付瑶瑶笑了笑："明天你就知道了。"

听着两个人像打哑谜一样，黄欣知道他们肯定又在计划什么事情了，不过，对他来说，现在最重要的事是回家！他建议道："有什么事，回去再说吧，不然如果沈风那小子出来看到我们，又该急眼了。"

付瑶瑶将车钥匙扔给黄欣，道："开我的车回去。"

江左岸诧异地问："你不回去？"

付瑶瑶摇了摇头："还有点事要做，你们先回去吧。明早千万要记得早起。"

江左岸不知道付瑶瑶想要干什么，既然她不说，肯定有她的道理。

他催促黄欣道："走啦……"

付瑶瑶抽出一根烟，慢悠悠地点上，看着两个人离开的背影，摇了摇头。

只听得江左岸说："我猜，今天沈算肯定跟你说话了，并且被你气得不行。"

黄欣吃惊地说："厉害啊，这你都知道……"

随着他们的声音越来越远，付瑶瑶转身往身后的巷子里走去，再次拨通了街道办主任的电话。

"喂！主任啊，对，又是我，小付，不好意思啊，这么晚还找你，还有一件事想请你帮忙……"

走着走着，付瑶瑶来到一家搬家公司的门前。那家搬家公司只留了一盏灯，付瑶瑶抬脚走了进去。

现在这个时候，员工早就下班了，里面那个人，是专门等付瑶瑶的。

夜已经深了，但是北城区的夜生活，似乎才刚刚开始！

……

第二天一大早，沈风早早地就将卷帘门给拉开了，此时，那间小平房里堆满了大大小小的包裹。

昨晚，父子俩整理行李，整理到了大半夜。

有很多东西沈风都想给扔掉，只留下有纪念意义的东西就行了，至于贵重物品，他们也没有！但是沈算固执地要把所有东西都带走，沈风没办法，只能听他的！

为了将这些东西合理装包，他可没少费工夫，所以才弄到后半夜。整理完的时候，已经凌晨三点了。

早上七点被父亲揪起来，才睡了不过四个小时而已。

尽管如此，沈风却没有什么困倦，反而更加精神。他们终于要去新房子生活了，苦了那么多年，总算是苦尽甘来了。

他已经联系了村里的搬家公司。那搬家公司的老板也是本地人，因为太过匆忙，沈风也没空去打听其他家搬家公司的价格，但是他觉得，这家搬家公司就开在附近，跟他也算是熟人，应该能收少一点！

最后，将昨晚睡觉的铺盖打完包，沈风去买了两份早餐，父子俩就在门口边吃边等。

他约的时间是七点半，原本他还想约更早一点的，但是搬家公司最早八点才上班，七点半已经是看在街坊的面子才同意的。

七点半，搬家公司的车子准时到达。

但是车子似乎比他约的厢式货车要大很多！

司机是搬家公司老板的外甥，跟沈风差不多大，平时见面也会偶尔聊两句。

车子还没停下来，沈风就叫道："明哥，什么情况啊，开这么大一辆车？我不是跟你说过吗？一般的小货车就够了！"

明哥将车子转了一个头，将车尾对准了平房的大门，跳下车子，一边戴上手套，一边说："兄弟，今天只有这辆车子没活儿，其他车子都有安排了。"

沈风"啊"了一声，脸上露出了为难的表情："明哥，这个车子大一些，费用是不是也……"

明哥摆了摆手："价钱是一样的，你我兄弟，还讲这些干什么？"

只要价钱一样就行。

沈风笑了笑，道："那谢谢明哥了！"

第九十一章　简单的计划

明哥拍了拍车厢，冲里面叫道："等什么呢？还不快下来干活。"

接着，从车厢里跳下来一男一女，两个人都穿着搬家公司的工服，头上戴着防尘帽，还有口罩。

沈风指了指那个女的，略感惊讶："女的？"

明哥掏出一盒烟，自己叼了一根，又抽出一根来给沈风。

沈风连连摆了摆手："谢谢，我不抽烟。"

明哥将烟点上，靠在车厢上，这才漫不经心地解释："刚招收的新员工。"

沈风才不关心这个，笑道："女的干得了这种活儿吗？"

他们家还好，虽然东西多，但并不重，也没什么特别大型的家具，而且新房子有电梯，不用爬楼梯。

明哥吞云吐雾，道："有什么干不了的？有手有脚的，力气活而已。"然后，他神神秘秘地小声补充道，"是聋哑人。"

沈风顿时恍然大悟，这或许才是明哥愿意招这两个人的真正原因，不是因为他们肯干活，而是因为是聋哑人，工资低。

虽然知道这样不好，但是他也不好说什么，只是赔笑道："那你们怎么沟通啊？"

明哥看着一男一女将一个个袋子搬到车上，又拍了拍车厢，指着两个人，道："轻拿轻放，别把东西搞坏了，这可是我兄弟家。"

那两个人没有任何的反应，刚刚怎么样，现在还怎么样。

明哥觉得有点尴尬，脸上的肌肉抽了抽，道："平常都是用手机沟通，但一般情况下，也不需要沟通，他们知道该怎么做。"

沈风觉得让这样一男一女两个聋哑人搬家，心里有些过意不去，便问："要不我去帮帮忙？"

明哥连忙拒绝："帮什么忙啊？你现在是顾客，是上帝！来来来，坐车上面去。"他推着沈风上车，又搀扶着沈算上车，"沈叔，您慢点啊。"

车头除了驾驶座之外，还有两个座位，正好让沈算父子坐在那里。

"我也去帮帮忙，尽量快点，你们坐着就好。"

关上车门，明哥转身，额头上渗出了一层密密麻麻的汗珠。他抬手擦了擦，对着那两人大吼道："动作快点，都没吃饭吗？"

已经坐到车上的沈算不着痕迹地摇了摇头，对着沈风说："小风，小明这个人心术不正，你以后少跟他来往，知道吗？"

沈风支支吾吾地敷衍着应了一声，他透过后视镜看着那一男一女两个聋哑人，总觉得哪里不对。

将平房里的行李全部搬上车，一共花了半个小时。

明哥虽然说去帮忙，但最多拎了不到五个包，大部分时间都是在抽烟。

搬完之后，他替沈风将卷帘门给锁上，那两个聋哑人则上了后车厢。

上车之后，明哥掏出手机，道："兄弟，你说个位置，我来定位。"

沈风说了一个位置，明哥"哎呀"了一声，道："枫庭苑啊，现在是上班高峰，那条路可能有点堵啊。"

沈风露出了一个尴尬的表情："这……"

明哥笑了两声，道："放心吧，不会多收你钱的。好了，出发。"

车子掉转了个头，缓缓地开出了兴旺村。

车子里，两个聋哑人将口罩摘了下来，露出了口罩之下两张明显不是干体力活的脸。

江左岸累得气喘吁吁的，问："这就是你的计划？"

付瑶瑶昨晚联系了街道办主任，问的就是北城区的搬家公司有几家，最后再用排除法，猜测着沈风大概率会叫哪家搬家公司，还真让她给猜对了。

其实这也很好猜，北城区总共有五家搬家公司，但是距离沈风家最近，而且跟沈风认识的，也就这一家。

她的计划很简单，扮成搬家公司的员工，事先跟司机沟通好，尽量走最堵的路。

枫庭苑在南城区的边缘地带，原来是新开发的小区，但是没多久，南城区就进行了大规模的改建，枫庭苑反倒成为老小区了。

正常来说，从北城区到枫庭苑，也就需要半个小时的车程，但如果遇到堵车的情况，那就不好说了。

反正付瑶瑶已经交代司机了，就是不堵车也要制造堵车的机会，至少给他们留一个小时的时间。这种货车，车厢跟车头完全是分离开的，在车头根本就看不到后车厢。

他们要做的，就是在这一个小时之内，将所有的包裹打开，找到那个可疑物。

江左岸问："如果没找到怎么办？"

这么多包裹，虽然她已经要求明哥换了一辆更大的货车，但是车厢里的空间在堆了这么多东西的情况下，很难施展起来。一个小时的预算时间并不够。

付瑶瑶笑道："所以我让那个明哥说咱俩是聋哑人，就算最后找不到也不要紧，我们戴着防尘头套和口罩，他们认不出我们的。"

江左岸仍是满脸疑惑："我还是不明白，聋哑人就可以这么做了？能随便翻别人的包裹？"

付瑶瑶解释道："当然不能！但是你想啊，我们现在是在一个封闭的空间里，我们出不去，就算被他们发现了，我们也还是在这里。我们只是将他们的包裹打开了，并且翻找东西，但什么都没拿！

"明哥看到了，就可以大骂我们一顿，然后将我们赶下车，再关心沈风他们有没有丢东西，在确定没有丢东西之后，就可以让我们滚蛋了。

"对沈风他们，明哥可以这么解释，说我们是他新招的员工，本以为工资便宜赚到了，但是没想到手脚不干净，又是聋哑人，最后还能怎么办？只能让他们走了。"

江左岸佩服道："听你这么一说，这个方法确实不错啊。"

今天一大早，付瑶瑶开着一辆货车来局里接他时，他还纳闷呢，心想：她葫芦里究竟卖的是什么药。

原来打的是这个主意。

付瑶瑶催促道："快点，我们的时间不多，虽然我用聋哑人的身份免去了暴露之后的麻烦，但是我们得在这里找到那个东西。"

江左岸点了点头，两个人开始埋头将包裹一个个地打开。

"记得，那东西不重，不大，塑料的，可能比较值钱，这样的东西不多，不符合那几个标准的一律不考虑。"

江左岸有些担心，道："那我们肯定得把这些东西弄得乱七八糟的。"

付瑶瑶说："管不了那么多了，动作快点。"

第九十二章　哪里出问题了

两个人便不再说话，迅速将那一个个包裹打开翻看。付瑶瑶拆开一个，就直接倒出来。江左岸刚开始还挺含蓄的，打开袋子之后，伸手进去摸索，后来，他发现这样做，效率实在是太低了，也干脆直接学付瑶瑶，拆开后就倒出来。

没一会儿，各种各样的东西就堆满了车厢，他们不过只拆了一小半而已。

这些包裹里，什么东西都有，大到被子、电视机，小到牙刷、杯子，衣服更是数不胜数，不知道是不是因为先入为主，大部分的东西都散发出一股浓郁的霉味。

虽说他们戴了口罩，但还能闻到非常重的霉味。

两个人一边感慨沈风不容易，一边机械地拆他们的包裹。

没多久，他们就将所有的袋子都拆开了，所有的东西都倒出来了，堆了满满一个车厢。

两个人累得满头大汗，车厢里几乎是全封闭的，只有车厢后门留着一条不大的缝隙，这还是在明哥将车门关上前，付瑶瑶塞了一根木条才有的。

现在，整个车厢里，充斥着浓郁的霉味、汗水味，这两种味道混在一起，别提多难受了。

付瑶瑶抹了一把汗，道："开始找吧！先大致筛选一遍，纺织物、布料全部堆到一边。"

江左岸点了点头，这里的东西，衣服和被子占了一大半，他们将那些东西高高堆起，直接堆到紧贴车顶，可即便这样，还是占了一小半车厢。

付瑶瑶："接下来，我们筛选重的、体积大的东西。"

于是，经过第二轮的筛选，筛选出了电视机、电脑桌、水桶、砧板、洗脸盆、席子、电饭锅、电磁炉、烤箱等物。

这些东西的数量不多，但是体积大、重量大，又堆了四分之一车厢。

付瑶瑶说："第三轮，我们筛选铁质东西。"

于是，铁盆、铁勺子、床架子、窗栏杆、刀具等物被分了出来。

分完这些，付瑶瑶靠在车厢上，若有所思。

江左岸以为她累了，便屏住呼吸，尽量让自己的声音听起来平稳些，道："接下来，我们该筛选什么？不是塑料物的东西？还是非贵重物品？"

付瑶瑶看着剩下的东西，道："如果是塑料的，你看看剩下的东西，有几样是塑料的？"

江左岸看了看，念道："塑料水杯、刷子、饭盒、电脑风扇、鼠标、键盘……"他念不下去了，"也不对啊，这些东西，沈算怎么用？73栋楼楼顶的那个花盆，肯定是在罗大眼出事的同时被他拿走的，这一点我们证实过了。难不成……沈算是神，能隔着二十米的距离，在两栋楼之间，随便用这些东西就能取走对面楼顶的花盆？"

付瑶瑶苦笑了一声，道："如果他是神的话，就完全不需要用到这些东西。"

江左岸又换了种思路，问："会不会是我们判断错了？目击者说，听到从塑料袋里发出沉闷的声响，或许不是塑料发出来的声音呢？"他想了想，说，"也有可能是……瓷器？"

付瑶瑶看着那一小堆东西，如果是瓷器的话，就只能是一些碗、罐子之类的东西了！

"瓷器？我们也不能光推论特征，还得看这些东西有没有可行性？这些碗和罐子能用来干什么呢？难不成是用它们将那个花盆击落？这根本不现实啊！别忘了，沈算将那个东西带过去之后，还带了回来！"说着，她又指了指，"而且，你看看这堆东西，最后的特征也不符合，这些东西都不贵啊。"

江左岸沉思了片刻，道："难不成是我们搞错了？"

付瑶瑶紧紧盯着眼前的东西，过了一会儿，道："我觉得没有错。但是所有的东西都在这儿了，就是没有我们要找的东西，一定是哪里出了问题。究竟是哪个环节出了问题呢？"

江左岸也在寻找原因，问："会不会是东西还没搬完？家里还有？"

付瑶瑶摇了摇头："你刚才没看到啊，这些东西就是他们的全部家当了，出门之前我还特意看了，那间平房已经是家徒四壁，什么也不剩了。"她叹了口气，道，"东西也不用筛选了，这里没有一件是符合那几个条件的。"

江左岸索性坐了下来，看着被翻得乱七八糟的车厢，有些沮丧："那现在怎么办？"

付瑶瑶看了看时间，距离他们离开兴旺村，已经过去了四五十分钟，车子还没有停过一次，这说明，明哥还没有开到堵车的路段。到堵车路段，差不多也到沈风新家的那个小区附近了。至于还有多久到达目的地，就看堵车时间有多长了。

不过，现在他们已经有了结果，虽然不是他们想要的。车究竟什么时候到，也无所谓了。

"趁现在还有时间，把这些东西都装回去吧。"付瑶瑶提议道。

江左岸并没有动，而是好奇地问："为什么还要装回去？这么多东西，你知道他们装了多久才装好的吗？我们最多只有不超过一个小时，能装多少啊？再说了，现在已经被我们搞得乱七八糟的了……再装起来，得多费劲啊……"

袋子说多不多，但说少也不少。

这些袋子的装法，肯定是出自沈风的手笔，他将这些袋子的空间利用得非常合理且完美。

比如，衣服永远都叠得整整齐齐，多余的空间还会塞进去一些小物件。

他们现在再重新装回去，根本复原不了，也装不完。

最后的结果，只能是实行付瑶瑶计划的第二套方案。

最后，他们被明哥当着沈算父子的面搜查一遍，再打打聋哑人的感情牌，然后以手脚不干净为由，让他们滚蛋。

付瑶瑶有些愧疚，道："话虽如此，但我们把人家的东西搞得这么乱，说真的，还是有些过意不去。"她蹲下来，开始往袋子里装东西，边干边说，"我也知道装不完，能装多少算多少吧……"

江左岸半躺在车厢里，有气无力地说："我快闷死了，不想动了，你要装，你就自己装吧。"

付瑶瑶随手捡起一个碗，就往江左岸的身上砸去，骂了一声："你这个懒鬼！"

第九十三章　不是故意的吗

江左岸躲也不躲，任由碗砸到身上，也没有半点反应。

过了一会儿，他才说："我不是懒，我只是觉得没这个必要，反正装与不装，都要被他们当成小偷。"

付瑶瑶手上的动作不停，却也没那么快了，还是坚持说："你的良心不会痛吗？"

江左岸嘿嘿一笑："车厢里的空气含量有限，我安静下来，你就能呼吸更多的空气，我的良心怎么会痛呢？"随后，他嘀咕了一句，"哎，这车子什么时候停下来？要不，我们让司机停车吧！"

付瑶瑶瞪了他一眼，骂道："你最好赶紧睡，睡着了就能做梦了。"

没想到，江左岸说了一句："行。"

说完，果真闭上了眼睛。

......

驾驶座里，明哥不知道从哪儿掏出了一包槟榔，用嘴撕开包装，将槟榔丢进嘴里，大口咀嚼起来！

吃了槟榔之后，明哥开心地哼起了小曲。

看到明哥拿出槟榔，沈风不由得多看了两眼。

明哥直接将槟榔递过去："要不要来一颗？"

他以为自己想吃？沈风赶紧解释道："谢谢，我不喜欢吃这个，吃了难受。"

明哥也不坚持，将槟榔丢到车窗前，道："刚开始吃是这样的，吃多了就习惯了，然后，你会彻底爱上这东西。"

沈风笑了一下，他刚刚多看两眼，完全是因为好奇。

"明哥，据我所知，槟榔可以起到提神的作用，很多跑长途的货车司机都会备着，现在才早上，你不会就困了吧？"

明哥哈哈大笑，道："哪儿能呢？这才刚刚起床，要么起不来，要么起来了就不会轻易犯困的。"他一只手指了指，"为什么一大早就吃槟榔，那是因为我已经彻底爱上了这东西。"

沈风笑了笑，没再说话。

明哥的心情显得很好，一路上都在哼着小曲。

在过一个红绿灯的时候，明哥看到沈算一直抱着背包，不由得好奇地问："沈叔怀里抱的是什么啊？一直抱着，里面装的该不会是黄金吧，哈哈哈……"

这句话明显就是一句玩笑话。

但是沈算年纪大了，不理解年轻人的思路，他可不认为这是玩笑，甚至还有点生气："关你什么事？好好开你的车！"

此话一出，驾驶室的空气似乎都凝固了。

沈风尴尬地缓和着气氛："明哥，你别介意，老年人听不懂玩笑话。包里也没什么东西，就是一些他喜欢的小玩意，平常睡觉都带着……"

沈算当即出声打断了沈风："什么玩笑话我听不懂？我虽然老了，但是还没有到老年痴呆的地步。"他很不满，"我清醒得很，小风，你跟他说那么多话干什么？"

沈风连忙阻止，道："爸，你说什么呢？这是明哥啊，又不是外人，你说这些岂不是见外了吗？"

明哥也觉得有些尴尬，息事宁人地说："沈叔啊，你真是误会我了……我好好开车，不闲聊了，总行了吧？"

沈算"哼"了一声，这才没继续说。

接着，车子拐了一个弯，继续直行。

沈风疑惑道："明哥，好像走错了啊……"

明哥解释说："你不了解这边，我知道你想走哪条路，现在是早高峰，那条路特别堵。我换一条路，慢虽然慢一点，但没有那么堵……"

然而，话刚说完，便看到前面排了一条长龙，堵车了。

明哥一拍自己的脑门："哎呀，想不到这条路也堵车了，真是不好意思啊，兄弟。"

沈风笑了笑："明哥，可别这么说了，这堵车岂是你能决定的？"

"不赶时间吧？"

"不赶时间，我今天请了假的。"

"那就好，也不知道要堵多久。"

突然，沈算往后看了一眼，道："我怎么好像听到后面有说话声？"

明哥心里咯噔一下，不过脸上却没有什么表情变化。他说："沈叔，你听错了吧，车厢里是两个聋哑人，怎么可能有说话声呢？"

沈风也说："对啊，爸，你听错了吧。"

沈算回头盯着后面的货厢，又仔细听了听，但是根本什么都看不到，也没再听到声音。

过了好一会儿，他才转过头来，道："应该是我听错了吧。"

明哥暗暗松了口气，说："我放点歌听听吧，也不知道要堵到什么时候，沈叔、小风兄弟，你们要是困的话就先眯一会儿。"

沈算压根不理他，沈风无奈地笑了笑，道："不碍事的，刚刚起床，不困。"

……

货厢里，江左岸猛地睁开了眼睛，刚刚一个急刹车，他被猛地一晃，差点撞到旁边的电视机上。车子停下来之后，就没有继续往前开了。

他问："现在堵车了，那应该是快到目的地了吧？"

付瑶瑶已经装了不少的包裹，但显然没有沈风装得好，很多东西都是胡乱塞进去的。

看到江左岸醒了，说："应该是。我跟他约好了，堵车就是信号，意味着到小区附近了，这条路经常堵车。"

江左岸好像想起了什么，突然坐起身来。

付瑶瑶还在不紧不慢地装袋子，看到江左岸的反应，被吓了一跳，骂道："你干什么？想吓死我？休息够了吗？休息够了，就过来跟我装袋子。"

江左岸却说："快把袋子里的东西倒出来！"

付瑶瑶像看白痴一样看着他："江大神探，你是不是来捣乱的啊？不帮忙装东西就算了，还让我把东西倒出来……你是找不到东西恼羞成怒？还是想要气死他们？"

江左岸不由分说地抢过付瑶瑶手里的袋子，将里面的东西倒出来，道："你听我的，准没错！你还想不想找到那东西了？想找到，就照我说的做！"

他倒完一个，又接着去倒另一个，像疯了一样。

付瑶瑶看蒙了，道："什么跟什么啊？你倒是跟我说说，为什么想要找到那个东西，就要把刚装好的东西再倒出来？难道东西确实在这里？"

江左岸忙说："来不及跟你解释了，一会儿车子就到小区了……你别傻站着啊，快来一起帮忙，并且弄得越乱越好。"

付瑶瑶将信将疑地将东西倒出来，道："江左岸，你是不是故意的？刚刚我装的时候你为什么不说？都装了大半了你才说？"

江左岸很是无辜，说："我刚刚也是没想到，才想起来的。"

第九十四章　很快就知道了

"车子通了，也没有堵很久啊。"驾驶室里，沈风笑道。

前面就是他的新家了，虽然那套房子已经买了有段日子了，在这期间他也去小住过几天，但是这次不一样，算是真真正正地要入住了。

明哥发动了货车，回道："是啊，今天挺快的。"

快！简直快到不行，若是在平时，不堵个把小时都算是好的了。

也不知道后面那两个人，这点时间够不够？不够也没办法了。

货车又开了大概五六分钟，就到了小区。

到了门口，明哥下车交涉了一番，但是被告知货车根本开不进去。不是不让开，而是开不进去，因为路太窄了。

无奈，明哥只好找了最近一个路口，将货车停在路边。

"恭喜啊，乔迁新居。"下车后，明哥笑着道。

但一转身，他就觉得头疼。不知道一会儿打开货厢后，看到的会是一派怎么样的情景啊？

虽然已经对好了台词，但是要他演戏，他不会啊！

只能走一步看一步了。

"我们先下去搬东西吧。"沈风也下了车，提醒道。

明哥硬着头皮跟沈风走到货厢后门，他拍了拍车门，叫道："准备干活了啊。"

沈风笑道："你敲门也没用啊，他们又听不到。"

明哥笑了笑："习惯了，哈哈哈……"

他认命地将插销打开，用力一拉。

只看了一眼，两个人就傻眼了。

货厢里，满是狼藉，那两个搬运工站在货厢里，手上还拿着东西，一脸茫然地看着车外的两个人。

下一秒，明哥就愤怒地将两个人拉了下来，怒骂道："你们两个在干什么？翻别人东西，两个小王八蛋，我真的是……"

沈算一直坐在车子上，听到车外的动静，也好奇地下了车。看到这么一幕，他也骂了几句脏话："小偷，你居然请了两个小偷。"

明哥顿时将付瑶瑶和江左岸两个人摁到货厢上，全身上下搜了一遍，然后对沈算说："沈叔，你放心，他们没拿什么东西。"

沈风还没反应过来，愣愣地说："可是他们为什么把我们的东西都搞乱了？"

明哥气愤道："可能真像沈叔说的，想要偷什么东西，但是翻看了所有的东西，也没发现什么值钱的。兄弟，你们值钱的东西没放在货厢里吧？"

沈风苦笑道："我们也没什么值钱的东西。"

明哥掏出手机，打了几个字，直接递到他们面前。

"你们两个，被解雇了，滚蛋。"

两个人看了一眼，顿时扭头就跑。

紧接着，明哥骂骂咧咧道："我真是瞎了眼，还以为捡到了大便宜，没想到啊……看来真不该贪小便宜，以后招人，还得去正规场所。"说着，又将手放到沈风肩膀上，道："兄弟，这一趟，我就不收你运费了，这事全都怪我。"

"明哥……这怎么可以……"沈风整个人都被弄蒙了，但听到明哥这么说，也不好意思起来。

沈算则"哼"了一声，道："就应该如此，我们不叫他赔偿损失就算是好的了，还敢要钱？"

明哥赔笑道："不敢不敢，这一趟，完全免费。"

沈算似乎还不满意："你刚刚就不应该让他们直接走，太便宜他们了。"

明哥趁机卖惨，道："沈叔，得饶人处且饶人，他们只是两个聋哑人。况且，我还有几天工资没给他们发呢……"

沈算却并不买账，说："那是你的事，这搞得乱七八糟的怎么算啊？我们好不容易装了大半个晚上，至少也应该让他们装好了再走啊！"

明哥打着哈哈，道："算了，走都走了。这样吧，我跟你们一起装。"

沈算终于缓和下来，道："这还差不多。"

明哥看沈算还抱着那个包，提议道："沈叔，这个包您就交给我吧，我拿到驾驶座放好，待会儿再给你。"

谁知手刚碰到包，沈算就迅速将包收了回去。反应特别强烈。

搞得明哥都蒙了，一时间，愣在当场，不知所措。

沈算可能也意识到了自己的反应太过剧烈，干巴巴地说："我自己拿，不用你。"

明哥讪笑了两声："哦，那好。"

待沈算将包拿回驾驶座之际，明哥凑到沈风身边，小声问："那包里什么东西啊，能让沈叔这么宝贝？"

沈风摆了摆手，笑道："其实也没什么，你有没有听说过返老还童？"

明哥似懂非懂地点了点头。

"这返老还童啊，说的并不是真的会变年轻，而指的是心态。人一旦老了，慢慢地，心态就会越来越像小孩，喜欢玩儿。那包里是我给他买的几个玩具，不是什么贵重的东西，他恰巧很喜欢罢了。"

明哥"哦"了两声，觉得是沈风不想说，也就没再问。

沈算回来之后，三个人一起上了后车厢，开始整理那些乱七八糟的东西。

……

付瑶瑶和江左岸跑开后，跑了一段距离，直到看不到货车了，这才停下来。

江左岸坐在路边，大口地喘着粗气，道："可算是能大口喘气了，刚才在车里，我都快憋死了！"

付瑶瑶问："你还好意思说！你到底在搞什么名堂？拆了装装了拆，很累的，你知不知道？"

江左岸摆了摆手："你没看我累成什么样子了？不行了，我得歇会儿……"

说着，他竟躺在草地上。

付瑶瑶将他拽起来，气急败坏地质问道："你什么意思？不是说可以找到东西吗？"

江左岸肯定地说："找得到的，你放心，耐心地等一会儿。"说完，他随意拔了一根草，叼在嘴里，道，"我们居然被搜身了，你不觉得很奇怪吗？"

付瑶瑶没好气地说："不这么演，我们怎么能名正言顺地离开？"

"可是你一女的……"江左岸还是觉得不妥。

付瑶瑶白了他一眼，道："你想什么呢，他只是搜了我的口袋。"

江左岸"哦"了一声："你说他这是违法的吗？他没有权力……"

付瑶瑶怒道："你在故意转移话题？"

江左岸见计谋被戳穿，干脆承认道："是！"

付瑶瑶攥紧了拳头："你是不是想讨打？"

江左岸忙说："不是，你一直在催我，没办法啊，只能转移话题。想要找那个东西，我们还需要再等几分钟。"

付瑶瑶不解地问："为什么要等几分钟？"

江左岸惬意地躺下来，道："一会儿你就知道了。"

付瑶瑶说："好，我就等几分钟，到时候，如果你不给我一个满意的答案，看我不捶死你。"

江左岸瞬间怂了，道："我也不敢百分百确定。如果没有意外的话，几分钟之后，我们就知道那个东西究竟是什么了。"

第九十五章　还不承认吗

此时，在货车的车厢里，三个人正在整理被付瑶瑶和江左岸弄得乱七八糟的行李。

一开始，还偶尔能听到几句骂声，但是慢慢地，只剩下了整理东西的动静。

也不知道过了多久，沈算手上的动作越来越慢，最后，完全停了下来。

看到沈算停下来，沈风和明哥也停了下来。

沈风问："爸，怎么了？"

沈算支着耳朵仔细听，道："我好像又听到那两个人的声音了，在前面。"

刚刚在等红绿灯的时候，沈算就说，听到车厢后有声音，但是沈风并没有往心里去，因为明哥已经明确说了，那两个人是聋哑人。

可是没想到，车厢里的声音并不是说话声，而是他们翻东西的声音。

但是那两个人已经被明哥赶走了，现在这里只有他们三个人，怎么可能还有声音呢？

沈风劝慰着："爸，你这回真的是出现幻听了。"说完，便打算继续整理。

沈算的脸色忽然变了，猛然将手上的袋子扔掉，从货车车厢跳了下去。

沈风和明哥见状，相互看了一眼，也跟着跳了下去。

下车之后，沈算跑了两步就不跑了，因为他看到，在驾驶室门前，站着两个人。正是那两个走了又回来的聋哑人。此时，两个人都摘下了口罩，露出了原来的面目。

副驾驶室的车门大开着，江左岸的手里正拿着沈算从出门便一直抱在怀里的包。包已经被打开，里面的东西被付瑶瑶拿在手上。

看到沈算，付瑶瑶将手里的东西举了起来，冲他们摇了摇。

沈算颤抖着手，指着他们，气咻咻地说："你们两个聋哑人好大的胆子，看来不报案是不行了，居然又折回来偷东西。"说着，他激动地伸手想要去摸口袋里的手机。

但就在这时，沈风按住了沈算的肩膀，凑到他耳边小声说："爸，别报了，他们两个就是警察。"

沈算的动作一僵，难以置信地问："你说什么？"

沈风没有回答父亲，而是转向付瑶瑶他们，问："警官，不知道你们这是几个意思啊？你们翻遍了我家的行李，就为了找这个？这个东西虽说值点钱，但是也不是很值钱，你们要是喜欢，直接跟我说，我送给你们就是了。"

江左岸笑了笑，对付瑶瑶说："付大队长，我猜得没错吧？他肯定是带了，不在车里，就在他身上。"

刚才在车上时，江左岸也是灵机一动，因为他忽然想起来，沈算的手上也拿了东西。但是，他不敢百分之百确定，他手上的东西就是作案的工具。

所以他才配合明哥，将那一套戏演足。

就在他们以为，江左岸和付瑶瑶装扮成的两个聋哑人被赶走之后，沈算的警惕心也慢慢地放松下来，再加上车厢里的东西被他们弄得乱上加乱，只能重新整理。放在驾驶室里的东西，就成了无人看管的对象。

等到他们整理得正投入的时候，他们就可以杀个回马枪，没有人能料到，他们会再回来。

就连知道一点实情的明哥，也完全想不到。

付瑶瑶"哼"了一声，道："有什么了不起的，这个方法还不是我想出来的？"

江左岸耸了耸肩，也不争辩，转向沈风说："沈风，你可能还不知道这意味着什么吧？"

沈风却看向明哥，问："明哥，这究竟是怎么回事？"

明哥伸手掏向口袋，摸出了烟盒，苦笑道："既然你们都认识，你就问他们吧，我去抽根烟……"

不等沈风回话，明哥便转身往远处走去，根本就不给沈风再继续追问的机会。

无奈，沈风只好将视线转回来，冲着江左岸发问："意味着什么？你们到底在说什么啊？"

付瑶瑶没有直接回答，而是说："你为什么不问问你父亲？我猜，他一定什么都没告诉你吧。"

沈风看向沈算，小声问："爸，他们说的是什么意思？你是不是有什么事情瞒着我？"

事实上，这两天他也觉得父亲有点奇怪，只是不知道是因为什么。

沈算冷哼了一声，道："我完全不知道他们在说什么！"

付瑶瑶再次摇了摇手中的东西："那这个东西你认不认识？"

那是一架无线遥控飞机，不是一般小孩子玩的玩具飞机，而是装了摄像头的航拍机。

沈算冷笑道："你们现在拿着我的东西，来问我认不认识？"

江左岸接口道："你知道我们说的不是这个。其实，你不应该留着这个东西，你如果不留着它，我们根本就找不到任何证据。不得不承认，你的计划非常完美，非常高明，但你还是留下了痕迹。"

沈风完全听不懂他们在说什么，但是直觉告诉他，这并不是一件好事，不由得急道："你们有话能直说吗？到底发生了什么事？"

付瑶瑶叹了口气，说："你应该问问你父亲，四月二十日那天晚上，他去干什么了？"

沈风抢先说："那天晚上我在看球赛，我爸爸在看连续剧。"

江左岸了然道："那我猜你看球赛的那一个小时，肯定没出过房门。"

沈风争辩道："这……能说明什么？每个球迷都是这个样子，球赛一开始，哪里还顾得上别的？"

付瑶瑶笑道："说明什么？说明你父亲什么时候出门的，又什么时候回来的，你都不知道。"

沈风还在嘴硬："就算出了门又能说明什么？出门的人多了去了……"

付瑶瑶打断他："是啊，那如果是出门去做伤天害理的事，可就只有你父亲了！"

沈风还是不愿意相信："谁去做伤天害理的事了？你们不要胡说，有证据吗？"

付瑶瑶又再一次地扬了扬手里的航拍机："你要的证据，现在就在我手上。你爸爸，杀害了罗大眼！"

沈风瞬间愣住："罗大眼？"

"怎么？想不起来了？"

沈风看向沈算，脸色非常差，他当然知道罗大眼是谁，又想起昨天在办公室的茶水间的对话，不可思议地问道："爸，这是真的吗？"

沈算开始笑，边笑边摇头："如果我说不是，你相信吗？"

第九十六章　真相不是意外

江左岸叹了一口气，道："看来你还真是不死心啊，既然我们找到了这架航拍机，就意味着，我们知道了你做的一切。你可能是年纪大了，不记得了，那我来提醒你，你到底做了什么。"说着，他走到沈算的面前，边围着他转边说，"二十多天前的一个晚上，忽然有几个喝醉的年轻人出现在你的算命馆，也就是你家。其中，有一个叫罗大眼的年轻人，不知道从哪里听说了你算命很准，非要你给他算命，如果算得不准，就把你家给砸了。

"你跟他起了言语上的冲突，罗大眼喝醉了，对你说了很多难听的话，甚至还有侮辱性词语，最后更是做了一件让你无法忍受的事。他让几个朋友将你按住，将尿撒到了你的身上。你暴跳如雷，但是你无可奈何，你根本不是那几个年轻人的对手。

"你们越吵越激烈，在里屋的儿子终于听到了吵架的声音。我不知道为什么一开始他没听到，或许他在里屋戴着耳机听歌，开得很大声，所以没有察觉。

"你儿子出来之后，很快就了解了状况，但是他只知道罗大眼骂人了，并没有看到罗大眼尿到他父亲的身上。"

沈风听到这儿，气得浑身发抖，咬牙切齿道："我要是看到的话，就算拼死，也不让他们走出那扇大门！不是我倒下，就是他们倒下……"

江左岸叹了口气："只可惜，你已经没机会了。"随后，他继续说，"你跟你父亲的关系很好，听到他们这么侮辱你父亲，你非常愤怒，但你也知道，他们喝多了，为了不引起麻烦，你就想着让他们滚蛋。但是怎么样才能让这群醉汉离开呢？

"既然他们来的目的只有一个，那就是算命。

"你将你爸爸劝回了里屋，然后答应了他们。尽管罗大眼提出那个无理的要求，你也没有拒绝。

"因为你本来就打算搬家了，一个月之后，罗大眼就算来找麻烦，这里也已经人去楼空了。

"你给罗大眼算命的结果，是一个月之内他必死无疑。

"事实上，你根本不会算命，那只是你信口胡说的，因为你很生气，这句话带了诅咒性质的算命结果，不过是发泄你的不满。

"果然，罗大眼他们得到了想要的结果，心满意足地离开了。

"虽然你父亲没在外面，但在里屋却听到了一切。一颗仇恨的种子慢慢在他的心里生根发芽了。

"他那时候的想法一定是这样的：你不是不相信我算命不准吗？我以前或许不准，但是这一次，一定给你算准了！只要让你一个月之内死掉，就可以了，而且，你也要为今晚你的所作所为付出代价。

"接下来的时间，你父亲开始着手调查罗大眼了，那天晚上来闹事的几个年轻人，有一个人就住在附近，你父亲通过其他人，从那个年轻人的口中知道了罗大眼的详细信息，他在哪里上班，在哪里居住。

"调查清楚之后，他开始计划怎么让罗大眼从这个世上消失。硬碰硬肯定是不行的，说不定还会被罗大眼反杀。

"他要找到一个两全其美的办法，既能干掉罗大眼，又能把这场谋杀伪造成一个意外。他观察了罗大眼很长时间，他的生活习惯、他的爱好，以及关于他的一切。最后，还真让他找到了一个堪称完美的办法。

"罗大眼住在高福村 75 栋楼，在他回家的必经之路上，有一栋 73 栋楼，那栋楼的楼顶有个镂空的围栏，一个花盆卡在了两根栏杆的缝隙之中。

"你父亲是怎么知道的呢？他用了航拍机。他或许曾试图实地探查一番，亲自上到楼顶，看看那些花盆，怎么样才能制造出高空坠物的意外，但是他根本上不去，因为 73 栋楼的顶楼是锁住的。

"上不去也没关系，甚至更有利。这样就更让人相信，这是一起高空坠物的意外了。

"他转换了思路，楼顶上散落着很多花盆，有的碎了，有的东倒西歪，一片狼藉，两根石柱子缝隙中还卡着一个花盆。这对于他来说，简直是一个完美的作案现场。

"当发生高空坠物之后，警方肯定会在第一时间对附近进行排查。在罗大眼回去的必经之路上，只有两栋楼的楼顶有高空坠物的可能，因为这两栋楼都是背对着罗大眼回家的必经之路，在那条路的两旁，根本就没有住户，也就意味着，只有楼顶能够掉落花盆。

"警方分别前往两栋楼的楼顶，然而，在 65 栋的楼顶什么都没发现，在 73 栋的楼顶恰好发现了大量的花盆。在两根石柱子的缝隙中，还发现了一道很深的痕迹，很容易让人想到，那两根石柱子缝隙里，卡着一个花盆，花盆忽然掉下去，碰巧砸到了路过的罗大眼。

"实际上，那两条石柱子缝隙中，确实卡着一个花盆。只不过，那个花盆被你父亲调包了。那个砸中罗大眼的花盆，不是来自 73 栋的楼顶，而是来自你父亲，来自 65 栋的楼顶。

"你父亲知道罗大眼的上下班时间，知道他晚上什么时候会回来，于是提前出门，躲在 65 楼的楼顶，等罗大眼走到 73 栋楼下、走到那个栏杆下方的时候，你父亲从楼上将一个花盆扔到了罗大眼的头上。

"当时是晚上，再加上，那条路本来就很少有人，只有住在尽头的 75 栋住户才会走那条路。

"趁着被人发现之前，他再迅速让那个卡在栏杆处的花盆消失，他所用的工具就是这架无人机。"

说到这里，江左岸感慨道："沈风，你可是真孝顺啊，替你爸爸买了一个好东西。"

第九十七章　真相是谋杀

沈风涨红了脸，脸上也不知道是什么表情："这不是我买的，我工作的公司就是做这个的，就带了一个回家。本来想在休息的时候去拍拍风景，但是没想到我父亲居然这么喜欢，就送给他了。"

江左岸摆了摆手，道："这已经不重要了。

"只要将栏杆处的花盆弄走，让人误以为，砸中罗大眼头的花盆就是卡在栏杆处的那个，就可以将罗大眼的死制造成一个意外，一个几乎完美的意外。

"因为花盆所处的位置与罗大眼的倒地位置也对得上，新鲜痕迹也有，基本上不会有人怀疑。

"也不知道是不是该感谢罗大眼的那几个朋友，他们来报案的时候，一口咬定是你害了罗大眼。因为他们回忆起那天晚上，你的眼神里，充满了凶光。

"不过，我也不知道该怎么评价这件事，因为这一切，他们也脱不了干系。

"你父亲当时在 65 栋楼的楼顶，他如何能在最快的时间里将对面楼楼顶的花盆从栏杆处弄走呢？一开始，我们怎么绞尽脑汁都想不到。

"直到我们看到这个。"江左岸晃了晃手里的航拍器遥控器。

"我们以为，他是通过某种手段，将那个花盆给拿走了。但其实不是。

"他用航拍机去撞栏杆处的花盆，将花盆从栏杆处撞到了那一堆花盆堆里，花盆摔得粉碎，混在那些碎片里，导致我们根本找不出，也想不到那个花盆就还在楼顶上。

"但他可能是急了，又或者是操作并不熟练，在用航拍机撞击花盆时，航拍机的机翼剐到了那两根石柱子，在上面留下了两道划痕。

"尽管留下了让人不易察觉的痕迹，你父亲还是很快就做到了，可能连两分钟都用不到！

"做好这一切之后，他快速离开了65栋楼的楼顶，然后神不知鬼不觉地回到了家。自始至终，你都没发现他出去过。

"我们就是根据那几道划痕，一步一步地推理，最后才确定了是你父亲。一开始，我们以为凶手是你，但是没想到是你父亲。"

付瑶瑶也上前两步，摸着那个航拍机的机翼，对沈算说道："这个剐痕还是很明显的。

"而且，你还犯了一个不能避免的错误。你离开家前往高福村的时候，做了伪装，虽然没有人认识你，但是你穿成那样，很多人都看到并且留意到了。你离开到回来的时间，正好是晚上十点二十到十一点之间，这个时间，也正是罗大眼出事的时间。"

江左岸问："沈算，你还有什么话要说？"

沈算忽然变得愤怒起来："他该死！这个王八蛋，我一大把年纪了，居然还对我做那样的事，换作是你，你能忍得了吗？"

沈风跟跄着往后退了两步，眼眶慢慢红了："爸爸，这是真的吗？真的是你干的？"

沈算转过头，愤怒的脸迅速变了，满是慈爱："小风啊，以后你要自己生活了。那个浑蛋，是我杀的。你爸爸我窝囊了一辈子，如果不是你，我早就不想活了，现在你已经长大成人了，我就没什么好牵挂的了！"

沈风无声地流泪，仍然不敢相信："为什么！为什么要这么做？"

沈算伸手想要抚摸一下儿子的脸，但手伸到一半就停下来收了回来。

"不经他人事，莫劝他人善！"他只留给沈风这样十个字。

然后，蹒跚地朝着付瑶瑶他们走去，仿佛一下子又苍老了很多。

付瑶瑶叹气道："老爷子，不管怎么样，以暴制暴，都是不可取的。"

沈算伸出手："铐上吧，我跟你们走！"

付瑶瑶摇了摇头："就这么跟我们走吧。"

沈算放下手来，苦笑一声，道："也行。"

沈风愣在当场，不知所措。

一开始还忍着，但是慢慢地，哭声愈发悲切，终于号啕起来。

"明，帮我好好看着风儿！"沈算突然高声喊道。他原本因为小明图便宜雇用聋哑人，且态度极度恶劣，对他印象非常差，原来小明是为了配合警方工作，刚才发生的一切都只是演戏而已。此时，他也没有谁能好好托付了……

在不远处抽烟的明哥不知道发生了什么事，但是看到沈风蹲在地上大哭，他又知道付瑶瑶他们的身份，大概也猜到了什么。

他扔掉烟，冲沈算大声喊："沈叔，你放心吧！"说完，便朝沈风跑过去。

付瑶瑶问："你这么做，有想过你儿子吗？"

沈算笑了笑："我这个人，其实挺看得开的。命里有时终须有，命里无时莫强求。人，一生下来，是富是穷，早就已经注定了，一切上天早就有安排。"他叹了口气，"命中注定我有这个劫难，命中注定小风以后孤身一人，都是命中注定，你努力是这样，不努力也是这样，何不听从命运的安排呢？"

江左岸觉得这纯属无稽之谈，反驳道："你这叫迷信！"

沈算也不争辩："随便了。换个角度想一想，如果没有我，或许小风可以过得更好，也就没什么负担。

"我老了，动不了了，我也知道自己思想固执，做什么都做不好，脾气又臭。小风的年纪也不小了，也该娶妻生子了，有我在，他肯定什么事都先想着我，会错过很多好姑娘的。如果我不在了，他就没什么好顾忌的了！"

付瑶瑶说："可是他会愧疚一辈子。"

沈算又笑了笑："这世上，想要得到什么，都是得用自己拥有的去交换，你以为天上会掉馅饼吗？"他的笑容竟然能够如此淡然，继续说，"愧疚，总不会太久的。不是有句话说了吗？时间是治愈一切的良药，所以我并不担心。况且，我死了，又能有什么好担心的呢？"

江左岸不解地问："老爷子，既然你看得这么开，怎么对罗大眼的这道坎就是过不去呢？"

沈算笑了笑，没回答这个问题。

付瑶瑶感慨道："老爷子，不得不说，你还是很聪明的，我们几乎就把这个案子定性为意外了。"

沈算突然说："其实，这个计划不是我想出来的。"

两个人诧异地问："不是你？那是谁？"

沈算感慨道："不说也罢，如果是那个人来，可能你们一点蛛丝马迹都找不到！"随后，他可能觉得不妥，又补了一句，"别怀疑，不是小风，他没这么聪明的头脑！"

第九十八章　梦与回忆

夜半时刻，万籁俱静，钟武辉站在自家落地窗前，二十八层楼的高度，足以俯瞰半个城区。

窗外，星光点点，整座城市已然进入了梦乡。

然而，对于钟武辉来说，这注定是一个不眠夜。

他站在偌大的落地窗前，一根接一根地抽烟。

倘若是在平时，妻子小可一定会训斥他。因为他们有一个六岁的女儿，所以小可不允许钟武辉在家里抽烟，要抽就出去抽。

家里的灯还亮着，只有女儿瑶瑶的房间关了灯，但是他们不知道的是，瑶瑶并没睡。在黑暗中，她睁着一双圆溜溜的眼睛，竖起耳朵躲在门后，房门被微微开启了一条缝隙。

这是瑶瑶的习惯。

别的小孩睡不着觉或者不想睡，总是喜欢东搞西搞，一刻也不得闲，但是她不一样，她喜欢偷听父母的谈话。

她知道父母都是刑警，是夫妻，也是同事、战友，平常在家里，他们没少讨论案件，各种各样的案件。

瑶瑶经常能听到，她表面没什么反应，但实际上喜欢得不得了，不知道是因为遗传了父母的基因，还是每天耳濡目染，她很喜欢听这样的"故事"。

姑且就称之为故事吧，因为她的父母向来没有时间给她讲睡前故事。

尽管如此，她一点也不觉得自己比别的小孩差，因为她所听到的，绝对是比其他所有的小孩听的故事都要精彩。

不仅如此，她爸爸还有一个笔记本，被他命名为"刑侦笔记"，她经常去偷看，虽然钟武辉的字很潦草，虽然很多字她还不认识，但是没有什么比偷看刑侦笔记还让她开心的事了，即便看动画片也不行！

她觉得，自己就是个怪小孩，跟别人家的小孩完全不一样。

在别人家，父母总是喜欢偷看孩子的日记，而在她家，她喜欢偷看大人的笔记本！

当然，瑶瑶的小把戏总会被她爸妈拆穿，比如房门，无论开的缝隙有多小，他们总能只看一眼就知道，然后，无情地将房门锁上。

再比如，钟武辉发现瑶瑶偷看他的笔记本之后，并没有藏起来，而是用更潦草的笔迹来写。潦草到什么程度呢？第二天，连钟武辉自己都看不懂的那种。

但是今天，他们都显得心事重重，瑶瑶的房门没有关上也无人理会，钟武辉罕见地在室内抽烟，还是一根接着一根，整个大厅里都充斥着浓重的烟味。

而妈妈也没有制止，甚至走到钟武辉的身边，问他也要了一根抽。但是她不会抽烟，之前根本没有抽过。只抽了一口，她就开始剧烈咳嗽起来。

钟武辉却不为所动。对于他们的感情，瑶瑶是知道的，钟武辉虽然有点大男子主义，但是非常爱妻子，稍有不适，就紧张得不行。

"抽烟能让大脑清醒些！"他只说了一句，就继续抽烟。

两个人相视无言，站在落地窗前，一根接着一根，就好像比赛一样。能不能让大脑清醒些，瑶瑶不知道，但是她知道妈妈肯定是适应了，已经不咳嗽了。

钟武辉的气色非常差，眼窝深陷，满脸憔悴，但是一双眼睛却炯炯有神，绽放着异样的光。

"我看到他了，并且跟他交了手……我还从未见过如此奇怪的人，那究竟是一个什么样的人？"

小可继续抽着烟，一盒烟很快就见底了。

对于这些话，她似乎已经麻木了，已经无法引起她的注意了！

突然，她问道："你见到他的真面目了吗？"

钟武辉摇了摇头："看不见，他总是背对着我。刚才我绕到了他的前面，他的前面，一样笼罩在黑袍里。"过了一会儿，他又补充道，"就连眼睛也藏在黑袍之下。"

瑶瑶兴致勃勃地听着，心想：连这眼睛都藏在黑袍下，怎么能看得见呢？

她知道，这段时间，S市发生了一件大案，她父母是这件案件的主要负责人。

案子被命名为"黑影案"。

一个黑影在S市频繁作案，来无影去无踪，所到之处，必定伴随着死亡。

小可苦笑了一声，如果是听到别人这么说，她恐怕就要骂人了，整个身子，包括眼睛都藏在一身黑袍里，在几个勇猛老练的刑警的包围下都被他跑了，这究竟是一个什么厉害人物？

钟武辉笑不出来，因为他深知这个黑影的奇怪之处，奇怪到让人无法解释。如果不是亲眼所见的话，他无论如何也不敢相信。

那一晚，他们已经把黑影堵在了一栋二十八层高的顶层的一个房间里。就在他们以为他无路可逃，只能乖乖服法的时候，他亲眼看到，在没有任何辅助工具的情况下，黑影从二十八楼高的楼层一跃而下。

而在楼下，根本没有看到黑影的尸体。

过了几日，黑影又制造了另一起命案。

他的那些行为，甚至已经不能用科学解释了。

所有被他杀的人，脸上都是一副惊恐和不可思议的表情。

黑袍下的那张脸让受害者感到不可思议，让他们恐惧。

他们一直想知道，藏在黑袍之下的，究竟是一张什么样的脸。

但是他们始终只能看到他的背影，今天，钟武辉好不容易看到正面了，没想到他却将脸藏在了黑袍里。

尽管如此，他们深知，那些死者最后看到的，绝对不是一块布！

"我们本来就要抓住他了，真是该死，关键时刻，我们犯了一个致命的错误！"

钟武辉狠狠地吸了一口烟，烟已经烧到了过滤嘴，空气中顿时散发出了一股焦油味。

他狠狠地将烟嘴扔到落地窗前，烟嘴在玻璃窗上印出了一个淡淡的痕迹，继而掉落下来。

"怎么回事？"

小可皱了皱眉，这是目前为止，唯一一件能够引起她情绪变化的事。

钟武辉想再掏出一支烟，却发现烟盒已经空了。

他捏了捏烟盒，将烟盒彻底地捏成一团。

"我们都带了枪，看到他之后，我们纷纷掏出枪来指着他。"

第九十九章　回忆与梦

钟武辉脸上露出了一抹苦笑："我们三个人，三把枪同时对着他，让他举起手，慢慢转过身来。但是他好像听不到我们说的话，又或者是听不懂。

"他一动不动地站着，嘴里发出那些难听的尖锐的笑声，诡异又奇怪。

"当时，主动权已经不在他手上，而是在我们手上。但他似乎还弄不清楚状况，居然还嘲笑我们，试图激怒我们。

"我们三个人呈战术包围方式，将他围在中间，我走到了他面前，但是看不到他的脸，因为他的脸已经藏在黑袍之下。

"这还是我第一次近距离地接近他，他身上散发出一股腐烂的难闻气味。

"我还从未闻过那种气味，根本就无法想象，那种气味怎么可能会从一个人的身上散发出来。

"其中，老张最为激动，大声让他举起手来，一连叫了好几遍。但他除了笑还是笑，对我们的警告无动于衷，一点儿也不放在眼里。

"我跟他警告一次，警告二次，警告三次，他依旧没有停下，而是继续往前走。

"我们开枪了。我一个弹夹的子弹全都打在了他的身上，将他的两条腿几乎打成了筛子，因为我想活抓他！

"但是他只是顿了顿，尖声笑着，继续往前走。

"怎么会有这样的人？中枪之后，竟然能像没事人一样。"

小可眉头拧得越来越紧："会不会是穿了什么防护？"

钟武辉觉得很不可思议："按理说，防护也没有专门护住双腿的啊！而且，我们打中的地方，都渗出了血，鲜红色的血染红了黑袍。我们确确实实打中了他，并且伤到了他，甚至有几枪都打中了要害。

"他只是顿了顿，就像没事人一样，继续往前走去。

"我只好对着老张他们喊：'直接击毙他！'

"这一次，老张他们瞄准的是他的头，所有的子弹全都打中了。

"这几枪打得他跟跄几步，几乎跌倒。

"但是没过两秒，他又站起来了。

"鲜红色的血染红了他的黑袍，他依旧尖笑着，然后跑开。他的速度很快，快到一眨眼就不见了。

"我们愣了好几秒，转眼便不见了他的踪影，他一头扎进了树林里。我们进去找他时，已经看不到他了。

"怪我，要是当时我能第一时间扑上去，他就跑不了了，为什么我会发愣呢？经过那么长时间的调查，我还不知道这个黑影吗？很多违背常理的事发生在他身上……但当时不知道为什么，我根本控制不住自己！"

小可伸出手，抚摸着丈夫的脸。看到他一脸自责，她安慰道："这也不能怪你，谁见到了都会蒙的。一个被打成了筛子的人，居然一点事都没有，发生在谁身上，都不可能很快反应过来的。"

钟武辉苦笑了一声，道："为什么中了那么多枪，竟然一点事也没有？他还是人吗？"

小可张了张嘴，最终，将到嘴的话咽了回去，叹了一口气。对此，她也不知道还能说什么。

从黑影出现开始，各种各样违背常理的事不断发生在他身上。每一次，他们都觉得可以应对了，但是事实上，每一件，他们都无法应对！

其中，有一件案子更诡异。有一个富豪，得知黑影要取他的性命。

于是，他雇了很多保镖，天天躲在别墅里，还在每个房间都装了摄像头，并且将门窗全都锁死。整栋别墅只留了一个脸盆大小的通风口。

保镖们更是三步一岗，五步一哨。而且，这些保镖都是顶级的，个个身手了得。

做了这样的防护，别说是黑影了，就连一只苍蝇也飞不进来！

然而，当黑夜降临之后，一件意想不到的事发生了。

富豪的别墅忽然停电了。

保镖们早就想到该如何应对各种突发状况，已经准备了备用电源。

然而，让他们想不到的是，当备用电源通电之后，灯光再次亮起来时，黑影已经出现在富豪面前。

当着十几个顶级保镖的面，黑影一刀刺进了富豪的心口。

他就像鬼魅一样，可以随时出现在他想出现的地方。

没有人能阻止他。

他留下来的，只有一张字条："人已死，债已偿。"

小可也感到一阵头痛，这件案子的棘手程度，根本无法想象。

钟武辉将妻子揽过来，小可的头自然地靠在钟武辉宽厚的肩膀上。

他说："不用担心，我们很快就能抓到这个恶魔了。"

小可担心地问："你有什么打算？"

钟武辉说："他最后消失在一片林子里，他身上受了伤，流了不少血，我们跟丢了，那是因为我们没有一个好鼻子。我今天去借来了两个好帮手。"

小可没听明白，从钟武辉的肩膀上起来，问："什么？"

"我去警犬基地借了两只警犬，我们两个再去那片林子。"

"现在？"

"就现在！"

"就我们两个？"

钟武辉点了点头："我怕时间长了，气味散了。"

"要不要通知队里？"

"不用了吧，我们只是去勘查，黑影又不傻，怎么可能还躲在林子里？"

"那我去换身衣服。"

小可转身往主卧走去，路过瑶瑶的房间时，脚步顿了顿，冲里面喊了一声道："瑶瑶，听话，赶紧睡觉，把门关上。"

"吱呀"一声，瑶瑶听话地把门关上。

一般来说，只要她关上门，也就真的按照父母所言，乖乖去睡觉了。

但是这一次，她没有立刻回到床上，依然躲在门后，耳朵紧贴着房门，听外面的说话声。

不一会儿，再次传来了走动声，应该是妈妈换好衣服出来了。他们又要出门了吗？

紧接着，就听到了两个人简单的对话。

"走吧！"

"瑶瑶一个人在家没事吧？"

"哎，担心这个干什么？又不是一次两次了，你别看她个子小，胆子可不小呢！她经常偷看我的刑侦笔记，你又不是不知道我在里面都写了什么，她居然敢看下去……嘿嘿，果然是虎父无犬子啊！"

"瑶瑶是女孩子！"

"对，女孩子，虎父无犬女！"

第一百章　梦醒

随后，是小可的一声叹息："瑶瑶这个习惯可不好，要改！"

钟武辉倒是觉得无所谓："这有什么？她想看就看呗。你放心，我故意把笔记写得很潦草，她现在看不懂了。"

小可白了丈夫一眼，道："你知道我说的不是这个意思，而是说她这个习惯，这么小就学会偷看别人东西了……我们对她的管教太少了，以后有时间得好好跟她沟通才行，现在也不小了，再不沟通，就到了叛逆期，更不好管了。"

钟武辉忙说："是是是，等破了这件黑影案，我们好好陪陪瑶瑶。这些年，都是忙于工作，倒是疏于跟她相处了。"

瑶瑶闻言，气得想捶门。何止是疏于跟她相处？简直是把她当空气了，好吗？

她两岁就被送去了幼儿园，五岁半上一年级，理由就是家里没人看管。上幼儿园时，父母前面还抽空接送她。后来，等到她四岁之后，连接送都没有了，就让她独立上下学了。

所以从很小开始，瑶瑶就养成了非常独立的性格。

到了周末，别的小朋友都有父母陪，她只能一个人在家。

她又不爱看电视，就看父母收藏的那些专业书籍。

于是，看到了很多各种各样的案子。

这是一个几岁小孩子应该承受的吗？

小可继续说："提前说好，可不许再教她练拳。"

钟武辉做投降状，说："行行行，都依你，这个案子破了之后，我们去给她买一大堆漂亮的裙子，怎么样？把她打扮得漂漂亮亮的，就好像公主一样，这总该行了吧！"

小可满意地说："这还差不多。"

他们两个人满意了，躲在门后的付瑶瑶却想抗议。

他们一个想要把自己打造成假小子，一个想要把自己打扮成为小公主。

但就是没人问她想要什么。

"那就走吧。"

"嗯！"

这是付瑶瑶听到的父母最后说的两句话。

自从那晚之后，他们就再也没有回来，一直到现在，踪影全无。

付瑶瑶也算是女承父业，她比谁都清楚，父母或许已经不在了，但不能因为这个原因，她就放弃。她要继续查下去，她要揪出黑影。

付瑶瑶在家里独自待了三天，把那本刑侦笔记几乎都翻烂了，上面的最新一页写着一句话：

"他很可怕，很危险，很聪明，很狡猾，但是我一定会抓住他……"

六岁那一年，瑶瑶一个人在家。虽然只有六岁，但是她已经学会了自己做饭，那几天，她吃饱了睡，睡饱了就看书，小小年纪的她什么都知道，就是不知道父母什么时候能回来。

家里的门铃终于响了。

兴奋的瑶瑶以为是爸爸妈妈回来了，没有多想就去开门。

然而，房门打开之后，门口站着的并不是父母，而是一个身穿黑袍的人。他全身都笼罩在黑袍里，连眼睛也不例外。

付瑶瑶感到很惊奇，爸爸果然没有说谎，真有这样的人，眼睛蒙住了也能看得见路。

虽然眼前的黑袍人很奇怪，但是不知道为什么，瑶瑶并不害怕，她用稚嫩的声音问："你是谁？"

"你不会想知道我是谁的！"黑袍人说。

"哦！既然这样，那你走吧！"

说完，啪的一声瑶瑶不客气地把门给关上。

真是个奇怪的人。

她转身往屋里走去，但是走了两步就停住了，好像有点不对劲啊！

她连忙跑回去，将房门打开，然而，门外空荡荡的，哪里还有黑袍人的身影呢？

走了？那就算了吧！

她正准备再关门时，忽然从门槛上倒吊下来一个人。不偏不倚地，头正好正对着瑶瑶的脸。

"小朋友，你是在找我吗？"说着，他缓缓地伸出手，将脸上的黑色袍子扯了下来。

只看了一眼，瑶瑶便发出了尖锐的叫声，伴随着黑袍人咯咯的尖笑声……

付瑶瑶猛然惊醒！

一摸额头，发现上面全是冷汗。她看了一眼时间，凌晨四点钟。

她经常做这个梦，前面算是回忆，但是后面就是噩梦。

每次黑影掀开自己的黑袍时，她就尖叫着惊醒了。

在梦里，她什么也没看到。因为每当黑影掀开黑袍时，她都捂着眼睛，因为她怕，怕那张黑袍下，是一张让她恐惧的脸。

那本已经泛黄的刑侦笔记就放在床头柜上，正是因为它，付瑶瑶入行后才能进步那么快，里面既有父亲遇到的每一个案子，也有他的破案思路，以及他的想法！

这不仅仅是精神上的寄托，更是付瑶瑶刑侦工作上的好老师，是一盏指路明灯！

她伸了伸手，最终收了回来。

上面的每一个字，她不知道已经看了多少遍。

她接下来要做的，就是把那本笔记续写下去，但是她给自己的要求是，不能跳过这个黑影案。

每次做了那个梦之后，她就睡不着了。

她将枕头往上提了提，靠坐在靠背上。

打开手机，昨晚难得早睡，没想到，还做了噩梦！

因为睡得早，手机上有许多条留言。

最多的就是付文的，这段时间，他在狂热地追求英子，各种问英子的爱好、习惯……他张口闭口，全是英子。

为了他的幸福，付瑶瑶一直都很耐心地给他解答，但是她很抗拒付文给她发来的六十秒语音，有时候堆积起来，令人头疼。

英子发来的信息也是关于付文的。她也看上了付文，却没有更进一层的发展，美其名曰，要仪式感，他得先追，然后热烈追、狂热追，一步一步来，最后才能答应他。

经过两个人的狂轰滥炸，付瑶瑶早就不怀疑了，他们就是天造地设的一对。

江左岸也有一条信息，不过是催问她，什么时候能把黑影案的详细资料给自己。

还有黄欣的留言，看过之后，让她不由得又清醒了几分。

"我找到神秘人左利手了。"

第一百零一章　左利手

神秘人左利手，其实并不是一个人的名字，或者说不是真正的名字。

随着罗大眼的案子告破，沈算也被抓捕归案。但在带沈算回市局的路上，付瑶瑶不禁有个疑惑。根据他们对沈算的了解，这是一个非常固执的人，含蓄一点的说法，就是犟，直接一点的说法，那就是蠢。

如果他不那么固执，有点脑子，也不会将算命当一辈子的事业，他老婆也就不会对他失望至极，就这样离他而去。

反观这个案子，他的思路非常清晰，逻辑极其缜密，如果不是罗大眼那几个朋友坚定地认为，这就是一起凶杀案，可能就真被当成意外处理了。这就意味着，沈算可以逃脱法律的制裁。

付瑶瑶就多嘴问了一句，他是怎么想出来这么缜密的计划的？

她不相信沈算能完成这么精密的部署。

最后，果然如付瑶瑶所想，这个案子的每一步，怎么计划，怎么实施，确实不是沈算想出来的，而是有人教他这么做的。

不过，当付瑶瑶问他这个人是谁时，沈算无论如何也不愿意说了。

他觉得，这个人教了他，对他来说，就是有恩，他不能出卖恩人。

这样的沈算，才是付瑶瑶想象中的沈算。

付瑶瑶在后续的调查中，发现了一件很有趣的事。

沈算年轻时，热衷于研究玄学，因为这个，搞得家不成家。

但是老了以后，他似乎看开了，对算命反倒没那么执着了。

或许跟他儿子沈风有关。

这还得从一架航拍机开始说起。

沈风毕业之后，进入的是一家做航拍机的科技公司，他怕老父亲一个人在家无聊，就从公司买了一架回来送给他玩，说是公司发的。

他本以为沈算不会喜欢，还想着，如果父亲不喜欢，他可以自己偶尔拿出去玩。但是没想到，沈算喜欢得不得了，三天两头地就到户外去拍风景。

沈风是看在眼里，高兴在心里，心想：父亲终于也有一个健康的爱好了。

但是，光拍风景也没意思啊，沈风担心他玩了几天之后，热情就退却了。

独乐乐不如众乐乐。

为了防止他失去动力，沈风教会了他上网，说你这样不行，自己拍只能自己看，一点也不好玩，你可以把拍摄的作品传到网络上去，跟网友一起分享，这样才有意思。

于是，沈算学会了上网，虽然他年纪不小了，但是因为有兴趣、肯钻研，很快就学会了。

人变老了，真的会越来越像小孩。

沈算很快就迷上了网络。一开始，他只是将拍摄的作品上传，网络也只是起到分享航拍作品的作用，但到后来，他出去拍风景的间隔越来越长，次数也变得越来越少。

最后，更是彻底将航拍机扔到了角落里，沉迷于网络不能自拔，在网络里肆意游览。

他最常逛的是一个推理论坛，大部分时间，都泡在这个网站里。

在推理论坛里，他跟一个昵称叫作"左利手"的问答版主的互动尤为密切。

沈算称他为神秘人。确实挺神秘的，付瑶瑶委托技术人员去查他的 IP 地址，居然没有查到。

听到黄欣说他找到了神秘人左利手，她立刻给黄欣发了一连串语音。主要是问关于左利手的详细资料。

如果真是左利手教沈算那么做的，不知道左利手算不算是教唆犯罪？

发完之后，付瑶瑶就放下了手机，这个时间，黄欣应该还在睡觉吧。

没想到，黄欣直接秒回了。

付瑶瑶按了播放。

手机传出黄欣慵懒的声音："实在是搞不到他的详细信息了，在网上查不到关于他在现实生活中的任何信息，只弄到了他的私人微信。"

随后，黄欣发过来一个截图，又发了一句语音："睡了，困死了。"

付瑶瑶给他回了一句，要他弄到沈算跟左利手的聊天记录。

付瑶瑶记下了微信号，复制到搜索添加栏，搜出来之后按下申请添加好友的按键。

突然，她顿住了。这个人，把自己搞得那么神秘，不知道是什么身份，贸然添加，很有可能不通过。对于这样的人，必须反其道而行之才行。

于是，她恶作剧地输入了一个验证消息："妹妹晚上睡不着觉，哥哥加我。"

输进去的时候，她自己都笑了。

反其道而行也没有这样的……自己的头像是一个小猫，太正经了，装都装不像……

她摇了摇头，然而，就在下一秒，手机响了一声，左利手竟然通过了。

左利手的微信昵称就叫左利手，和论坛昵称是一样的。

头像是一只带着鲜血的手，但看不出是不是左手了。

"有什么事吗？"左利手率先发过来一句话。

付瑶瑶回道："你就不问问我是干什么的？"

"别装神弄鬼的，这个时间点，还没睡觉的只有一种人。"

"哪种人？"

"你这种人。"

"……"付瑶瑶有些无语，只好回复了一个省略号。

"我的私人联系方式不是一般人能弄得到的，既然你弄到了，说明你还有点本事，找我的人无外乎一种人。"

"我这种人？"

"需要帮忙的人。"

付瑶瑶也不废话了，开门见山地问："前段时间，你是不是设计了一桩谋杀案？"

左利手这次没有立即回复。

等了好一会儿，还是没有回复。

该不会是把自己拉黑了吧？

付瑶瑶又发了一句话过去："神算子你可还有印象？"

神算子，是沈算的网名。

没有出现红色的感叹号。

左利手回了："记得，当初他给了我一些可视条件，问我如何用这些有限的条件，制造出一起意外，这些在我的帖子里都可以看到。

"但是那些并不是我设计的，他在我的帖子里求助，我只回了一句，高空坠物，后面还有很多网友跟帖。我当时多看了两眼，都是怎么给他出招的。

"哦，不好意思，帖子被他删掉了。"

第一百零二章 不是我的问题

付瑶瑶问："我如何能相信你的话？"

左利手发了一个微笑的表情。

"爱信不信，不信，你可以去请论坛进行技术恢复，看看我说的是不是真的。

"我猜，这个神算子肯定是将这个方法带到了现实生活中，并且制造了一起谋杀案。

"你是负责这个案子的警官，对吗？

"案子已经破了，但是你仍有诸多疑惑，所以找上了我，对吗？

"可惜的是，要让你失望了。我们论坛是一个为侦探推理爱好者提供交流的平台，大家在这里畅所欲言，没有教唆任何人去干坏事。

"就好像是卖菜刀的人一样，菜刀可以用来行凶，但是有人买了菜刀去行凶，你能去抓卖菜刀的人吗？

"而且我觉得，我可以给你一个建议，你要追责的话，不应该只追责我一个，应该去追责跟这件事有关的所有网友。"

似乎，说得没什么问题啊，但是事实是不是如他所说，还是等黄欣的结果。

但他的某些话，倒是引起了付瑶瑶的注意。

"你猜错了。"

"错了吗？我可不这么认为。"

"你没错，来找你的人，只有一种人，需要寻求帮助的人。"

"我明白了。但是，我为什么要帮你？"

"因为你帮过神算子。"

"我再重申一次，我没帮他，你不要乱扣帽子。"

"好，言归正传，因为那是一起二十年未破的悬案，如果你真的是侦探推理爱好者，你不会不感兴趣。你不是在帮我，而是在帮你自己。"

"不得不说，你的话打动了我，我改变主意了，但是你说的这个悬案最好有挑战性，不然，我就把你拉黑。"

付瑶瑶乐了："你还真是大言不惭，挺自信的啊！也不怕牛皮吹破了。"

"你既然不信任我，为何又要找我？"

"你不知道我找你的初衷是什么吗？"

"行了，废话不多说，说说你那个悬案吧。"

付瑶瑶顿了顿，继而快速地打了一行字。

"既然你是侦探推理爱好者，你应该就听说过那个案子。"

"说。"

"黑影案。"

之后，左利手就沉默了，并且迟迟没再回复。

付瑶瑶等了半天，也懒得问了，心想：自己或许是太天真了，怎么能相信网络上连实名认证都没有的网友呢？

如果黑影案那么好破的话，就不会到现在一点进展都没有了。

而且是掌握了第一手资源的情况下。

付瑶瑶将手机扔到一边，又去补觉了。

再醒来时，已经是九点了。

付瑶瑶做的第一件事，就是打开手机看左利手有没有回信息，空空如也。

看来，还是把希望寄托在自己身上比较靠谱啊。

洗漱完毕，她随便吃了一份早餐，就回到了市局。

黄欣昨晚四点多还没睡，但是付瑶瑶到局里时，黄欣已经到了，并且精神抖擞，气色非常好！

她先是将整理得比较完整的黑影案资料袋丢给江左岸。

然后，又走到黄欣的办公区，问道："怎么样，有没有什么线索？"

付瑶瑶并没有抱什么希望，左利手说神算子删帖了。他没理由骗她，甚至就是他自己去删的。

删帖之后，确实什么也看不到了。

而且，沈算也有理由去删帖，为了不留痕迹。

黄欣有些迟疑，说："有还是有的，但是不知道算不算……我把左利手板块下的帖子都看完了，没有发现神算子的帖子，我猜应该是删帖了。"

付瑶瑶露出吃惊的表情，问："这就是你所谓的线索？"

黄欣"啧"了一声，道："当然不是，从底下的帖子里，我还找到了一些蛛丝马迹。沈算虽然删帖了，但是他删不了当初参与回复的帖子！"

"什么意思？"

"意思就是，沈算当初开了一个帖子，问，如何能够自然地制造出一起意外，底下有很多网友参与讨论。说是讨论，其实就是给他献计的。"

付瑶瑶若有所思地嘟囔道："难道左利手没骗我？"

"左利手说什么了？"

付瑶瑶摇了摇头，道："没什么，你继续！"

"大意就是沈算问了一个问题，很多人给他建议，这其中也包括左利手。然后，沈算就将这些零星的建议组合成了他那个计划。我找到了那个主题帖里的几个回复者，问了他们，他们的供述都是一样的。"

付瑶瑶问："那也就是说，跟左利手没什么关系了？"

黄欣点了点头："可以这么说吧。其实论坛里的人，就是喜欢侦探推理而已，没想到会有人将他们的建议用到现实生活中！"

付瑶瑶点了点头，道："我知道了。"

黄欣问："昨晚你加了那个左利手，他怎么说？"

付瑶瑶耸了耸肩："跟你说的差不多。"

黄欣"哦"了一声："那还要继续查吗？"

付瑶瑶摇了摇头，示意他不用了。

回到自己的办公桌，坐下后打开电脑。沈算案的报告她还没有写。

江左岸跟着走了过来，手上拿着付瑶刚才扔给他的档案袋。

他皱着眉说："这资料还太少了，不够详细。"

付瑶瑶将资料袋一把抢过来，道："你就知足吧，要是让张局知道了，连这点资料都没有。"

江左岸认真地说："可是我们要侦破黑影案，这点资料远远不够啊。"

付瑶瑶哼道："你以为我不知道吗？"

江左岸继续说："最起码，我们需要知道那些被害人都有什么特征。"

"特征？这个倒有，那都是有钱人。"

"劫富济贫？"江左岸第一想法就是这个。

付瑶瑶摇了摇头。

"那这些受害人的详细信息呢？"

付瑶瑶无奈地说："当年受害者多达十六人，资料都被封存起来了。你可以试着去问问，看张局愿不愿意给你。

"我知道的就只有三个人，但是这三家要么搬离了 S 市，要么绝口不再提当年的事，这就是我一直都没有进展的原因。

"即便过了二十年，他们依旧害怕，根本不愿意配合调查。"

第一百零三章　再联系

江左岸将档案袋拿了过来，又细看起来。

付瑶瑶警告他说："我告诉你啊，别被张局看到，要让他知道我还在偷偷查黑影案，你我都吃不了兜着走。"

江左岸不以为然地说："要真破案了，他高兴还来不及呢。"

付瑶瑶没好气地说："不是跟你说了吗？这件案子一直都由专案组在负责，我们这是踩过界了，懂不懂？"

江左岸显然没听进去，他摇了摇头，嘀咕道："都被枪打成筛子了，也见红了，为什么还能健步如飞？这还是个人吗……"

付瑶瑶叹了一口气，开始写报告。

就在这时，放在桌子上的手机响了，她拿起来看了一眼，竟然是左利手发来的信息。

于是，报告也不写了，暂时放到一边。

左利手："不好意思，昨晚睡着了。"

睡得这么快？付瑶瑶才不相信。

"我看你是没听说过黑影案，昨晚下线偷偷做功课去了吧。"

左利手回道："胡说，我本人就是 S 市的，怎么会没听说过黑影案？"

付瑶瑶笑了笑："你少来了，我可是看了你板块的帖子，还有你所有的帖子，根本没看到你们讨论过黑影案。一个侦探推理的论坛，居然会放过这么诡异悬疑的案子，不做讨论。"

其实，付瑶瑶并没有去看过，这么说，只是为了套他的话。如果他说有，那她就解释说帖子太多了，可能没注意。

但是没想到，左利手倒是干脆，直接承认了！

"我们确实没有做过这样的讨论。"

"那你们还敢说自己是专业的？"

"怎么称呼你？"

"叫我瑶瑶就行。"

"好的，瑶瑶，你自己去调查过这件黑影案吗？"

"我可以不回答你这个问题。"

"当然可以，不过我觉得，如果你调查过这件案子，就应该知道我们为什么没有开针对黑影案的帖子了。"

"为什么？我不知道！"

"不！你知道，既然你不想说，那就由我来说！因为害怕，因为恐惧，我们不敢在明面上讨论，你应该比我更清楚黑影的可怕！我们虽然喜欢推理，但是更爱惜自己的性命。"

付瑶瑶觉得这话有点儿意思了。

"那你怎么就敢在这里跟我讨论黑影案，这不自相矛盾吗？"

"这当然不一样，一个是私下里，一个是谁都能看到的公众平台，区别还是很大的。"

"这么说，你好像知道些什么东西。"

"我当然知道，我虽然没有公开发表过关于黑影案的任何言论，但这不代表我没有深入研究推理过。"

"那来说说你的推理结果。"

左利手又发过来一个微笑的表情。

聊天的时候，使用这么一个表情，代表着嘲笑！

付瑶瑶直接发了一个"呵呵"，随即说："你该不会是什么都不知道，只是故弄玄虚吧。"

"你可以选择不相信我，也可以选择相信我。我坦白告诉你，我可以帮你一起破了这个案子。"

付瑶瑶笑道："用什么破？靠吹牛吗？"

"靠我聪明的头脑。"

付瑶瑶发了一个"笑死了"的表情："见过自恋的，但是没见过这么自恋的！这件案子多少年了都还是悬案，警方也有专案组一直在调查，都还没有收获，你说你能破？"

"我想你误会我了，我没有看不起任何人的意思，也没有抬高自己、贬低他人。不管是谁，也包括我，时间没到，这件案子是根本就不可能会破获的。事实上，我跟很多地方的警局有过合作，帮他们解答过一些难题，但是没跟你们市局合作过。你不相信我，也情有可原！"

"那你不如说说你都跟哪里合作过，我一问便知你说的是真是假。"

"没必要，我们都是通过网络交流，没人知道我的身份，我也不便于出现在你们面前。"

"你究竟是什么人？"

"无可奉告。"

"故弄玄虚，是不是作业还没写完啊？"付瑶瑶故意拿话激他。

"瑶瑶警官，你是第一个问我黑影案的，恰巧我也对这件案子很感兴趣，并且留意了很久很久。我非常期待能跟你合作，但你要是一再质疑我，我耐性再好，迟早也会厌烦的。"

"你要搞清楚，我不是在质疑你，而是在问你，是你一直在故弄玄虚，这也不说那也不说，你要我怎么相信你？"

"很简单，我可以告诉你一个信息，黑影很快就会再现，专案组查不到黑影，并不是他们的能力问题，而是黑影躲在一个没人能找到的地方。他不出现，就不会有机会找到他。"

付瑶瑶心里咯噔一下，她自己怎么就没想到这种可能呢？

她一直试图寻找受害者的共同点，继而通过这个共同点，找出黑影的作案动机，但是就卡在了这一步，一卡就是好多年。

左利手的猜测，让她有了一种醍醐灌顶的感觉。

紧接着，他又发过来一条信息："怎么样？瑶瑶警官，要合作吗？"

付瑶瑶想了想，道："合作当然可以，你想怎么合作？我想知道，你手上还有多少关于黑影案的信息？你要拿出点诚意吧。"

左利手这回没有秒回，过了好一会儿，才道："人人都对黑影避而不谈，人人都恐惧黑影，但是有一个人不怕。"

"谁？"

"我能说的暂且只有这么多，如果合作，我可以共享更多的信息。"

"我同意了，怎么合作？"

"你应该也知道黑影案的复杂和可怕，我跟你合作，是冒着一定风险的。虽然我对自己的住处很自信，但黑影就不是个正常人，我们不能用正常人的思维来衡量他，所以我冒的风险并不小。我需要你答应我一件事。"

"什么事？"

"你不再想想吗？我再给你一点时间考虑一下，因为那件事不是普通的事，明天这个时候，我会再联系你。"

"不用想了，我现在就可以答应你。"

然而，回完这句话之后，左利手再也没回话了！

付瑶瑶郁闷地发了一个"暴躁"的表情后，将手机丢到一边，双手搓了搓脸！

第一百零四章 极其匪夷所思

看到付瑶瑶这副样子，江左岸停下来，问："你这是什么情况啊？生病了？"

付瑶瑶没好气地瞪了江左岸一眼，道："你才生病呢！"随后，她问道，"你在那儿研究了半天，研究出什么来没？"

江左岸合上了资料，也揉了揉眼睛。他没有直接回答付瑶瑶，而是反问道："你说这上面记录的都是事实吗？"

付瑶瑶肯定地说："那当然！这其中大部分都是我亲耳听我爸妈说的。"

江左岸顿了顿："你确定你没有记错？当时你才六岁啊……这个黑影的所作所为，真是太扯了。"

付瑶瑶怒道："你什么意思？就是不相信我了？你还好意思说我？你不是亲眼见到黑影了吗？亲眼看到他从二十八层的高楼跳下去，转眼消失得无影无踪，对此你怎么解释？"

"我……"江左岸对此也无言以对，过了半晌，才叹了口气，"除了觉得匪夷所思之外，还是匪夷所思，你接下来有什么打算？"

付瑶瑶咧开嘴笑了笑："我倒是想知道你江大神探有什么计划。"

江左岸想了想，说："只能从最基本的查起，那十六个被害者的身份，以及他们相互之间是否有联系。黑影临走前，留下了一张'人已死，债已偿'的字条，意思很明显，他们都曾欠黑影的债，黑影是来收债的。不过，他不要钱，只要一样东西，他们的命。"

"据我们所知，那十六个人都是有钱人，他们究竟欠了黑影什么债呢？他们用钱都摆不平，非要用他们的生命偿还债务不可？"付瑶瑶问。

江左岸说："我想，这才是我们下一步应该查的。"

付瑶瑶问："你叔叔也是被黑影所杀，作为当年唯一的幸存者，你回想一下，他有过什么反常的表现和举动？他有欠别人什么东西吗？"

江左岸摇了摇头："在我的印象里，叔叔非常善良老实，从未与人有过争执口角……我也不知道他是否欠过别人什么东西。"

付瑶瑶叹了口气，说："或许那只是你叔叔展现在别人面前的样子呢？"

这句话听着，似乎有点诋毁的意思，但是江左岸并不生气，毕竟，也不是没有这种可能。

"也许吧，我当时也只有六七岁，谁会在一个六七岁孩子面前暴露自己最真实的一面？"他顿了一下，又说，"何况，他只是我的叔叔。"

付瑶瑶继续问："你叔叔家里还有其他人吗？"

江左岸摇了摇头："我叔叔尚未娶妻生子，当时倒是有一个女朋友，才刚交往不久，我才见过一面。回来后，我本打算找她，但是根本不知道从何找起。不过，我叔叔出事之后，我被我爸妈带到了国外，我曾问过他们，知不知道我叔叔的事？"

付瑶瑶想当然地说："他们在国外，怎么会知道？肯定是不知道！"

江左岸苦笑了一下，道："不，他们知道。"

付瑶瑶瞪大了眼睛："那他们怎么说？"

"他们不肯告诉我，只说了一句话，那是我叔叔的命，命该如此，他跟那些人混到一起，出事也是早晚的。"

付瑶瑶更加诧异："那些人？又是哪些人？"

"不知道，我问他们，他们什么都不愿意说。他们也不愿意我回来，特别是知道我是为了我叔叔的事回来之后，更是大发雷霆。"

付瑶瑶说："但你最后还是回来了。"

江左岸点了点头："不弄清楚当年到底发生了什么事，我每天晚上都会做噩梦，梦里必定会出现那个黑影。而且，我叔叔当年对我非常好，我也想能够让杀害他的人得到应有的惩罚。"

付瑶瑶叹了口气，道："看来，就目前来说，你是当年的受害者家属里唯一一个肯再提及黑影的人，但似乎没什么用，你什么也不知道。"

"你爸妈或许知道一点，但并不是关于黑影，而是你叔叔平常所处的圈子。或许不是什么正经的圈子，他们曾反对过，但是很显然，你叔叔依然我行我素。他被黑影所杀，很可能是在某个圈子里跟黑影产生了矛盾。"

江左岸叹气道："我爸妈是不会跟我说的。"

付瑶瑶不解地问："有件事我觉得很奇怪啊，既然你爸妈知道你叔叔的圈子不太好，为什么还把你寄养在你叔叔家？他们不怕把你带坏吗？"

江左岸说："他们也是不得已吧。那时候，他们刚到国外，还没稳定下来，国内就只有叔叔一个亲人，只能把我交给他。而且，我感觉我叔叔并不坏。"随后，他又补充道，"不过，关于我叔叔的事，我觉得也不是一点信息都找不到。我们可以找他当年的女朋友，或许她能知道些什么。"

付瑶瑶笑了笑，道："找你叔叔的女朋友？怎么找？连你也只见过她一面。也许你的记忆很好，但是经过了二十年，再好的记忆也都变得模糊了。再说了，二十年的时间，现在恐怕她都已经结婚生子，有属于自己的家庭了，容貌肯定也发生了天翻地覆的变化，除非你有她的地址、电话等联系方式，要不然，想要找一个什么信息都没有的人，无异于大海捞针。"

江左岸一本正经地说："还有一个信息，她也是S市的，是本地人。"

付瑶瑶就差嘲笑了："然后呢？有什么分别吗？你去找她，还不如多花些时间在你爸妈身上，兴许能问出点什么。"

江左岸无奈地说："问不出来什么的，他们已经把我所有的联系方式都拉黑了。"

付瑶瑶露出一副惊讶的表情，说："不会吧，这么狠？"

江左岸靠在椅背上，沮丧地说："不仅如此，他们还把我所有的卡都停了。不然，你以为我为什么愿意跟你哥住，就是因为没钱了。要是有钱，谁能忍受得了你哥那奇怪的癖好？"

付瑶瑶"哼"了一声，道："没钱，那你还跟我说，要我帮你找房子？"

江左岸嘿嘿一笑，道："张局不是说了，让我有困难可以找你。"

第一百零五章　一个网友

"所以，那天晚上，你……是想找我借钱？"

江左岸摆了摆手："算了，不说这事了，反正我现在在你哥那儿已经住习惯了。"

付瑶瑶忽然用手拍了一下桌子，坐直了身子，道："不可以不说，你现在已经把我的好奇心勾起来了，快说！"

江左岸还是很犹豫："真要说啊？我觉得，你不会想听的……"

付瑶瑶攥紧了拳头："你看我像是开玩笑的样子吗？"

江左岸长出了一口气，脸不红心不跳地说："其实我当时是想问你，你住的地方有没有空余的房间，小一点儿也没关系，我受点儿委屈也没什么。"

付瑶瑶一连发出了啧啧的声音："江大神探，一开始我只是以为你是想找我借钱，还觉得，你可真够好意思的，我们才认识了几天啊……没想到，你更不要脸，还想要来跟我同住。"

江左岸摊了摊手，道："我都说了，你不会想听的。"

付瑶瑶说："我发现你也是个奇葩。"

江左岸不服，道："就因为我想去跟你住？"

付瑶瑶笑道："当然不止，你居然能习惯我哥那清一色的大红色装修风格，铺天盖地都是大红色，压得你喘不过气来。你真不是一般人。"

江左岸不以为然地说："这有何难？红色而已，不开灯，不去看就行了啊！"

付瑶瑶冲江左岸竖起大拇指，道："我是不会让你去我那住的，尤其是你现在已经习惯了我哥的房子，我就更不会考虑了。"

江左岸小声嘟囔着："你本来也不打算考虑。"

付瑶瑶笑道："本来是有的，但是现在没有了。"

"你是在开玩笑吗？"

"你可以觉得我是在开玩笑，但那些都是我的真实想法。"

"你……"江左岸如一个泄了气的皮球，"行了，不说这些了。现在我们手上暂时没什么案子了，正好有时间可以查查黑影案，你有什么计划？"

付瑶瑶摇了摇头："没什么计划，都多少年了，我还是卡在原地。这件案子对于我来说，时间并不是最宝贵的东西，因为处处碰壁。"她话锋一转，"不过，这两天有个人告诉我，他能帮我破这件黑影案。"

江左岸好奇地问："是谁？"

付瑶瑶看着江左岸，自己都觉得很荒唐的事情，他未必会相信，说不定还会对自己嘲笑一番。

过了一会儿，她叹了口气，说："算了，过几天再告诉你。"

这回，轮到江左岸拍桌子了："凭什么你勾起了我的好奇心却能什么都不说？你不负责任！你不告诉我，我就天天烦你，我就……"

付瑶瑶连忙举起双手，做投降状，道："行了，我说，别整得像个怨妇似的。"

江左岸这才安静下来，期待地问："谁？"

"一个网友。"

江左岸似乎没听清，又问了一遍："谁？"

付瑶瑶一字一顿地说："网友！"

江左岸忽然就笑出了声，并且越笑越夸张，他边笑边说："你脑袋没进水吧？居然去相信一个网友的话。那可是黑影案啊，二十年来，有多少人的心血都交付在这个案子上？有多少高手试图侦破这个案子。但是结果呢？黑影案成了悬案，黑影也不知所终。这些我就先不提了，在局里，我，甚至是黄欣、英子，哪个不比你那所谓的网友强？还有二组、三组的人……你居然不相信我们，而去选择相信一个网友、键盘侠？我知道你很想破这个案子，但是你也不能盲目吧，不是什么阿猫阿狗都可以相信的……"

付瑶瑶随手抓起桌子上的东西，朝江左岸砸去，怒骂道："你现在就给我出去，我不想看到你！"

江左岸拉开椅子，落荒而逃，跑出去之后，他又返了回来，趴在门上，道："以后有事没事少上网，网上骗子多……"

话还没说完，付瑶瑶又将一个东西丢了过去。

果然是被嘲讽了，而且嘲讽得有理有据。

刚开始，她也有过这样的疑惑，但是她用自己的方式查了很多年，一点进展都没有，也该换另一种思路了。

而左利手的推论让她的思路得到了拓展。她很想知道，左利手是怎么推论出黑影还会再出现的？他只有再出现，抓住他的机会才会更大！

第二个就是他说的那个不怕黑影的人，究竟是谁。她走访过的每一个受害者家属，都对黑影非常忌惮，那个不怕黑影的人，不单指他不怕，很有可能也是跟黑影案有关联的人。

或许，可以从这个人的身上找到突破口！

但这些，付瑶瑶没跟江左岸说，毕竟这还不是十分确定的事。况且，左利手提出要用条件交换，这个条件她还不知道是什么。

如果对方提出的条件太过苛刻，或者是根本就是很无理的条件，那就不用谈了。

她拿起手机，看了看和左利手的微信对话框，还是没有新消息。

他说明天这个时候，那就等到明天这个时候吧！

免得自己追问过去，会显得不矜持，在他提出条件的时候，会变得很被动！

付瑶瑶将手机扔到一边，开始写关于沈算案的结案报告。

从早上写到中午，中午吃过午饭之后，稍微休息了会儿，又接着写，一直写到晚上。

其实，沈算案并不算复杂，就像付瑶瑶提出的谜语论，猜谜的时候，看似很难，怎么绞尽脑汁都想不出来，但当别人公布谜底的时候，会让人有一种恍然大悟的感觉。

如果只是单写案件的经过和结尾，根本花不了多少时间，最多一个上午就写完了。

但是，付瑶瑶对结案报告非常重视，都会写得非常详细，不仅是案子本身，还有她的见解，以及一些对人性的剖析。

她希望这份报告能让同事们关注更多的东西，从而更全面地了解到形形色色的特殊人群。

这一天，算是过得很轻松了，坐在电脑前，冲一杯咖啡，安安静静地写报告，心无杂念，也只有在这一刻，她或许才能真正地静下心来吧。

第一百零六章　条件

第二天，一切如常。

昨天晚上回去的时候，付瑶瑶告诉江左岸，如果有空，就去走访一下她所知道的那三个受害者家属，看能不能问出点什么有用的信息。

反正她是去了好多次，结果都吃了闭门羹。

不知道江左岸去的话，会不会有意外的收获。

不过，她也没有抱太大的希望。

主要是看江左岸像只无头苍蝇，遂给他找点事情做。

而付瑶瑶自己，在等左利手主动联系她。

到了那个时间，左利手果然准时发来了信息。

"瑶瑶警官，你考虑得怎么样了？"

付瑶瑶很想骂人，但忍着火气没发作："考虑得怎么样了？我昨天不是已经告诉你答案了吗？"

"昨天的不算，那是你未经大脑思考就说出来的话。科学研究表明，不经过大脑思考就说出来的话，有百分之九十五的概率会在事后反悔。"

"那我就是那百分之五。"

"不，只是站在你的角度上是那百分之五，但是在我这儿，你就是那百分之九十五。"

"那我说，我今天的回答和昨天一样，我答应你。"

"结果虽然是一样，但是本质是不一样的。经过一天一夜的思考，我有理由相信，你做的这个决定是深思熟虑的结果，反悔率大大降低。"

付瑶瑶是个快人快语的人，问："那现在可以说主题了吗？废话真的好多啊。"

"废话多不多，取决于你够不够干净利落，如果不想我说废话，我问你什么，你就答什么。如果你绕弯，我也只好啰唆，人与人相处，就像是在照镜子，你怎么样，镜子里的人就会跟你一样。"

"好，我不废话了，你最好也别废话了。赶紧进入正题吧。"

"当然，理论上是如此，但如果有一些事需要做详细的解释，我会说得很详细，希望你到时候不要以为那是废话。"

付瑶瑶隔着手机，心想：这究竟是个什么样的人啊，一个很啰唆的严谨怪？

"好，你想要我答应你什么事？"

"帮我一个忙。"

"什么忙？"

"这个忙可不是小忙，而且非常不可思议。我在跟你详述的时候，希望你不要质疑，因为我接下来说的，会让你感到匪夷所思，但是我敢保证都是真的，并且一定会发生……"

付瑶瑶忍不住了："你有完没完？那就快说啊，还废什么话？"

"瑶瑶警官，你不要急，要有耐心，因为这是一个很长的故事，为了不让你久等，误以为是我睡着了，我将分一小段一小段地打给你。"

付瑶瑶无语极了，回复道："我什么时候误以为你睡着过？昨晚是你自己睡着了，好吗？"

"好了，我要开始了，这些废话就不要再提了。

"你应该知道我了，那我就不做自我介绍了。我接下来要说的，是发生在我们侦探推理论坛的故事。

"侦探推理论坛，你应该能想象到，论坛吸引来的只有一种人——侦探推理爱好者，我们在论坛上分享心得，有关于推理小说、悬疑电影的讨论，也有根据每个地方发生的疑案进行的推理，还有关于假想案件的设计，如何在有限的可视条件下制造出完美的谋杀案。除了这些，还有关于推理案件的问答，这是一个综合板块，关于以上几种情况，都可以在这个板块进行。

"简单来说，侦探推理论坛可以大致划分为四个板块：悬疑小说电影板块、现实案件推理板块、假想案件制造板块、推理悬疑问答板块。

"我是问答板块的版主，这个你应该也知道了。但是你不知道的是，侦探推理论坛吸纳了非常多优秀的人才，他们拥有非常强的逻辑推理能力，而且都很聪明。特别是几大板块的负责人。

"每个板块的负责人共有两人，分为正版主和副版主。平常，我们除了在侦探论坛上交流之外，私下也建了一个群，群里只有我们八个版主。

"他们的真实姓名我也不知道，我们每个人都有代号，就将代号作为昵称，问答板块我是副版主，绰号左利手，正版主叫右利手。

"悬疑小说电影板块的正、副版主分别叫小说、电影。不要奇怪，我们取代号是很随意的，比较直白。

"现实案件推理板块正、副版主叫三次、元。两个人组合起来就是三次元，暗喻着现实生活世界。

"假想案件制造板块的正、副版主分别叫假想、制造，也是字面上的意思，非常方便记住。"

付瑶瑶忍不住插了一句话："你向我介绍每一个板块的版主代号干什么？这和你想要我帮忙的事有什么关系吗？"

"当然有关系，你必须知道他们的代号，而且你将会变成他们中的一员。"

"什么意思？"

"从现在开始，你就是左利手。"

付瑶瑶不问了，知道后面肯定还有很多事。她说："你继续往下说。"

"我们建群的目的，除了方便我们管理论坛的日常，还有一个原因，可以进行更全面的交流。群里的八个人都非常聪明，我们聚在一起，有一种惺惺相惜、相见恨晚的感觉。

"我们在里面无所不聊，从天南聊到地北，但是聊得最多的，还是关于推理。

"一直以来，我们都相处得很和谐，但是前段时间，我们之中有两个人有了矛盾，并且矛盾越来越大，到现在，已经到了无法修补的地步，这不是我想要看到的。"

第一百零七章　矛盾

付瑶瑶笑了，回道："你们闹矛盾了，该不会是想请我帮你们解决矛盾吧？如果是这样，虽然我不是很在行，但是我愿意一试。"

"瑶瑶警官，你觉得我很幼稚吗？没有，绝对没有这种想法！我再说一遍，我们都是特别聪明的人，绝对不是你想的那种幼稚的网络键盘侠。"

"好好好，你继续往下说，我不打断你了。"

左利手继续谈道："一直以来，我们在群里相处得很和谐，虽有过很多争论，偶尔有点小吵闹，但是也不会记仇，讨论事情向来都是只对事，不对人。

"然而，从那天开始，一切都变了。

"悬疑小说电影板块的副版主电影，还有现实案件推理板块的正版主三次，在讨论到完美谋杀案这个话题时，忽然就掐了起来。

"电影认为，只要一个人足够聪明，计划足够缜密，前期准备工作做得足够充分，那完全能策划出一个完美谋杀案。完美的谋杀案不仅会出现在电影里，一样可以出现在现实生活中。

"但是三次则认为，这个世界上没有什么东西是完美的。你找不出两片相同的叶子，人不可能踏入同一条河流，同样，再完美的事物，只是理论上的完美，总会有这样那样的瑕疵。我们在生活中所说的完美，只是无限趋近于完美，并不是真的完美。而案件更是如此，随便你怎么设计、计划、实施，到头来，肯定还会有漏洞，因为这比起其他事情，实行起来，只会更难。

"两个人就这个事情争论起来，慢慢地，向着不好的方向发展。

"三次认为，电影纯粹就是影视作品看多了，事实上，几乎所有影视作品中的谋杀案，也并不能达到完美的标准，那里面的完美案件，要么最后被破了，要么只是他们声称完美而已，观众在看的过程中，一样能找出逻辑上的漏洞。

"小说更不要提了，小说可以写得天花乱坠，但那只是理论，甚至有些连理论都称不上，如果按照小说的故事来制造现实中的案件，在进行的过程中，遇到的困难可不是一般大！

"比如，简简单单的一句话，你可能要做好几天的准备，而在小说里，那句描述的话，就犹如吃饭一样简单，它只要能保证这件事能够做到就可以了。有些确实可以做到，但时间上的消耗，会导致实际上根本进行不下去。

"所以，不要以为自己小说、电影看多了，就可以信口开河，现实生活中，不说完美谋杀案，就连趋近于完美的谋杀案都没有。

"这是三次对电影说的话，其实三次说得也有道理，我们都很赞同三次说的这番言论，但就是觉得哪里不对。事后才意识到，是他说话的方式，他占理，所以话里话外带着嘲讽之意，但嘲讽之意并不是太明显。

"电影可能跟我们有相同的感觉，或许他心里也认可三次的话，但也有可能固执地认为自己是对的。

"他开始反驳三次，举证了很多的事例，在这里我就不一一列举了。

"只是过程非常激烈且漫长，他们讨论了很多天，不，应该是争吵！那几天，我们在群里只能是看着，根本插不上话。

"电影反驳三次，三次则很快就能找到电影的漏洞，以此来反驳他。两个人不分胜负，你来我往。

"不管是争吵也好，辩论也罢，总会有终结的。电影的知识面很广，最后靠着丰富的知识理论，这场争吵，电影稳压三次一头。他赢了，驳得三次下不了台。

"但我们都知道，尽管电影赢了，然而他的说法太肯定了，世界上根本就没有绝对的事。尽管他赢了辩论，也不代表他是对的，只是三次学艺不精，没辩过他而已。

"可能是因为都太年轻吧，电影赢了之后，仿佛压抑了很久，忽然得到了宣泄，他非常高兴，说了很多嘲讽的话。

"三次本来是占理的一方，这么一弄，倒成了电影占理了。他输了，本就是一肚子气，再被电影嘲讽，更加气愤。

"最后，他采用了一种不讲理的辩论方法，他跟电影说，现实中根本不可能会有什么完美谋杀案，他只相信自己的眼睛，除非电影制造一个给我们看看。也就是我们常常调侃的'你行你上啊'的逻辑。

"我们本以为争吵已经结束了，但是我们错了，这场争吵才刚刚开始。三次这句'你行你上啊'的话，将这场争吵推向了无法挽回的地步。

"电影满心以为自己赢了，但是三次居然不认输，还要起了流氓，这让电影很是生气，所以决定教训三次。又或者电影是真有本事，好胜心太强，既然三次不相信，那就让他心服口服。而想要让三次心服口服的方法只有一个。那就是亲自制造一场完美的谋杀案。谋杀的对象，就是不服气的三次。

"三次听了之后，我们以为他会认怂，毕竟这件事，太荒唐了。

"如果电影没成功，那么三次什么事都没有，但是如果电影成功了呢？那就意味着三次要死。

"他死了，不管电影制造的谋杀案是不是完美谋杀案，他都看不到了。

"就在我们以为三次会拒绝的时候……

第一百零八章　计划训练

"没想到，三次居然同意了。他不仅没有提议换别人来做电影证明完美谋杀案的对象，更没有拒绝。

"电影觉得很自信。同样，三次也很自信，因为他是研究现实案件的，现实生活，那才是他的主场，而电影的主场，是在虚构的电影小说里。

"尽管辩论结果他输给了电影，却并不认为在现实生活世界里，他也会输。

"我们觉得，他们这不是自信，而是在玩火，所以就开始给他们做思想工作，想让他们放弃这种无聊的证明，真出了事，对谁都不好。

"电影倒是无所谓，劝到最后，他松口了。这让我们松了一口气，心想，也许这也不是他们想要的结果，发展到这一步，似乎他们也无法控制了。想让这件事画上句号，最好的办法就是让他们有一个台阶下。

"电影松口了，这就是最好的台阶，就意味着他已经服软了。三次只要顺着这条台阶下来，这件事就过去了。

"但我们没想到的是，三次非但没有顺着台阶下来，反而更变本加厉地嘲讽电影。他觉得，电影之所以服软，并不是像我们所说，退一步，息事宁人，而是他根本就没那个本事，一直以来，都是吹牛而已。

"'就这么退出了，算怎么回事啊？我甚至以自己的性命做赌注，我都不怕，你怕什么？是不是根本就不行啊？'三次越说越过分，这个过程我就不详述了，说到最后，连我们都看不下去了。

"而作为当事人的电影怎么会忍气吞声呢？他的脾气也上来了：'你既然这么说，也不在乎自己的生命，那就由我来策划一个针对你的完美谋杀案。'"

看到这里，付瑶瑶忍不住又插了一句话："电影难道真的杀了三次？"

左利手过了好一会儿，才发过来一行字："打了好多字，手有点酸，我歇会儿，先吃个早餐。"

付瑶瑶的好奇心已经被勾起来了，迫不及待地想知道后面到底怎么样了。

她立马回道："你可以边吃边打字啊，一点也不影响你，要不，语音也行。"

左利手秒回道："我不是你，也不像你们一样，事实上，我跟绝大多数都不一样，不要用正常人的思维来揣摩我。"

付瑶瑶发了一个"鄙视"的表情："快点吃吧，非正常人。"

"我进食很慢，你等着。"

居然用进食这两个字，真是一个奇葩。

付瑶瑶放下手机，揉了揉双眼，盯着手机的时间长了，眼睛有点疼。

但是没一会儿，电话就响了。

她看了一眼来电显示，是一个叫武王的号码。

付瑶瑶抓起手机，兴奋地说："喂，师父，早上好啊。"

武王，是付瑶瑶在刑警学校时学习综合格斗的教官，同时在棍棒方面也有非常高的造诣。

付瑶瑶的一身本领都是他教的。

电话另一端传来了一个很粗犷的声音："行了，别装模作样的，要是真的想我，就来学校看我。来的时候什么也别带，特别是别带烟啊，酒啊，茶叶啊，水果啊……"

付瑶瑶忍住笑道："哎呀，师父，最近太忙了，有空我肯定去看你，肯定不带这些东西。其实是真的想你了，这不好长时间没给你打电话了吗……"

武王说："打住，你肚子里有几条蛔虫我知道得一清二楚，赶紧地，有事说事，不说挂了，为师很忙。"

付瑶瑶忙说："别挂，别挂，我说……师父，那我肚子里有几条蛔虫？"

"瑶瑶，是不是长时间没见，你皮又痒了？"

付瑶瑶嘿嘿笑了一声："什么都瞒不住师父你，确实有点事想找你帮忙。我们局里不是来了个新同事吗？就是来接替老赵的位置的……"

"老赵的事，我也听说了，最近他还好吗？"

付瑶瑶叹了口气："好也就那样了，那种病，你懂的！有空你也去看看他吧！"

"好！"

"说回局里新来的那个新同事，他叫江左岸，底子有点差，没上过专业的刑警学校。我想你帮我训训他。"

武王笑了一声："被你这么说，他得有多差啊？"

付瑶瑶下意识地看了一眼门口，门外没人，这才说："是真的差，手无缚鸡之力，谁都打不过，空有一副好皮囊……"

武王道："你再具体点。"

付瑶瑶想了想，有点词穷，怎么都想不到最合适的词。

最后，她想了一个："小鲜肉，就像现在的小鲜肉。"

武王"哦"了一声，道："我明白了，你喜欢小鲜肉？"

"不喜欢，师父，你怎么也变得八卦起来了？我像是喜欢小鲜肉的人吗？"

"不八卦，只是我之前给你介绍那么多猛男，你都看不上，还以为你好那口……"

"你别乱猜，我跟你说！不然，下次我真的空手过去。"

"好好好，不猜了，言归正传，他是你男朋友吗？"

付瑶瑶气道："你怎么还在纠结这个问题？"

武王郑重地说："这很重要，你必须如实回答。"

付瑶瑶决定退一步，说："那我需要知道原因。"

"他要是你男朋友，我爱屋及乌，肯定就对他温柔点，对吧？我倒不是怕他疼，而是怕你心疼。如果不是你男朋友，嘿嘿，那我就往死里练。"

付瑶瑶咬牙道："他不是我男朋友，请往死里练。"

武王"哦"了一声，道："那我明白了。你对训练的时间有什么要求吗？对训练的结果有什么样的期望？"

付瑶瑶想了想，说："时间……其实也没什么时间，我会让他每天一早一晚过去，上班之前，下班之后，剩下的就看你的时间吧。至于训练到一个什么样的程度……只要在办案的时候让他能有自保能力，不拖我后腿就行了。"

第一百零九章　说服

"当然，如果能变得跟我一样强就更好了，不过不大可能，他也没什么底子，就不要求他能一打十了。"

武王咂舌道："你这个要求很高啊。"

付瑶瑶反问道："这还高吗？这个要求，对你来说很低了吧！"

武王坦白地说："可是对他来说很高，毕竟没有底子。"

付瑶瑶不以为意，道："你尽管训，训坏了算我的。"

"行，你抽空让他来吧，来了直接找我。"

挂断电话，付瑶瑶正想下楼去找江左岸，但转念一想，他现在可能在走访，也就只好作罢，等他回来再说。

再一看左利手，还没有回信息，她看了一下时间，距离他说要吃早餐的时间，已经过去了至少半个小时。付瑶瑶是个急脾气，心想：吃的什么早餐？要吃这么久？

她又等了半个小时，左利手才回信息："不好意思，让瑶瑶警官你久等了。"

付瑶瑶没好气地回道："不好意思吗？我看你好意思得很，你早餐吃的什么？居然吃了一个小时？"

"我事先告诉过你，我进食很慢，你对此应该有心理准备。"

"我是有心理准备，但是没想到，你居然吃这么长时间，现在又到了该吃午饭的时间，你最好快点说。早饭都能吃一个小时，午饭不得吃三四个小时。"

"瑶瑶警官，你不要担心，我不吃午餐，因为我要减肥。而且，你不要试图打探我的私人信息，我不喜欢陌生人这样做，这会让我觉得很没有安全感，会变得易怒、狂躁，情绪会极不稳定。"

付瑶瑶无语道："我没想过要打探你的私人信息，你想多了。"

"你问我早餐吃了什么。"

付瑶瑶翻了个白眼:"我错了,我不是故意的,只是随口那么一说。"

"我知道!"

付瑶瑶真的是……如果左利手站在她面前,还用这种语气跟她对话,她不知道会不会打他,反正现在她挺有想揍人的冲动。

"你既然知道,那你还这么说?"

"我只是给你提个醒,以后千万不能再这么做了。"

"我发现,跟你说话非常累。"

"是吗?不敢苟同,我跟你正好相反。"

"能继续刚才的话题了吗?"

"现在可以了,你最好不要再打断我了,让我一口气说完。"

付瑶瑶发了一个"无奈"的表情。

"刚刚我说到,电影准备针对三次策划一起完美的谋杀。我们自然是反对的,说如果电影坚持这么做,我们就报警。但是事实上,我们都知道报警没用,因为他们到目前为止,什么事也没发生,甚至连一句威胁的话都没有。虽然有争吵,但是自始至终,任何过激的行为都没有,报警了又能怎样呢?不能因为几句狠话就把电影抓起来吧。

"这也是我想要找你帮忙的原因。

"在我们的极力反对下,他们并没有改变那个疯狂的想法,电影想要杀了三次,三次知道这件事,因为是三次主动要求的。

"不仅如此,三次还反过来劝我们,劝我们加入电影即将策划的完美谋杀案,来当他们的见证人。

"一开始,没有人同意,但是在三次的劝说下,我知道,他们嘴上说着不同意,但心里的想法已经慢慢发生了改变。

"因为三次说:'你们难道不想见证一次完美谋杀案的诞生吗?'

"他们想,但是他们嘴上不能说,表面上,他们依旧是拒绝的。

"三次揣测人心的能力实在是太厉害了,他知道他们想,但是他们不能表现出来。

"于是,三次换了一种方法,不是让他们见证这起完美谋杀案的诞生,而是加入进来,给电影增加他策划的难度。

"在这场赌博里,电影是没有发言权的,他所能做的,就是策划,然后实施,不留下任何的痕迹。就算所有人都知道是他做的,但就是找不出证据,这样才能算完美。

"但是这个案件的外界因素,不能由电影来决定,比如说场合,这些外界因素都要由三次决定。

"电影要在三次指定的场合、规定的时间之内策划并完成，这样才能算成功。因为按照三次的说法，电影说他可以做到，但是没有说过限制因素，简而言之，就是给他一个合理的时间、合理的地点，他都可以做得到。

"这个时间和地点，三次肯定要自己掌握主动权。

"对此，电影倒没有什么异议，他觉得，三次拿自己的命来做赌注，这点小事就没什么好计较的了，否则只会显得自己很小气！

"最终，三次把地点选在了一栋海边度假村的别墅里，届时，他会在 S 市的海边度假村租一栋别墅。三次的理由是，现在还没到夏天，海边人少，比较安静，而且风景优美。地点选好了，另一个要素就是时间，三次给了电影五天的时间，他要在这五天里，用完美作案手法杀死自己！

"这听起来很匪夷所思，怎么有人会这么做？三次似乎很多事都为电影着想，但是实际上，他根本就不担心电影，因为他很自信，电影杀不了他！

"当然，别墅里不仅仅只有他们两个人，他还邀请了我们一同前往，既为电影增加难度，又当了裁判。

"他还说，如果我们真的为他的安全着想，就应该一同前往，在增加难度的同时，还可以保护他。

"而且，我们八个人平常都是在网上交流，还没有见过面，趁这次机会，大家甚至可以聚聚，培养一下感情！

"三次的话打动了群里的其他人，他们欣然应允，打着保护三次的名号，实际上，他们真正的目的是想看电影究竟能不能策划出这起完美的谋杀案！"

第一百一十章　何为完美

"针对这件事，他们已经在群里达成了一致。

"三次想让我们加入，不管是做证明也好，给电影增加难度也罢，我们的加入已成定局。电影对此没有任何一点异议。

"他只有一个要求，他要提前三天进别墅，针对别墅进行全方位的考察，以便于策划这起完美谋杀案。

"三次同意了，但他也有一个要求，在那五天的时间里，他将会将别墅大门锁死，任何人不能出入。

"他会在别墅里提前备好足够我们八个人的粮食，完全不用担心吃喝的问题。

"这无疑又给电影增加了一层难度，这意味着，他要在众目睽睽之下，不留痕迹破绽，神不知鬼不觉地杀了三次！

"电影依旧没有异议，他还是那个要求，在我们正式入住别墅前的三天，这三天，别墅要完全由他支配。

"昨天，三次已经联系了海边度假村，租了一栋海边别墅。今天，电影已经开始入住了。"

看到这儿，付瑶瑶又忍不住了："我现在可以打断你了吗？"

"你现在已经打断我了！"

"既然如此，那也就只好将就一下了。在刚刚的叙述里，你对除了电影、三次之外的人的称呼是他们，而不是我们，这说明，你跟他们有分歧，但是最后又同意了他们的决定，为什么？"

"瑶瑶警官，虽然我也很好奇电影能不能做到、怎么做，但是这毕竟是一条生命，大是大非面前，我还是分得很清的，我宁愿不满足我这该死的好奇心，也不愿意这件事发生。还有，你误会了，我并没有同意他们的决定，我是被迫加入他们的。"

"他们逼你了？"付瑶瑶连忙问。

"没有！"

付瑶瑶继续道："你这么说，好像显得你比他们更高大似的。说不定，你心里也跟他们一样，都想知道电影有没有本事制造那个完美的谋杀案！甚至会这么想，如果电影策划完美谋杀案成功了，你们正好就地取材，在现场找线索，看看是否真的是完美谋杀案。你们平常都是在网络上交流，理论非常丰富，但根本没有实践的机会。好不容易有一次实践的机会，怎么会错过？而三次的死活，你们根本不在乎，甚至会期待，电影最好能制造出这起完美谋杀案。你们显然已经忘了三次的初衷，最主要的目的就是向你们做证明，其次，就是给电影增加难度，让他在众目睽睽之下，无法对自己下手。"

左利手回复："这或许是他们的想法，但绝对不是我的想法，在这点上，请瑶瑶警官你放心。你甚至都不曾了解过我，怎么会知道我是个什么样的人，没有谁能比我更了解我自己。

"我不同意他们的决定，有三个重要的原因：第一，三次是我非常好的朋友，虽然我们没有见过面，但是我们很聊得来，我不想他出事；第二，同样，我对电影非常了解，他的理论知识非常扎实，非常聪明，聪明到可怕，我们这几个人里，我觉得没有谁能比他聪明，包括我；第三，因为我的特殊性，我无法参与三天之后的海边度假村别墅之行。

"其他五个人之所以默认了这个如此另类、荒唐的赌博，那是因为他们并不像我一样真正地了解电影。三次聪明，但是没有表面上看起来那么聪明，他自大、狂妄、自以为是，性格非常激进，什么都想赢。

"而电影恰好相反，他这个人非常冷静、很低调，正是这个原因，他的聪明没有被其他人感受到。他这个人很执着，属于那种'低调做人、低调做事、少说多做'的人，这种人不做坏事还好，一旦做起坏事来，会相当可怕！

"如果他们真的了解这两个人，就不会默认他们打赌了吧。"

跟左利手聊到现在，付瑶瑶总算知道这件事的大概了。

她回道："听你说了这么多，我算明白了。你是觉得，电影最后会成功？三次最终会被电影杀死？"

左利手回道："我相信我的判断，同样，也相信电影的能力，他可以做到。"

付瑶瑶又想起了她父亲在刑侦笔记上留下的话，边引用边回复道："这世界上每天发生的任何事情，都会留下痕迹，尤其是人为的，就算他最后想抹去，或者已经抹去，都可以被找出来。所以，我还是很赞同三次的话，这个世界上，根本就不存在什么完美谋杀案，更何况，电影还是在那么多限制条件下，时间限制、场合限制，导致他很难成功。"

左利手反问道："那你觉得黑影案是完美谋杀案吗？"

付瑶瑶想了想，输入道："不是！黑影案里，黑影留下了很多线索，差一点，我们就抓住他了。"

左利手又发了一个"微笑"的表情："瑶瑶警官，我觉得，你好像对完美谋杀案有点误解，完美其实不能只定义事情的某一面，这样太片面了。我们所说的完美谋杀案，通常都是这么理解的，在这样的案件里，你不会找到任何蛛丝马迹，不留痕迹、不留破绽、没有证据，即便知道凶手是谁，也毫无办法。

"谋杀案的最终目的是什么？就是将想要杀死的对象杀了，而完美谋杀案，会比普通的谋杀案多两个字——完美！不过差两个字，结果却天壤之别，凶手在计划将谋杀案升级为完美谋杀案之后，会做大量的前期准备工作，而做这些准备的目的是什么？就是能够完美地抽身而出，逃避法律的制裁！

"黑影案，就是后种，黑影消失了，就好像从来没有出现在这个世界上一样，如果他不再出现，你们对他无迹可循！"

第一百一十一章　主题

付瑶瑶回道："姑且算你说得都对，但是你举这个例子出来干什么？这跟电影即将要策划的完美谋杀案有什么关系？"

左利手又发了一个笑脸："我跟三次一样，觉得电影根本就策划不了完美谋杀案，但是他可以制造出一个趋近于完美的谋杀案，最后很有可能就像黑影一样，逃离了法律的制裁。"

"然后呢？"说了那么多，付瑶瑶感觉他终于要说到重点了。

左利手就好像知道付瑶瑶在想什么一样："然后？接下来我就要告诉你，我想请你帮的忙了。"

"请说。"

"三天之后，海边度假村别墅之行就开始了，我也被三次邀请了。我之前本来想拒绝的，但是又不忍心，害怕他出事，所以一直没有回复他。恰巧你在这时候找上了我。"

付瑶瑶没好气地回了一句："是我查到了你，跟找你是两码事，前一种是因为工作性质，后一种是主动性质。"

"不要在意这些细节，结果就是我们相识了，并且达成了某一种交易。"

付瑶瑶抗议："我还没完全答应你，因为你还没说，到底要我帮什么。"

"你会帮的，你若是不打算帮，早就不会听我说这么多了。"

"你倒是挺自信。"

"是你让我有了自信。"

"要不，让我来猜猜你想请我帮什么？"

"瑶瑶警官有兴趣的话，当然可以。"

"你前面说，想让我变成左利手，也就是代替你加入他们，这么看来，就是要我替你去参加三天之后的别墅之行，你是想让我在别墅里阻止电影对三次下手，对吗？"

左利手没有立刻回答，而是问道："瑶瑶警官，你难道就不好奇，我为什么不亲自去吗？"

"好奇！你不是说了你不方便吗？而且你不是还警告过我，让我不要去打探你的隐私吗？"

"是的，我确实不方便，至于为什么不方便，恕我不能告诉你。我只是想让你知道，

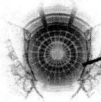

我是真的不方便，不是故意推托。你是刑警，当然也不希望发生那样的事，对吧？"

"是的。"

"事实上，你刚刚只猜对了一半，阻止电影杀三次，但是我认为你阻止不了。"

付瑶瑶"啧"了一声，回道："阻止不了，你让我去干什么？"

左利手似乎能感受到付瑶瑶的生气，道："瑶瑶警官，我没有质疑你能力的意思，但是你应该听说过一句话，明枪易躲，暗箭难防。电影要求提前三天进入别墅勘察，你以为真的是想察看别墅的构造吗？看构造而已，需要用三天的时间吗？他不是去熟悉别墅，而是去提前布置，谁也不知道这三天的时间里，他在别墅里藏了什么东西，做过什么手脚。而这三天时间里，他所做的，肯定是这起完美谋杀案的关键。"

付瑶瑶质疑道："所以你觉得他已经准备好了？"

左利手道："对，那五天时间，就是在等一个机会而已，这个机会可能稍纵即逝，但是会很致命，你们有可能还没反应过来，三次就中招了。"

付瑶瑶想了想，回道："你说得也有道理。那你说我只猜对了一半，另一半是什么？"

左利手道："如果万一电影得了，他多多少少肯定会留下一点线索，你如果就在现场的话，感受会更深一些。如果三次真的被电影杀了，我希望你能根据在现场获得的第一手线索，尽快破了这个案子。三次太固执，这事已经无法回头了！对于朋友，我所能做的就只有这些了，可能是上天安排吧，在这个关键时候认识你，如果没有认识你，我也不认识其他警局里的朋友了，就算是报警，也不会有人相信，我自己又不方便，最后也只能拒绝三次。这相当于是上天给他的一个机会，至于最后的结局如何，顺其自然吧。"

付瑶瑶这回倒是没有多想，直接回道："我答应你，但是我也只能尽力盯住电影，不敢给你任何保证。如果你想，我可以将电影抓回来关几天。"

左利手回道："这不符合规矩，你以什么名义抓电影呢？没有规矩不成方圆，不合法的，他又没犯什么事。更何况，就算你抓他回来了，总不能要一直关着他吧，他最终还是要出来的。他出来之后，这件事一样会继续进行下去，根本没有解决这件事。你能阻止就阻止，若是阻止不了，就根据第一现场的线索，快速破了这件案子。"

付瑶瑶道："就算你不这么说，我也会这么做的。"

"那好，就这么定了，等这件事情结束之后，我会共享关于我所知道的关于黑影的一切。"

付瑶瑶回道："你最好不要骗我，你要是骗我，我都会想办法把你给找出来。"

"放心吧，瑶瑶警官，相信我，我手上掌握的关于黑影的资料，只会比你多，不会比你少，而且，我事先也就此表达过我的诚意了不是吗？经过你的判断，你最后不也是相信了？"

付瑶瑶道："我很期待，怎么加入他们，具体说说。"

"我们几个人都没有见过面，甚至对方是男是女都不知道，但这些都不重要了，三天后你就知道了。不过，就是因为我们没有见过面，才给你代替我创造了条件。我一会儿把聚会地址发给你，三天之后……不对，现在已经变成两天了，两天之后，你直接前往目的地就行了。

"至于我们所在的那个群，其实都到了别墅之后，肯定是当面交流，这个微信我就不给你了。群里若是有什么消息，我会及时通知你，那五天，我会随时关注微信上的信息，到时候，我们微信上联系，有什么不懂的你都可以问我！

"他们不知道我的名字，你可以告诉他们你的名字，也可以直接用我的代号——左利手。"

第一百一十二章 生气了

"还有一点要注意的是，我们以前聊过很多话题。虽然这次见面大家的关注点主要是在电影和三次的身上，但是，也不排除有些记性很好又敏感的人东扯西扯，所以为了避免露馅儿，你加入他们之后，尽量少说话，我相信凭你的智慧，这点小事完全难不倒你。"

付瑶瑶在屏幕这边笑出了声："怎么，我聪不聪明你都知道？"

左利手发了一个"哈哈大笑"的表情："能当刑警，智商和身手怎么可能会差？"

付瑶瑶发了一个"微笑"的表情。

在网络上，这个表情是被公认的有潜在的嘲讽之意。

先前一直都是左利手发来嘲讽她，现在让她逮到机会，还回去了。

左利手瞬间发了一个"尴尬"的表情。

付瑶瑶心里一乐，问道："还有什么需要我注意的吗？"

"暂时没有了。"

"需要我带什么吗？"

"带几套换洗衣服就行了，别墅里什么都不缺。不过，你这么一提，反倒让我想起来一件，你最好不要带证明你身份的东西！"

"我知道，我没那么蠢。"

左利手瞬间又发了一个"微笑"的表情。

付瑶瑶回道："我要去午睡了，有事再联系，两天之后，别忘了！"

随后，左利手发了一个地址过来。

付瑶瑶点开地址，地址就在 S 市。S 市是一座沿海城市，东南西北都有海岸，其中左利手发过来的是东海岸，也就是距离市区最远的一个海岸。付瑶瑶去过一次，因为偏僻，很少有人去，公交也不通那边，只能自驾抵达！光是交通不便利这一条，就劝退了很多人。也正因为如此，人比较少，所以东海岸比较安静，特别适合那些不喜欢热闹的人。

反观其他三个海岸，基本上每天都有游客，特别是夏天，人满为患，游客下海里玩水，就感觉好像是在下饺子一样。

现在才步入春天，东海岸基本上没什么人。这个地点，非常合适作为他们这场赌局的地点。

聊完了，付瑶瑶看了一眼时间，已经中午了。她起身，准备出去吃午饭，但是刚出门，在路过张局办公室的时候，张局将她叫了进去。

张局年纪已经不小了，当年跟她父母还是同学，关系很密切，私下里，付瑶瑶都是喊他叔的。

张局的脸色相当不好。

"坐下。"他的语气就像命令犯人一样。

付瑶瑶嬉笑道："张局，你这是怎么了？谁惹到你了？"

张局眯着一双眼睛："我不是跟你说过了，不要再调查黑影案，你怎么就是不听？"

付瑶瑶装傻道："没有啊，我什么时候调查了？"

张局猛地一拍桌子，这个动静将付瑶瑶吓了一跳。

但是付瑶瑶也不是第一次领教张局的怒气了，早就习惯了。

"你少在我这里装傻充愣，我吃过的盐比你吃过的米还多。"

付瑶瑶吐了吐舌头，心想，又是这个比喻，就不能换一个吗？

"张局，我是真的不知道你在说什么。"

"啪"，又是一声。

付瑶瑶打了一个激灵，有点心疼那张桌子。

"你不知道我在说什么？那小江是怎么回事？他才来几天啊，到今天为止，已经问了我不下五遍关于黑影案的事。全局上下，就你一个人痴迷黑影案，你说小江不是受你影响，我把这张桌子吃了。还是说，因为我不让你查黑影案，你就教唆小江去查？"

付瑶瑶有气无力地说："我饿了，可不可以先让我出去吃饭，回来再详聊。"

"你以为，我不知道你肚子里的小九九吗？还吃饭？吃什么饭，吃着吃着就吃没影了！我都没吃呢。"

付瑶瑶说："你不用吃啊！"她指了指那张桌子，"你吃桌子啊！"

"放肆！"张局又是一掌。

付瑶瑶又是一震。她不能再继续拱火了，于是，如实说："我真的没有教唆他做任何事，都是他自己想去做的，我……"

张局打断了她，道："你什么你？你暗示他也一样！"

付瑶瑶真的是服了："你能不能让我先把话给说完？你恐怕还不知道，江左岸为什么老是三番五次地想调来市局吧？他叔叔当年就是被黑影所杀，他就是那个第一个见到黑影真身的小男孩。"

张局脸上的表情瞬间僵住了："你说什么？"

付瑶瑶站起来，没好气地说："我说我很饿，你饿不饿？饿我也不会给你带饭的，吃你的桌子去吧，哼！"说完，她就准备出去。

"等等——"张局叫住了付瑶瑶，"关于小江，我会做他的思想工作，但是你，绝对不能再查黑影案了！"

付瑶瑶本来已经打开办公室的门了，闻言，顿了一下，回过头，道："我真的不明白，我父母因为调查黑影案失踪，他们同样是你的同事，是战友，也是最亲密的朋友。你难道就不想知道黑影案的真相，知道他们的下落吗？"

张局说："我当然想知道，我跟你父母的感情不会比你差，我们从小就认识，你也是我看着长大的。但是我跟你说过无数遍，有专案组在查这个案子，你就不要插手了，只需要等待结果就好了！"

付瑶瑶脸色瞬间就沉了下来："是！等待结果，这个结果我等了二十年！二十年了，我很期待有人能告诉我结果是什么，是谁告诉都无所谓，但是没有人告诉我！因为这个案子，到现在依旧没有结果！我知道有专案组在查，我也不是质疑他们的能力，但是多个人帮忙，多个人查，不是更好吗？机会不是会更大吗？"

张局说："我暗示过你很多次，为什么你就听不明白呢？非要我跟你说得清清楚楚，看到白纸黑字，你才愿意相信？"

付瑶瑶转回身来，这样的话，还是张局第一次在她面前说。

第一百一十三章　休假

付瑶瑶走到张局面前，双手撑在办公桌上，凑到他面前，道："张鸣叔，你这话是什么意思？"

付瑶瑶断断续续地查黑影案，也有好几年了，张鸣先前是知道的，他不赞成，但是并没有明令禁止。

不知道从什么时候开始，他开始禁止她去查这件案子，反对的理由是，一直以来，黑影案都由专案组负责，这件案子早就已经移交给他们了。

根据她了解，张鸣说得确实没错，专案组一直在跟进黑影案，从当年黑影消失之后，专案组就将这件案子接了过去。

这件事没有什么疑问，但付瑶瑶感到疑惑的是，既然张局用了此案由专案组负责这个理由来搪塞自己，那她前期在调查这个案子的时候，张局为什么没反对？而是到最近才反对？

付瑶瑶当时也没多想，因为前不久在调查黑影案的时候，她受了一次伤，还挺严重的。似乎就是从那时候开始，张局开始禁止她再查这件案子的。

她开始还以为张局是为她着想，才不让她再碰这个案子的。但现在看来，似乎并不是这个原因。

他禁止她再查这个案子，既不是因为黑影案由专案组负责，也不是担心她的安全。

而是另外一个原因，一个她并不知道的原因。

在工作时间里，无论付瑶瑶跟张鸣的私人关系有多好，从来都是用工作关系该用的称呼，这还是第一次在工作时间内，付瑶瑶喊他张鸣叔，一看就是急了。

张局直视着付瑶瑶的目光，一点也没有闪躲的意思。那一张饱经风霜的脸上，神色非常坚定。他说："谁都能查那件案子，但是唯独你不行。"

付瑶瑶眉头拧成了一条线，目光犀利，似两把尖刀，试图逼张局就范。

但张局的眼底，就好像是一汪平静的湖泊。

付瑶瑶的尖刀扔进去，也无非泛起了一点涟漪，随后又恢复平静。

"没有为什么，这是我最后一次警告你！下一次再发现，别怪我不念旧情！"

嘭的一声，付瑶瑶一巴掌拍在前面的桌子上。

张局一点反应也没有，好像知道付瑶瑶会做什么一样。

"张叔，我想知道我爸妈的下落，有什么错？"

张局严肃的脸上闪过一丝不忍，但很快就恢复如常，说道："没有错，但是你的方式不对，我同样想知道你父母的下落，但是我们应该相信专案组。"

付瑶瑶冷笑一声："我没有说我不相信专案组，我只是已经等得太久了，多一条渠道调查有什么不好？还是说我阻碍了专案组的调查？我连专案组是由哪些人组成都不知道！"

张局的火气也上来了，说："你非要惹出无法挽回的事才罢休？黑影虽然消失了二十年，但并不意味着黑影真的消失了，他随时都有可能再出现。你现在三天两头地去查那些受害者家属，你知道有多少双眼睛在盯着他们吗？你这是在玩火，万一那些受害者家属遭受二次伤害，谁来负这个责任？你吗？"

付瑶瑶淡淡地说："我来负责。"

张局气不打一处来，怒道："你负责？你凭什么负责？你用什么负责？为什么你不知道专案组是由哪些人组成？不单是你，我都不知道，为什么？就是因为要保密，所有针对黑影案的调查，都只能暗中进行，你太高调了，知道吗？"

付瑶瑶摇了摇头，道："我不觉得我高调。"

"高不高调，不是由你决定的，而是由那双黑暗中的眼睛决定。"

付瑶瑶把心中所想说了出来："当初我调查黑影案的时候，也没见你阻拦过，所以我不认为这就是你阻拦我的真正原因。"

张局咬牙切齿道："付瑶瑶，你是不是想气死我才甘心？此一时彼一时，以前行，不代表现在就也行！"

付瑶瑶"哼"了一声，突然问："黑影还会再出现对不对？"

"你……"张局的脸色瞬间变了，随后，又像一个泄了气的皮球，仿佛一瞬间苍老了很多，"我这是最后一次警告你，你再插手黑影案，我就只能按照规章制度办事了。"

"怎样？"

张局挥了挥手："你出去吧，我不想说你了。"

付瑶瑶疑惑道："你不是说打算清清楚楚地告诉我，想让我死心吗？除非你告诉我，真正的原因是什么，不然我不会停手的，还是会继续查下去。你知道我的脾气，我很犟的。"

张局说："话已经说到这个份上了，这个决定不是我要求你的，而是专案组特别交代的，听不听，你自己掂量。你长大了，翅膀硬了，我管不住你了。至于不让你插手黑影案的真正原因，除了刚才说的那些理由之外，还有一个原因，但我想了想，决定暂时先不告诉你。毕竟我听到那个消息时，也不敢相信，久久没有缓过神来。"

付瑶瑶还是不信："或许这只是你搪塞我的说辞。"

张局无所谓地说："随你怎么想，话我已经转达给你了。行了，你出去吧。"

付瑶瑶却说："我还有话没说呢……"

张局打断她："什么也不用问了，专案组我也不知道，我只是收到了一封邮件，邮件上是这么说的。"

付瑶瑶说："我没想问你关于专案组的事，是其他事。"她话锋一转，"我要休假。"

张局明显有些吃惊，抬头看着她。这几年来，逢年过节，付瑶瑶都是在加班，基本上把自己的时间都奉献在工作岗位上，是一个不折不扣的工作狂。没想到，她居然主动提出休假。这让张局十分意外。

"你要休假？有什么事吗？"

付瑶瑶直起身子，伸了个懒腰，随口说："没什么事，怎么，不行吗？"

这些年，付瑶瑶攒了不少年假，虽然她没自己算过，但绝对不少于一个月！

张局"哼"了一声，道："行啊，怎么不行，这是你的权利！我只是有点好奇，你休假去做什么？"

第一百一十四章　命中注定的吗

付瑶瑶没好气地说："张局，你这话可真奇怪，现在是什么时代了，还有人休假没地方去吗？还有人会嫌弃自己有假期？我在家睡觉，出门约会，不行啊？"

张局面露疑惑，问："当然可以，可是……小江不是在上班吗？你们……"

付瑶瑶满脸黑线："谁说我要约会就一定是和江左岸啊？"

"我听局里的同事说，你们……似乎有那么回事啊。我还想问你来着，一直忘了，你告诉我，你们是不是……"

付瑶瑶心头一股无名火起："是你个头！怎么连你都八卦起来了？谁说的，看我不去撕烂他的嘴……"

张局脸色缓和了不少："其实，我觉得小江人也挺好的……不过，还是要恭喜你，找到喜欢的人了，不容易啊……对了，我刚刚跟你说的话，我还是希望你能听进去。"

付瑶瑶转身往办公室门外走去，边走边说："张局，你是看着我从小长大的，我是什么样的人，你应该很了解。对了，跟你申请一下，我从现在开始休假，不算今天，休七天。"

哐当一声，付瑶瑶毫不客气地将办公室的大门关上。

张局脸上的表情越发凝重，付瑶瑶刚出门，他便拿起座机拨打了一个电话："你们的话我已经转达了，不过，以我对她的了解，她不可能会听话的。怎么处置？你想我怎么处置？我看着办？喂，你们做事不能这样，她会恨我的！行行行，我不跟你吵！我倒有个不错的提议，你要不要听？不行，不听不行，你一定要听！我不讲理？说得你好像很讲理一样，五十步笑百步。不如，让她加入专案组吧。她的能力你是了解的，绝对够格加入你们专案组！不要就不要，你凶什么？你要在她面前这么说，估计得被她怼死。你们想要，说不定她还看不上呢。不说就不说了，跟你好好说不了两句……看着办就看着办，反正我现在是死猪不怕开水烫，你们爱怎么样就怎么样吧！"

啪的一声，张局挂断电话。这通电话让他很生气，对着桌子又是一巴掌。

刚刚跟他通电话的正是专案组的负责人，当年，她和张局、付瑶瑶的父母都是同学。

如今二十年过去了，几个人各奔东西，张局留在市局，并且当上了局长。

老同学也调到了其他地方，黑影案成立专案组，还是她主动请缨成立的。

通过这么多年的调查，他们也并非毫无所获，只是很多线索她都没有跟张局说，但是前段时间告知了他一件事，那件事让张局感到非常心慌。

至于专案组的成员都有谁，他并不知道，只知道专案组的成员并不是固定的。

他跟做专案组负责人的老同学有联系，也并没告诉过付瑶瑶。

老同学特地三番五次地打电话来找他，让付瑶瑶不要再查黑影案了。最近，付瑶瑶忙于其他案子，无暇顾及，但现在又来了个江左岸……

这让他很是头疼。虽然付瑶瑶最近确实没查，但是江左岸现在也加入进来，江左岸查，也相当于是她在查。他怎么没有事先查清楚江左岸的来历呢？如果知道他就是当年那个幸存下来的小男孩，不管是谁介绍的，他都给他挡回去。本来应付一个就已经够头疼的了，现在还要应付两个。

不过转念一想，他又叹了一口气，或许这就是所谓命运的安排呢？谁会想到，当年那个小男孩回来了，还成了他们中的一员，又那么凑巧跟付瑶瑶分到了一组。

老同学一句"你看着办"，让他很是头疼。想了想，他拿起电话又拨了一个号码，是江左岸的电话。

电话响了大半天，江左岸才慢吞吞接电话。

"小江啊，你现在在干什么呢？"

江左岸回答："我在吃饭！"

"在哪儿吃饭啊？"

"在饭馆，吃刀削面，不放辣椒。张局，你还想问什么？"

张局在心里冷哼了一声，这才混在一起多少天啊，简直跟付瑶瑶那丫头一模一样了。

"别吃了，回来吧，我有事找你。"

"那不行，面已经上了，不能浪费粮食。"

"可以打包回来。"

"张局，我是一个环保主义者，我不使用打包盒的，而且打包回去都凉了。"

"那你吃快点，半个小时够吗？"

"半个小时哪够啊，面烫，最少要一个小时。"

面对对方如此明显的插科打诨，张局忍不住了，怒道："你现在赶紧给我打车回来，我给你脸了是不是？你以为我不知道你在哪儿？最多半个小时，给我滚回来！"

将电话挂了之后，张局整个人气得不行。老同学那边，他不知道进展如何，也不知道她用的是什么方式，但很重要的一点就是秘密进行。在没有接到重启黑影案的通知之前，他们禁止私自重启此案。专案组盯着这件案子那么多年了，一有什么风吹草动，都瞒不住他们。这不，江左岸刚出现，老同学就把电话打到他这儿了。

半个小时之后，江左岸气喘吁吁地跑进了张局的办公室。

"吃面！吃刀削面，还不放辣椒，那你吃什么刀削面？"张局劈头就问。

江左岸不明白张局是什么意思，他想讨一杯水喝，结果张局把一次性纸杯都收起来了。

"张局，我不吃辣，当然不会放辣椒。"

"先去把门关上。"

江左岸关上门后，坐到张局的对面。

"查案子查得怎么样了？"

"我没去查什么案子……"

张局毫不客气地揭穿他："还狡辩？人家专案组打电话都打到我这儿了，你的嘴倒是挺硬啊！"

江左岸很郁闷，他今天按照付瑶瑶给他的资料，去了豪达地产主要是想和现任豪达地产的掌门人聊一聊。当年第一个被害者，就是现任豪达地产掌门人的父亲。

但是没想到，江左岸到了之后，吃了个闭门羹。被晾在那几乎一个上午，不得已，他掏出自己的证件，这回前台倒是有点反应了，打了个电话，就告诉他，让他等等。

第一百一十五章　做决定吧

结果这一等，又是两个小时。其间，他又问了无数遍，前台一直说，我们董事长在开会。然后，张局就打电话来了。

他虽然已经意识到自己被耍了，但还想坚持。回来的路上，他的注意力根本就不在张局那么着急找他有什么事，而是在想，付瑶瑶所言不假，这些人，可能真的不想配合。

现在，听到张局这么说，他吃了一惊。付瑶瑶跟他说过，黑影案一直由专案组在跟，但是他们怎么知道他去豪达地产的呢？

"我……"

张局摆了摆手："好了，你不用解释了。叫你回来，是有一件急事，瑶瑶从今天下午开始休假，八天后才回来上班，你就暂时接替一下她的工作。"

"休假？"江左岸有点惊讶，"这么突然？她没跟我说要休假啊！"

江左岸的反应跟张局是一样的。

张局将自己的眼镜摘了下来，用眼镜布擦了擦，道："听说要去约会什么的，请了一个星期的假。"

江左岸更蒙了："约会？"

"看你这样子，你也不知道……"

江左岸突然想起付瑶瑶说的所谓线索，嘟囔着："难道是去见网友？"

"什么？"张局没有听清。

江左岸笑了笑："没什么。"

张局叹气道："你怎么好像一点也不介意啊。"

江左岸觉得莫名其妙，问："我介意什么？我为什么要介意？"

张局摇了摇头，又叹了口气。

江左岸笑道："那没什么事我走了，听你这么一说，我还挺想去尝尝那什么……加辣的刀削面。"他边往外走边说，"这点小事儿你直接在电话里告诉我就行了，匆匆忙忙地叫我回来，我还以为有案子了呢……"

"回来，坐下！"张局猛地一拍桌子。

江左岸被吓了一跳，下意识地转身，乖乖地坐了回来。

"找你回来，不单是为了这件事，还有一件事，不过是私事。"说到这里，张局的眼神也变了，"瑶瑶跟我说了你的情况。二十年前，我们见过，只不过当年你还小，又过了那么多年，我早就没印象了。"

江左岸脸上的表情显得很不自然："其实……我是记得你的……"

"嗯？"

江左岸讪笑道："大概记得。"

之所以说大概记得，是他怕张局会怪他，既然记得，为什么不相认？当年从柜子里将他抱出来的警察就是张局。所以，他记得比较清楚。

他原本是想找个机会，好好感谢张局一番，但还没等到合适的时机，付瑶瑶就跟他说，张局反对他们查黑影案，也只能作罢。没想到，付瑶瑶倒是先跟张局交了底。

张局倒并不在意："这不重要了，我跟瑶瑶说过，禁止她再插手黑影案，没跟你说过，是因为我没想到你当年居然也经历了黑影案。你也不用掩饰你回来的目的，你现在跟瑶瑶就是一丘之貉。"

江左岸轻咳了一声，道："张局，那……那是个贬义词……"

"不要在意这些细节！"

江左岸忙问："你是想让我别调查此案吗？"

张局反问道："想让你断了这个念头怕是有点难，如果我说让你别碰这个案子，你能答应我吗？"

江左岸不说话。

张局又问："不说话，意思是默认了？"

江左岸摇了摇头："张局，你知道我做不到的，我做了那么多努力，就是想查这件案子。"

张局笑道："所以说，我除非打断你的腿，不然是阻止不了你的。"

江左岸尴尬地说："张局，你是在开玩笑吧？"

张局眯着眼，道："言归正传，我允许你查这件案子，但是只能偷偷进行，像你今天这种查法，太低端了，以后千万别用。"

江左岸更尴尬了："原来张局你什么都知道啊……"

张局道："不过我有个条件，你得答应我。你想查，可以，但是不能拉上瑶瑶，不能跟她分享任何你查到的东西，在这件黑影案上，冷落她，不跟她配合，甚至阻止她。"

江左岸吃惊地问："为什么？她刚刚跟我分享了资料，我这么做，会不会对不起她？而且，我做什么，也根本瞒不住她啊。"

张局叹气道："过程我不管，我只管结果，做得到做不到，那是你的事。你做得到，我就睁一只眼闭一只眼，在不影响你工作的前提下，我是不会阻拦你的。如果你做不到，我不想听什么乱七八糟的理由和借口，我会向上级打申请，把你调走。"

江左岸脸上的肌肉抽了抽："一定要这样吗？"

张局严肃且认真地说："两个选一个。你如果选择配合瑶瑶，那不好意思，我马上就打报告；你要是选择配合我，那我可以把原因告诉你。"

江左岸紧咬嘴唇，似乎在做激烈的内心斗争。过了好一会儿，他问："我能不能先听原因？"

张局点了点头，道："当然可以，但是我今天跟你说的话，你必须烂在肚子里，对谁都不能说。"

江左岸点头道："我答应你。"

张局长出了一口气，捂住了脸，颇为痛苦地说："专案组调查到，瑶瑶的父母并没有死……"

张局还没说完，便被江左岸打断："这是个好消息啊，应该告诉她，为什么瞒着她？"

张局苦笑道："我也想告诉她，只是我怕她接受不了……其实，在黑影消失之后，又发生了几起案子，而且和黑影的作案手法非常类似。在这几起案子里，专案组发现了瑶瑶父母的影子，他们很有可能是这几起案件的制造者……当年查案的人，变成了嫌疑人，试问她能接受得了吗？"

江左岸惊得张大了嘴巴，说不出话来，过了半晌，才问："这……都是真的吗？"

张局说："这是专案组的人亲口跟我说的，要不然，我为什么老是阻止瑶瑶接触这个黑影案？这也不单是我的意思，还有专案组的意思。

"他们怕瑶瑶会失控，甚至最后会扰乱整个专案组的计划。你也知道，对于黑影案，她有多执着，专案组耗费了那么多年的时间，不能让她给破坏了。另一方面，也是为了避亲。好了，大致情况就是如此，你现在做决定吧。"

第一百一十六章　决定

付瑶瑶吃过了午饭，回到家，这才想起来，似乎忘记了一件事情——她回来时，没有看到江左岸，便忘了交代。

于是，她拨通了他的电话，得告诉他，让他去训练。

电话刚接通，她还没说话，江左岸便抢先道："什么也别问，关于黑影，我什么都不知道。"

付瑶瑶听得一阵莫名其妙，骂道："你抽什么风啊，谁问你黑影了？还记得前段时间我跟你说让你去训练的事吗？我联系了我在刑警学院的师父，从今天开始，早上上班前，晚上下班后，你给我老老实实地去训练，听到没有？"

江左岸"啊"了一声，瞬间就蔫了："为什么要去？不去行不行？"

此时，江左岸还在张局的办公室里，正准备离开，谁知付瑶瑶会在这个时候打电话过来。

对上张鸣的眼神，江左岸又乖乖地坐了回来。

隔着电话，张鸣都能听到付瑶瑶的怒骂声："不行，你不去的话，看我回来不打断你的腿！"

"我听张局说你休假了，准备干什么去啊？真打算去约会啊……"

"关你什么事？你老老实实地给我每天按时过去打卡，听到没有？"

挂断电话，江左岸讪笑道："张局，你都听到了，她给我找了个老师，训练体能。"

张鸣的脸上没什么表情："你的底子确实差，需要好好练练。决定你已经做了，接下来，该怎么做我不想多跟你提醒了，你看着办吧，真的出了什么事，我只能按规矩办。"

江左岸点头道："这我当然知道，您放心，今天的谈话我会烂在肚子里，谁也不会说的。对了，您真的不知道她休假干什么去了？"

事实上，江左岸是知道的，早上付瑶瑶曾跟他说过，有个网友能帮她破了黑影案，付瑶瑶此时突然休假，很有可能是跟这件案子有关。虽然他刚刚已经答应了张鸣，跟他一起阻拦付瑶瑶再查黑影案，但不知道为什么，他就是不想说这件事。

张鸣摇了摇头："不知道，她以前从来没休过假。不过，确实也该好好休息一下了，趁这个假期，最好能好好反省……对了小江，你有女朋友吗？"

……

挂断电话，付瑶瑶觉得有点莫名其妙，江左岸这么稳重的人，刚才接电话时怎么好像有点不对劲，说话的方式一点也不像他啊。

她摇了摇头，不管了。她躺到床上，准备午休。睡之前，她调了个闹钟。

三次召集的别墅之行，两天后才正式开始，她完全可以等两天后再开始休假，但她转念一想，她的目的，可不仅仅是要代替左利手出席，更重要的是，要阻止电影对三次下手。

别墅之行开始之前，电影会有三天的准备时间。按照电影的说法，他是想勘察别墅，但大家都知道，他的目的是在别墅里做好针对三次的准备。

付瑶瑶完全不必等到两天后出发，她可以今天就先去别墅，反正左利手已经把位置发给了她。

当然，她不可能明目张胆地去，只能在暗中观察，看电影在别墅里做了什么准备。只有知道电影在别墅里做了什么准备，她才好推论，接下来，电影想要做什么，从而能更好地完成此行的目的！

不过，付瑶瑶毕竟进不去别墅里，至少电影在的情况下是不行的，她打算，就守在别墅外面，看看电影进入别墅时会带什么。

今天已经过去了大半天，电影要做的准备，应该也做完了。

付瑶瑶盘算了一下，今天过去的目的比较简单，就是先观察一下别墅周围的环境，最后等电影出来后潜进去，毕竟电影在别墅里过夜的概率非常低，她打算等到那时再悄悄潜入别墅，一是看看能不能找到电影带了什么东西进去，又做了什么样的处理。二是大致先记住别墅里的布置，第二天，第三天，再做一个对比，看电影在什么地方做过什么样的手脚。

付瑶瑶计算了一下时间，将闹钟调到了下午三点。从这里出发到东海岸度假村，至少需要两个小时的时间，这还是在不堵车的情况下。就是为了避免下班晚高峰，她特意选在下午三点出发，应该不会堵车，这样就能在下午五点左右到达别墅。

如果她是电影的话，第一天，肯定会早早地到达别墅，然后在别墅里忙活一天，甚至会忙到忘记吃午饭。尽管她有三天的准备时间，但还是会很着急，急着想布置好一切。但是实际上，这第一天的效率是很低的。忙碌了一天，虽然没达到预期效果，但也还勉勉强强。到了傍晚时，她看了一下时间，才发现已经很晚了，一天没有吃饭的她肚子都饿了。于是，她收拾好东西，离开别墅，去吃东西，然后再回家，第二天，她会再过来，毕竟有三天的时间呢。

人是一种很奇怪的动物，一天不吃东西，其实并不会一直饿，只是饭点那个时间段觉得饿，过了饭点，就不会觉得很饿了。所以付瑶瑶判断，下午五点过去的话，恰好应该是电影准备离开的时间点。

虽然她不认识电影，但是从别墅里出来的人，绝对是电影。

已经好久没有午休了，正好趁这个时间，好好地睡一觉……

下午三点，闹钟准时响起。

付瑶瑶起来洗了一把脸，拿上车钥匙就出门了，按照左利手发的定位导航，驱车前往东海岸度假村！

一路上，没有遇到堵车，五点，她准时到了东海岸别墅。

一切都如她计划那般进行，停好车，她找到了那栋别墅，先围着别墅外围转了一圈。最后在别墅不远处的一个秋千上荡秋千，秋千的位置，正好正对别墅大门。

度假村人很少，万籁俱寂，只有风吹起树叶的沙沙声。

夕阳西下，将付瑶瑶的影子拉得很长很长。

她边晃动秋千，边思绪万千。

为了黑影案，她做了很多准备与尝试，收获甚微，但哪怕有一丝机会，她都不会放弃，就像与左利手做的交易一样。

两天后，她将踏入眼前那栋别墅的大门，她真的能从左利手那里，得到自己想要的答案吗？

而此时，离开局里坐在面馆里的江左岸，面对着眼前犹如辣椒油里捞出来的刀削面，同样内心复杂，他不知道自己做的那个决定，是对还是错。

事情，远远没有他们想象的那么简单……